陈果
——
著

SHI
QINMA
WUYI LE

图书在版编目(CIP)数据

是亲妈无疑了 / 陈果著. —重庆:重庆出版社,2021.12
ISBN 978-7-229-15980-1

Ⅰ.①是… Ⅱ.①陈… Ⅲ.①长篇小说—中国—当代
Ⅳ.①I247.5

中国版本图书馆CIP数据核字(2021)第159343号

是亲妈无疑了
SHI QINMA WUYI LE
陈　果　著

责任编辑:袁　宁
责任校对:何建云
装帧设计:徐　图

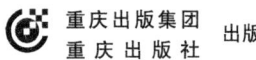
重庆出版集团　出版
重庆出版社

重庆市南岸区南滨路162号1幢　邮政编码:400061　http://www.cqph.com
重庆出版社艺术设计有限公司制版
重庆市国丰印务有限责任公司印刷
重庆出版集团图书发行有限公司发行
E-MAIL:fxchu@cqph.com　邮购电话:023-61520646
全国新华书店经销

开本:890mm×1240mm　1/32　印张:13.625　字数:346千
2021年12月第1版　2021年12月第1次印刷
ISBN 978-7-229-15980-1
定价:58.00元

如有印装质量问题,请向本集团图书发行有限公司调换:023-61520678

版权所有　　侵权必究

目 录 | CONTENTS

第一章　你信命吗　/ 2
第二章　相遇　/ 9
第三章　周雯雯借钱　/ 18
第四章　短暂的热恋　/ 28
第五章　林森消失了　/ 40
第六章　寻找林森　/ 47
第七章　派出所打来的电话　/ 56
第八章　不舒服的小插曲　/ 64
第九章　我有故事,你有酒吗　/ 71
第十章　快点,还钱　/ 84
第十一章　卉卉小姐姐　/ 102
第十二章　周雯雯回来了　/ 119
第十三章　橙子很甜,你吃吗　/ 137
第十四章　判了十年　/ 149
第十五章　飞来横祸　/ 152
第十六章　低自尊患者　/ 161

第十七章　赵炳国的方式　/168

第十八章　表姐的人生　/173

第十九章　最难吃的饭　/182

第二十章　《我的漂亮朋友》　/193

第二十一章　你是我的幸福吗　/201

第二十二章　不够浪漫的插曲　/215

第二十三章　恋爱的酸臭味　/240

第二十四章　眼皮子底下的"约会"　/258

第二十五章　又见王大伟　/278

第二十六章　恋爱的成本　/287

第二十七章　一切都不是偶然　/302

第二十八章　辛柏的APP　/313

第二十九章　牛淑芳女士的洞察力　/323

第三十章　奶奶的秘密　/337

第三十一章　赵炳国的安排　/349

第三十二章　一场闹剧　/359

第三十三章　一切都会好起来的　/377

第三十四章　我要我们在一起　/394

番外一　牛淑芳女士：前世的情人，还是前世的情敌　/412

番外二　周雯雯：硬币的AB面　/422

每个妈妈,都在等女儿说一声谢谢;
每个女儿,都在等妈妈说一声对不起。
我是牛卉卉,快时尚品牌的服装陈列师,
表面生活光鲜亮丽,私底下早已是一地鸡毛。
而这大部分的"鸡毛",都是我妈带给我的。

第一章　你信命吗

十岁的时候,我和周雯雯有过这样一番对话。

"你信命吗?"我问。

"命是什么?"周雯雯很懵懂。

"命运呀!都说一个人的命运是生下来就注定的。"我说。

"不太信,我觉得那些都是假的。"过了一会儿,周雯雯问,"你信吗?"

"我信。"我说,"我五岁多的时候就信啦!"

"你这么早熟呀!"周雯雯很惊讶。

"是呀!我也觉得我怪早熟的。这样是不是不好啊?"我问。

"不知道。"周雯雯老老实实回答说。

"嘻嘻。"我不知道该说什么,便傻笑着。

"嘻嘻。"周雯雯见我笑,便也跟着傻笑。

周雯雯是我从小到大唯一的朋友,我妈牛淑芳女士帮我选的。

我不知道该怎么评价牛淑芳女士这个人,她是我妈,似乎轮不着我去评价她。但是,我从小到大所有的苦难,几乎都是她给我带来的。

我还在她肚子里的时候,我爸赵炳国开了一间回收旧家电的铺子,那铺子离我家不到两公里。生意挺好,赵炳国常常顾不上回家吃饭，经常会加班到很晚才回来。牛淑芳女士孕吐严重没上班，全家就指着赵炳国挣点钱糊口。赵炳国够抠，铺子附近八毛钱买两个的葱油饼也舍不得吃，就干饿着。牛淑芳女士心疼不过，孕吐稍微轻点儿，就中午和晚上骑着自行车给他送饭，风雨无阻。

后来肚子大了，骑不了车了，就改成走路了。赵炳国不让她去，她非得去，逞强说"没事儿"。说着没事儿，事儿就来了，怀着我八个多月的某天晚上，大概七八点钟，风雨交加，天已黑透，她提着饭盒就出了门，摔了一跤，肚子朝下，我差点没了。幸好那条路上下班晚归的人不算少，好心人赶紧把她送到医院，才不至于一尸两命。

在我青春期懵懂地明白爱情是什么的时候，我回想这件事，就觉得，她真的很爱我爸。可我就是不明白，既然那么爱，她为什么会跟我爸离婚。——还在我那么小的时候。

是的，我不到三岁，她就跟赵炳国离婚了。净身出户，只要我。

她主动提的离婚，不管不顾一定要离开。这是我奶奶告诉我的。

我问过她很多次离婚的理由，她不肯说，问多了，只有四个字：性格不合。

性格不合？这算什么理由？多少夫妻貌合神离，还不是就这样过了一辈子？她都是一个有娃的人了，就不能成熟点，为了孩子将就一下吗？据说她走的时候，赵炳国的生意即将要做大了。徒弟带了好几个，连锁铺子开了好几家，商场上一颗叱咤风云的新星即将冉冉升起，她妻凭夫贵的日子指日可待。为了我们母女俩的美好生活，她就不能忍一下吗？

我问她为什么不忍一下，她说："我不想忍。"

赵炳国在其后不久，就娶了新夫人李贵珠，也生了个女儿，取名叫赵如盈。

赵如盈和她妈李贵珠命好，随着赵炳国生意越做越大，李贵珠成了我市赫赫有名的家电连锁企业的老板娘，住上了大别墅，整天打扮得花里胡哨，打打麻将遛遛狗，没事儿去公司晃一圈儿，摆足了谱儿。后来考了会计证，缠着赵炳国，把财务部门接管了去。

接管了财务部，公司里的每一笔钱都从她手里经过，就相当于接管了赵炳国的命门，赵炳国就算有心折腾，也翻不出浪花来。从这个角度说，李贵珠可谓是很有心计了。

赵如盈是李贵珠和赵炳国唯一的小公主。而我，原来叫赵卉卉，现在叫牛卉卉，成了一个爹不疼娘不爱，时常还会被后妈挤对，被同父异母的妹妹吐口水的野孩子。

我妈牛淑芳女士，本来是不上班的。可跟赵炳国离婚之后，她就不得不上班了。她没文凭，又带着个拖油瓶，是很难找工作的。幸好年轻，服务员总是能做做的。于是，她就在市内那家比较有名的商场大洋商城成了一名柜姐。我那时候还没上幼儿园，她得带着我。她上班的时候，就把我塞进狭窄的仓库里，让我和散发着皮革味儿的新鞋子做伴。

许是怕我孤单，她给我买了几本小孩儿看的图画书。仓库里灯光太暗，她买了个小台灯，摆在小凳子旁，让我看书。

可她实在是太穷了，台灯都买不起贵的。在地摊上花十五块买的台灯，那光闪啊闪的，还特刺眼。我年龄小不懂事，每次都把光调到最亮，不到五岁，我就近视了。一开始是假性近视，干预一下或许就好了。但她不懂,带着我去配了眼镜,从此假的就变成真的了,后悔也来不及了。

我从五岁就开始戴眼镜,戴了整整二十四年。一开始是厚厚的酒瓶底,后来换成金属边框,大黑框……这些年,为了好看,我戴起了日抛。度数越来越大,镜片越来越厚,就连日抛,也比别人要厚上许多。

日抛并不舒服,不得不随身携带眼药水。就这样,还时常觉得眼睛干。

她摔跤差点把我摔没了我不恨她;她和赵炳国离婚,让我从小公主变成柴火妞我不恨她;她因为没钱,数次搬家,让我小小年纪跟着漂泊我不恨她;她把我塞进昏暗的仓库里,让我经常伴着皮鞋睡着又醒来我不恨她……可她不该让我那么小就近视,那么小就被人叫"四眼儿",让我整个童年和青春期,都因为近视而自卑。

当然自卑不光只有近视这一个原因。还有贫穷、寒酸、没有父亲……对于小孩子来说,每一句嘲笑都顶天大。无数次,我的心被小伙伴们的嘲笑声所凌迟,伤痕累累。本来活泼可爱的性子,一天天变得孤僻。到了青春期,自尊心越发强,这孤僻,也愈演愈烈了。

我没有朋友,除了周雯雯。

周雯雯是我所交往过的朋友里,唯一一个被我妈认可的。我妈那个人,别看她没文化,她对我的朋友却很是挑剔,不好好学习的不让交、抽烟逃课的不让交、说脏话的不让交,连拉帮结派的也不让我交。

周雯雯是我的小学同学,本来关系一般,我邀请她到我家去了一次之后，我妈就特喜欢她，对她特热情。我们家那时候很穷，经常一周吃不上一顿肉，但只要周雯雯来了，她都好饭好菜伺候着，殷勤备至。有时候我甚至怀疑，周雯雯是她散落在外面的亲生女儿，而我是抱养的。

等我再长大点儿，我才突然明白，牛淑芳女士为什么喜欢周雯雯，总让我跟她做朋友。

周雯雯的妈妈是小学老师，爸爸是初中老师。牛淑芳女士想让他们帮周雯雯补课的同时，顺便带带我，谁让我学习成绩一般呢！

可真够势利眼儿的！

我看不起牛淑芳女士，连带着，对她帮我选的朋友周雯雯也疏远了起来。但周雯雯这傻妞不知道啊，她还以为自己做错了什么事儿，追着我哄，给我带好吃的，我逐渐就过了心里的那道坎儿，继续跟她做朋友了。只是牛淑芳女士并不知道，从小到大，我和周雯雯在一起玩，吐槽最多的就是她了。

说起周雯雯，我得说句题外话。她的性格很面，傻好傻好的那种面。什么事情都不懂，也没心眼儿，看谁都是好人，被挤对了也不吭声。明明家境不错，却总是软绵绵、笑嘻嘻的，也肯低声下气，这样的人，还真适合当朋友。我也不是不知好歹、不懂感恩的人，谁对我好我能看不出来吗？青春期要不是有周雯雯在前面护着我，只怕我会过得更惨。我那时候叛逆，家里和学校里受了气，就会刺周雯雯两句，她也不生气，依然对我好。她是我青春期黯淡生活里的一道光。我心里其实是很感激周雯雯的，处得久了，便也把她当成是最好的朋友，铁瓷。

一直到现在，我和周雯雯的关系还特别好。我有什么事儿都跟她说，她当然也这样。只是不知道为什么，我俩29岁了，却都没结婚。不知道未婚这东西会不会传染？如果会，究竟是她传染了我，还是我传染了她？

我比她好点儿，我有男朋友，而她没有。她说过，不等到那个让她眼前一亮，心脏怦怦跳的人，就坚决不谈恋爱。那样的人，哪有那么容易遇见？

说完周雯雯，再说我妈。

牛淑芳女士离婚的时候之所以净身出户，主要是她要我的心太过于迫切，宁可放弃所有。后来赵炳国生意做大了，挣了些钱，不忍心看我这个貌美如花的大女儿流落在外，跟着牛淑芳到处漂泊租房住，就想买套房送给我们（大概也跟李贵珠打了不少嘴仗吧）。牛淑芳女士硬气，不肯要，说除非赵炳国能买到我们一家三口最初住的那套房子。

不知道赵炳国用了什么方法，可能给了高价，也可能动之以情晓之以理，那家人又把房子卖给了他，落在了牛淑芳的名下。

这就是我们现在住的房子了。这房子很老，面积也不大，虽然地段不错，但毕竟在一个小弄堂里。污水与老鼠齐飞，破败共蟑螂一色，我是怎么都看不上的。但现在房价这么高，靠自己我根本就买不起，牛淑芳女士也不同意我搬出去住，我也只能将就着和她一起住在这老房子里了。

我妈牛淑芳女士，不知道是不是因为情感上受到的打击太过于严重，这么多年都缓不过劲儿来。她一不找对象，二不谈恋爱，全部心思都花在我身上。小时候控制我交朋友，长大了控制我谈恋爱。

从20岁到现在，我处了三个对象，都被她给拆散了。各种理由和借口，拆散了。

失恋很痛苦，特别是人为拆散。我最难过的时候，三天三夜不吃不喝，下不了床。她倒好，做了饭摆我床头柜上，只一句"吃饭了"，就飘然而去。不道歉，更不劝我，一副"老娘没做错""我看你撑到什么时候"的嘴脸。见我不理她，便悠然自得地吃饭、洗碗、上班，下一顿继续把新鲜的饭摆我床头柜上，没吃的饭收走。

她笃定我会原谅她。她仗着自己是我亲妈的身份，笃定我会原谅她。我当然没有原谅她，这么多年过去了，我依然没有原谅她。我只是冷静了下来而已。

虽然平静了，但伤疤仍在。想到那些事，想到她带给我的伤害，我的心，都会痛一下。

那些年，张爱玲文集一直摆在我床头。《金锁记》的故事我倒背如流。我觉得牛淑芳女士就是故事中的曹七巧，心理变态，通过破坏孩子的感情来满足自己的控制欲。

人生在世，什么东西都能选，唯独父母不能选。

我讨厌她，却摆脱不了她。我早就想搬出去住，她说可以，但必须是结婚之后。我想反抗，但我知道我反抗不了。我太了解她了，以她的性格，真不知道我偷偷搬出去，她会干出什么事儿来。

所以，后来我和林森交往之后，就千方百计瞒着她了。瞒得很辛苦，却还是瞒着她。

她还以为我没谈恋爱呢！话里话外提醒我："牛卉卉，你都29了，不要整天窝在家里，是时候多出去走走，谈谈恋爱结个婚了。"

我什么话都没说，被她压迫这么多年，我习惯了忍耐。偶尔她把我惹急了，我也只是在心里偷偷怼上一句。

第二章　相遇

我和我妈的日常行动路线，除了住在一起，除了工作地点有部分重合之外，其他可以说是完全没有重合的。

牛淑芳女士二十多岁的时候就是柜姐了，现在仍然是柜姐。倒不是她喜欢当柜姐，而是她干不了别的。一个人，能几十年如一日地做一份没有什么挑战性的工作，还做得津津有味，真是挺不容易的。从这一点来说我其实挺佩服她的。

牛淑芳女士在大洋商城二楼某鞋柜做柜姐。我平时在浦东某写字楼18楼的D&H中国分公司华东区总部做一个小白领，偶尔会去门店。大洋商城一楼入口处，就有一家D&H的门店，那家门店的店铺陈列归我管，每个星期，我总会去那么两三次。

很多人都以为，服装陈列师的工作很时尚，每天就是对着衣服发呆，想着怎么搭配怎么摆放比较好。其实不是这样，我们很忙的。

D&H来到这个城市有八年了，八年开了九家店，一共也就四个陈列师。我管东南片区的三家店。每天一早到公司，在电脑上处理上新数据、对销售、对退货、看库存……处理完这些案头工作之后，就要去门店巡视了。要根据天气和流行趋势及时调整各门店陈列、做小型促销活动的海报、指挥工人挂海报、贴海报……每周还得做一个小PPT，分析数据，进行汇报；每月做一个大PPT，总结及展望。

以及各种分析竞争对手的款式、各种会议讨论下一季度的款式、各种总结汇报和挨批……经常会工作到晚上八九点，周末加班更是常态，工资却不高。

大洋商城工作日晚上9点打烊，周末会延迟到10点。如果我刚好在这边，又加了班，而牛淑芳女士那天恰巧上晚班，打烊之前，她会给我发条微信，让我跟她一起回去。如果我工作结束的时间比较早，我也会给她发条微信，我自己先回去。

据说控制欲强的人，通常只会控制那么几个和他（她）关系比较近的人。在不熟悉的人面前，是谦谦君子，很会伪装。我妈就是如此。商场里的老员工几乎都认识我妈，跟她关系似乎都还不错。大洋商城D&H门店里的几个销售员，都认识她，跟她看起来也很熟。这些人可以说都是她的眼线，是我要重点防备的对象。

防什么呢？当然是防着他们向我妈告密啦！

我和我的男朋友林森虽然早已如胶似漆，但毕竟认识时间不够长，还处于优点向对方尽情展示，缺点尽量收敛的阶段。这阶段的感情其实是很脆弱的，经不起任何程度的破坏。

我和林森的相遇，说起来挺狗血，但也挺有缘分。

我的职业是品牌服装陈列师，我和我们这个行业的大部分人一样，虽然工资不高，大家都没什么钱，但都很会穿。

毕竟，天天接触最新的时尚信息，每周都在分析流行趋势，隔两天还要去逛街、踩款。除了对自家品牌的产品如数家珍之外，更是对大牌每季度的系列、新出的产品了如指掌。如果我们不会穿、不会搭配，就没办法把商品最好的一面陈列出来，展示给顾客看。我们就没办法用行业知识、独特品位为品牌加分，为销售助力。

虽然，我们的衣柜里，并不是每一件衣服都很贵，但绝对每一件都很独特。即使是基础款，也都有细节上的亮点。

就拿我自己来说，每个月不到一万的工资，除了交给我妈两千的生活费之外，剩余的钱，基本都花在服装和饰品上了。因为实在太懂，除了款式之外，对面料和做工的要求难免比一般人要更高些。这一切都导致了我们买衫很容易，也很不容易。

虽然小众品牌或街边小店，偶尔也能淘到几件款式、面料、做工还不错的衣衫。但，那实在是太难了，得很好的运气才能碰到。而我们又实在是太忙，并没有很多时间可以去逛小店。幸好我们的工作任务要求我们每个星期都必须去逛大牌，看流行趋势、看竞品新款。看到心动的，难免会一咬牙刷爆信用卡或花呗拿下来。也因此，别看我们都只是普通的上班族，但为了买衫，我们几乎都过着节衣缩食的日子。

这也是我妈牛淑芳女士特别看不上我的地方。

牛淑芳女士和我爸赵炳国离婚之后的那几年，日子过得特别苦。每天只能傍晚去弄堂口的菜摊上买放了一天的、不够新鲜的蔬菜，因为那时候的蔬菜最便宜。

后来赵炳国生意做大了，抚养费给得多了些，我和我妈又有了自己的房子，我们的日子过得还好，但节俭（抠门儿）却深深地刻在牛淑芳女士的骨子里。大清早去超市排队买便宜鸡蛋、晚上超市打烊前半小时买便宜猪肉、牛奶买临期品、衣服穿微瑕疵、到处薅羊毛，是她常干的事儿。

牛淑芳女士衣品不错，但穿来穿去，不过就那么几件基本款。

冬天最常穿的黑色羊绒大衣和夏天最常穿的米色连衣裙，至少穿了十来年。

她每年大概也会新增一两件新品，也就一两件罢了。她特别不能够理解，我为什么每个月都会买衣服，有些买回来还不怎么穿。就那么挂着，或特殊场合穿一两次，便又继续挂着了。每次看到我买衣服，她都会问一句："你是打算开服装店吗？"

她嘴巴很毒吧？就只对我这样，对别人，可温柔了。

在牛淑芳女士眼里，任何一件衣服，年使用率不超过20次，就不配被购买。我怼她，女人的大部分衣服，年使用率都不会超过20次。她翻个白眼，不再搭理我。

买得多，淘汰的就多。我和牛淑芳女士身材差别不大，我个子高一点。我淘汰下来的大部分衣服，她挑挑拣拣还能穿。穿不了的，一开始送给同事或朋友，到后来，她学会了在网上卖二手衣。卖我淘汰的旧衣服，成了她的一大重要收入来源，每个月的收入几乎都够买菜了。我和她商量，既然卖我的旧衣服能赚钱，不如生活费就不给了。她连忙改口说，卖旧衣的钱根本就不够买菜，水果钱都不够。生活费当然还是要给的。

我和林森的相遇，也跟买衫有关。

那天傍晚，我提着在某商场二楼某女装店铺新买的两条连衣裙，心情愉悦地往楼梯口走，林森突然斜冲了过来，说："不好意思打扰一下，请问能不能……"

我以为他是推销保险或廉价化妆品的，连忙加快脚步往前走，面无表情说："不能！"

他"扑哧"笑了，解释说："我没有别的意思，就是想让你帮我看一件衣服。"

我站住了，等着他往下说。

他说："我妈快过生日了，我想给她买条裙子，拿不准。觉得你穿得挺好看的，品位一定很高，我想请你帮我参考一下。"

女人哪有不喜欢听好话的？我本来就觉得自己品位高，他直接说出来，我忍不住生了一种"英雄所见略同"之感。

他虽然不帅，但态度文质彬彬，眼神温柔、请求真诚，我没有拒绝的理由。

他看上的裙子，单价差不多小三千，跟我刚买给自己的裙子价格差不多。只不过，我是咬着牙才下定决心买的，而他，看起来似乎云淡风轻。我问他妈妈的年龄、尺码、喜好，认真地帮他分析、参考，他很快做出决定，爽快地埋了单。

我准备走了，他却留下我，要请我喝杯咖啡，感谢我"帮了大忙"。举手之劳，我自然不会轻易认领这个"感谢"，他又提出送我回家。我依然拒绝，可他实在热情，在听说我没开车过来之后，反复邀请，还连连保证自己不是什么坏人，我便同意了。

他开一辆奥迪Q7，黑色，线条漂亮，我由此判断，他经济实力还不错。

我不是没见过世面的人，虽然我和牛淑芳女士至今仍然居住在弄堂内老旧的小两居里，但架不住我爸赵炳国有钱。

赵炳国家里有好几辆车，比奥迪Q7好很多的车也有。但赵炳国这人很俗气，最喜欢开的车是宝马X6。他那些好车，都被我同父异母的妹妹赵如盈换着开出去呼朋引伴去了。

几年前我才上班的时候，赵炳国同情我挤地铁太辛苦，想给我买辆车。带我到奥迪的4S店看了，我想如果我张口找他要一辆Q7的话，他大概也会给我买的。毕竟，这么多年，我从来没主动找他要过任何一样贵东西,但我并没有找他要。我告诉他这些车都太奢侈了,我开奔驰去上班的话,只怕会被同事们侧目,如果他真想给我买车的话,一辆大众速腾就好了。

我的"懂事",让赵炳国很愧疚,二话不说朝我卡里打了50万。

我买了白色速腾,剩下的钱投了理财。

这些年,赵炳国明里暗里给我的钱,我几乎都投了理财。日常花费,靠自己的工资和理财利息。所以,虽然我工资不高,但日子过得不算差。

林森那辆车,可能在有些女孩子眼里还不错,但在我这儿,也就这样吧!我不动声色上了车,没多说什么,自顾自玩着手机。林森反而对我表现出特别的兴趣来,努力找话题跟我聊着天。我29岁了,人生阅历多少还是有一些的。虽然在牛淑芳女士的干预下,已经三年多没谈恋爱了,但这并不代表我是个恋爱小白。

林森不讨人厌,但他相对普通的长相,也不会让人产生一见钟情的冲动。我对他的好感,是一点点建立的。

虽然他"因为我的良好品位",对我的职业很是好奇。但我跟他透露的,也仅限于职业了。像大多数人跟外行提起自己所在行业时的态度一样,我跟他吐槽了工作的繁杂和无趣,也跟他分享了一些我认为比较好玩的事情。当他问我行业薪水怎么样的时候,我也老老实实告诉他,我的薪水很低。

林森含蓄地说:"问一个问题,你不要生气啊!既然薪水不高,为什么会买……"他正开着车,腾出一只手指了指我的购物袋。

我听明白了,他大概是觉得,月薪一万的人,一次性买两条单价近三千的连衣裙,实在是不太理智了。若直接说出来,怕伤了我的自尊心,才含蓄地组织语言,用手和眼神表达自己的意思。

我倒不觉得有什么,我的自尊心也没有那么容易被伤到。花一半薪水买连衣裙,或者花几个月的薪水买名牌包,不过都只是生活方式罢了,我们这一行常见的生活方式。是否理智,虚不虚荣,我有自己的评判标准,别人的态度影响不了我。

"平时也舍不得买这么贵的,这两条裙子实在是太喜欢,也就买了。接下来要吃很久的馒头就咸菜了。"

我的幽默,林森显然get到了,他抿嘴笑,没再多说什么。

礼尚往来,我问林森是做什么的。

林森迟疑了一下,说:"做点小生意。"

"什么行业呢?"

"外贸。"林森说。

具体是什么行业的外贸,林森并没有说。

接下来便是沉默。我猜想,林森可能并不喜欢多说自己的事情,便也不再说什么了。到我指定的地点时,林森告诉我,他下周要出差,到英国,回来我们再联系。

我这些年也相亲过几次,因为能把自己收拾得比较利索,平时追求的人不算少。我知道,当一个男人说,我们再联系,通常只有两个意思,一是他真的打算和你再联系;二是客套话,不会再跟你联系。

我并没有把林森的话当真,点点头,便下车了。

我有社交洁癖。很多第一次见面,因为当面不好拒绝而加微信的人,一离开我就会删了他。本来也打算这样对待林森,但我有个习惯,删之前会翻一翻对方的朋友圈。若是那种朋友圈里什么都没有，或太无趣，以及"仅三天可见"的，我会毫不犹豫删除。如果对方的朋友圈实在太有意思，引起了我愉悦的观感，我或许会心软，保留他的朋友圈。

林森不是朋友圈很有意思的那种人，然而他的朋友圈真的是很容易让人产生好感。

他发圈不多，一个月也就那么两三条。偶尔会配自拍，大都是清早室外跑步大汗淋漓或健身房撸铁的照片，偶尔还有同事聚会时大笑的照片。基本都是远景，不刻意强调脸和身材，不自恋。从发圈频率能看出他的自律。

更多的是一些参加活动或旅游、出差时的照片，间或还有美食。他不光喜欢健身，还喜欢球类运动。各种角度晒网球拍和高尔夫球杆的照片，都有十多张。

他去过很多个国家，拍照技术不错，擅长抓拍路人，称得上是"朋友圈摄影师"了。

他会做各式意面，会煎牛排，会简单烘焙。下厨的男人最容易获得人的好感，很会吃、又吃得健康的男人，更容易获得人的好感。

他的朋友圈里，还有一张昏暗的室内蛋糕图，配文是：祝爸爸妈妈红宝石婚快乐，你们是我此生见过的最恩爱的夫妻。钻石婚时，我还要陪你们一起过！

赵炳国和牛淑芳女士的婚姻也就持续了三五年。我不知道恩爱夫妻究竟是什么样子，我能想象的，不过是周雯雯爹妈相处时的样子。周雯雯爹妈看着恩爱，但也偶有争执。即使这样，我已经很羡慕了。小时候很多次想过，如果我能做他们的孩子就好了。如果能，或许我的人生就不会走这么多弯路。如果能，或许我就会像周雯雯一样，无论做什么，都会被支持，幸福感满满，安全感满满，而不是像现在这样，做什么事情都会顾虑，会考虑别人怎么看。即使那个人，对于我的人生来说，只是一个路人甲。

因为林森的朋友圈，我特意搜索了什么是红宝石婚，什么是钻石婚。

如果说林森其他的朋友圈，让我觉得还算不错的话，这一条可以说很打动我了。就冲这个，我保留了他的微信。

我并不确定他回来会不会联系我，当然我也没有任何期待。

我这个年龄，已经不会对任何偶然相遇的男人充满期待了，除非对方特别帅。

我们一个多星期没联系，在这期间，林森朋友圈里发了一张大英博物馆的照片，我顺手点了赞。没想到，只过了几天，他就给我发了条消息：我刚从英国回来，晚上一起吃个饭好吗？

我差不多有三年时间没谈过恋爱了。但这并不代表我是个恋爱小白，在林森之前，我正儿八经的恋爱有三次。初恋是和大学学长，毕业第一年遇到了一个三十多岁的大叔，三年前那次是和公司同事。只是不知道为什么，每一次都被牛淑芳女士破坏了。

如果说小时候她剥夺我交友权，是怕我不知好赖，跟好的学好的，跟坏的学坏的。这三次恋爱被她破坏，我就真的是不明所以了。我想不通，就问牛淑芳女士为什么，她也只是说，那人不行，或，你现阶段不适合恋爱，再多就不肯说了。这理由让我非常不服气。

第三章　周雯雯借钱

年轻的女孩子，只要长相不算太差，稍微捯饬齐整点儿，性格再好一点儿，总是会有很多人追的。我会穿，长得也不差，已经到这个年龄了，经验多少也是有一些的。一个男人，是不是想追我，三两句话也就判断出来了。林森一周没跟我联系，回来就约我吃饭，不正是对我有意思吗？

若是三年前，才结束上一段感情，心如死灰的状态下，我可能也就拒绝了。但最近，我妈牛淑芳女士，话里话外透露出让我走出去谈谈恋爱的意思，大概她也觉得我年龄大了，怕我成了老姑娘，留在家里惹人笑话，想把我赶紧推销出去。

我好几年没谈恋爱，那颗蠢蠢欲动的心也有些死灰复燃了。不是有人说过吗，男女之间的缘分，不是看爱得有多深，而是看在我最想谈恋爱的时候，谁出现在了我的面前吗？

牛淑芳女士目前还没有任何想要给我介绍对象的迹象，但保不准以后不会啊！以我对她人际关系的了解，她能给我介绍啥好对象？她那么强势，若她介绍的我不满意，只怕又要叨叨半天，说不定就像我小时候她对待周雯雯一样，隔三差五约别人到家里吃饭，那就太尴尬了。还不如我主动出击，寻找我认为最适合我的。

过了25岁之后，为保持身材，我晚饭基本不吃。因为白天要上班，我和林森约的是晚餐，在一家氛围不错的西餐厅。初次见面，我若什么都不吃，未免太矫情了些。我点了沙拉，林森吃牛排。

需要提前埋单，毕竟不熟，林森付钱的时候我提出AA制。林森笑着说："别的方面我OK，唯独在这方面，我有些大男子主义，请谅解。"之后不管我的意见，自顾自把单埋了。

和女生一起吃饭，主动埋单的男人，多少看起来会更绅士，更容易获得好感。

林森教养很好，咀嚼的时候静悄悄，咽下食物才开口说话。他很擅长引导话题。第一次见面，聊了在英国出差时的所见所闻，讲了几个英式笑话，也问了我一些工作上的事情。

餐后，他依然要送我回家，我告诉他，我自己开了车来。他便陪着我到了停车场，见我上车了，启动了，才缓缓离开。

之后的两个月，我们断断续续地聊着天。偶尔，他会约我吃顿饭，像朋友那样处着。有时候我会怀疑，我的判断是不是错了，他其实并不想追我。若是想追我，为什么不疾不徐？

我对林森越发好奇了。好奇归好奇，敌不动，我自岿然不动。但是那天，突然发生了一件事情，拉近了我们之间的距离。

这件事情和周雯雯有关。

周雯雯是我闺密，在我认识的命非常好的女人里至少排前三。

在一个幸福美满的家庭里长大就已经很让人羡慕了，关键是父母还特开明。读师范的她，大学毕业之后，在一所中学教语文。教了两年，不想上班了，想做自由撰稿人，她父母仅仅只是犹豫了一下，便表示了支持。

五年前做自由撰稿人大家都懂的，不饿死就算不错了。但是这三五年，因为微信公众号的崛起，自由撰稿人的稿费突飞猛进，数字噌噌噌往上走。刚毕业的小年轻，只要会写，月薪上万不成问题。若开了公众号，积累了些粉丝，能接点小广告什么的，月入十万二十万，更是轻轻松松。

在时代红利面前，第一批抓住的人，都是站在风口的。

周雯雯就如此。平时面团儿似的一个人，文章倒是写得铿锵峥嵘；从没谈过恋爱的人，文章里分析起爱情来头头是道，恋爱经验零颗星，恋爱理论十颗星；人生经验并不丰富的人，给读者灌起鸡汤来，赚取大把眼泪。每次看她的文章，看她的读者叫她"雯雯姐姐"，还把她比喻成"粉红姐姐（《粉红女郎》里陈好扮演的经典角色）"，我的下巴都快掉下来了。

我问她，角色扮演好玩吗？现实生活和笔下的个人形象差距这么大，不会分裂吗？周雯雯推推眼镜儿，捋一捋因为忙碌多少天没洗的头发，一本正经地告诉我：能挣钱就行。

我对自由撰稿人的行业并不了解。我以为，也就是一个白领的收入吧！但忘了什么时候，周雯雯突然告诉我，上个月她挣了十五万，我不仅下巴惊掉了，隐形眼镜都惊掉了。

挣了钱的周雯雯，给自己买了一套小房子，从父母家里搬了出来。从此，就更自由了。但是，疯狂写稿也不是没有后遗症的。因为经常熬夜，压力太大，突然有一天凌晨三点，写完稿子之后，周雯雯躺在床上久久不能入睡。心跳得特别快，像是要挣脱身体跳出来，那种"我是不是快要死了"的想法一下子就击中了她。怕父母担心，这种事情周雯雯是不敢告诉他们的，她给我打了个电话。我睡得迷迷糊糊，听到立刻就惊醒了，迅速从床上爬起来，穿上衣服边打电话边往外走。

我让周雯雯躺着别动，我来打"120"，当然我也会很快赶到。

牛淑芳女士听见动静也起来了，我简单跟她说了我要出门的理由，她倒也没拦着。

到医院一检查，虚惊一场，只是普通的心悸。医生提醒周雯雯，不能再频繁熬夜了，现在年轻人猝死的很多，千万要注意身体。

周雯雯唯唯诺诺答应了。回家之后，就很快招聘了两个写手，一个商务，跟她一起运营公众号。而她，也能抽身出来享受一下生活了。

周雯雯到我家吃饭的时候，说起这事儿。我妈宣扬封建迷信，说："运气这种事是一报还一报，一个人突然挣了大钱，一定要花掉一部分，要不然就会生灾。要么是身体生灾，要么是亲人生灾。"

周雯雯最爱自己和父母，无论是她的身体出问题，还是她父母的身体出问题，都是她怎么都接受不了的。于是这么一个风华正茂的本科毕业生，一个唯物主义者，就愣是被我妈三五句话给忽悠住了。

周雯雯急赤白咧地跟我妈说："我花了钱呀，我买了房，添置了不少东西，给我妈买了爱马仕，还准备给我爸换辆车。"

牛淑芳女士说："花在自己身上，不会消灾，最好是做好事儿，花在别人身上。实在不行还可以捐出去。"

"我我我，我穷，捐给我吧！"我看她俩说得热闹，没我什么事儿，连忙插话找存在感。

那两人都没理我。反而津津有味地讨论，怎样才能把钱准确无误地花在别人身上。对此，贫穷的牛淑芳女士并没什么经验，只说捐给穷人啊什么的。

之后没多久，也不知道周雯雯通过什么渠道，认领了某山区的几个留守儿童，定期给他们汇生活费、买课本、书之类的东西寄过去。虽然我对牛淑芳女士那套封建迷信的东西嗤之以鼻，但见周雯雯毕竟是做了实打实的好事儿，便也没再说过什么了。

前一阵子，周雯雯心血来潮，想要去那山区看看。她约我一起，我哪儿有时间啊？我还要打工赚取血汗钱呢！她便一个人去了。

那天，我刚和林森吃完饭出来，就接到周雯雯的电话。周雯雯说："我卡里没钱了，你给我转个五万十万，应应急吧！"

原来，周雯雯到了山区一看，小朋友们的日子比她想象的要差多了。

正逢雨季，学校年久失修的老房子几近坍塌。几个年级的学生们挤在唯一一间比较好的屋子里上课，相互干扰非常严重。学校正愁到哪里找笔钱，修一修房子，好让学生们读书的环境不那么糟糕。教师宿舍也该修了，不然屋外下大雨，屋里下小雨，是根本就留不住老师的。

恰好周雯雯去了，见了小朋友们的生活状况，二话不说就把银行卡拿出来了。

这一两年，虽然她挣了些钱，但毕竟挣钱的时间不够长。买房、给她爸买车，钱基本就花光了。卡里只剩下最近这一个多月才收到的二十来万。修房子勉强够，想要把被水泡坏的课桌椅替换掉，再购买一些教具，可就难了。想再维修一下操场，是更难的事情。我有多少钱，会瞒着牛淑芳女士，却从来不瞒周雯雯。

她第一个就想到我，想从我这儿转点钱过去应急。

我的存款基本上都是这几年从赵炳国那里得来的，花在小朋友身上可谓是钱有所值了，就算最后周雯雯不还我，也没什么的。我立刻就从活期理财里提了十万块，给周雯雯转了去。

这让林森感觉很惊讶。

林森说："看你那买衣服的态度，以为你是欠卡族呢！"

"什么是欠卡族？"我问。

"欠各种信用卡啊！"林森说。

这个说法倒是有意思，我说："我的钱月光，存下来的都是老爸给的。"

"你爸很有钱吗？"林森问。

"还行。"我说。

"你爸很爱你呀！"林森笑着说。

赵炳国爱我吗？我不知道，我也看不出来。我只是他两个女儿中的一个，我和我妈住在外面老旧的小房子里，而赵如盈和李贵珠住在他的大别墅里。

赵如盈和我，就像《情深深雨蒙蒙》里如萍和依萍。如萍的一双皮鞋两百块，依萍和她妈一个月的生活费只要20块就够了。

赵炳国这些年是给了我不少钱，但那些钱与其说是他给的，不如说是我自己挣的。利用他的愧疚心理和偶尔的关注，用不动声色的方式挣的。

他给我的钱，若只以工薪阶层的收入来衡量，是不算少。但以他的挣钱能力来说，给我的只是毛毛雨。我从来没问过他每个月给赵如盈多少钱，但从赵如盈平时的排场来看，想必不会少。在赵炳国面前，我从来不提赵如盈，怕他尴尬，也怕我自己难过。

本来心情还不错,林森突然说"你爸很爱你呀",我瞬间就觉得意兴阑珊。想说点什么,但毕竟才认识,吃了几顿饭而已,不算熟,跟他能说什么呢?我也只是笑笑,胡乱点点头。

林森问:"你爸是做什么的?"

"做生意。"我不欲多说,东张西望,试图在他的下一个问题到来前及时转移话题。

很显然,林森非常擅长察言观色,他见我不想说,便不再继续问了。

我们一起朝停车场走去。我因为突然提到赵炳国,想到赵如盈,心情有些糟糕,便不再说话。林森不知道在想什么,脸色晦暗不明,也没有说话。

从饭店到停车场,会经过一段比较昏暗的小路。我有心事,走路时便有些心不在焉。一不小心踢到小石块,绊了一下,林森扶着我说:"小心。"就势抓住了我的手。

我挣脱了几次,他便松了手。

什么话都不说,突然抓住女孩子的手,这算怎么一回事?他的唐突,让我有些懊恼。

正胡思乱想,停车场到了。我用钥匙按开车门,准备上车。林森拦着我,突然就跟我表白了。

他说:"这些天我一直在犹豫,要不要告诉你,我喜欢你。到了我这个年龄,还跟女孩子说喜欢,是一件挺傻的事情。我也觉得我挺傻的。可是我很多年没有对哪个女孩心动了,见到你的那一刻,我心动了。和我在一起好吗?"

最近一次听到如此酸的表白,还是八年前。我的大学学长,是一个文艺青年,平时喜欢写点酸诗,发在校报上。那天,学生会的事情结束之后,我们一起往外走,学长突然拦住我说:"这一阵子我心里挺乱的,你知道为什么吗?"

我哪儿知道啊?我们相处又不多。

学长说:"因为你在我的心里,把我的心给弄乱了。"

那是我第一次被人当面表白,尚且分不清楚酸和走心之间的区别。我只知道,学长说完之后,我的心如撞鹿,也乱了。

我和学长相处了大概三个月,就被我妈牛淑芳女士知道了。牛淑芳女士找到学长,跟学长说,你要是再敢纠缠我女儿,我找人打断你的腿!

别看学长已经二十多岁了,大学生毕竟也还是学生,社会阅历不足,他的胆儿被我妈吓破了,从此见了我绕道走。

那是我第一次感受的爱情的甜蜜,也是第一次遭受到爱情的挫折。我对着牛淑芳女士号啕大哭,却并不能让她心软。

我在学长的寝室外堵了他好几次,他躲着我。最后一次,他挽着一个学姐公然出现在我面前,我才真正死了心。

伤痛是必然的,过了半年多,我才缓过劲儿来。

毕业找工作的时候,我遇见了一个三十多岁的银行经理。那是我第二次恋爱。银行经理对我是真的好,我甚至差点接受他的求婚。但牛淑芳女士说,他配不上我。为了这个理由,牛淑芳女士非要让我们分手。

至今我还记得当初为了银行经理跟我妈吵架时,牛淑芳女士说的话。

牛淑芳女士说:"一个男人对一个女人好,并不是因为男人有多好,而是因为那个女人好,值得别人对他好。你想想看,如果你是一个没有什么优点的人,他会喜欢你吗?会对你好吗?是你学历、气质、长相、人品，各方面都很优秀，才吸引了他对你好。他对你好，并不值得感激，如果真要感激，不如感激自己为什么是一个这么棒的人。不如感激你妈我，怎么就把你培养得这么优秀了！"

虽然当时我并不理解我妈的话，还为了银行经理要死要活，三天三夜不吃不喝。——对，就是这位发际线日益退后的银行经理。他对我实在是太好了，是有生以来对我最好的男人。失去了他，就像失去了全世界的爱。为了他，我要死要活。

这几年，随着阅历的增加，再回想往事。偶尔我也会想，或许我妈是对的。那位银行经理，真是挺普通的。不知道那时候我鬼迷心窍什么，对他迷恋到那种程度。

我妈的那番话，一年多以前，我在一档综艺节目里听一位导师说过。像一记重锤击中了我。我不得不承认，我那个没读过多少书的妈，偶尔还是能讲出一番还不错的道理的。但是，想让我承认她拆散我是为了我好，这是怎么都不可能的。

彼时，我已经成年了，有自己的判断能力。就算会吃亏、会受伤，那也是我自己的经历。强行拆散，太过于暴力，我不会感激她。

第三段恋情是和同事小哥哥。这段感情没什么好说的，不过是上班时明修栈道，下班后暗度陈仓。我妈背着我悄悄找了小哥哥，小哥哥就离开了，辞职了。给我留了一封信，告诉我我妈找过他了。小哥哥在信里说，牛卉卉，我真同情你，有这样一个妈。

我也挺同情我自己的。

有了前面两次撕心裂肺的伤，小哥哥的离开，我麻木了。也就难过了那么一阵子，便放下了。饭照吃，觉照睡。除了事后找借口嫌我妈菜炒得咸跟她大吵一架哭了一场发泄之外,什么事情都没做。

啊,越活越懦弱的我!

林森的表白,我除了觉得有些酸以外,第一反应是惶恐。可千万不能被牛淑芳女士知道了,不然就糟糕了。

但是我又想,牛淑芳女士最近不是有些着急吗?她希望我走出去,谈场恋爱。林森这么优秀,她应该会喜欢的吧!

糟了糟了,为什么我要谈恋爱,想的首先是牛淑芳女士的态度呢?她对我的影响已经深入骨髓了吗?我和谁恋爱,关她什么事?作为一个妈妈,未来的丈母娘,她只用祝福就好了呀!我想这些乱七八糟的干什么?

胡思乱想之间,感觉身子一沉,才骤然惊醒。

林森见我久久不答,叫我又没有反应,居然一伸手就把我抱怀里了。

他比我整整高出一个头,为了将就我的身高,他直接把肩膀和脑袋的重量靠在我的肩膀上了。他抱得可真是实在啊,一点儿都不玩虚的!

手很重,声音却得很温柔。林森问:"我吓着你了吗?怎么会呢?我没说很过分的话呀!"

"没有。"我把他推开,退后一步,整理了下头发,说,"你让我想想好吗?"

"怎么了?你有男朋友吗?"林森很诧异。

"那倒没有。"我说,"我只是觉得有些突然,想考虑一下。"

第四章　短暂的热恋

大家都这么忙，谈恋爱总不能跟小年轻一样，一考虑就十天半个月。第二天我就答复林森了，我说可以，但我是一个慢热型的人，希望可以循序渐进，细水长流。

我之所以这样说，是想明白了，这事儿在很长一段时间内，得瞒着我妈。

虽然我妈牛淑芳女士明确表示，希望我谈恋爱，希望我结婚。但谁知道林森能不能入她的法眼呢！若她作为未来丈母娘根本就看不上林森，或林森跟她的审美标准差别甚远，谁知道她会做出什么事儿呢？

虽然这么多年的相处过程中，我的面子早就变成了牛淑芳女士的鞋底子，但，我依然是一个爱面子的人呀！

哪怕牛淑芳女士什么都不做，只对林森说几句刻薄话，我都会觉得脸没地方放。只怕不用她破坏，我自己都不愿意再见到林森了。

因为牛淑芳女士的真实态度太扑朔迷离、不可捉摸，我并不敢轻易地把林森带到她面前。我想好了，我先和林森谈着，若跟林森走不下去，那就自然而然地散了。也不用告诉牛淑芳女士了，免得给她机会参与我的感情。

若能走下去，感情越发好，我会初步试探一下牛淑芳女士的态度。但凡有一丝拿不准，我就不告诉她我谈恋爱了。等到水到渠成的那一天，我会像陷入爱情不管不顾的小女生一样，偷家里的户口本，和林森悄悄扯证。生米煮成熟饭，我搬到林森家里住，就不信她还能干出什么事儿来。

我的这个想法，在我答应林森之前，在电话里跟周雯雯说了。周雯雯大叫道："天哪，阿姨都把你逼成什么样了！"

"是啊！我真怕我成为下一个她。但我会努力不让自己成为下一个她。"我交代周雯雯，"替我保密啊，任何人都不能告诉，包括你爹妈。"

"知道知道，我不帮你打掩护谁帮你打掩护，谁让我们是闺密呢！"周雯雯应承道。

"你什么时候回来呢？"我问。

"还有半个月这边就结束了，等着我啊，我要见见你口中的'儒雅大叔'。"

林森35岁，我偶尔开玩笑会叫他大叔。因为气质够儒雅，我和周雯雯说到他的时候，会叫他"儒雅大叔"。

林森是个情话高手。我曾问他喜欢我什么呢。

他说："第一次见你，你帮我妈妈挑选衣服时专注的样子，让我觉得你整个人都在发光。那是我第一次对你心动。那天，你朋友为了山区的小朋友，让你转钱，你二话不说就转了，还问够不够，不够再转点。对于别人来说，可能十万块不算什么。但你工作这么辛苦，那些钱几乎是你一年的薪水了。你就这样毫不犹豫地转了去。我想，你应该是一个特别善良，特别有爱心的人吧！这是我第二次对你心动，也是我下定决心要跟你在一起的主要原因。"

专注、善良、有爱心，这都是很美好的词语。虽然在和赵如盈她们母女俩斗的时候，我觉得我挺邪恶的。但大多数时候，我是善良无害的。林森这么快就发现我善良的本质，这让我觉得很受用。但我没想到，从此以后，善良这个标签，绑架了我。

像大多数情侣一样，我和林森才在一起的时候，是齁甜齁甜的。我们把情侣们常做的事情，都做了一遍。我们去吃麦当劳买一送一的甜筒；我们看电影的时候共吃一桶爆米花；我们去迪士尼，和米老鼠、白雪公主合照；我们坐过山车，险峻处大声尖叫；我们在白天，手拉手走过街巷；我们在夜晚追逐对方的影子，笑得像个傻子……

我买了更多的漂亮衣服，不惜动用理财基金。只为见面时，他说一句"你今天真好看"。而他，他的胡子每天都剃，皮鞋擦得干干净净，身上永远都散发着古龙水的香味。

林森本来不是特别帅，但看久了却有一种谁都无法替代的隽永感。我得承认，我真的很喜欢他。

刚认识的时候，林森不肯告诉我他究竟是做什么的，只笼统说"外贸"。在一起之后，他偶尔会跟我讲一些他们行业的东西，他们公司是做手机芯片的，中美贸易战之前，生意还算不错。最近这一两年，日子很难过。欧洲的地域保护措施，使得他们公司的市场越来越小，他最近已经在考虑转战东南亚和印度了。

读书的时候我就是学渣，工作之后，所做的事情，基本都在服装行业打转转。林森说的这些东西我哪里懂啊？我只是笑吟吟地看着他听他说，并顺便夸他几句。

我们之间的恋爱是良性的。除了……暂时要瞒着我妈牛淑芳女士。

林森只要没出差，只要不是特别忙，他都会来接我下班。我的工作地点并不固定，有时候在公司总部，有时候在所负责的三个门店。若刚好在大洋商场，而林森又要来接我的话，那就比较糟糕了。

关于我家那本难念的经，我并没有很详细地跟林森说过。我只是告诉他，我爸妈在我很小的时候就离婚了，我跟着我妈。

我并没有告诉他，我爸的新夫人和小女儿是多么地难以相处；我也没告诉他，我妈是个控制狂。这些都是我明媚外表下的阴影，是除了周雯雯之外，我并不想跟任何人分享的隐私。

不跟林森说，不是不信任他，也不是怕他把我看低了。而是，伤口的撕开需要勇气，爱情太美好，像阳光下的肥皂泡。我沉溺其中，宁可过一日算一日，而不愿意让我爱的人跟我一起直视我血淋淋的过往。

然而肥皂泡毕竟只是肥皂泡，迟早有被戳破的那一天。

就在我们恋爱的第四个月的某天傍晚，正好是饭点儿，我在大洋商城布置D&H新一轮促销的各种物件，林森打电话给我，说已经到门店附近了，要带我出去吃点东西。

我妈牛淑芳女士是一名勤劳的柜姐，为了省钱，她几乎不在外面吃饭。每次都是上班前在家里烧好，装进盒饭带到商场，到点儿了用微波炉转转吃。

牛淑芳女士对我不吃晚餐这件事不满已久，虽然不至于把食物塞我嘴里逼迫我吃，但也会想方设法用迂回的方式让我多吃几口。这两年她基本摸清了我的工作规律，只要大洋商城近期有促销，我总是会出现的，经常还会忙到打烊。那天她就会多带点食物。她知道带主食过去我基本是不吃的，就单独给我带一盒菜。水煮西蓝花、西红柿烧牛肉或鸡胸肉之类的，还会带些水果给我吃。

有一个连女儿吃不吃饭的自主权都要剥夺的亲妈，我也是够累的。但不给我带主食，已经是博弈了很久的结果，我不想再生事，便也只能接受，只能乖乖吃掉那一盒"爱心菜"。

林森和我妈一样，对我不吃晚餐这件事感到担心，只要有空就会带我去吃东西，幸好他从来不逼迫我，见我只吃醋淋沙拉也只是一笑而过，只要我吃了就好。

这个傍晚，接到林森的电话，我很慌乱。我妈已经去热饭了，等会儿就会过来。我只有两个选择，要么找借口把我妈那边搪塞掉，要么找借口让林森不要来了。

很显然，让林森不要来的可行性更高一些。

我跟林森说："我已经吃过了。"

"这么早？那我去看看你。"

"我特别忙，只怕没有时间说话。"我的借口听起来似乎很冷血，但我心里不是这样想的。跟无趣的工作相比，我其实很想见到有趣的林森。

"那我就在远处看看你，如果你发现我了，我就跟你招招手，say个'hi'。"他倒是好脾气。

远处看着我……这更可怕了好吗？我一定会表现得很不自然，而牛淑芳女士一定会发现我的不自然。

"真的不用了。"我有气无力地拒绝。

"就这样说定了。"林森并没有意识到事情的重要性，挂断了电话。

天哪，他就要来了！而牛淑芳女士很快也要来了。我该怎么办？我赶紧给林森打过去，他的电话居然占线！

不知道他是在打工作电话，还是有什么事情，我连打好几遍都占线。我的脑子里有个倒计时钟，正在"滴答滴答"响个不停。没办法，我只好打给牛淑芳女士。我跟牛淑芳女士说："我有很急的事情需要出去一趟，饭我就不吃了。"

牛淑芳女士问："什么事情？比吃饭还重要？"

"工作的事情。不跟你说了，挂了！"我不耐烦地说。

我脾气不算坏，也很少对谁表现出不耐烦，唯独对牛淑芳女士，只要一跟她说话，我的语气就变得很不好。除了烦她管我管得太严，嫌她说话太啰嗦之外，更是有恃无恐她是我妈，我是她离婚之后生命中的唯一，我对她再不耐烦，她也不会拿我怎么样。

挂了电话我就往外走，边走边再次拨打林森的电话。巧了，这次居然拨通了。我跟林森说我不在店里，在离店约两条马路远的地方，我们在那里见面好了。

林森并没有怀疑我想躲避什么，而是很爽快地说了"好的"。

不算远，犯不着开车。这一天为了美丽，我穿了高跟鞋，连走两条马路对于我来说有些吃力。我气喘吁吁紧赶慢赶，快到时还不忘记打开手机前置摄像头，整理下头发，补了个口红。

我刚收拾妥当，林森的车就停在了我的面前。我拉开车门，就爬了上去。

我刚说了句"走吧"，车后门就被拉开了。一个黑乎乎的身影挤了上来。

是我妈，牛淑芳女士。

见到牛淑芳女士的那一刻，我深刻体会了"目瞪口呆"的真实含义。

林森一脸疑惑，正准备说话。牛淑芳女士笑眯眯地说："跟他一起处理工作的事情啊？带上我吧！"

林森看着我，用口形问我她是谁。

"我妈！"我说。

我一脸颓败，牛淑芳女士一脸气定神闲。而林森，我的男朋友，他的表情就比较微妙了。

他握着方向盘的手，微微有些发紧。他的嘴巴动了动，似乎想跟牛淑芳女士打招呼，但看这气氛，又不知道该不该打招呼。他的目光有些发虚，胡乱地朝前开了会儿，才问我："我们去哪儿啊？"

我还没回答，坐在后排的牛淑芳女士发话了。她说："你们本来想去哪儿就去哪儿！"

牛淑芳女士的话坚定有力，她挥斥方遒、指挥若定，我气不打一处来。再想到她就这样尾随在我身后，看我对着手机搔首弄姿，而我却并没有察觉，就更生气了。

林森看看我，我默默地点点头，车在某饭店门口停下。

落了座，林森没那么紧张了，他把菜单递给牛淑芳女士，问："阿姨，您想吃什么？"

"随便，你们看着点！"牛淑芳女士表面上笑眯眯地跟林森说话，但她的眼睛，一直紧紧地盯着我。

林森把菜单递给我，示意让我点。

我这时候哪里还有点菜的心思？我有气无力地把菜单推回去，说："你点吧！"

林森硬着头皮点了。中途还问牛淑芳女士喜欢吃什么菜，有没有口味偏好。牛淑芳女士来的目的哪里是吃饭呀？她逮我来了。牛淑芳女士依然盯着我，依然对林森说了那两个字"随便"。

等菜的间隙，谁都没有说话。林森看看我，又看看牛淑芳女士，他已经察觉到我和牛淑芳女士之间的剑拔弩张了。

菜上齐了，林森招呼我们吃。

牛淑芳女士没有动筷子。我其实不饿，但为了缓和气氛，还是夹了一片菜叶。正要朝嘴里送，牛淑芳女士开口了，她笑着说："谈恋爱就谈恋爱，干吗要瞒着我呀？我是你妈，又不是什么牛鬼蛇神，你瞒着我有什么意思呢！"

语气轻，但话重。我又不是傻子，我怎么可能听不出来这话表面上是说我，其实是说给林森听的？

"我……没有……"我也不知道我在否认啥，就是下意识地否认了。

"房子隔音不好，天天夜里叽里咕噜闷在被子里打电话，当我听不见呢！"牛淑芳女士说。

——敢情您老人家天天躲我门口听我墙根儿呢！不知道多少打情骂俏的话被听了去。我害臊极了，也气愤极了。

我瞪着牛淑芳女士，用眼神把她凌迟了一百次。

牛淑芳女士不搭理我，自顾自笑着问林森："你是哪里人呀？"

"盐城的。"

"哦！倒是不远！"牛淑芳女士问，"你父母也在这边吗？"

"没有，他们在老家。"

"是哦，大城市的房价这么贵，都过来住，成本很高的。"

侧面打听在这边有没有房，通过父母在不在这个城市住，预估房子是几室几厅。她们这个年龄的老阿姨，最擅长干这个了。

听听,"大城市的房价这么贵,都过来住,成本很高的。"一唱三叹,荒腔走板,本地人的优越感立刻就显了出来。

"妈——"我不满地拖长声音叫,想让她停止。

她看都不看我,继续问:"林森是哇?我就叫你小林了,小林你是做什么工作的?"

"外贸。"林森明显感觉到不适。

"能跟我讲讲具体是做什么的吗?你在公司是什么职位?"牛淑芳女士依旧不依不饶问道。

"妈,您再问我就走了!"我已经29岁了,我妈对待我的方式,就像对待16岁情窦初开早恋的小女儿,这让我非常生气,也觉得丢脸。我气势汹汹站起来,作势要走。

"要不是你什么都不跟我讲,我会直接问别人?"牛淑芳女士振振有词,把我按到椅子上,瞪着我,说,"人家小林都不介意,你介意什么!是吧,小林?"

林森心虚地冲她笑笑,说:"不介意。"

"那你跟我说你是做什么的?"牛淑芳女士一副很感兴趣的样子。

"这个说来话就长了。"林森低声说。

"没关系的,我们有时间,对吧卉卉!"

我直接趴在桌上,放弃治疗了。

牛淑芳女士问得很细,不仅问了林森的工作内容,问了薪水,还问了他公司的名字,他的工作地点,详细到什么路多少栋多少号。问了他爸妈的工作,年龄,喜欢什么样的女孩了。问完还不甘心,又加了他的微信,要了他的手机号。除了问工作地点时,林森并没有清清楚楚告诉她多少栋多少号,只告诉她在哪条路上,其他的都诚实回答了。

我有注意到,林森在回答这些问题时,额头上一直冒冷汗。我很心疼他,我更心疼我自己,我预感到,我的爱情就快没了。

我瞪着牛淑芳女士,一直瞪着。瞪得我的隐形眼镜都快飞了出来,而牛淑芳女士就像感觉不到似的,不紧不慢地继续盘问。

我忍不下去了,手背到身后,悄悄给林森发了条微信,微信上只有两个字,"尿遁"。

林森看了微信,嘴角就咧开了,他说:"阿姨,您慢慢吃,我去个卫生间。"

说着,就提着包准备离开了。

牛淑芳女士说:"你上厕所拿包做什么?又不是女人,还要补妆呀!"

林森心虚地笑笑,看看我,放下了包。

上厕所这种事情,牛淑芳女士总不能阻止的,她也不好跟着他,也只好眼睁睁看着林森离开了。

过了五分钟,我收到林森的微信,他交代我,把包带到门店,他等会儿来取。

我这才缓缓站起来跟牛淑芳女士说:"回吧,我们。"

"小林还没过来呢!"

"他已经走了。"

"怪不得刚刚要拿包。"牛淑芳女士恍然大悟道。

我憋不住笑。

"是你搞的鬼!"

"嗯哼!"我得意地说,"我若不救他,就没有人救我了。"

牛淑芳女士气得要来打我,我躲开了,叫服务员埋单。

非现金支付都只能去服务台，我便跟着服务员去了，留牛淑芳女士在座位上。

牛淑芳女士在身后叫道："你还没嫁人呢，就胳膊肘往外拐！钱都不付，他还是不是男人！"

"他最近很缺钱，女人埋一两次单没什么大不了的。"

回到门店，不一会儿，林森就来了。

我跟他到门店外说话。我说："对不起宝贝，我没料到我妈突然出现。"

林森轻轻地揽了我一会儿："没关系的，宝贝儿，我们迟早要面对。"

是哦！林森能这样想就最好了。我们毕竟是同一战线的。

想到"尿遁"，我俩就忍不住相视而笑，像两个傻子。

我很得意，《龟兔赛跑》的故事告诉我们一个道理，笑到最后的人才是真正的赢家。虽然牛淑芳女士气势汹汹而来，但抵不住我和林森心有灵犀啊！我真是机智，一个"尿遁"不仅完美地扭转了局面，似乎还让我和林森的感情变得更好了。

林森的笑意在打开包后消失了，他的脸色变了，变得有些难看。他问："你动我的包了？"

"没有呀，怎么了？"林森走了没多久我就埋单了，埋完单我就提着他的包和牛淑芳女士一起回大洋商城了。不一会儿林森就来了，我哪儿有时间动他的包呀！——突然，我的脸白了。是了，我去埋单的时候，牛淑芳女士偷偷动了林森的包。

她怎么能这样呢？饭店好歹是公共场合。

我觉得很羞愧，却不好说什么，她毕竟是我妈，再不好，我也得在男朋友面前维护她的面子。我什么话都没说，只问林森：

"有什么东西丢了吗?"

林森再次翻翻看,说:"丢了一张名片,别人的。"

幸好不是大事,我松了一口气,说:"我回去找找看,找到给你。"

我交代林森:"快回去吧,小心开车。"

"嗯。"林森胡乱点点头,匆忙离开了,连分别时的拥抱都没有。平时我们分开,他总是会抱我的。

看来那张名片很重要,我有些闷闷不乐。

下班回家我就质问牛淑芳女士,牛淑芳女士说没看见,我跟牛淑芳女士大吵了一架。

牛淑芳女士没怎么认真跟我吵,她只是在我气到跳脚的时候,轻描淡写地回句嘴。但是她的眼神却明明白白告诉我,笑到最后的那个人,未必是我。

那就走着瞧!

我以为这只是一个不值一提的小插曲,如果林森真的很介意的话,我可以代牛淑芳女士跟他道歉,谁让她是我妈呢!却没想到,从他离开的那一刻,我再也联系不上他。

就像凭空消失一样,我再也联系不上他了。

第五章　林森消失了

你能想象，一个前一天还在叫我"宝贝儿"，跟我法式热吻的男人，突然就消失了，我会是什么感受吗？

我的嘴唇还是麻的，那些情话还回响在耳畔。可是我的爱人，突然就消失了，我再也联系不上他了。我给他发微信，一开始还能发过去，不一会儿，就发送不了了，我猜他把我删除拉黑了。

我给他打电话，头天晚上是忙音，第二天就是"您拨打的电话已关机"。

我手足无措，不知道究竟发生了什么，为什么他不愿意再见我，不愿意被我联系上。

我心乱如麻，什么事情都做不了，脑仁很疼，脑海里一直在分析，究竟是什么样的原因，他连我们的感情都能舍弃。

——是了，我想到了，一定是那个包！那个被我妈翻过的包！还有那张神秘的名片。

包里有什么秘密呢？那个秘密究竟有多大，大到值得他一转眼就把我给拉黑了。那张名片又是谁的呢？名片上的人，对林森来说很重要吗？

我跌跌撞撞冲到牛淑芳女士面前，问她："妈，妈您告诉我，您在林森的包里看见什么了？那张名片究竟在哪儿啊？"

牛淑芳女士才从外面回来，她显然很累了，大口大口地喝着水，过了会儿，才同情地看了我一眼，从兜里掏出一张名片递给我。

名片上的名字是刘珏，工作是某装修公司CEO，电话看着很眼熟。是了，何止是眼熟，我们每天都要通话无数遍。那是林森的电话。

我觉得有些不对劲，问："为什么是刘珏？"

"你都不知道我哪知道啊？"牛淑芳女士问，"他今天联系你没有？"

"没有，他消失了。"我很颓丧。

"瘪三！"牛淑芳恨恨地骂道，"我早就猜到了。"

过了会儿，牛淑芳女士问："你借给他了多少钱？"

我心里一惊，她怎么知道的？她那么爱钱的一个人，买橙子都要计算十块钱三斤更划算，还是三块钱一斤，买两斤送一个更划算的人，若是知道这几个月我陆续借给林森不少钱，不得生吃了我呀！

我嘴硬说："没有，他比我有钱。"

"真的？"

"真的。除了最后一顿饭，我们一起吃饭都是他埋单。"

牛淑芳女士探究地看着我，将信将疑，过了会儿，想明白了，说："你当你妈是傻子吧！"

我知道我瞒不过了，问："您是怎么知道的？"

"吃饭的时候你说他最近很缺钱。"

从我一句话就猜出我借钱给林森了。牛淑芳女士，您是福尔摩斯吗？

牛淑芳女士问:"究竟借了多少?"

"十二万五千块。"我说。

牛淑芳女士一屁股坐在沙发上,半晌才抬起头说:"我最大的错误就是没把你的钱管起来。"

"我明年就30了,我有权管理自己的钱。"

"这就是你管的钱!这就是你管的钱!你怎么那么会管呢!"牛淑芳女士气急败坏地说。

此处省略牛淑芳骂我的一万字,以及我们对吵时我说的两千五百字。

吵够了,我们休战。我问牛淑芳女士:"我现在该怎么办?"

"找到他,把钱要回来。"牛淑芳女士说。

我没说话,回自己的房间了。我和牛淑芳女士对这件事情的理解完全不同。牛淑芳女士的关注重点在他骗了我的钱,而我的关注重点在,他骗了我。不光骗了我的钱,还骗了我的感情。

骗我的钱,我很心疼。骗我的感情,我很愤怒,继而感到挫败,心被凌迟似的疼。

见我回房间半天不出去,牛淑芳女士追了进来,她递给我一张纸。

"这是什么?"我问。

"话费单。"牛淑芳女士说,"我去营业厅给他充了二十块钱,拿到了他的话费单。但是那个电话号码不是林森,也不是刘珏的,而是一个叫张敏的人的。"

"手机卡在小店就可以买,查到张敏没用。"我说。

"是啊,我也是这样想的。"牛淑芳女士问我,"你看过他身份证吗?"

"看过。他不让我看，我非要看，他就给我了。"

"有什么不对劲吗？"牛淑芳女士问。

"身份证不都那样，能有什么不对劲！"

"名字是林森？"

"是。"

"家庭住址你记得吗？"

"那么长，谁记得住。"

"身份证号码呢？"

"……"我简直无语了。

"你拍照了吗？"

"我没事拍他身份证干吗啊？"

"算了，身份都是假的，身份证能真到哪里去，说不定都是假的。"牛淑芳女士说。

我叹口气，没再说话。

过了会儿，牛淑芳女士仍不死心，问："你是在什么场合看到他身份证的？"

我警惕心立刻就被激发了，说："你问这个干吗？"

"男人什么时候会拿身份证出来呢？"福尔摩斯再度附体，牛淑芳女士皱眉分析，"开房的时候！宾馆和派出所联网，他的身份证有可能是真的。那么，林森这个身份也有可能是真的。去你们开房的宾馆查，能查出来。"

我目瞪口呆、张口结舌。

"去呀！"牛淑芳女士催我。

我站起身，准备走，她突然后知后觉地大叫："林卉卉，你和男人开房了？"

我被这一系列的变故弄蒙了,她冲上来就用巴掌打我脑袋:"我让你不洁身自好,你还没结婚……"

我连忙躲,边躲边叫:"都什么年代了,我都29岁了!"

牛淑芳女士追了会儿,追不上我,气喘吁吁停下来。

过了会儿,看她平静了,我们才一起出门。然而我还是低估了牛淑芳女士,她的平静都是装的,我刚靠近她,她就照着我的脑袋狠狠来了一巴掌,差点把我打成脑震荡。

很疼,我也只能忍着了。

宾馆一开始不肯给我林森的身份信息,牛淑芳女士撒泼,要报警,宾馆才给了。

和我开房的根本就不是林森,而是一个叫"王大伟"的人,家住江西。牛淑芳女士抄下了王大伟的家庭住址和身份证号。

林森、刘珏、张敏、王大伟……狡兔三窟,林森居然有四个名字,我蒙了。

我想起来,那天我是在什么场景下看到林森身份证的。

他的证件从来不装包里,一般都装在夹克的内袋里。那天,开完房,他刚从服务员手里接过来,我就要看,他作势不给,假称"身份证照片太丑",硬是又装了进去。我故意跟他闹,他才无奈背过身子掏出身份证递给我。应该是在那个时候掉包了。

不知道是他的套路太深,还是爱情太迷人。我,一个29岁的、多少经历了些事情的都市女子,自诩不算笨,防备心也够强,居然一点都没看出来。

"现在该怎么办?"从宾馆出来,我问牛淑芳女士。

"报警呀!还能怎么办!我们没权利查他的车牌号,只能请警察来查了。"

我有些踟蹰，怕被人知道了。我嫌丢人。

"傻愣着做什么，走呀！"牛淑芳女士对我气不打一处来，语气极度恶劣。

我拉住她，哀求："妈，能不能不去报警！"

"钱重要还是你的面子重要？"牛淑芳女士看明白我的懦弱，狠狠瞪我。

我仔细衡量了很久，面子重要，钱更重要。跟钱比起来，真相似乎更重要。

我想知道，他究竟是什么人，为什么要骗我。弄这么多身份出来，究竟是布了多大一个局。这件事情跟赵炳国的公司有关吗？赵炳国的事业做得是很大，但我们母女俩是局外人，他公司好不好跟我们关系不大。若真为了赵炳国的公司，骗赵如盈比骗我好更多。

我把我的猜测说给牛淑芳女士听，牛淑芳女士说："那就更要报警了。"

我和牛淑芳女士一起来到派出所，备案就用了大半天的工夫。警察第一时间查了林森的车牌号，才发现，车是租的，出事儿那天晚上就退了，租车人用的身份证也是王大伟。

我们和警察一起，赶到了车行，调取了监控，退车的人是林森。车行外有很长一段路没有监控，城市天眼也没有覆盖到，他走的就是那条路。警察调取了那个时间段经过那条路的所有车辆，并没有找到林森。也就是说，他就此消失了。

我很失望，我问对接的警察小丰，什么时候能找到人。小丰说，我们说的这四个人，林森、刘珏、张敏、王大伟，只有王大伟留下了身份信息，但并不排除林森并不是王大伟本人。

小丰说，他们会去宾馆和我们常去的地方调监控，但只有我提供的照片和监控，没有更多的信息，城市这么大，外来人口占八成，想要找到人，只怕是很难很难了。

　　一句话说得我心里拔凉拔凉的。

第六章　寻找林森

从派出所回去，就已经很晚了。我几乎一夜没睡。早上刷牙的时候，看着镜子中那张松弛的、蜡黄的脸，我感觉我自己像个鬼。我默默地上班，默默地加班，默默地回家。空了就去派出所问一问，有没有找到人。答案当然是没有。一次没有，两次没有，三次五次都没有，我逐渐就灰心了。

这期间，牛淑芳女士并没有指责我，她甚至连一句重话都没说。当然她也并没有安慰我。发生了这样的事情，作为我的母亲，作为受害者家属，她难过的心情并不亚于我。她的内心大概也觉得我蠢，并不想安慰我。

我没有刻意去想和林森交往的点点滴滴，可那些相处过的片段，像炸雷一样，突然就出现在我的脑子里。无论我是在工作，还是在吃饭，或者在睡觉，它们就那么突然地出现了。它们击中了我，让我的心生生地疼。

我得承认，林森才消失的那些天，我恨他，疯了一样恨他。可是随着他消失的时间越久，我的恨意就消失得越快。我开始想念他，想念他对我的好，想念他在寂寞的人生路上，给予我的温暖。

我很想找到他，问一句为什么。

我想问他，如果我妈不翻他的包，不拿他的名片，他是不是还要继续伪装下去，好从我这儿骗到更多的钱。

我还想问他，他对我真的一点感情都没有吗？相处了这么久，就一点感情都没有吗？我想跟他说，如果他愿意解释，我其实是愿意听的。我是很爱钱，但跟感情相比，钱不算什么。

他那样的人，他那样一个开好车、在高档场所消费，只要有钱，从来不肯让我埋单的人，一定不会是故意想欠钱不还的。我那点钱，在有钱人面前不值一提。他的生意做得那么大，腾出手来，他会还给我。

他一定是遇到了天大的难处，才会做一张名字叫"刘珏"的名片，用以掩饰身份，试图渡过难关。至于电话号码、身份证，那都是有理由的，一定有的。

问题就出在那张名片身上。和我认识这几个月以来，他的形象那么完美，虽然遇到了些困难，找我借了些钱，但他并没有把那些钱放在心上。现在，我妈翻了他的包，看到了他的另外一个身份，他在我面前不完美了，他不知道该怎么跟我解释，他受不了了，才躲着我。他的心里一定是爱我的，他在思念我，正如我思念他一样。

想到这里，我欣喜若狂。但想到我联系不上他，我又陷入冰冷。

我找到牛淑芳女士，问："您为什么要翻他的包呢？"

牛淑芳女士正看电视，闻言抬头看了我一眼，没有说话。

我沮丧地说："如果您不翻他的包，他就不会离开了。"

牛淑芳女士沉浸在家长里短的电视剧里久久不能自拔，过了很久很久，久到我以为时间静止了，她才抬起头来，问了一句：

"你是个傻子吗？"

我是个傻子吗？我不知道。我本来以为自己还挺聪明的。可林森走了，我的脑子乱了。我傻了。像个傻子一样傻了。

牛淑芳女士说："证据都有了，事实已经这么明显了，你还要自欺欺人，你不是傻子你是什么？"

语气一如既往地尖刻。当然，不这么尖刻，就不是牛淑芳女士了。

"我头疼。"我抱着脑袋痛苦地蹲了下去。

"我最看不惯你这种每次遇到感情问题都要死要活逻辑混乱的样子，我要像你这样，当初跟赵炳国离婚的时候，我就抱着你跳黄浦江了。"牛淑芳女士恨铁不成钢地说。

过了会儿，牛淑芳女士看我仍蹲在地上不起来，这才担心了。她靠近我，摸我额头，自言自语说："没发烧啊！"

我躲开她的手，说："我要找到他。"

"警察都找不到，你怎么找？发生了这种事情，自认倒霉吧！"

"不，不，我一定要找到他，我一定能找到他。"我站起来，大叫道。

"侬脑子瓦特了！"牛淑芳女士说，"作为你的妈妈，我不介意辛苦一点，送你去精神病院。"

我转身就走了。

我记得牛淑芳女士曾经交给我一张名片，那个叫"刘珏"的名片。我把名片放哪儿了？我翻箱倒柜地找，试图找到它。

"你找什么？"牛淑芳女士不看电视了，来到我房间门口，靠在门框上问我。

"名片，您从林森包里翻出来的名片。"

"那上面没有地址。"

"但是有公司名字，只要有名字，就能找到地址。"我说。

"你当时直接塞进大衣口袋里了。"牛淑芳女士说。

我去衣柜翻。

我找到了那张名片。

刘珏，嘉泰装修公司CEO。

我掏出手机，百度搜索这家公司。往后翻了十页，并没有这样一间公司。

我不死心，又用谷歌搜索了一遍，依然没有。

我颓然地坐在床上，不知道该怎么办。

"他所在的手机芯片公司名字叫美嘉，具体是哪两个字我不知道，你可以换着字再查一查。公司在延安西路上。"牛淑芳女士说。

我深深地看了一眼牛淑芳女士。她的记忆力那么好吗？林森只说了一遍，她就记住了。

我再次拿起手机，准备搜索。这时候牛淑芳女士又开口了："我已经搜过无数遍了，包括嘉泰装修，这个城市并没有这样名字的公司。"

原来，在我为失去感情而痛苦的时候，我的妈妈，牛淑芳女士已经做了这么多了。她尽管尖刻、不讨喜，但她默默地做了这么多了。

"那您为什么不告诉我。"我埋怨道。

"你天天跟个活死人似的，我跟你说得着嘛我！"依然是气死人的语气，但她眼里的同情却怎么都骗不了人。我被刺伤了。

"您都查了还不告诉我，眼睁睁看着我花那么多时间搜索。"

我气急败坏道。

"你不亲自搜一遍怎么死得了心？一个叫嘉泰，一个叫美嘉，那么巧都用了'嘉'字，听着就像是假的，胡乱起的。你是不是以为他还爱你，你这个憨货。"

我没理她，抓起胡乱扔在床上的大衣往身上穿，又迅速地拿起包，准备走。

牛淑芳女士很显然猜出我要去干什么了，她说："我已经去延安西路找过了，那条路上并没有一家叫美嘉的芯片公司。实际上，那条路上，根本就没有手机芯片公司。"

我愣住了。

牛淑芳女士火上浇油地说："头一天见到他，我就感觉他是骗子，第二天一早我就请假去了延安西路，那条路我整整走了三遍，根本就没有什么手机芯片公司。"

我总算明白为什么那天上午我看见才从外面回来的牛淑芳女士是那样的风尘仆仆了。她可真能装啊！那么早就去找人了，直到今天才告诉我！

"或许您找漏了呢！很多小公司并没有开在写字楼里，而是躲在居民楼里面。"

"你信呀？"她问。

说实话不太信，林森公司的业务若真能覆盖英国、欧洲、东南亚，不至于开到居民楼里面去。可我不信又有什么办法呢？我只能自欺欺人地相信就是这个样子的。

"我去找找看，找不到我就死心了。"

"去你们经常约会的地方找找吧，他能骗你，想必也骗了别人，这个世界上的傻妞那么多！"见我不理她，牛淑芳女士又大声说道,"脑子清楚点,别再幻想他爱你。他不爱你,这个世界上唯一最爱你的人是你妈!"

我理解牛淑芳女士的意思,一个人,只要生活在这个城市里,总是会有行动路线偏好。假如,我是说假如,假如林森真像牛淑芳女士说的那样,就是一个瘪三,一个骗子,以骗女人为生的话,他不可能只骗我一个人。

从认识到确定关系之间有两个多月。从确定关系到消失,有三个多月,加起来差不多小半年了。他一共从我这里借了十二万五千块,平均起来一个月只有两万来块钱。一个月两万块,若只买生活用品,不算少。但生活在这样的城市里,想要维持一份体面的生活,还真不算多。

林森的车、衣服、皮鞋、做派、日常消费,都不算低。若仅靠我一个人供养,还真维持不了现在这样的生活。那么,他可能有别的女孩子。

若有别的女孩子,总要约会、要吃饭、要看电影。不可能每换一个人,就换一个行动路线。熟悉的地方总比陌生的地方好,那么,带我去过的地方,可能也带别的女孩子去过。我只要到我们常去的地方找一找,总是能找到他的。

中餐厅、西餐厅、咖啡店、电影院……但凡和林森一起去过的地方,我一间间地找,我守株待兔地找。每天晚上下班我都出去找,连着就找了半个月。

这半个月,我神思恍惚,做什么都没有动力,甚至还因为开会走神被变态领导点名批评。我只好稍微收敛了些。毕竟,人就算再难过,总是要吃饭的。要吃饭,饭碗总是要保住的。我又不是赵如盈,住在大别墅内,有个可以名正言顺、肆无忌惮撒娇的爹。

像这个城市所有的快时尚品牌一样，D&H上新的速度非常快。普通品牌半个月上一次新，D&H三五天上一次新。逢着节假日或促销活动期间，一天上一次也不是不可能的。上新快，出货量也特别快。补货更得非常及时，缺货的时候同城调来不及，就得立刻从附近的城市调了来。服装陈列师虽然不管补货，但根据三天前的销量预判三天后什么卖得好，根据库存把需要主推的款放在重要的位置，却是日常工作之一。但凡因为错误的预判导致日销量下降，都要扣KPI。别看工资不高，压力还真是不小。

林森的消失，让我觉得难过。被领导批评之后，为了饭碗，我也只能把这难过压制住，好好上班、好好加班。一直到周末，我才又抽出时间继续找。

城市有多大，想找到一个人就有多难。那天上午，怕路上堵，我特意没开车。大清早就出门，乘地铁、换公交，穿着板鞋走啊走，鞋底都快磨穿，一直到中午一点多，才把我和林森常去的地方走了一个遍。

冬天，室外很冷，我的身体因为一直在行动而感觉到热，我的心因为焦虑也很热。但始终找不到人，我的焦虑又让我感觉到很冷。又热又冷，冰火两重天。

怎么找都没找到。我坐在寻找的最后一站，某商场外面喷泉池子旁的台阶上，脱下鞋子，慢慢地揉着脚。我抬头看着冬日里被雾霾遮住的焦黄的、仅有一丝温暖的太阳。我回想和林森去过的地方，我是否遗漏了哪里。我突然悲从中来，原来啊，我们恋爱这几个月，也并没有走过多少地方。看，大半天的工夫，我差不多就又走了一遍。

我和林森已经很好很好了，好到我以为，他就是我生命里的光，是夏日的冰雪，冬日的暖阳，是平凡生活里的小确幸。可是，我们并没有走过多少地方。甚至，我们也并没有我想象的那般约会频繁。因为城市太大，堵车太严重，彼此工作实在太忙，我们一个月其实见不到几面。我的一个朋友曾经说过，大城市里，男女朋友不住在同一个区，就是异地恋。我和林森，差不多也是异地恋吧！我以为我们约会已经很频繁了，但其实，一个月顶多也就见个五六次。——这还是热恋期。

我们虽在同一个城市，但不在一个区。一个月有三十天，他分我五六天，其他时间他都在做什么？工作之外的时间，他在做什么？——如果他有工作的话。

我突然想到，好多次我给他打电话，他没有接，或直接挂掉。过后拨打过来，跟我解释说，他在见客户，或者他正在处理工作上的事情。这些我都能理解，我们公司开会的时候，也不允许随意接打私人电话。

有时候晚上我打给他，打不通。第二天他给的解释也差不多。我虽有怀疑，但却主动替他找借口，想着他大概是在跟国外的客户沟通，为了将就对方的时间，晚上才不接我电话的。

有时候周末，我刚好有空，而他却不能来找我。他告诉我他需要加班。我提出要去看他，他说不方便，事情结束了会来找我。大多数时候他都来了，而有的时候他并没有来。他告诉我，临时遇到事情需要处理，来不及跟我说。而我，居然也都信了。居然一次次跟他说"没关系，工作重要"。

我这时才想到，我们在一起这么长时间，我一直在将就他的时间。他有空，我们就甜蜜地约会。他没空，我就做自己的事情。

像单身的时候一样，做自己的事情。我们两个人约会，通常是他来找我，我很少主动找他。我总觉得两个人恋爱，男人主动联系女人比较好，女人太频繁地联系男人显得不够矜持。

因为总是他来找我，所以，我没去过他公司，更没去过他家。

我倒是主动提出过想去他公司和家里看看，他找借口搪塞了，我便没说什么。

我知道他住在闸北，具体哪一块儿却没问，甚至连住哪个小区都没问。我只凭他的车猜测，他应该住在一个高档小区。

我为什么不问呢？我就不好奇吗？

不，我很好奇。我之所以不问，我想深层次的原因，一是太过于懂事，二是太过于自卑。

以往的恋爱，每次都以失败而告终，导致我在面对新的恋情时态度极为谦卑，对感情极为呵护。生怕一个不小心，就又弄丢了我的爱人。我几乎不敢流露出太多的欲望，提出太多的要求，问出更多的问题。在这份感情里，我其实是从属的。

我是一个懂事的，位于从属地位的女人。

我不知道别人在自己的恋人面前会不会自卑，我是自卑的。

第七章　派出所打来的电话

　　林森一开始就树立了高大上的形象，开豪车，去英国出差，拥有自己的公司，给妈妈买一条连衣裙花掉三千块……虽然这些我想要并不是不可以拥有，但是，这些都要靠赵炳国给。我日常和我妈牛淑芳女士的生活，是清贫的。虽然我买很贵的衣服穿，但那是因为我实在是太喜欢。我们买菜会还价，很少吃进口水果，住房龄超过三十年的老房子，至今尚未达到车厘子自由。其实就连香椿自由都没能达到。

　　最重要的是，从我记事起，赵炳国都没有在我身边生活过。我缺乏和男人相处的能力。我自卑，我不自觉地讨好，我害怕失去林森，就像害怕失去我的父亲一样。

　　正是因为害怕失去，才会一次次忽略他的谎言，一次次借钱给他。

　　我以为我的防备心很强，但在林森这个谈情高手、话术高手面前，我的防备不堪一击。我自以为很清醒，但一谈恋爱，我就变成了"恋爱脑"，事事被人牵着鼻子走。

　　林森第一次找我借钱，是在出差的路上，他打电话告诉我，他把人给撞了，挺严重的，要送医院。为了避免坐牢，需要垫付医药费。他说自己的现金不太够，让我先转五万块给他应急。我这么"善良（对，这就是他给我贴的标签）"，当然就没有拒绝。立刻就答应了，立刻就转给了他。

当时他在电话里说，事情解决了，三五天之内就会还给我，我信了。

三五天到了，他确实还我了，不过只还了我一万。

他说，对方的条件提得有些苛刻。为了避免坐牢，他硬着头皮答应了。所以钱暂时不趁手，先还我一万吧，剩下的慢慢还。而我，实在是太"善良"了，心疼他，怕他日子难过，那一万我都不肯收，让他先拿去花。他非要还我，说欠女人的钱心里不好受，我收了他心里舒服点儿。几番推让，最后，我只收了五千。

也只过了十几天，他又找我借钱。这次的理由是需要进一批货，但因为之前出了那档子事儿，钱不够，让我先转十万给他，缓和过来了就还我。

如果说林森第一次借钱，是在特别紧急的情况下，我没有怀疑他，借了也就借了。第二次找我借钱，我真是很犹豫。

我薪水不高，和我妈过着相对清贫的生活。我知道钱的重要性，当然也知道钱的好处。这些年，虽然我"有了些钱"，但我的钱，它们本不属于我。将来我能否再得到，以及什么时候得到，这都得看赵炳国是否愿意给。还要看李贵珠和赵如盈防得够不够紧……我把我的钱看得很重，正如牛淑芳女士把她那点不多的工资看得很重一样。

虽然我很爱林森，和他在一起很开心。但我们毕竟认识时间不长，还没到那种钱给他一点都不担心的地步。而且，进货这种事情，钱不够少进点呀！十万差不多是我一年的薪水了，我真是舍不得。

于是我说:"我的钱都在理财里,定期利息高,基本都存了定期。活期里就放了三五万应急,上次全部转给你了。现在手里全部的钱加起来不到两万。"

"我看你那次转给你闺密的,不止三五万呀!"林森说。

贵州的事情需要用钱,周雯雯从我这儿拿了十万块,这是林森亲眼看到的。我撒谎说:"那次比较巧,我爸才给了我一笔钱,我还没来得及存定期,就都给她了。"

"她还你了吗?"林森问。

"还没有。"我说。

"你让她先还你吧,我这边真是急用钱。"

和周雯雯二十多年的交情,我太了解周雯雯了,她借我钱,总是没多长时间,就全还上了。如果她没还,一定是手里暂时没有钱。不用催,催也还不上。还得上的时候她会主动还的,我没必要主动要。

林森的话,让我觉得有些不舒服。林森看出来了,连忙哄我,过了好一会儿,我的心情才又好起来。林森小心翼翼地说:"你能从别的地方转借一点吗?帮我应下急吧,求你了宝贝儿!"

我怎么忍心让我的男人低声下气求我呢?虽知道不妥,却还是硬着头皮说:"好吧,我想想办法。"

我卡里还有几万块。最终,我转了三万给林森。而林森,似乎并不感激我,收了我的钱,生硬地说了句"谢谢",之后一个多星期都没联系我。

而我,因为他对我的冷淡,居然还忐忑了很长时间,觉得挺愧疚。他对我那么好,我却不信任他。

之后,虽然我们又恢复了亲密无间的关系,但林森也并没有提过还我钱的事情。反而在其后不久，又找我借了五万块。而这一次，我乖乖地转给他了。我怕他再冷落我。

这三笔钱，一共十三万，他中途还了我五千，还剩十二万五。

他当然没有冷落我，他对我，比之前任何时候都要好。就在我们最好的时候，我妈出现了，揭穿了他伪善的真面目。要不然，后果不堪设想……

处于恋爱之中，我不觉得有什么问题。林森消失了，我回忆我们相处的点点滴滴，才后知后觉地发现，我在这份感情里的表现，实在是太不正常了。我就像被洗脑了一样，只记得他对我的好，他对我稍微有一点点坏就忐忑不安。我的防线一步步退却，几乎溃不成军。

我以为我对他很了解。但我所谓的了解，都是他主动透露的。他不肯告诉我的，我一样都不知道。而我还犯了一个情侣交往中的大忌：试图用钱，去维持感情好的假象。

我在用钱，用从赵炳国那里得来的钱，给感情的肥皂泡镀了一层金。

肥皂泡终有破裂的那天，镀的金有多厚，我受的伤就有多深。

牛淑芳女士曾经问过我，你是个傻子吗？

曾经我并不认为我是个傻子。但是现在我明白了，我就是个不折不扣的傻子！大傻子！

坐在商场外喷泉池子边的台阶上，我毫无形象地大哭起来。我实在太难受了，哭着哭着腰就弓了起来，我的屁股脱离了台阶，我蹲在了地上，哭得一脸眼泪一脸鼻涕。

正在我哭到头晕目眩，不明所以的时候，我的电话响了。派出所打来的，电话里，民警小丰的声音在那一刻听起来如同天籁：

"牛小姐吗？我们抓住了王大伟。对，就是那个你提供身份证号的王大伟。你现在有时间吗？过来指认一下。"

我跌跌撞撞地跑到路边打车，抢在别人前面率先上了车，一路催着司机奔赴派出所。因为太心急，还被司机师傅含沙射影骂："男朋友在里面啊？这么急。"

我和林森毕竟没正式分手，从这个角度来说，司机师傅还真是说对了。

到了派出所，和小丰打了招呼，就迫不及待催他带我去指认。

小丰一点都不着急，先让我在一个什么流程单上签字，又不紧不慢地跟我说："我上次跟你说过吧，你男朋友的那辆车，是租的。你报案之前，车就还掉了，用王大伟的身份证还的。"

我点头："是的，你说过的。"

"那辆车后来又被别人租了，我们查过那个人，不认识王大伟，也不知道林森是谁。"

"嗯。"我点头，再次催促小丰，"人不是抓住了吗？在哪里？"

"你不要着急呀，听我把话说完。"小丰是典型的本地男人，说话不紧不慢。

我耐着性子听。

小丰说："报案只要提供了犯罪嫌疑人的身份证号，我们一般都会列为重点监视对象。从你报案到现在，快有一个月了，我们始终没有抓到人。王大伟的身份证也没有再次被使用过。一直到今天上午，我们发现王大伟的身份证再次被使用，是在一家小旅馆。我们立刻就赶了过去，抓住了王大伟和一个女人。"

我问小丰："后来呢？"

"问题就出在这里。"小丰说，"人我们是抓了，身份证也是真身份证,虽然脸形和你男朋友有点像,但总感觉不是一个人。"

"什么意思?"我糊涂了。

"气质、做派,跟你描述的没有任何地方像的。他不承认自己化用其他的身份骗人,我们给他看你的照片,他表示从来没见过。"

"是不是林森,让我看一眼就知道了呀!"我说。

"我们也是这个意思,才把你叫过来。"

"嗯。"我胡乱点点头,和小丰一起来到审讯室。

不是林森。

脸形虽然有些像,五官某些部位也有几分神似,但身高、身材、举止、气质,差别都非常大。林森一看就是过惯好日子的,非常自信。而这个王大伟,畏畏缩缩,不敢直视人的眼睛,手指关节粗大,指甲缝里还有泥。他们根本就不是同一个人。

从充满希望到满心失望,不过只是一瞬间。

我朝小丰摇摇头,小丰让我先跟他出去。我不肯,我想跟王大伟谈谈。

狭窄的审讯室内,王大伟戴着手铐,坐在白炽灯下。他的对面,坐了一位审讯员。很显然,审讯员并没有问到我们想知道的东西。听见我想和王大伟谈,小丰看向审讯员,征询他的意思。而审讯员只犹豫了片刻,便轻轻点了头,站了起来,把位置让给我。

在提出要跟王大伟谈的时候,我是冷静的。我甚至想过,要循循善诱谆谆诱导,讲到动情处稍微卖点惨,用情感打动他。可是,当我坐在他对面时,就像不受控制一样,我突然变得歇斯底里,变得让我自己都感到害怕。

我朝他吼道:"人在哪里,你告诉我呀?你知不知道,我找他找得多辛苦?"

短短的一句话,我用尽了全身的力气才说出来。我涕泪横流,说到一半的时候我就站了起来,像个泼妇一样,探身过去,揪住了王大伟的领子。此前二十九年,我从未如此过。

王大伟显然被我吓着了,他哆嗦着往后躲。而我,在他的瞳孔里,看见了一个披头散发的疯婆子。那个疯婆子就是我。

王大伟还没说什么,我已然承受不住。我放开他,蹲在地上,号啕大哭起来。

由于之前已经大哭过一场,这时候,我其实是哭不出来的。我声嘶力竭,与其说是在哭,不如说是号叫。像个受伤的母兽那般断断续续地、一声接一声地号叫。

这一刻,我的世界里只有我的痛苦,它们被放得无限大,形成了屏障和块垒,我接收不到外界的信息。

我并不知道,我的痛苦太直接,感染了审讯室内的三个男人。

小丰过来轻拽我的袖子,小声叫我:"哎,哎,你听我说!"

我根本听不见他在说什么,只把袖子狠狠一扯,继续埋头痛哭。

我也不知道,王大伟坐不住了,想要过来,但被铐着,过不来,手铐扯得他生疼。

我更不知道,这时候唯一冷静的人是审讯员,他认为这是突破王大伟防线的最好契机,他走到我面前,使劲儿地摇醒了我,说:"你冷静一点,把你的事情讲给他听。"

我擦干了眼泪,再次坐在了王大伟的对面,一位女警从外面进来,端了杯温水给我。我缓缓地喝了一口,这才开口说:"林森是我男朋友，我很爱很爱他，我比所有人想象的都要爱他，我比我想象的都要爱他……"

讲的过程中，我的想法就已经变了。我以为我在讲爱情，但其实，我讲了一个骗子和傻子的故事。骗子手段太高，傻子智商太低。骗子早已离开，傻子还沉浸在骗局里无法走出来。这个故事的前半段，我讲得很细，我讲了很多在一起时的快乐。但是，讲到借钱的部分，整个故事的味道就已经变了，我没办法说服王大伟，甚至没办法说服我自己，这是爱情。这其实根本就不是爱情，看起来更像是预谋。我只能匆匆忙忙地把整个故事说完。说到最后，我窘迫极了，为自己的痴迷而窘迫，为自己在幻象里不可自拔而窘迫。我甚至不敢抬头看小丰和审讯员。只是快速地、含糊地，把整个故事说完。

说完最后一句话，有几分钟短暂的沉默，我感觉到了我的变化：我不爱林森了，我真的一点都不爱他了。

我长长地出了一口气，事情发展到现在，结局已经很明显。如果说，牛淑芳女士是因为心疼那些钱，才执着地想要寻找到林森。那么，我之所以一直在寻找，仅仅只是为了给我自己一个说法。为错付的感情讨一个说法。

而现在，我其实已经不想要什么说法了。

不爱了，说法就不重要了。

我准备离开，就这样离开。

第八章　不舒服的小插曲

那一刻，我想得很清楚。虽然被骗了，虽然伤害了感情，损失了金钱，但日子终究是要过下去的。在漫长的人生里，这只是一个小插曲。一个让我什么时候想起来都会不舒服的小插曲。

人生这么长，让我不舒服的小插曲多了去了，何必太执着呢！被狗咬了，除非狗就在对面，脑袋空白之下，才条件反射想要咬回去。咬我的狗都消失了，我能怎么办？继续把自己的时间和精力搭在上面，和一只狗计较，才是得不偿失吧！

想到这里，我站了起来，想要离开。

王大伟显然不知道我在想什么，他见我站起来，以为我要打他，唬了一跳，向后躲着，嘴里嘟囔："我真不认识你男朋友呀！"

我笑了笑，正想要说没关系，还没说出来，审讯员开口了，他说："为什么那个人的相貌跟你那么像？为什么他没用别人的身份证，而是用了你的？别告诉我你不知道，我不信。"

"我真不知道呀！"王大伟说。

"他是你的亲戚，或者你的哥哥？你在帮他隐瞒什么？"审讯员引导着。

"我没有……"王大伟急忙分辩。

"你知道帮人隐瞒是什么罪吗？包庇罪！涉案金额那么大，你是要坐牢的！"审讯员继续问道。

"我真不知道呀！我好久没出来了，昨天发了工资，我就想出来快活快活……早知道我……"他说不下去了。

"早知道什么？到时候数罪并罚，可有你受的！"

"我真的不知道呀！"王大伟说来说去，就是这一句。这时候他的话语里，已经带上了哭腔。

我听他说的，观他表情，不像是假的。便再次站起来，想要走。走之前，我提了个要求："能给我看看你的身份证吗？"

王大伟没说话，审讯员直接把他的身份证从放在桌子上的一个黑皮笔记本里抽出来，递给我。

脸形是像的，鼻子有点像，但眉眼不像。酒店服务员登记的时候，没仔细对比也是有的。那一刻，我突然想到，如果整件事情跟王大伟没有关系，那问题就一定出在林森的身上了。

我问王大伟："你丢过身份证吗？"

"没有呀！"王大伟丈二和尚摸不着头脑。

审讯员从我的话里得到了启发，再次引导王大伟说："仔细想想。"

"真没有。"王大伟说。

这就奇怪了，王大伟的身份证怎么会被林森用上呢？

就在事情陷入僵局的时候，王大伟突然说："我想起来了，我卖过身份证，三百块卖的……"

王大伟没读过多少书，十多岁的时候，就跟着村里人去广州打工了。流水线上一站十几个小时，也不觉得苦。尽管如此，每份工作还是做不长。那时候年龄小，脾气不好，一点小事就跟人起冲突，要么因为打架闹事被开除，要么自己心里不爽，冲动辞职。

因为工作做不长，没存下什么钱，饥一顿饱一顿地混着日子。混着混着，年龄就大了，眼看着同龄人一个个不是成家就是立业，没立业的也都成家了，心里蠢蠢欲动。相了无数次亲，要么姑娘看不上他，要么他嫌姑娘矮矬丑，蹉跎着蹉跎着，就奔三十大关了，依然是孤身一人，依然和十多岁的时候一样穷。

也不是没有改变的，十几年过去了，岁月终究在他的脸上、心里留下了痕迹。如果说，年轻的时候还曾心高气傲，多少次做过发财的美梦，后来可以说，这些想法全都没了。觉得自己这辈子可能也就这样了，混一日算一日吧！

脾气当然也磨没了。一份工作，好歹能坚持个半年一年了。只可惜，年龄大了，缺乏锻炼的身体垮了，天天玩手机眼睛也熬坏了，很多一站就是十几个小时的工作做不了，需要手眼配合的精细活儿也做不了了。只能做一些坐着的，不太复杂的工作。

这些年很多厂效益不好，用人需求量没有以前那么大了，企业大大提高了用人门槛，比如说只招28岁以下的普工之类的。再加上机器替代人力，像王大伟这样年龄不大不小，刚过30门槛，没有技术，又做不了重活、复杂活儿的，路就越来越窄了。

两年前，王大伟听同乡说，这个城市城郊有个厂招人，活不重，工资还可以，便跟着来了。那样的工作人人都想要，来了之后，那个厂就已经招满人了。让排队等候，若有空缺再联系。王大伟只好再找别的工作。这两年，实体经济这么差，工作哪有那么好找？他挑工作，工作还挑他。就这么一日日晃荡着，钱花完了。

农民房内二十平方米的单间，放上高低床，打上柜子，也能住七八个人。睡一晚只要二十块钱。弄堂口只有两三片葱花的葱油饼一块钱两个。河南面馆,一碗泛绿油的、没有牛肉的牛肉面三块五一碗。网吧包夜六块钱十二个小时,一日的开销左不过三十多块钱。一千块钱省着点花,能花一个多月。

一开始还急着找工作,到处面试。失败几次之后,找工作的心逐渐也就没了,佛系了。白天窝在多人间内睡大觉,夜晚精神抖擞去网吧通宵。就这样一晃几个月过去了,春装换成夏衣,这才突然发现,明天的房费还没钱支付,后天的通宵也去不起。着急了,一时又找不到别的工作。怎么办呢?不怕不怕,有网贷呢!

手持身份证拍张照,上传到平台,半个小时,钱就到账了。

一开始不敢多借,怕还不起,只借了一万块,扣除手续费到账七千,花了一段时间也就没了。平台的还款日期也到了,一个接一个电话打过来。只好手持身份证,从另一个平台再借点儿……拆东墙补西墙的后果是,墙上的洞越来越大,到后来,已经没有补上的可能性了。家里的条件王大伟知道,砸锅卖铁也还不上。欠的钱成了坏账呆账,只要自己不介意,那些人也不能拿他怎么样。打给生他养他的妈妈,电话里说:"不要再找我,就当我死了吧!"电话打完,手机卖掉、手机卡掰断,身份证三百块也卖掉。从此当个隐形人。

依然生活在徐汇,只是农民房里的高低床也不能住了,和同样混不下去的人们,在未建成的工地上将就将就、天桥下住住、麦当劳里再躲躲,彻底过上了老鼠般的生活。

若说以前,还曾有过升官发财迎娶白富美当人生赢家的梦想,这时候已经完全没有了。过一日算一日吧,能活就活,不能活死了算了!偶尔想想以前的生活,倒不觉得自己有什么地方做得不对。混成现在这样，只是运气不好罢了。

有时候也会琢磨，别人买他的身份证究竟有什么用？资信不良，限制出行，身份证能用到的地方真是不多。就这，还有人花三百买了去，是不是傻？你说那人是不是傻？

不知道是谁，给他介绍了另一个好去处：发传单。

再后来，发现了更好的去处，手机刷单。

过了一段时间，突然同乡来找他了，跟他说，之前的那个厂子又招人啦！赶紧去报名吧，要不然来不及啦！厂子是招人，但要身份证啊！这才又打给家里，哀求家人尽快去帮他补办一张身份证。

年迈的老妈妈，之前以为他死了，眼睛都快哭瞎了。得知他"又活过来了"，喜极而泣，立刻就去帮他办了身份证。

正式的身份证办起来慢，先办了临时的，寄过来用着。工作了一个多月，新的身份证就收到了。从此，再也不用过老鼠般的日子了。

同乡并没有骗他，厂里条件确实不错，钱虽然不多，但不累啊！厂里有宿舍，条件比十块钱一张床的农民房好很多。伙食自然也比三块五一碗的河南拉面好很多。白天上班夜里睡觉，作息规律了，也不那么容易感冒了。

听王大伟带着哭腔讲完宝贵的人生经历，我傻眼了。不用说，事情就出在那张被卖掉的身份证上。不知道林森又是通过什么样的渠道得到那张身份证的，但他在和我交往的那段时间，用的就是王大伟三百块卖掉的那张身份证。

"你知不知道买卖身份证是犯法的？"

"我，我不知道呀！"王大伟依然是这句话，我却明显看出来他在撒谎。

"你还记得卖身份证的地点在哪里吗？你究竟卖给谁了？"审讯员继续问。

……

事情似乎变得越来越复杂，不排除通过追查身份证买卖渠道的方式能找到林森。但，什么时候能找到他，这得看运气了，毕竟，距离王大伟卖身份证已有一两年，想要找到人，真是很渺茫。

而我，经过这一天的辛苦奔波，心情大起大落，情绪波动也大，这时候实在是太累了。接下来的审讯与我无关，我唯一能做的，就是回家继续等消息。

我静悄悄地退了出去，往外面走。

走出审讯室，小丰对我说："找到人我们会再给你打电话。"

"谢谢。"我疲倦地敷衍。

出了派出所，已是华灯初上。我这一天，几乎没吃什么东西，却不觉得饿，只觉得人生很梦幻，发生在我身上的事情，真实得就像假的一样。

我这时候应该回家，牛淑芳女士给我发了好几条微信，还曾打过两个电话。我告诉她我去派出所了，她还在等我的消息。——她一定没有料到等来的是这样的消息。

我不想跟她说话，不想听她评论这件事。即使她不评论，我这时候也不想见她。她的一个眼神，一声叹息，都会让我觉得压力很大。

她是一个很容易让我感觉到压力很大的人。

可她是我妈，我们住在一起。

我不知道该到哪里去，我只想安安静静地独自待一会儿。我没有力气走路，我的脑袋很空，我就想在哪儿坐一会儿，就那么坐着，直到屁股冰冷，双腿发麻，不得不离开为止。

这么想着，我就这么做了。我穿着大衣和裙子一屁股坐在派出所大门外的台阶上，抱着我香奈儿的包，抬头无语望天。

天上没有月亮，当然也没有星星。

这城市的夜空里，什么都没有。

我也不知道我在看什么，我就这样一直抬头望天，望得我脖子疼，眼睛酸，腿脚发麻。但我，仍然不想回家。

派出所所在的位置，不是繁华的闹市区，却也不算偏僻。我不知道有没有人注意到我，或许有吧！或许，他们把我当成神经病吧！无所谓，和我此刻的心情相比，这些都不重要。

不知道看了多久，突然，我的袖子被人拽了拽，一个温柔的男声在我耳边响起："你怎么在这里？发生什么事情了吗？"

是辛柏，我没想到我会在这里遇见他。

第九章　我有故事,你有酒吗

严格来说,我和辛柏认识的时间,比和林森认识的时间还要长。

大概八九个月之前的某天晚上,春天即将过去,夏天就要到来。我负责管理的某门店男装新到了一批货,已熨烫好,我要在现场根据近期销量做搭配、陈列调整。我正忙碌地工作着,听见旁边有个人自言自语地说:"选哪件好呢?这件特别点,但不好搭配。这件倒是好搭配,我却有好几件差不多的。"

D&H之所以风靡全球,在这个城市这么火,主要有三个原因,一、大牌的设计,小店的价格;二、款式多、且上新速度快;三、好搭配,特别是男装。本品牌的任何一件上衣几乎都可以和这个品牌的裤子相搭配。

那个自言自语的人居然认为我们家衣服不好搭配,这让我感觉很诧异,我忍不住怀疑他是故意站在我身边,说出这些话,试图引起我注意的。后来我才知道,他当时就是这样想的。

我回头看了他一眼,见他手里拿着两件衬衣。一件是黑色暗纹的,一件是蓝绿色格子的。而他的身上,穿着一件和蓝绿色格子款式类似的红黑格子衬衣。

他拿不定主意的应该是那件黑色暗纹的,那件款式有些时尚,确实和他上下四个口袋的肥大米色工装裤不搭。但只要随便拿一条D&H的裤子，也就OK了。

我本来不想理他，正要回头，眼一抬就看见了他的脸。

大眼睛高鼻梁薄嘴唇，皮肤白嫩红润，吹弹可破，比我的皮肤还好，目测不超过25岁。

身高也不错，至少一米八五。年轻且帅，真是秀色可餐。

只可惜太不会穿，宽大的休闲红黑格子棉布衬衣，配肥大的米色工装裤，普通中甚至透着一丝邋遢。以他的身高和身材来说，最大的优势是大长腿，这套衣服全给遮了。太失败了！

在门店待久了，拿不定主意的顾客我遇见过不少，男的女的都有，有时候还有小孩。我这么忙，大多数时候，我是视而不见的，就算那人在我面前，我也很少搭腔。推销衣服是服务员的工作，不是我的，我没必要抢着上前推荐。而那些犹豫的顾客最后总是会买一件的，或者干脆都买了。但这一次也不知道是被他的颜值吸引，还是嫌他实在太不会穿，我居然放下手中的工作，走过去指着那件黑色衬衣，坚定地说："这一件。"

"我也觉得这件好，可是我没裤子配，我家里的裤子都是这样的。"他伸手指指自己肥大的工装裤。

这条裤子，像学生穿的，我还真是看不上。我不自觉地皱了眉头。而他，见我皱眉，有些不明所以，居然冲我讨好地笑了笑，露出一口大白牙。

洁白而整齐，牙口真好。

盯着陌生男人看，实在太不礼貌。而他，比我小那么多，再看下去，倒显得我有些唐突了。我连忙转移目光，认真帮他挑起衣服来。

我对D&H产品的熟悉程度，就像熟悉我自己的身体。门店内女装占三分之二，男装和童装加起来只占三分之一。若去挑女装，我可能还要转一转、多走几步，挑男装的话，顺手也就拿了。

我又给他拿了两件衬衣、一件长袖T恤，一件毛线背心，三条修身一些的裤子，我让他去试。

他有些犹豫，指着其中一件衬衣说："这件颜色我从来没穿过，而且款式是不是太打眼了？"

那是一件宝蓝色的衬衣，是设计师合作款，胸前绣有飞鸟，确实有些挑人。可我认为，那件真是很适合他。

我说："你先穿穿看，实在不喜欢，可以不买。"

他便去试了，那件衣服，让他眼前一亮。可是很快他的眼神就变得暗淡，他很不好意思地跟我说，他内心深处接受不了这么"招摇"的衣服。我听懂了，他怕被人注目，他更想隐藏在人群中。

真是可惜了那副好相貌、好身材。

但也可以理解，大部分保守家庭出来的男孩子，都不太愿意在衣着打扮上引人注目。仿佛稍微穿得好看点，便是罪过。我挑给他的衣服，加上他最初看中的黑色暗纹衬衣，最终他买了三件上衣，两条裤子，可以说是满载而归了。

这个人就是辛柏。

帮辛柏挑衣服，并没有耽误我多少时间。萍水相逢，我们也并没有深谈。买完衣服，他跟我道谢后很快离开，而我，一直工作到快打烊，才把手头的事情做了个七七八八，离开门店。

我以为我们可能再也不会相见，就算相见，也得在很久很久以后。却没想到，第二天中午，我在公司外面的小店吃馄饨的时候，居然再次偶遇辛柏。

辛柏端着自己的盘子坐在我对面，我才知道，原来他公司就在这附近。和D&H总部只隔了一个天桥的距离。D&H在天桥下去之后的东南角，他公司在天桥下去之后的西南角。

而他，也是这时候才知道，原来我不是门店的服务员，而是陈列师。

他第一次听说陈列师这个职业，很是好奇，问我陈列师具体是做什么的。吃饭不耽误说话，我三言两语介绍了我的工作内容。他感叹说，现在卖个衣服，行业都如此细分了。

他老气横秋的感叹逗笑了我，我告诉他，并不是每个服装品牌都有陈列师。门店不够大，服务员顺手就把陈列做了。门店大、货品多、更新快的快时尚品牌才设有这个岗位。他又感叹隔行如隔山，他摇头晃脑感叹的样子，真是有些好笑。也再次坐实了我的猜测，他出生于一个相对保守的家庭。

当然我没问他，毕竟不熟，问这个显得很没有礼貌，我只是问了他的年龄。

"23岁。"他说。

居然比我的猜测还要小一些。

辛柏是网络公司的程序员。

我23岁的时候大学才毕业，我猜他应该也如此。他却说，他已经工作三年了。他读书早，还跳过级。我问他是不是学霸，他不好意思地承认了。

我逗他，问像他这样的男孩子，平时是不是很多人追？他说："我们公司除了前台，都是男的。上学的时候也没人追，班上的女生都比我大，她们看不上我。"

说完这些话,他的耳根不自觉地红了,他偷眼看我,见我正在看他,就更不好意思了,端起杯子喝了口水,掩饰那不好意思的情绪。

帅而拘谨害羞,智商还高,这样的男孩子,让人觉得很美好。和他吃饭聊天很愉快,不知道是不是"姐姐心理"作祟,吃完馄饨我顺手就帮他埋单了。

哪里知道,他怎么都不肯接受我又帮他挑衣服,又请他吃饭。无论如何都要回请,第二天上班的时候,他在微信里反复说了好多次,无论如何都要请回来,我拗不过他,也只好答应了。

我们公司附近有一家日料店,环境很好,价位不低。人均好几百块,我是舍不得当工作餐吃的。只偶尔发了奖金,或心情很好的时候,才会约三五个同事去打打牙祭。

出于礼貌,他邀请的时候,我并没有问他去吃什么。却没想到,天桥上见面后,他直接就把我带到了日料店。

我吓一跳,觉得这个"回礼"实在是太重了,想要拒绝,他却说:"我早就想来吃了,就是觉得一个人吃日料很孤单,你陪我吃我很高兴的。"

他都这样说了我还能说什么?而且他还说了"孤单"这两个字。这不是男孩子惯常说的词语。男性,从小就被教育要顶天立地,有泪不轻弹,习惯于隐藏自己的情绪,习惯于忽略自己的孤单。那一刻不知怎的,我的心突然就柔软了,跟他一起吃了日料。

他本身就不是健谈的男孩子,而我,因为觉得自己那一刻的心软有些莫名其妙,不愿意多说话,对他的好奇也止于此,于是那顿饭,我们吃得很沉默。

吃完饭,便各自回公司上班了。按说,他请了我一顿贵的,我应该回请才对。但我并没有，他太年轻，比我整整小六岁，比赵如盈都要小一岁。才认识罢了，毕竟是异性，何必过于热情？

我没回请，他便也没再提出过要请我吃饭。

虽然公司离得不远，但附近吃饭的地儿那么多，不想出来还可以点外卖。之后我们再偶遇的次数少之又少，我们的接触便少了许多。只有那么两三次，快要换季的时候，他在微信里敲我，请我帮他挑一下新款的衣服。

我们这一行做久了都有这样一个本事：看一眼那人的身材，就知道他穿什么号。跟他接触了两次，我对他的喜好和忌讳大致也有了了解。黑色暗纹的衬衣是他能接受的底线，再过于出挑的，不必推荐给他。于是后来每次挑给他的衣服，他都很喜欢。他第一次请我帮他挑衣服的时候，我带他去了门店，之后两次，都是我直接在网络店铺里挑好款式微信发给他。他也是够懒，微信上看着差不多了，直接转账给我，让我把衣服带给他。D&H有线上门店，我当然不会收他的钱，让他直接线上付款，等着收快递就行。

为感谢我，他又要请我吃饭。举手之劳，何必烦人相请？我拒绝了。他发了一个小红包给我，我收了。从那之后，就形成了惯例，他要买衣服的时候微信敲我，我帮他推荐，他线上埋单，再发个小红包给我，连见面的必要都没有。

我和林森在一起这半年，和辛柏就只见过一次面。前一天就和林森约好一起吃饭，为了避免被同事撞见，下班后我在另一个路口等。辛柏下班回家通常坐地铁，他经过那个路口，问我在做什么，我说在等男朋友，他便没有多说话，点点头也就走了。

以上，就是我和辛柏全部的交往过程了。我们不算熟，也只是认识罢了。我却没有想到，当我坐在派出所门口无语望天的时候，会遇见他。他的身上，正穿着我给他挑的衣服，还真是挺帅的。

我没有照镜子，不知道自己这时候状态如何。但我能想象，经过一天找人、大哭、派出所歇斯底里的我，会是怎么一番憔悴、狼狈的模样。

若没遇到熟人便罢了，偏偏还遇到了。我有些赧颜，对他笑笑，说："没事，我走累了，在这里坐一坐。"

"你不像是没事的样子，到底怎么了，跟我说吧！"

辛柏眼里的关心真真切切，那一刻也不知道为什么，我突然，想把这一段时间的狗血经历讲给他听，讲给他这个不算熟悉的熟人听。

想讲，便也感觉到饿了，于是我说："我有故事，你有酒吗？"

辛柏笑了，说："这么烂大街的话，你怎么说出来的？"

被嘲笑了，我的脑子一时有些短路，"嘿嘿"傻笑起来。

"你想喝什么酒？白的，啤的，还是红的？"

"随便啊，什么酒都行。"我说。

"那就清酒吧，清酒劲儿小，不上头。"他依然笑。

"不要去那家日料店，太远了。"我小声说道，"也太贵了。"

他很惊讶："让我请你喝酒，你还要替我省钱，你怎么这么懂事？"

一个比我小六岁的男孩子夸我懂事？我愣住了，后仗着此刻心情不好跳起来拍了一把他脑袋："有这么说大姐姐的吗？小屁孩儿！"

他躲开了，见我又跳着要拍，继续躲，边躲边辩解："太懂事

77

的女孩容易吃亏，你都这把年纪了，不用这么懂事的，大姐姐！"

他故意把"大姐姐"三个字咬得很重，有揶揄的成分在。我却鼻子一酸，又想哭了。在所有交往过的前任面前，我都这么"懂事"。但只有他，只有辛柏，这个小我六岁的男孩子，凭我的一句话，就看穿了我。

——我当然不会在他面前哭，我这么要面子的人。我只是装作低头翻包，把情绪隐藏了去。

我拿出了粉饼盒子，当着他的面补了个妆。

辛柏见我突然又端着了，不知道该说什么好，抿抿嘴唇，又变回那个拘谨的程序员小辛柏了。

补完妆，我站起来，看看表，说："嘴巴淡，想吃点有味道的，我们去吃烧烤吧！"

辛柏点点头，拿出手机搜索附近的烧烤店。找好之后，便带我赶了过去。他特意找了个角落临窗的位置，方便说话。

我晚上本来是不吃东西的，这时候想吃了，却又怕变胖，只象征性地点了几根烤蔬菜、烤馒头片之类的。辛柏见我点的这些东西，面露狐疑之色，却没说什么，自顾自点了一大堆肉，还叫了半打啤酒。

"这么多酒，咱俩能喝完吗？"我问。

"看你，都给你点的。"他说。

看着这么多酒，我又有些紧张了，不知道该说什么好。

"不够量？加点白的？"他依然是揶揄的语气。

"那我非醉不可了。"我尴尬地笑笑。

"我还等着听故事呢，看你这样子，不多喝点儿，只怕是说不出口了。"他说。

"胡说!"我对着他胳膊就拍了一巴掌,这次他没躲,笑嘻嘻地承受了,而我的紧张也疏解了。

他倒没劝我喝酒,只是在吃第一串羊肉串时,就摇头晃脑地发出赞叹:"味道真不错,我怎么才叫了二十串啊,服务员再来二十串——"

服务员还没来,他递一根给我:"尝尝?"

我正准备下口,他突然又递了张纸巾给我:"把口红擦了再吃。"

我张口结舌地看着他。他说:"羊肉串一块瘦,一块肥,肥瘦一起吃才够味。看着啊——"他又拿起一根,咬住根部那块肉,把签子抽出来的同时,把所有的肉都吃进了嘴里。他咀嚼完,咽下去之后才说,"大口吃肉才香,你若像我这样吃,口红不都吃进去了吗?"

"我才不会像你这样吃。"我说。

我没听他的,张开嘴,用门牙轻轻地咬了一块肉,慢慢地咀嚼着。

他依然执着地递着纸巾,不再说话,只用眼神示意我接住。

其实像我们这种每天化妆的女孩子,早就练就了无论吃什么食物都不会沾上口红的好本事,别说是烧烤了,就是吃火锅,我们也无碍的。但辛柏显然不知道,他一直看着我,黑色的眼珠子透过骆驼般的长睫毛,就那么看着我,执着地递着纸巾,示意我接住。我能怎么办?我只好接下来呀!

刚补好的口红,我又给擦掉了。

脏了的纸巾叠好,放在桌子上,我有些尴尬:"今天晚上感觉你有些变了,和以前不一样。"

"哪里不一样?"他问。

"有点强势。"我说。

"你也不一样呀!"他说。

"是吗?"我问。

他手里拿着根签子,连说带比画:"你以前,你知道吧,就是那种很漂亮、很精致的女孩子,话不多说,说出口就想指导我。今天不一样,有点……我也说不上来,就觉得还蛮好玩的。"

我听懂了,不就是说我以前天天在他面前装,让他不得放松吗?而这一次,我偶然间在他面前露出了脆弱的一面,他喜欢自说自话,帮别人做主的本性也跟着露出来了呗!什么人哪这是!

我白了他一眼,没再说话。

辛柏倒了杯啤酒给我,说:"你慢慢喝。"

我小口小口抿着,他开了一瓶,直接对着瓶吹,一口气喝了半瓶。

我眯了眯眼,露出有趣的神色。

他尴尬地笑笑,放下酒瓶,解释说:"渴了。"

在强势与拘谨之间自由切换,一切仅凭我是放松的还是紧绷的,真是有意思。

我不再说话,慢慢喝完了那半杯啤酒。他赶紧又给我倒了一杯。我说:"你想灌醉我啊?"

"我等着你讲故事啊!来了半天了你也不讲。估计你得喝醉了才能讲吧!"辛柏说。

他还真说对了。见到他的那一刻,我想把最近发生的事情讲给他听。但是现在,坐在烧烤店里,就这么面对面地坐着,我觉得尴尬,还真是讲不出来了。

我失笑，故意调侃他说："你经常这样有预谋地想要灌醉一个女孩子？"

"谁说的？这是第一次。"他辩解。

"哦，原来是第一次有预谋地想要灌醉一个女孩子。"我揶揄完，又一本正经问，"为什么？"

"你说要讲故事的，却又不讲。"他倒还有理了。

"小屁孩儿！"我又翻了个白眼。

"看在有故事听的分上，我忍着。"他咬牙切齿地说。

他真的是一个很好的听众和聊友，被他这么一打岔，我又想讲了。

我又喝下了半杯酒，清了清嗓子，这才开始说："我们认识在某商场的二楼女装部……"

我说过，我已经不爱林森了。在派出所内，对着王大伟哭着讲交往过程时，我就意识到，我已经不爱他了。可不知道为什么，在跟辛柏讲的时候，我还是又心痛又难过。为了压抑这难过，我一杯接一杯地喝酒，才勉强保持了语调的冷静和态度的自持。

和讲给王大伟听的那个版本不同，跟辛柏，我讲了我是怎样在寒风中等他，见面时他问我是不是等了很久，我哆嗦着说没有，我刚刚才来；我讲了我是怎样为了在约会时显得更美而疯狂地买衫，不惜动用理财基金；我讲了他借钱的经过，我其实已经发现不妥了，但我视而不见，努力说服自己，相爱的人，应共渡难关；我讲了这一段感情，我不仅瞒着我妈，连最好的朋友周雯雯我都没说，我怕我的一次次妥协、一次次退让，一次次失去自我，她们不赞同，那样我会伤心……我是多么地在乎这份感情啊！几乎是怀着虔诚的态度在乎着，却没想到，他只是利用我久未恋爱的心理，布了一个巧妙的局。

我本来以为，再一次地跟别人讲这个故事，我不会哭。可是对着辛柏，我还是哭了。不是讲给王大伟听时崩溃的大哭，而是无声地、汹涌地流泪。

在这期间，辛柏几乎都没有说话，他只是不停地递着纸巾。我们桌上的一包纸巾用完了，他又多买了几包，也都被我用完了。六瓶酒也喝完了，他喝了一瓶，我喝了五瓶。

讲完故事，有一段短暂的沉默。我问辛柏："我是不是挺傻的？"

"可以说是非常傻了。"他重重点头，笑嘻嘻地说。

我没想到，他居然还是用调侃的语气，这让我觉得不舒服。我抬眼看他，我看到怎样的一张脸啊！那张脸，因隐忍和憋屈而变得通红。我一头撞进了他的眼睛，毛茸茸的眼睛里，盛满了心疼。而他的嘴角却含着笑，像是宽慰我似的，含了笑。

他的状态让我震惊，我为我之前的不舒服而感到自责，有些后悔跟他讲了这个故事。我连忙低下头去，想要掩饰这震惊，这自责，却没想到，又看见了他握紧的双拳。

我懂他为什么会用调侃的语气了，我已经这么悲伤了，他不想再给我施加一点压力。他想活跃气氛，想让我开心一点。

我们不算熟，我不信他是因为对我的感情比较深，而不自觉地流露出这种态度。我只相信，他是一个共情能力特别高的人。他很敏感，能准确地体察到别人的痛苦，从而感同身受。

活了这29年，我认识的大部分人都钝感。本身就是一个密闭的圆，他们很难体会到别人的痛苦，有时候，甚至连自己的痛苦都会感到麻木。像辛柏这样的，可以说是异类了。而他的敏感，那一刻，不仅让我心疼，还难堪。

我说："对不起，我不应该跟你讲这个故事。"

"讲出来你会好受一点，你亲身经历了这些，而我只贡献了耳朵。"他说。

"你还贡献了酒。"我指着那些空瓶子说，又张口叫服务员再来两瓶。

"你还喝啊？"他问。

"挺高兴的，再喝点儿吧！"我说。

"高兴什么？"他很诧异。

"高兴突然发现了你的另一面。"我神神秘秘地说。

"哪一面？"他问。

"作为一个男生，很好很特别的一面。"我感叹，"我要是有一个你这样的弟弟就好了。"

"你又来了！"他说，"不天天在我面前装姐姐你会死啊？"

"会啊会啊！"我说。

他笑笑，没再说什么。

第十章　快点，还钱

最后叫的这两瓶啤酒，我们一人一瓶。

对饮时辛柏问我："万一以后找到他了，或者遇见他了，你会怎么办？"

"揍他一顿。"我说。

"哇，你这么暴力呀！"

"有个健身教练说，女人要密集地训练两年，才能和同身高的男人打个平手。林森比我高，比我壮，我没训练过，打不赢他的。所以，也只是想想罢了。"这句话很长，在酒精的作用下，我的脑子有些混沌，甩甩头，才一字一句勉强说完。

看着还有大半瓶酒，我又给自己倒了一杯。

"嗯，女人还是不要想着和男人打架为好。"辛柏认真地说。

那一瓶酒，大概是压垮骆驼的最后一根稻草。本来就有些醉了，那一刻，我看辛柏，居然看到了俩脑袋。我甩甩头，再揉揉眼，俩脑袋总算合二为一了。我摇头晃脑指着辛柏说："嘻嘻，你可真老实呀！"

"你也很老实。"辛柏说，"初见面时，我以为你就是那种很精致、很作、很精明的本地女孩子。但其实，你和她们根本就不一样。"

我太醉了，没听清他具体说了什么，只听见了"不一样"，我问："什么不一样？"

"没什么。"辛柏说，"你更缺爱，也更傻一些。"

"你才傻呢！都不熟，你还请我喝酒。"我摇摇晃晃站起来，手指都快戳到他脑袋了。

辛柏笑笑，仰脖子喝光了杯子里最后一滴酒，结了账，问我："住哪儿？我送你。"

"我，我自己回去……"我摇摇晃晃站起来，准备往外走，却不小心跌了一下，辛柏扶住我，坚持说："你告诉我地址，我送你回去。"

"不，不要，我妈，看见你，要，要盘问你的。"我大着舌头笑嘻嘻地说。

辛柏不说话，只搀扶着我往外走，走到路口打车。而我，居然靠着他的肩膀就睡着了。最终，我也没告诉他我的家庭住址。

第二天是周日，突然惊醒时，已是上午八点多。我看着自己熟悉的房间、熟悉的床，听着牛淑芳女士在外面客厅里发出来的动静。我的脑袋"轰"地从里面炸了。我想不起来我是怎么回来的，只依稀记得，昨天被辛柏送回来，牛淑芳女士刚打开门，我就冲着她吐了一地。我似乎还说了些大逆不道的话，具体说了什么我忘记了。而牛淑芳女士不仅没骂我，还把我扶到床上，哄着我换了睡裙，取了隐形眼镜，帮我卸了妆洗了脸……我可以想象头天晚上她究竟经历了什么，她的怒气得有多重。

总之，此刻的我，非常后悔，非常非常后悔。后悔到，我不得不边装睡边思考等下该怎么面对牛淑芳女士。

不用想我就知道牛淑芳女士会问到哪些问题。这些问题，我一个都不想回答。

这就是房子小的坏处了。和牛淑芳女士住一起，六七十平方米的两居室，就一个卫生间。去卫生间就要穿过客厅，正好被牛淑芳女士逮住，逃无可逃。

要是有套自己的房子就好了。不必大，一居室也行，SOHO也行，只要有独立的卫生间，不用和牛淑芳女士住在一起就行了。

想到房子，我算了算手里的钱，远郊的一居室倒也不是不能付个首付。只是在市中心住惯了，住到郊区，每天单程通勤两个小时，想想都觉得可怕。还是算了吧！要不，再去找赵炳国拉个赞助？赵炳国那么有钱，给孤零零漂泊在外的大龄女儿买套房，总不至于舍不得吧？想到赵炳国大手一挥，投了一笔买房基金给我，我就忍不住躲在被窝里偷着乐。边乐边琢磨这事儿。我的手机突然响了，抓起来一看，是辛柏。

这小孩儿，大清早打什么电话？睡醒了？

我忍着尿意接了电话，辛柏说："起床了吗？我到你家门口了，给我开下门。"

"你……你又来我家做什么？"我大惊，语气也变得不好了起来。

"我想了一下怎么找到林森，来跟你商量一下。"他说。

找到林森，我已经不抱希望了。但，能找到也挺好的。不是为了找他要个什么说法，而是，讨回我的钱。还爱他的时候，情感被伤害的疼痛远大于损失金钱带来的疼痛。不爱他了，十二万五千块，好多钱啊，够买好几个包啊，够买好大一堆衣服啊，够出去旅行好几次啊！

不知道是听到辛柏在我家门口被吓着了，还是听到能找到林森惊着了，我的膀胱突然像针扎了一样痛。我……真的憋不住了。"你等等。"说完就挂了电话。

我连滚带爬掀开被子下床，拖鞋都没穿就往卫生间跑。

牛淑芳女士果然就等在客厅，手上做着家务，眼睛盯着我的房门。见我出来，张口就来："起来了？可真能睡的！你知不知道我昨天晚上……"

我不知道她昨天晚上辗转反侧了多久，也不知道今天早上她起床后琢磨着怎么收拾我又琢磨了多久，此刻的我，根本就不想听她的唠叨，一个字都不想听。

我边跑进卫生间边说："您不要说了，辛柏来了，我收拾一下去给他开门。"

"辛柏是谁？"牛淑芳女士扒着门问。

真不习惯上厕所的时候，有人扒着门看啊！可她是我妈，是将我牢牢掌控的牛淑芳女士，她要看我能怎么办？尿意来了，膀胱忍不住。牛淑芳女士没有界限感不是一次两次了，我不能忍也得忍啊！在牛淑芳女士眼里，我是她女儿，我的身体发肤皆受之于她，可是对于我来说，这真是很难忍受啊！——我再次下定了找赵炳国要钱买房的决心。

一阵放松之后，我说："昨天送我回来的小孩儿，他说他想到找到林森的方法了……"

我话还没说完，牛淑芳女士就走了。临走还不忘帮我把卫生间的门关好。而她，我亲爱的妈，都没征求我的意见，转身就去给辛柏开门了。

听到辛柏在门口跟她打招呼的声音，我真是又气又窘。我脸没洗牙没刷头发乱糟糟，我没化妆没戴首饰没穿鞋，尽管穿了睡裙，但为了睡觉更舒服，牛淑芳女士帮我换睡裙的时候，我顺手就把内衣扯了……就我，现在这形象，怎么见得了人？我就算想回房间换衣服也来不及了，辛柏已经进来了。

我亲爱的妈啊，你女儿是要脸的啊！

我站了起来，想按冲水马桶。房子这么小，卫生间里冲水，客厅里听得清清楚楚。我窘迫极了。不冲水又不行，我自己都受不了那味儿！我眼一闭牙一咬，假装不知道外面有专门来找我的客人，按了冲水键。

外面本来在说话，听见冲水的声音，说话声停止了。而我，我窘得连呼吸都屏住了。

过了会儿，辛柏问："阿姨，卉卉呢？"

"她在卫生间呢，刚起来。"

好的，谢谢您毫不留情地出卖我，我最"亲爱的"妈妈！

牛淑芳女士都说我在卫生间了，我总不能不出来打声招呼吧！可我，现在这样子，怎么出来啊？纠结了很长时间，我把卫生间的门开了一条缝，把脑袋伸出来，强笑着跟辛柏说："你先坐一下，我等会儿就好。"

我忍着脚凉，快速刷牙洗脸梳头抹香香，耳朵竖起来听他们在客厅里的对话。

牛淑芳女士说："你说能找到他，怎么找啊？"

"阿姨，我听卉卉说，他们认识在一个商场。那家商场价位不低，二楼的女装夏天均价就要两三千。这个价格不算低了。我就想知道，这个价位的女装，城市里一共有几家？"

牛淑芳女士哪里了解这个啊，她支支吾吾说："我，我不知道啊!"

她不知道我知道啊!我再次把卫生间的门开了一条缝,把脑袋伸出来,说:"六家,整个城市就六家。"

"哪六家?分别在什么位置?"辛柏问我。

"长宁一家、静安一家、徐汇两家、浦东新区一家,还有一家在闸北。"我说。

"都叫什么名字?"辛柏边问边拿出了随身携带的电脑。

我报出那六家商场的名字,而辛柏,已经搜索后在电脑桌面的地图上标注好了位置。

"你牙刷好了吗?躲在里面做什么呀?说话都不方便,赶紧出来!"牛淑芳女士叫我。

我低头瞅瞅自己,光着的脚丫子……妈,您是我亲妈吗?您不会是专门在外人面前拆我台的孙猴子吧?

摊上这么个妈可怎么办?我气极了,却不得不招手叫她:"妈你来一下。"

"这孩子,什么事儿啊!"牛淑芳女士冲辛柏笑笑,来到卫生间门口。

我把她拉进来,关上门,这才张口:"你怎么那么早就开门啊?现在怎么办啊?"

"什么怎么办?"她不明所以。

我急得跺脚:"算了,跟你说不清楚。你去我房间,给我拿套衣服过来。"

她从头到脚打量我,这才恍然大悟,准备离开。我拉住她:"别忘了拿内衣啊!"

"知道知道。"她说。

我再次拉住她:"内衣藏在衣服里面,别给人看到了。"

"知道知道。"她再次说,这才出了门。

再次进来的时候,衣服倒是拿了,却忘了拿拖鞋。在我提醒下,才又出去拿了进来,还抱怨了句"真麻烦"。

——我们女人就是这么麻烦的。身为一个女人,从小就很麻烦。

这就是我妈,一个在生活上心粗到要女儿三番五次提醒的妈。我能平安地长这么大,除了额头和身体上偶尔的小伤,以及近视到不可逆的眼睛之外,还真是够幸运的。

终于,穿戴整齐,我从卫生间里出来,顺手还抹了口红,装作什么事情都没发生的样子走到辛柏面前,没话找话问:"你要这些商场的准确位置有什么用呢?"

辛柏指着电脑屏幕上标注了位置的地图说:"你跟我说过,你们是在商场二楼偶遇的,我听着这'偶遇'像是有预谋的。要不然怎么那么巧,你买好裙子出来,他刚好也在给他妈妈看衣服,而且价位还差不多?你在你们经常约会的地方找了很多遍,没有找到他,有没有可能他这一段时间刻意避开这些地方,就是为了不让你找到?他暴露了四个名字,林森、刘珏、张敏、王大伟。林森是他跟你交往时使用的名字,张敏是话费单上的名字,是那个电话号码的真正拥有者。而王大伟,你已经知道是谁了。刘珏呢?刘珏是他绝不愿意在你面前暴露名字,但可能是在别人面前经常使用的名字。他的包里装着刘珏的名片,说明刘珏和林森这两个名字几乎是同时使用的。那么,他会在谁面前使用'刘珏'这个名字?他又是在什么地方使用刘珏这个名字呢?"

"你是说,在别的地方,还有另外一个姑娘,跟我一样上当受骗了?"

"是的。"辛柏点了点头,"很明显,他是老手,绝不可能只骗你一个。对于骗子来说,骗的人不同,骗人的招其实还是那些招。他能用那种方法骗你,也可能用同样的方法骗了别的姑娘。"

辛柏这样一说,我恍然大悟。

是了,他在我面前表现出来的一切,都是有预谋的。先制造机会偶遇,买同样价位的衣服,表示我们是一个消费水平的,有对话的可能性。请我帮忙,让我体会"施比受更让人快乐"的愉悦感。为了表示感谢,请我吃饭,若同意便有了进一步交往的可能性。不同意,再提出送我回家。拒绝了一次,总不能再拒绝。接着又加了微信,他朋友圈里发的一切,都是很容易打动女人的。无论是自律的习惯,还是做饭、烘焙、旅行的爱好,抑或者是孝子人设,总有一个点,会打动某个女人。就像我,被"红宝石婚"以及"他见过的最恩爱的夫妻"所打动。

引起兴趣和好感之后,其他就顺理成章了。短期出差制造距离感,回来后再约,让人感觉惊喜。本来可以继续约下去,只是我"一不小心"透露了工资不高、疯狂买衫的本质,他差点放弃我,直到周雯雯找我借钱,他才知道,我有一个有钱老爸。

真是好计谋!如此这般步步为营,恋爱经验不足的我,怎么可能不上当?

想到这些,我感到浑身发冷,哆嗦着一屁股坐到沙发上,半天缓不过来。辛柏还在说着什么,我听不到了。我的世界里,只有冷。

突然,我的手里被塞进了一个保温杯,我常用的那个保温杯。是我妈,牛淑芳女士。

牛淑芳女士什么话都没说，只了然地看了我一眼，见我仍在发愣，帮我把杯盖打开，示意我喝一点儿。

而辛柏，就像什么都没看见一样，继续捣鼓电脑。

我大口大口地喝着温水，一杯喝完了，才感觉好了很多。

我说："继续。"

辛柏依然没有抬头，像是在躲避我的痛苦，说："为了避免被你找到，他得远离你的生活区域、你们两个人交往去过的以及可能去的地方。那就只能去别的区，我们找到了同档次的商场，就有可能找到他的踪迹。"

"城市这么大，这么多商场，我们找不过来呀！而且，约会的地方不光只有商场。"我疑惑地说。

"不是要去找。正如你所说，城市这么大，可以约会的地方这么多，守株待兔般找，就太难了。我们只用拿到这六家商场两个月之内的监控，找到他最近在哪个区活动，再针对那个区重点找就可以了。"

"六家商场的监控？哪有那么容易？要不，我联系小丰试试，不知道他愿不愿意帮忙。"

"这种事，也只能找警察。"辛柏抬头看了我一眼，说，"就是麻烦一点。"

"麻烦不怕，只要能找到人就好。"牛淑芳女士说。

在小丰的帮助下，第二天上午，在第五家商场的监控视频里，我们发现了林森。大部分时候，他都带着一个女孩，偶尔，他是一个人。

我们重点查看了那家商场的监控，继而在商场停车场查看到了林森最新的车牌号。又通过他的车牌号，查到了他这一个月的行动路线。最巧的是，他的车刚刚停在某高端会所的门口，他和那个年轻女孩子相拥着走进会所，似乎打算去吃午饭。

我们正要赶过去，辛柏冲着小丰耳语了几句，小丰点点头就走了。

我问辛柏，跟小丰说啥了。辛柏说："我让他先去吃点东西，叫几个同事一起过来。"

我不解地说："他打电话叫不就行了吗？"

辛柏高深莫测地笑笑，没有说话。我不知道什么时候，他和小丰那么熟了。

也真是巧，我、我妈、辛柏赶到的时候，林森和那个女孩正准备离开，我们在停车场堵住了他们。

再次见到林森，我心里五味杂陈。并没有如想象中的激动，当然也没有哭闹和控制不住情绪的大喊大叫。我看着他，就像看一个熟悉的陌生人，感觉很奇怪，甚至有些厌恶。我怎么就爱上这么一个货色？跟中蛊一样，被他控制住，还借了那么多钱给他。

因为这奇怪的感觉，我并没有第一时间上前，而是愣在原地站着不动。我妈找了这么久，终于见着他了，新仇旧恨涌上心头，冲过去就拽住他胳膊，大喊一声"站住"，倒把他吓了一跳，嚷嚷道："你谁啊？你干什么？"

话还没说完，林森就认出我妈来，立刻就变得惊慌失措，眼神乱窜。终于，他看见我了。他叫我："卉卉——"

"好久不见。"我冷静地说。

真奇怪，我居然还挤出了一丝笑。

"好久不见。"林森平静下来，明知故问，"你们怎么在这儿啊？"

我该怎么回答呢？要不要告诉他我一直在找他，找得很辛苦？这样会不会被误会，我心里还有他？我的脑子很乱，一时不知道该怎么回答这个问题。牛淑芳女士开口了，她说："你装什么糊涂？你不知道我们来干什么？还钱，快点儿！"

直奔主题，真牛！

林森再次慌乱了，他扭头看了看身边不明所以的女孩子，强笑道："什么钱？你们胡说什么啊？"

那女孩子问林森："老公，她们是谁啊？"

老公？他们结婚了吗？看起来不像啊！现在的女孩子真是，啧啧，我和林森最亲密的时候，我也就叫他"亲爱的""宝贝"，她张口就叫老公，还真是，不知道该说什么好了。

我正腹诽呢，牛淑芳女士就问了："你老婆啊？结婚了你在外面瞎勾搭什么啊？"

"没，还没有。"林森想解释，又不知道该怎么解释，扭头对那女孩子说，"晓玲，你先回去好吗？我这边有点事需要解决一下。"

前女友带着老妈来找麻烦，第一反应是把现女友支开，高，真高！我不无讽刺地想。

"嗯。"那个叫晓玲的女孩子很乖，很有教养的样子，也很信任林森，她点点头，准备离开。

我妈对林森态度一直很恶劣，但她对晓玲却很友好。看着晓玲，她可能给想到我这个傻乎乎的女儿了吧！爱屋及乌，她对晓玲恨不起来。牛淑芳女士冲着晓玲笑笑，很温和地问："晓玲你好，你们是恋人？"

晓玲点点头,再次"嗯"了一声。

"他叫什么啊?"牛淑芳女士问。

"啊?"晓玲没听明白。

"他叫什么名字!"我妈强调。

"刘……珏。"晓玲回答。

"他叫什么名字?"我妈问。

"刘……珏。"晓玲回答。

"你够了!谁让你跟她说话的?"林森,或者说刘珏,他很生气,突然就对我妈发了脾气,又转头哀求晓玲,"亲爱的,你先走好吗?这件事让我独自处理,我不想伤害你。"

晓玲有些犹豫,林森又冲她点点头,示意她先走。晓玲走了几步,扭头过来关心地问:"要不要我帮你报警啊?"

报警……真讽刺,不过提醒我了,我们都抓到林森了,是不是得催着小丰赶紧到了。

我拿出电话正要拨打,一直置身事外的辛柏像是明白我要做什么一样,冲我摆了一个口形:"等一下。"他伸手指指我妈、林森、晓玲,唇语说,"先看戏。"

呃,好吧!我放下了手机。

"不用。"林森笑得虚伪,对晓玲说,"我能搞定的,相信我。"

晓玲这次是真的要走了。而我妈,牛淑芳女士,像变戏法一样,从兜里掏出一张名片,递给晓玲:"是这个刘珏吗?"

晓玲接过名片,看了一眼,点点头,又看了一眼林森。林森突然就冲晓玲发了脾气:"不是让你走吗?你还在这里干什么?"

为达目的,变脸变得真快啊!晓玲明显没想到林森会跟她发脾气，有些愣，还有些委屈，撇撇嘴，眼圈都红了，把名片塞给牛淑芳女士，转身就走，走得很快。

林森和我在一起的时候，也从来没跟我发过脾气。晓玲真可怜，一个被爱情蒙蔽，不知道爱人就是个大骗子的傻女孩。设身处地地想，若我是她，遇到这种事，只怕也是同样的处理方式吧！

牛淑芳女士怎么可能就这样放晓玲走？她在晓玲身后说："他和我女儿谈恋爱的时候叫林森，他欠了我女儿很多钱。"

晓玲站住了，转过身来，定定地看着我妈。

"我随后跟你解释，你先走吧！"林森依然劝说晓玲。

"你现在就跟我解释吧！"晓玲跟林森说，"林森究竟是谁？你欠她们钱，又是怎么回事？"

作为一个五十多岁的老太太，牛淑芳女士本来应该过这样的生活：耐心地再工作几年，就该退休了。若儿女早婚，想帮儿女带孩子，就带一带。不想带，就在家收拾收拾屋子，出去跳跳广场舞。哪儿热闹凑哪儿去，热情、八卦、讨人嫌，也可爱。

可是因为我这个不争气的女儿，她现在过着这样的日子：一把年纪了还在做柜姐、操心我的婚恋、希望我结婚，却又怕我遇人不淑。我好不容易恋爱了，却遇上个骗子，她一把年纪了还得帮我擦屁股……

虽然我不喜欢她，但她毕竟是我妈，我的事儿，让我妈冲在前面，而我躲在后面装鹌鹑，我还真是做不到。想到这里，我站了出来，对晓玲说："我来跟你说。我叫牛卉卉，半年前的某一天，我在商场刚买好衣服，他，你的刘珏，冲了出来，告诉我他叫林森，想给他妈买条裙子，拿不定主意，请我帮忙——"

我话还没说完，晓玲就叫起来："他遇到我的时候，我刚买好鞋,他也是这么冲了上来——"

肉眼可见,林森额头上已经开始冒汗,他转身,想要逃。伺在一旁默不作声的辛柏看见了,直接冲过去,一把就扭住了他。林森拼命挣扎,无奈身高不如辛柏,体力也不如辛柏,挣扎了几下发现是徒劳,便放弃了。

辛柏示意我:"把你的事儿说完,挑重要的说。"

我点点头,继续说道:"他听说我爸还挺有钱,经常给我钱,就接近我,跟我恋爱,前后三次,跟我借了十三万,还了五千,还剩十二万五。"

晓玲说:"他也找我借了不少钱!"又对着林森说,"你怎么解释?"

林森说:"晓玲,你别相信她们,我对你是真爱。"

"你当初也是这么跟我说的。哦不,你说,我是你的唯一。"我冷笑。

"我跟你在一起的时候是真心爱你的,可是我们分手了,我现在爱的人是晓玲。对不起卉卉,你恨我是应该的,你打我一顿都行,可你不应该编这些谎话来欺骗晓玲啊!她那么单纯,那么善良。"林森跟我说完,又跟晓玲说,"晓玲,我们在一起这么久,你还不相信我吗?你为什么要相信这群第一次见面的人?我们之间的感情就那么脆弱吗?"

看到林森一副痛心疾首的样子,晓玲愣住了,她动摇了。我也愣住了,林森这么能说,几句话便扭转局面,还真是超出我的预料。

我期期艾艾地说:"我们没分手啊,只是你突然就消失了。"

像是在替他证明他说的不是假话一样,唉,我真弱。真该好好跟牛淑芳女士学学。

见我语塞，牛淑芳女士上场了，牛淑芳女士问："晓玲我问你啊，你和林森在一起多久了？"

"四个多月了。"

"他才离开我女儿一个多月，在这之前，他和我女儿也是你侬我侬的。"我妈又对林森说，"脚踏两只船，你承认吧？"

真棒！一举扭转局面，真不愧是战斗力爆表的我妈！

林森不知道该说什么了，不理牛淑芳女士，只对晓玲说："这我可以解释的。"

牛淑芳女士不理林森，继续问："你找卉卉借了钱，也找晓玲借了钱，这个你也承认吧？"

林森见句句问在点子上，不说话了，只恨恨地瞪着我妈。

我妈问晓玲："他找你借了多少钱？"

晓玲算了半天："有二十多万了吧！"

我妈高超的谈话技巧，我正在学习，听见旁边有人"嘘"我，我连忙扭头，是辛柏。扭着林森的辛柏，用唇语跟我说："问下小丰什么时候到。"

我点点头，赶紧掏出手机，辛柏又用眼神示意我走远点再打电话，别被林森发现。虽然我不知道他的目的是什么，但我还是听他的话，走远了点才拨打了小丰的电话。

等我回来，现场极为安静。我妈没说话，很是坦然。林森盯着我妈，恨不得把她吃掉。晓玲在小声啜泣。而辛柏，依然是置身事外的表情，只是他的双手，丝毫没有放松，仍紧紧地扭着林森。

我看看这个，看看那个，不知道除了等警察来，还能做些什么。我想骂林森几句，可我现在连话都懒得跟他说，我只觉得他恶心。

这时候辛柏开口了，他问："你们谁有绳子啊？"

"要绳子干什么？"我问。

"手酸了。"辛柏笑。

林森一听辛柏手酸了，又挣扎起来，只可惜，依然挣扎不开。

我们几个女人，谁没事儿带绳子啊！我想了想，把大衣的腰带抽出来。

"你大衣那么贵，用我的吧！"牛淑芳女士说。

我犹豫了片刻，接下牛淑芳女士手里的腰带，递给辛柏。

腰带不够长，试了好几次同时绑手脚都不够用。我还是贡献出了我自己的腰带。虽然很贵，但用在这时候我觉得很值。晓玲也拿出了她的腰带。三根腰带一起，可算是把林森结结实实捆好了。

我们三个女人就这样看着辛柏，等待他的下一步指示。

辛柏从兜里掏出手机，笑着说："我先把录音关了啊！"

林森一听之前的对话全被录音了，想到可能会交给警察，他脸色变得极为颓败。

辛柏关了录音，把手机装进兜里，跟我说："卉卉，你不是想打他吗？趁警察还没来，赶紧啊！"

辛柏笑得像只小狐狸，我这时候才明白之前他把小丰支开的目的。

因为前一天，他问我找到人之后打算怎么办，我说"揍他一顿"，辛柏便记着了。这么细心，又这么腹黑，真是魅力十足啊！若不是小我太多，只怕我会爱上他的。

99

"是哦！"我说。

我冲过去，冲着林森的脸就来了一脚，林森弓了身子，用被绑住的胳膊挡住了。

我穿着尖头鞋，只踢中了胳膊，就这，都疼得林森"嘶"的倒吸了一口冷气。

我冲着林森身上肉厚的地方又踢了几脚，晓玲也加入了，只可惜我俩都缺乏锻炼，只踢了几下，就气喘吁吁了。我扶着腰，站着大喘气，晓玲也是，我俩看着彼此，笑了起来。笑着笑着，就哭了。晓玲先哭的，我悲从中来，也哭得不能自已。

小丰和他的同事们过来了。

录完口供，签完字，证据交给警察，我们就走了。我们能做的已经做了，剩下的事情，就等通知了。在派出所等待录口供的间隙，我跟晓玲聊了会儿天。晓玲说，她父母都是大学教授，她自己是学钢琴的，因为有很多表演的机会，收入还不错。从小父母把她保护得很好，富养长大的她，对很多人情世故并不是很懂。

晓玲很年轻，在林森之前几乎没谈过恋爱。和林森在一起，她以为遇到了真爱，却不料，这一切不过是场预谋。

看着晓玲，我联想到自己。其实，我也是一个被保护得很好的女孩子，要不然，就不会这么傻，轻易被人骗了。

和晓玲聊天的时候，牛淑芳女士和辛柏全程听着。牛淑芳女士感叹说："一直以来，我都只想把最好的给孩子，却没想过，教会她躲避风险的能力。也就是这时候，我才知道我错了，真的错了。"

辛柏劝牛淑芳女士说："这明明是那个人的错，您干吗要揽到自己身上呢？"

我也劝她:"我都29岁了,您又能保护我多久呢?吃一堑长一智吧!"

"唉!"牛淑芳女士长叹一口气,不再说什么了。

尽管我经常不喜欢牛淑芳女士,觉得她烦。但她,也确实很容易让我感动,比如说这一次。我决定了,如果她不赶我走,我不会再轻易说出想自己搬出去住的话。若她以后再有什么让我不高兴的时候,我忍着点儿就是了。

从派出所出来,已是下午四五点钟了。这时候我们才真正感觉到饿了,去了派出所附近一家点评较高的湘菜馆吃饭。

这一天,在找到林森的过程中,辛柏表现出的能力,让牛淑芳女士刮目相看。湘菜馆吃饭时,牛淑芳女士对辛柏表现出超常的兴趣,等菜的间隙,就问辛柏是哪里人、在哪儿工作,家里几口人,父母是做什么工作的,和我是怎么认识的、那天怎么会遇到、为什么会喝酒之类的问题。

我知道这是牛淑芳女士的一贯作风,便悄悄给她发微信,说:"一个认识的小孩儿而已,普通朋友,您不必这样。"

不放心又给辛柏发了一条:"我妈向来如此,你别介意,不想回答就别搭理她。"

牛淑芳女士看见微信的时候是不动声色的,辛柏看见微信,嘴角翘了翘,也没看我,反而老老实实地、真诚地回答牛淑芳女士的问题。

第十一章　卉卉小姐姐

辛柏告诉牛淑芳女士，他是山东人，父母就是普普通通的农民，平时种地，闲暇做点小生意。来这边之后，家里就只剩下老两口了。大学在这个城市读，顺势就留了下来。现在和大学同学一起在浦东租了个两居室。同学是财务，他是程序员……至于怎么认识的，为什么喝酒，他也老老实实回答了，无一丝隐瞒。

辛柏的"老实"，激起了牛淑芳女士的恻隐之心，她感叹："哦哟，小伙子讨生活很不容易的。"

有什么不容易的？我那些外地的同事，不都这样过的么？任何一个背井离乡去外地生活的人，不都是这样过吗？值得抑扬顿挫地"哦哟"一声吗？

我是一个年轻人，站在年轻人的角度，就算我过得再不好，若有长辈用这种语气、这种态度跟我说话，我都会不舒服。我脾气好不会掀桌子，但会找借口离开。

辛柏却没有，他只是微笑着听牛淑芳女士感叹，顺着她的话回应两句。

我觉得难堪，为牛淑芳女士的态度而感到难堪。

下午找到林森后，牛淑芳女士的行为让我很是感动。可她盘问辛柏的样子，又让我觉得难堪。没办法，她就是这样的人，她对我的爱是全心全意的。她做的那些没有界限感的事情,也并不是故意的。这不代表她对辛柏有什么恶意,我能看出来,她不讨厌辛柏,甚至还有些喜欢他。可她的态度,她的口无遮拦,就是让人感觉很难堪。

可她毕竟是我妈,这种时候我能怎么办?我又不能让她闭嘴,那会显得我很没有教养。我只能用公筷给她夹点儿菜,放进她面前的小盘子里,装作孝顺,实则提醒说:"妈,您多吃点儿菜!"

牛淑芳女士和我相处了这么多年,怎么可能看不出来我心里的小九九?她埋怨道:"你这死丫头,我说什么啦!"

"没有没有,这个菜很好吃的,您多吃点呀!多吃点才会心情好呀!"我冲她笑得很灿烂。

"你们母女俩感情真好。"辛柏羡慕地说。

啥眼神?看不出来我们这是塑料花母女情吗?我心虚地笑笑,牛淑芳女士也心虚地笑笑。

牛淑芳女士一点儿都不给辛柏面子,说:"我这个女儿哦,生怕我跟别人说了点儿什么,总想堵我的嘴。你看,刚坐下,她还给我发微信咧!"

是那条解释我和辛柏是普通朋友,她不必这样的微信。辛柏看见了,抿着嘴笑得更腼腆了。贼腼腆贼腼腆的。

牛淑芳女士说:"我又不会怎么样咯,她防成那样。"

揭我的短,我嗔怪说:"你干吗呀,吃饭就好好吃饭嘛!"

"我还不是关心她,看她跟什么人交往。我跟你讲呀,她这个人,一点心眼都没有的,别人说什么她都相信,很容易上当,我不帮她看着点儿谁帮她看呀!好心当成驴肝肺,我很难过的我跟你讲……"终于,她不说了,端着杯子喝了口水,辛柏乖巧地问了句:"阿姨,我能再加两个菜吗?"

辛柏帮了大忙,这一顿当然是我们请客。我本来吃得就少,再饿,三分之一盘炒时蔬,基本也就够了。牛淑芳女士虽然饿,但饭量也不大。冲着辛柏,我们还点了小炒肉、铁板牛肉、水煮鱼。点的时候也问过他意见了,他说都行,不挑的。这时候突然说要加菜,他想干吗?

我惊愕地看着他,他趁着牛淑芳女士不注意,冲我眨眨眼睛。我看明白了,他在救场。可,需要用这种方式吗?等下吃不完,看他怎么办!

请客吃饭,对方要加菜,能不同意吗?我妈这种人,在这种时候最是热情了,连忙叫服务员拿菜单过来。菜单给了辛柏,他又加了椒盐猪脚、回锅肉。

椒盐猪脚很大一盆,我尝了一小块,味道确实不错。牛淑芳女士也吃了一块,其他都被辛柏吃了。回锅肉就米饭,他也给吃光了。小炒肉辣椒多,肉被他挑着吃光了。牛肉也没了,只水煮鱼,没动几下筷子。

我说:"人都说吃鱼聪明,你从小就是学霸,怎么不多吃鱼呢!?"

"吃鱼麻烦,还得挑刺。"他说。

"你很懒啊?连刺都不乐意挑。"我揶揄他道。

"我不懒,时间都用在别的方面了。吃饭我喜欢吃大口饭、大口菜,太精细的不适合我。"跟我一起吃日料、喝清酒的时候,也没见你说喜欢吃大口菜呀!我心里腹诽着。我再次看向辛柏,他又冲我眨眨眼睛。好吧,扮猪吃老虎!真有你的。

果然,牛淑芳女士上当了,她说:"这孩子真实在,我喜欢。"

而我，莫名地同情起辛柏的胃来。

因为吃，他俩突然又有了共同话题。牛淑芳女士问辛柏爱吃的东西都有哪些，辛柏也问牛淑芳女士，我们家的饮食习惯是什么样的。之后，他俩就一起吐槽我吃得少，太挑剔。牛淑芳女士讲了很多我从小到大为抵抗吃饭而发生的糗段子，辛柏跟着哈哈大笑……而我，早已放弃治疗的我，默默地低头玩手机，假装听不见他们在聊什么。

饭后，辛柏"乖巧"地跟我们说了声再见，便去坐地铁了。我开车出来的，本来客套着说送他回去，他拒绝了。哪里知道，我刚到家，就收到辛柏的微信。他说："撑死我了。"

我看着手机无声地笑了："谁让你吃那么多的？"

"还不是因为你。"

"怎么就因为我了？"

"你不是不想让阿姨说话了吗？"

"呃，但，你也不必如此呀！"

"没关系，我可是中老年妇女杀手，最知道怎么讨她们喜欢了。"

"你干吗要讨她喜欢啊？以后也没什么机会见面的。"

"咳咳！我做好人好事，不行吗？"

"行，你高兴就好"。

"那么晚安了，牛卉卉小姐。"

"你可以叫我卉卉小姐姐。晚安，辛柏。"

他没再说话，只发来一个大笑的表情。

因为辛柏喜欢吃大肉，回去没多久，牛淑芳女士就把过年才用的卤肉罐子拿了出来，打算卤点好吃的给辛柏吃。

那卤肉罐子，算是我家的传家之宝吧！打我记事时就有了。罐子直径大概半米左右，高度绝对超过一米了。每年过年的时候，牛淑芳女士都会把它拿出来洗洗涮涮，卤上一罐子五花肉、牛肉、肥肠、猪蹄儿、鸡胗、鸡翅、鸡爪之类的东西。

我和她，都不怎么吃肉的。我吃什么东西严格按照卡路里来，而她，大部分时候也都是浅尝辄止。那罐子卤肉，是为赵炳国卤的。

李贵珠管得严，生怕赵炳国把家里的好东西搬到我们家，平时严禁赵炳国到我家。赵炳国虽然不是妻管严，但为了避免吵架，多少还是会尊重李贵珠的意见。而我妈，牛淑芳女士，很硬气的。除了过年，平时似乎也不大爱搭理赵炳国。毕竟已经离婚了，还总跟前夫拉拉扯扯算怎么回事？

我从来没有问过牛淑芳女士，是否还对赵炳国有什么想法。我猜，想法大概是没有的，爱多少还存在一些。要不然，就不会一天洗一天卤，整整忙活两天，就为了让赵炳国吃点儿她亲手卤的肉。

牛淑芳女士卤肉的时候，我就算不上班，也会找借口躲出去。我不吃肥肠，受不了那味儿。牛淑芳女士卤的肥肠，不是买洗好的直接卤。而是提前去猪场批发简单冲洗了的。回来后用剪刀剪开、温水粗洗一遍、揉油盐腌制一个小时之后，再用温水细细洗五遍，完全干净了，晾一夜，第二天等猪肉、牛肉、鸡胗鸡翅全卤完了，再放入卤缸里卤。

可以想象，她卤肉的那两天，家里都什么味儿。我从来不吃肥肠的人，尤其受不了这味儿。外面的肥肠被吹嘘得再好，我也是不吃的，吃了会感觉不适。牛淑芳女士的卤的肥肠，和大白菜一起炒，我多少还能吃上一两口。

我曾经劝过牛淑芳女士，赵炳国吃不了多少，到这儿来主要是想看看我们母女、说说话，随便炒几个菜就好了，用不着那么麻烦。牛淑芳女士不听，只说，他就喜欢吃这个，平时也吃不上，大过年的，就让他吃点儿吧！就冲牛淑芳女士愿意为赵炳国卤肥肠，我就觉得，他们之间不可能完全没有感情了。可也只是猜猜罢了，父母之间的事儿，他们没说，我不好置喙。她愿意卤就卤吧，只要不让我去洗肥肠，我没什么意见。

那一缸卤肉，赵炳国一顿又能吃多少？走的时候，牛淑芳女士会用饭盒装些切好凉拌好的再给他带点儿。我不知道赵炳国会不会带回家吃，我估计应该不会，李贵珠那么厉害，看见会跟他吵架的。

赵炳国吃点儿带点儿，剩下还有很多，牛淑芳女士就把它们分装在食品袋里，冻在冰箱的下层，每天炒菜的时候烧点儿，能吃好几个月。记得有一年卤得有些多了，夏天快来临的时候才吃完。

现在离过年还有好几个月，牛淑芳女士就把卤肉罐子拿出来了，还说要卤给辛柏吃，这让我觉得不可思议。

我都有些嫉妒辛柏了，嚷嚷："你跟辛柏才第二次见面，他凭什么就享受上了赵炳国才有的待遇？"

"赵炳国也是你叫的？他是你爸！"

"是是是，是我爸。"我顺嘴打哈哈，问，"所以，你为什么对辛柏这么好？"

"投缘，不行吗？"牛淑芳女士说。

107

"如果我没记错的话,这是你第二次突然莫名其妙对我的朋友特别好,上一次是周雯雯,这一次是辛柏。你觉得周雯雯性格好,希望我们成为好朋友。另一方面,周雯雯的父母是老师,你认为和周雯雯做朋友不会亏。那么这一次,你对辛柏这么好,又打了什么主意?"对周雯雯好的目的,是牛淑芳女士亲口告诉我的。现在她突然对辛柏这么好,我不得不怀疑,她可能也带着目的性。

牛淑芳女士重重地叹了口气说:"我能打什么主意?我就觉得他人实在,也聪明。你这些年,认识的男人,都什么样啊你说!我都懒得说你。你难得认识一个看着还不错的,我对人家好点儿,还不是希望他也能对你好点儿吗?"

我大惊失色:"你不会是想撮合我和辛柏吧?他一个小孩儿,还没定性呢!我马上都三十了,您别瞎出昏招了行吗?"

"我没想过撮合你们。"牛淑芳女士再次重重叹气,说,"就你这条件,就算我想撮合,只怕人家也看不上你。就算他看上了,只怕他父母也会嫌弃你。"

"我怎么了?我什么条件?除了年纪比他大,我哪儿不如人了?凭什么都嫌弃我啊?你是我亲妈吗?怎么能说出这种话呢?"听见牛淑芳女士说我不好,我立刻就炸毛了。

"嫁高娶低,同样也嫁大娶小,年龄大这一条,直接就PASS掉了,哪儿还有机会谈别的条件啊!"牛淑芳女士越说越泄气,"你说说你,好不容易遇到个看着还不错的,怎么偏偏年龄就比你小那么多呢?你早几年遇到他多好啊!"

"早几年?我幼儿园毕业了,他才出生。我小学毕业了,他即将上小学。我上大学了,他还在读初中。我参加工作了……算了他跳过级,这个没法算。我跟你说啊,你对他好我接受,但也不要太好了，免得被人误会我们图他点儿什么，我和他之间没可能的。"我说。

"我知道我知道，我不会让他误会的。"牛淑芳女士打着哈哈。

我很清楚，夸奖辛柏的这些话，不过是她常用的打击我的手段。其实，就算辛柏年龄和我差不多，只要我们有一丝可能性，她也是会挑剔的。那时候，眼光就又不同了。

牛淑芳女士让我叫辛柏来家里吃饭。我说："你不是加了辛柏微信吗？你不会自己叫呀！"

"没看见你妈在忙着吗？让你叫你就叫，废什么话！"牛淑芳女士一向这么横。

好吧，反正这个家，我从来也做不了主。

我给辛柏发微信："我妈叫你到家里吃饭。"

"为什么？"辛柏问。

"谁知道。"我说。

"难道是我长得太好看，阿姨看上我了，想招我当女婿？"后面跟了一个坏笑的表情。

想到才和牛淑芳女士的那一番对话，我叹口气，回复："你想多了。"

"行……吧！那我去你家穿啥呀？"辛柏问。

"在我的包办下，你现在的衣品还不错，随便穿穿就挺拉轰了。"

过了会儿，他又发来条微信："我去你家吃饭，带点儿啥呀？"

"人到就行了，别带东西。"

"这样会不会不好啊？"

"带东西来才不好，好像交换似的，下次她就不想叫你来了。"

是亲妈无疑了

"行……吧!"辛柏说。

说了不带,来的时候,还是带了水果和一箱牛奶。与上次不同,这一次,辛柏格外客气、懂礼貌。牛淑芳女士在厨房里忙,辛柏想打下手,被推了出来。

牛淑芳女士说:"牛卉卉一个女孩子都不帮忙,你是男孩子,还帮什么忙?"

这是什么三观?合着女的就该下厨,男的就该跷着二郎腿儿坐在沙发上看报纸玩手机等着吃?我想争辩几句,想到这么多年,我一直都是这么等着吃的,实在是不好在口舌上计较,便什么话都没说,假装没听见。

辛柏说:"您一个人在厨房里忙又累又孤单。我帮不上忙,在旁边陪您说说话也好。"

这是在说我,等着吃,不仅不帮忙,还不在旁边陪着太后娘娘说话吗?我不能再假装没听见了,狠狠地瞪了辛柏一眼,辛柏冲我笑得挺无辜。我转身走了。

辛柏嘴甜、勤快,也会说话。边帮着摘葱剥蒜,边跟牛淑芳女士聊天,一句一个"阿姨",把牛淑芳女士哄得合不拢嘴。

我在客厅里看电视,嫌吵,看不下去。关了电视,想听他们说什么,不知道为啥,声音突然就低了下去。我玩手机,也没什么好玩的,有点心烦气躁。不一会儿,辛柏出来了,端着个盘子,盘子里装了好大一块儿卤好的肉,手里还拿着个小尖刀,冲我走了过来,边走边切肉边说:"刚卤好的,来一块?"

他切了那么厚一块,就这样用刀尖儿扎着递给我,我吓一跳,

110

朝后退了退:"这是炒菜吃的,哪儿能直接这样吃呀!"

"都卤入味儿了,直接吃也很好吃的,我刚吃了好大一块儿呢!"

刀尖儿依然热情地杵在我眼前,我小心地绕过刀尖儿,坐好了,才说:"我不吃肥肉的。"

"这不是肥肉,是五花肉。苏东坡先生说过,最好吃的肉,是五花肉。来吧尝尝!"

"苏东坡还说过这个?"我问。

"也有可能是鲁迅说的。"辛柏笑着说。

"切——"我翻个白眼。

"尝尝吧,很好吃的。"辛柏催促道,"快点儿,凉了就不好吃了。"

我依然嫌弃地看着刀尖儿上的那块肉,找借口说:"这块太大了,我吃不了。"

"我给你切块薄的。"刀尖儿调转方向,辛柏三口两口就把那块肉吃了,很快又切好了一块递给我。

"这个,也并不比刚才那块薄呀!"我埋怨道。

"我一手端着盘子一手切肉,能切多薄?看在我亲自伺候的分上,大爷您赶紧吃吧!"辛柏倒是好脾气,坐在我旁边。

"行吧,小妞儿!"再说下去我都想单腿站沙发,一手插兜,一手挑辛柏的小下巴了。但毕竟没那么熟,玩笑归玩笑,真动手我是做不到的。

"快吃快吃。"辛柏笑着催促。

虽然嫌弃,但见他刚刚吃得香,我也只好慢慢地伸出手,拇指和食指小心地把肉从刀尖儿上取下来,放进嘴里嚼着吃了。

"怎么样不错吧?"辛柏的眼睛里有星星。

"还……行!"我说,顺手抽了一张纸巾,擦了擦手。

牛淑芳女士每年都卤五花肉,我通常这一天都躲在外面,到家的时候,卤肉基本都放凉了。赵炳国来的时候,牛淑芳女士会切不少五花肉,满满地炒一盘,赵炳国都吃光了。而我,是不吃的。

我从来没吃过刚卤好的、热乎乎的五花肉。我得摸着良心说,真的还行。——当然,我之所以觉得味道好,也可能是我的肠胃被我折磨得太久了,但凡富含脂肪的食物,都会给我特别正向的反馈。

"再来一块。"辛柏又切了一块,递给我。

"不要了。"我说。

"怕胖?"辛柏问。

"嗯。"我老老实实点头。

辛柏上上下下打量我,说:"你还有胖二十斤的空间。"

"二十斤?"我差点跳起来,"我要再胖二十斤,干脆不活了。"

"哪儿那么夸张?"辛柏说,"吃吧,吃完我陪你跑步。"

"你这一身不适合跑步。"我说。

"我也就这么一说,我吃完就喜欢葛优瘫。"辛柏笑嘻嘻地说。

我气得打了他一下。

"骗你的,我经常锻炼的。"

"不信。"

"我这么能吃,不锻炼能有这身材?"辛柏故意举举胳膊,隔着衣服展示了一下肱二头肌。

好吧,我承认,他的肌肉还真是蛮好看的,都想动手摸一摸了。

"多吃肉,多锻炼,才容易瘦。身材好,最重要的是体脂率,而不是一味节食。"辛柏说,"将来哥带你锻炼,你就知道了。"

"什么哥?小屁孩儿!"我继续瞪他。

辛柏抓抓脑袋,笑着说:"俺们山东人,都喜欢自称哥,你习惯就好。"

"我也习惯自称姐,你叫两声姐听听?"我说。

"姐。"

"乖。"

"姐姐,姐姐,姐姐,姐姐。"他脸凑在我跟前儿,说,"满意了不?"

"满意了,等下给你发大红包。"

"好的,谢谢姐姐。"辛柏说。

我心甚悦,大笑不止,发了一个九毛九的红包给他。

辛柏点了接收,嘴上说"姐姐小气",笑得却很灿烂。

刀尖儿上的那块肉,被辛柏吃掉了,他又切了一块递给我:"听哥的话,多吃肉才能瘦。"

"你叫我姐,又自称哥,乱不乱?"我说。

"乱了理理。"辛柏笑着把刀朝我面前又递了几分。

就这样,说说笑笑,不一会儿,盘子里那一大块五花肉就被我们分着吃完了。

我揉揉肚子站起来,说:"今天晚上是吃不下任何东西了。"

"阿姨做了很多菜。"辛柏也站了起来。

像是心灵感应般,牛淑芳女士出来了,看着我们。

辛柏把空盘展示给牛淑芳女士看,说:"我赢了。"

赢什么？我怎么听不懂啊！

"卉卉吃了多少？"牛淑芳女士问。

"七八块吧，其他都被我吃了。"辛柏说。

"不错不错，还是你厉害。"牛淑芳女士夸奖。

"到底怎么回事？"我一头雾水。

"阿姨说你从来不吃五花肉，我觉得我可以让你吃，于是——"

拿我打赌？真气人！我咬牙切齿问："赌注是什么？"

辛柏挠头："忘记谈赌注了。"

我一脚踢过去，葛优瘫的辛柏大笑着躲开了。

有辛柏不停地插科打诨，这一顿饭的气氛可谓是真的好。我都说了不吃了，但不知怎的，居然又吃了不少菜。多少年晚餐我都没吃过主食了，这一顿也吃了小半碗米饭。牛淑芳女士也吃多了，当然辛柏也是。

饭后，我们把碗筷放进洗碗机，就一起出去散步了。

离我家约800米的地方，有条小河。12月的冬季，我们三人吹着冷风顺着河边儿走，那滋味儿，真的很酸爽。

牛淑芳女士问辛柏："你说你爸妈闲暇时做生意，做什么生意？"

"就那种很小很小的生意。"辛柏说。

"具体什么行业？"

"说不上来，什么都卖那种。"

呃，确实是小生意。

"很忙吧！"我问。

"是啊！"辛柏抬头看天，长长地呼出一口气。不知怎的，我觉得他好像不太开心。

"那他们有时间照顾你吗?"牛淑芳女士问。

"还好。"辛柏说。

说完就不再说话了,这一次,牛淑芳女士也听出来了,提起家人,他是真的不开心。

我很想问问他怎么了,为什么本来好好的,突然就不高兴了。但,涉及家人,大概也会涉及隐私吧?我并没有问,而是为缓和气氛,讲了个冷笑话,我说:"传说《达芬奇密码》一共有三部,第二部才是《达芬奇密码》,你们知道第一部和第三部分别是什么吗?"

"不知道。"牛淑芳女士说。

辛柏也摇了摇头。

"第一部是达芬奇账号呀!"我说。

"第三部呢?"牛淑芳女士问。

我正要公布答案,辛柏说:"不会是达芬奇验证码吧!"

牛淑芳女士大概是觉得这个冷笑话太无聊,没有笑。辛柏自己讲了答案,没笑。而我,每次我跟别人讲这个冷笑话,大家都会笑,公布答案时,我笑得尤其开心。可是这一次,居然被抢先了,我那句"哈哈哈哈"堵在嘴唇边吐不出来,不禁有些意兴阑珊,也没笑。

我说:"是哦,你真聪明。"

冬天的河边很冷,笑话也冷,我讲完这句话,尤其冷了。一时间,气氛有些怪异。

辛柏看看我,又看看牛淑芳女士,突然问我:"你知道达芬奇验证码是几位数的吗?"

115

"呃，不知道。"这个我还真不知道。

"六个字，六位数。"辛柏一本正经地说。

你行你厉害你的冷笑话天下第一冷。臭小子，居然敢耍我！趁着牛淑芳女士没注意，我从背后踢了辛柏一脚，这次他故意没躲开，被踢中的时候哈哈大笑。

好吧，不管你刚才为了什么事情不高兴，笑了就好。

我们又笑闹了一阵，我和牛淑芳女士一起陪辛柏走到地铁站，见他进站了，便回家了。不管刚刚辛柏当时为什么心情低落，对于我来说，这真是一个愉快的夜晚。

第二天一早，吃完早餐要去上班时，牛淑芳女士递给我两个饭盒，小的那个是给我的，大的让我交给辛柏，让他中午吃。我打开大的那个一看，满满的卤肉，少量的蔬菜和米饭。

我很意外，辛柏再次享受了赵炳国才有的待遇。我问："他昨天不是吃过了吗？为什么还要给他带一份？"

"卤了那么多，我们两个人吃不完呀！"牛淑芳女士说。

"你不给我爸送一份？"我问。

"送什么送？我还要上班，哪有那么闲？"牛淑芳女士说，"我给小刘发微信了，他等下过来拿。"

小刘是赵炳国的司机。

"哦哟！"我学牛淑芳女士的语调，抑扬顿挫地说，"还是很关心我爸的嘛！"

"主要是吃不完。"牛淑芳女士理直气壮地说。

我懒得揭穿她，提着给我和辛柏的那俩饭盒准备走。

饭盒还真挺重的，特别是给辛柏的那份。虽然不用挤地铁，但我实在是不想提下楼。老房子，没电梯，我穿着高跟鞋，真是不方便。我抱怨说:"你早计划给辛柏了吧?昨天晚上为什么不直接给他让他带回去?"

"他不是有个室友吗?"

"那又怎样?"我不明所以。

"他拿回去不得分给室友吃啊!肉很贵的,特别是牛肉。"

行吧,我再一次深深地体会到辛柏在你心中的分量了。只是,能告诉我为什么吗?难道仅仅只是合了"眼缘"?

这之后,牛淑芳女士又请辛柏来吃了两次饭。虽不像第一次那样,又是卤又是煮,满满一桌子菜招待,但也算得上是豪华大餐了。辛柏也很给面子,每次都吃到抱着肚子离开。

还有那么几次,头一天牛淑芳女士并没有叫辛柏来吃饭,第二天给我准备饭盒的时候,却会多准备一份,让我带给辛柏。

我问牛淑芳女士,究竟想干吗,是不是打算拿辛柏当儿子养?

牛淑芳女士直叹气,说,若真有福气养个这样的儿子就好了。我懒得理她。

至于我,因为第一次带盒饭过去,辛柏说他们单位没有微波炉,我"好心"地在自己单位热好饭,带到天桥上跟他一起吃之后,每一次给辛柏带饭,都是我热好了拿去。几个不明真相的同事还调侃我是不是谈了恋爱。

莫须有的事情我怎么可能承认?即使偶尔有中午出门觅食的同事经过天桥,看见我和辛柏一起坐在雕塑旁的椅子上吃饭,我也只会告诉他们,辛柏是我弟弟。

他们将信将疑,信吧,以前我可没这么个弟弟。不信吧,辛柏长得那么"嫩",而我说这些话的时候,又那么一本正经。他们也有些糊涂了。

在这期间，我接到过一次小丰的电话，一次赵炳国的电话。

小丰告诉我，审了林森，连我在内，他一共骗了六个女人，涉案金额高达一百多万。大部分都被他挥霍了，能追回来还到我手上的大概也就两万多块钱。他让我去派出所签个字，之后会把钱转到我的卡上，我便去了。当然没见到林森。

我问小丰，林森什么时候判刑，小丰告诉我，年前会判，到时候会通知我，愿意可以过来听审。

我当然要去听。我也想知道，做了这么多坏事，林森会被判几年。

第十二章　周雯雯回来了

我出了这么大的事儿，赵炳国自然也知道了。不用想，肯定是牛淑芳女士告诉他的。

赵炳国打电话对我表示了慰问，让我不要伤心，损失点儿钱没什么，人没事就好。

怎么可能不伤心呢？十多万，差不多一年的薪水了。我这样告诉赵炳国。赵炳国说没事，爸爸再给你转点钱。转头就给我卡里打了二十万。

这事儿过了没两天，某一天饭点儿，赵炳国突然就出现在我单位附近，请我吃饭的同时，问我工作怎么样，做得开心不。

我能怎么说？我只能把心里的真实想法告诉他：除了做这个，我也不会做别的，那就做着吧！工作只是为了糊口，动不动就考虑开心不开心，是很没有必要的。

赵炳国问我，要不要去他公司上班，帮他做做管理什么的。我知道赵如盈大学毕业这一年来，一直都在赵炳国的公司上班，手底下也管着几个部门。小女儿已经在他眼皮子底下了，再把大女儿叫去，这是几个意思？

操劳使人老。我和赵炳国好几个月没见面，这次见他，他似乎更老了些。上次听牛淑芳女士说，小刘含蓄地告诉她，赵如盈在公司里惹了些事，赵炳国很不高兴。那么，这次赵炳国叫我也去他公司，大概有让两姐妹竞争的意思吧？或许曾经想过把公司传给我？还是只是拿我当磨刀石，练一练他的宝贝女儿赵如盈？

不管他是什么想法，我只要一想到要跟赵如盈争就头疼。从小到大，每次见面，都是她尖酸刻薄冷嘲热讽，而我，只能委屈地在一旁哭，或者生闷气。——我承认，长大之后我其实已经不在意这些事情了，委屈很多时候只是在赵炳国面前装装样子，为博取同情，方便得到些好处罢了。谁让我妈是"前妻"，而我是"前妻生的女儿"。

赵炳国还不到六十岁，还能做很多年。我只想偶尔从他手里弄点零花钱花花，对于当企业掌门人这种事情没有兴趣，我也没那么大野心，我更不认为自己有能力做一个大企业的掌舵手。当然，赵炳国可能未必想过让我接手他的事业，他极有可能只是想让我生活在他的眼皮子底下，他好近距离保护我。

不管赵炳国出于什么目的让我去他公司上班，我都不愿意。到了他公司，除了要跟赵如盈竞争之外，还得每日在财务大总管李贵珠的眼皮子底下讨生活，有多不易可想而知。《甄嬛传》热播的时候，我还在读大学，我记得那时候舍友们一起做了个测试，"在后宫你能活几集"，我是第一个挂的。也就是说，我活不过一集。我有自知之明，知道自己不是宫斗宅斗的料，赵炳国家里那档子事儿，我还是不要参与了吧！

因此，我只是摇摇头，跟赵炳国说，我现在的生活挺好的。而且我马上就三十岁了，按我妈的想法，我这时候最要紧的事情是赶紧找一个合适的男人嫁了，过平凡的、一眼望得到头的人生，而不是想些乱七八糟的东西。

跟赵炳国聊天，只要我提起牛淑芳女士怎么说怎么想，无论赵炳国本来的想法和牛淑芳女士多南辕北辙，他最终都会尊重牛淑芳女士的意见。有时候我忍不住多想，认为他多少都对牛淑芳女士还有些感情。但每一次，我都会告诉自己，只不过因为牛淑芳女士是我的监护人，他才以她的想法为主。毕竟，他已经新娶了，他现在有一个幸福美满的家庭。

赵炳国问我，现在有没有男朋友。

我怎么会有男朋友？林森的事情结束才多久？

赵炳国说，阿姨认识不少很好的男孩子，他跟她说一下，让她帮我留意。

我吓一跳，忙不迭地拒绝了。赵炳国嘴里的"阿姨"是李贵珠。当着赵炳国的面儿，李贵珠极大方善良，对我也极照顾，但我知道，她心里防备我很深。——看她教出来的女儿怎样对待我就知道了。我怎么可能让李贵珠帮我介绍对象呢？赵如盈24岁了，若有好男人，李贵珠首先想到的是自己家女儿，而不是我。若仅仅只是捡赵如盈挑剩下的倒也罢了，顶多只是犯恶心。怕就怕她没安好心，弄一些牛鬼蛇神来给我，那我可真是招架不住了。

赵炳国见我不愿意，倒也没勉强。只交代我好好的。好好生活，好好工作，有什么事及时跟他说，他会帮我。看在他极为真诚的分上，我点头答应了。

这之后又过了一段时间，周雯雯总算是回来了。

我经历了这么多事情，她都不在我身边，我有些生气。见了她我就嚷嚷："你回来干吗呀？你干脆直接住那边得了，最好再嫁个当地人，再也不要回来了。"

"你还真是说对了，我爱上了一个当地男人。"周雯雯说。

我："……"

"骗你的，差点命都没了，哪儿有空去想恋爱的事情呀！"

"怎么回事？没听你说呀！"我说。

"连续大雨，施工队的车到外面去买材料，我和学校的一个老师跟着去了，我们去帮孩子们买点教学用品、粮食蔬菜之类的。顺便再把托朋友帮忙买的教材、电子产品之类的拿回来。路上遇上塌方，差点交代在那儿！"周雯雯边说边伸出手给我看，"跟着搬东西，照顾孩子，你看我的手，劳动人民的手了。"

我拉住她的手细细查看，再看她的脸，也很是粗糙了。周雯雯的脸颊上还出现了隐约可见的高原红，我很心疼，说："那么惨，为什么不早点回来呢？"

"我回来了孩子们怎么办啊？一开始我只想资助留守儿童，后来要帮他们买教材、买食物，再后来要翻修学校，购买课桌椅。而现在，可能还要帮忙修路。"周雯雯感叹说。

"修路这么大的事儿，哪是你承担得了的。"我说。

"村子通往外面的唯一一条路，一到下雨天就满是泥泞，时不时还会塌方。高原地区，物资本来就紧缺。若出不去，孩子们就要受苦了。"

"修路需要多少钱？"我问。

"至少几百万吧！"周雯雯说。

"我手里还有几十万，也解决不了什么事情。若有需要，你说一声吧！"

"欠你的十万还没还。"周雯雯一脸感动地看着我。

"不用还了，就当为小朋友们做点事情了。"我轻描淡写地说道。

"你挣点钱不容易，有钱了还是要还你的。"

"还什么还？就你有爱心，我没有呀？"我开玩笑说。

"有有有，你有，认识这么多年，我不了解你吗？"周雯雯皱着眉头说，"我还得再到哪儿去弄些钱。"

"你们行业收入不是挺高的吗？找你的同行捐款啊！"

"好主意，我就是这样想的！我的公众号也得再做大点，最好几个号同时运营，这样就能挣更多钱了，就能帮助更多小朋友了。"

她说的这些怎样做大、怎样挣更多钱我都不懂，我只是胡乱点点头表示认可罢了。

周雯雯盯着我看，过了会儿突然打上我的主意："要不我开一个时尚号，你给我供稿吧！"

我吓一跳，连连摇手说："我这文笔，读书的时候作文都没及格过，还是算了吧！"

"你会穿就行呀！"周雯雯琢磨，"让我想想这件事该怎么做，等我想清楚了告诉你。"

看着周雯雯那两眼放光打量我的样子，我打了个寒战，怕她再想到什么我根本做不到的事情，连忙把话题引开，我说："我经历了这么大的事儿，你回来了都不安慰安慰我啊？"

周雯雯似笑非笑地看了我一眼，突然就哈哈大笑起来，笑得不能自已。

"你笑什么？"我恼羞成怒。

"平时看着挺聪明的人，一遇到感情问题就蠢成这样，你不觉得很好笑吗？"周雯雯边笑边说。

"不是我蠢，是他手段太高明好吗？"我白了她一眼，说。

"你就一点都没有察觉吗?"

"也有感觉不对劲的时候,但总怀疑是自己疑神疑鬼,而没想到是他真有问题。我和他在一起的后半段,他总是含沙射影地打击我,我也觉得自己这儿不好那儿不好,没想过他也有问题。"我老老实实地回答。

"专业人士在见每一个他试图控制的女人之前,都会想好这一天要做什么,说什么,怎么可能轻易露马脚?那天要不是你妈突然赶到,恰巧留下他的包,恰巧翻了他的包,指不定你什么时候发现呢!卉卉,你听过不良PUA吗?如果我猜得没错,他应该就是不良PUA的成员。"周雯雯说。

我不知道不良PUA是什么,但,我会搜啊!

PUA,搭讪艺术家。最初是指男性通过技巧和心理学应用,去接近、搭讪自己喜欢的人。后来则演化成利用套路,不择手段,疯狂猎艳,达到骗财骗色的目的,即不良PUA。

搜索完毕之后,我终于知道我遇到的究竟是什么人。放下手机,我愣愣地坐了很久。周雯雯见我情绪低落,没说什么。过了会儿,她见我好些了才问我:"你之前是不是还怪罪自己,觉得自己笨,才会上当受骗?"

"是啊!虽然我没跟任何人说过,但我心里,其实是很自责的。"我说。

"现在知道不是你笨,是骗子太高明。别说你了,换了别人,面对精心准备的骗局也可能会上当,会不会好受点呢?"周雯雯问。

"并没有,我以前只是恨他,而现在,我恨他们这个群体。"我说。

"所以，可以想象，上当受骗的，不止是你和晓玲，可能还有其他千千万万渴望爱情的傻女人。"周雯雯说。

"买卖身份证、伪装身份、接近一个个渴望爱情的女孩子、骗财骗色吃绝户……他们这些人，差不多已经形成产业链了吧！"我感叹说。

"你有什么想法吗？"周雯雯问我。

"我能有什么想法？我已经报警了，除了等下把我了解的关于不良PUA的信息打电话告诉小丰，让警察那边顺着林森这条线查一查他们这个组织里的其他人，其他什么都做不了。"我泄气地说。

周雯雯不说话了。过了很长时间，她才问我："你就不好奇我是怎么知道不良PUA的？"

"好奇呀，好奇死了。但是当我查到不良PUA的资料后，我的震惊大于好奇，我忘记问你了。"我说，"你一个天天闷在家里写公众号的，比我还宅呢，你是怎么知道的？"

"写东西是输出，想要持续地输出，就得持续地、更大量地输入。不写的时候我就在看，看书、看别人写得更好的稿子、看八卦、看新闻、刷网页、看热帖、看各种有字的东西。我也是偶然之间看到一篇关于PUA的文章，才了解这世上有这么一群人。我以为他们离我们很远，却没想到我最好的朋友居然亲历了。"周雯雯说。

"你看过你为什么不早告诉我啊！"我急了，嚷嚷起来。

"你只告诉我你恋爱了，没告诉我细节啊！"周雯雯也嚷嚷。

"你天天忙得要死，给你打电话，不是打不通，就是没接。好不容易接了，说两句你又要去忙了，我怎么告诉你细节啊？你有时间像以前一样跟我煲俩小时电话粥吗?"我继续嚷嚷。

我嗓门大,我嚷嚷赢了。

周雯雯红着眼圈儿说:"对不起。我有了重要的事情要做,对你的关心太少了。"

我的眼圈儿也红了。我说:"你又不是我妈,哪能天天看着我啊!"说完我愣住了。牛淑芳女士之所以像个控制狂一样跟踪我、管着我、不允许我出去住,是因为我太不让人放心吗?

我一直以为,我懂的事情很多,也有些社会经验。但实际上,我是一个让人特别不放心的人吗?

我问周雯雯:"我是一个让人特别不放心的人吗?"

"人品是绝对能放心的,但是——"

"行了我知道了你别但是了。"我听懂了。

"也不是什么坏事,你就是比别人单纯些罢了。"周雯雯安慰我。

还不如不安慰呢!

"单纯点儿挺好的,让人很容易生出保护欲。"

也很容易上当受骗!

"真的,别看我是女的,我第一次见到你,就挺想保护你的。"周雯雯说。

我:"……"

我实在不想听周雯雯说下去了,我又嚷嚷起来:"怪不得这么多年你不谈恋爱,在这儿等着我呢!你这就跟我表白了?"

见我这样说,周雯雯急了:"牛卉卉你有病吧?"

"那你想保护我什么?还第一次见到我就想保护我。"我吐槽说。

"现在已经不想保护你了,想打你。"

周雯雯说想打我,我立刻就跳出三米之外,之后才问:"关于PUA,你有什么想法吗?"

"我想让你帮我写篇稿子,以PUA亲历者的角度写。"周雯雯说,"我知道你文笔差,也没指望你写的东西能直接发。这不还有我吗?写完了我帮你改。我最想要的是亲历者的感受和情绪,以及在整个过程中,对于亲历者来说,哪些事件是放大了的,哪些是不在意的,我要的是角度。"

"呃……"我说,"万一写得不好,改都改不了,你还不是得重写。"

"你先写,其他我会自己把握。"周雯雯说。

周雯雯是自由职业者,随时可以出来。而我,为和她见面跟丽莎找的借口是要去巡店。不管怎么说,我得去门店一趟,不然丽莎问起来,门店的员工说漏嘴,那我就惨了。

周雯雯从贵州给牛淑芳女士带了礼物,本来可以晚上回去再带给她。但我和周雯雯见面的地方离大洋商城很近,牛淑芳女士上午班也快下班了。我想了想,决定去大洋商城的D&H门店晃一圈儿,顺便带礼物给牛淑芳女士,再跟她一起回家。

到大洋商城之后,我去一楼D&H门店站了会儿,跟店长聊了近期销量,来客量,顺手把顾客挂错地方的几件衣服调整好,就去了二楼找牛淑芳女士。

牛淑芳女士所在的鞋柜属于大众品牌,价位亲民。冬天的一双短靴,不打折的时候也不过才五六百块钱。这种价位的鞋子,平时销量还真不错,但最近也不知道怎么了,顾客特别少。都说是经济下行,消费降级的缘故。但我看D&H的销量并没有下降,隔壁美妆专柜的口红销量非但没有下降，还有所上升。由此可见，销售不好，虽跟经济大趋势有关，但更多原因可能还是出在品牌和产品身上。这种想法我曾经跟牛淑芳女士说过，牛淑芳女士说我是站着说话不腰疼。沟通不畅就不沟通，这是我对待牛淑芳女士一贯的方式。

我把周雯雯从贵州带给牛淑芳女士的苗族手绣围巾拿给了她，她很喜欢，围在脖子上照了半天镜子。让我打电话叫周雯雯到家里吃饭。

周雯雯跟我说过，山区经常没有信号，和同事们沟通不及时，感觉自己都有些脱节了。公众号红海期已过，这两年尤其不好做，掉粉严重。她这次回来，就是要想办法把号重新做起来。要不然，就没办法支撑这庞大的开销了。

我把这话跟牛淑芳女士说了，牛淑芳女士可不管这些，她说："再忙也要吃饭呀！吃完饭再工作也不迟。她是老板，又没人说她。你叫她来。也别忘记打给辛柏，好几天没见到辛柏了，叫他一起来。"牛淑芳女士说。

牛淑芳女士并不知道，她没有叫辛柏到家里吃饭，也没有带饭给辛柏吃的这几天中午，只要我在公司，我们总是一起吃饭的。

为了"感谢"我和牛淑芳女士的热情好客，辛柏亲手做了些家乡美食请我吃（尽管我根本就吃不惯）。之后又"发掘"了公司周边很多家好吃的小饭店，带我去试吃。毕竟只是普通朋友，天天中午一起吃饭，我觉得怪怪的。几次之后我想拒绝，但他提前订好了位置，不去又不太好，我只好在吃饭的时候抢着付钱了。

这样既尴尬又浪费钱，某一天吃完饭之后，我故作轻松地跟辛柏说："明天就不一起吃饭啦！"

"明天要去门店吗?"接触多了,他知道我上午去门店的话,中午一般不在公司这边吃饭的。

"不是啊,不想像现在这样吃了。"

"怎么了?"辛柏关切地问。

我一时语塞,找了个借口:"最近都吃胖了。"

"并没有胖多少。"辛柏看看我,说,"还有很大的进步空间。"

我捏捏腰肉,叹口气说:"女人过了25岁,多吃下去的每一口,都会率先在腰上体现出来。"

他当时没说什么,第二天中午,以有东西送给我为借口把我叫出来,递给我一张健身卡。

我很错愕。

辛柏说:"你们公司这栋写字楼,负一层是健身房。我不少同事都在这边办了卡,我之前嫌贵,没办。你昨天提醒我了,我办了张联名卡,早晚我们可以一起过来跑跑步、游游泳什么的。"

之前嫌贵,这时候就不嫌贵了?什么叫"一起过来"?每天中午一起吃饭不够吗?早晚还要一起跑步游泳健身吗?又不是男女朋友,什么都"一起"像什么话?辛柏突然而至(也可以说是循序渐进)的热情让我觉得很不舒服。我不知道他对我好有什么目的,但愿我没有想歪。

我没接他的卡,强笑说:"我更喜欢节食减肥,不累。"

"那样不健康。"辛柏说。

这种道理不止一个人跟我说过了,但我不听不听就是不听。

我皱皱眉头没有回应,过了会儿问:"你之前不是说一直在健身吗?都怎么健身的?"

"我住的小区附近有个公园,我每天早上都会去跑步,在家也会举举铁什么的，还会跟室友一起玩体感游戏，都可以锻炼身体。"

"那这张健身卡可以退了。我还是习惯节食减肥。"说完我就走了。

之后，和辛柏就没有联系了。

他没主动找我，我也没主动找他。

牛淑芳女士说要叫辛柏来吃饭，我其实是不太愿意的。虽然，和辛柏因为健身卡的事情发生了冲突，我觉得可惜。但，保持刚刚好的距离就好。走得太近，比普通朋友还近，这是我不愿意看到的，现在是他越界，而不是我。

我知道我自己还算是有魅力。我也知道，辛柏很有魅力。无论是我吸引了他，还是他吸引了我，都是我不愿意看到的。毕竟，我比他大那么多，我有结婚的需求，他现在可能并没有。即使有，大概也不着急。

因此，我跟牛淑芳女士说："周雯雯才回来，估计也有些话想跟你说，不用叫辛柏吧！"

"多一个人不过多双筷子，辛柏一个人不是吃外卖，就是胡乱对付着吃点儿，哪儿有在家吃舒服。"牛淑芳女士说。

"他毕竟不是我们家里的人，你总不能天天叫他来吃饭。没叫他的时候，还不是要吃外卖。"我说。

"牛卉卉你怎么了？叫你喊辛柏来吃饭，怎么这么多话？"牛淑芳女士看着我的眼睛问。

我低着头说："没什么。"

"那就这么说定了，下班后你陪我买菜。"牛淑芳女士就是这种说一不二的性子。我也不好再说什么了。

牛淑芳女士还要上两个小时班,我独自一人在大洋商城看竞品,想着怎么跟辛柏说。

不想直接跟辛柏说话,我便给他发了微信,叫他到我家吃饭。

发出去之后,足足有五分钟,都没有得到回应。我只好再发一条:"来不来说句话,我好跟太后娘娘回复。"

"来。"辛柏就回复了一个字。

放下手机后,我觉得有些郁闷,毕竟,我们现在的关系有些尴尬。

当觉得尴尬的时候,我就想逃避,可我不知道该逃到哪里去。牛淑芳女士在家里请客,我找不到借口不出席。

我烦躁地抓了又抓头发。算了,见就见,是他辛柏热情过度被我拒绝,又不是我热情过度被他拒绝,我尴尬什么?就当什么事情都没发生好了。辛柏那么聪明,遭遇了一次冷脸,也就知道该怎么做事怎么说话了。时间一久,自然就恢复普通朋友的关系了。

想到这里,我掏出手机,打开前置摄像头,五指当梳,整理被抓乱的头发。才整理了两下,手机响了,吓我一跳。

不是电话,而是视频,辛柏发来的视频。

刚还在想以什么样的态度对待辛柏,就接到了他的视频,这让我很慌乱。慌乱之下,头发还没理好,就滑动了接听键。

"我昨天是不是吓着你了?"辛柏问。

我正要否认,辛柏突然"扑哧"笑了,问,"你在哪里?怎么了?"

"我在商场啊,怎么了?"我有点莫名其妙。

"你头发……"手机那头的辛柏伸手指了指。

我把视频中我自己的头像放大,就看到我那鸡窝一样的乱发。我窘到无地自容,连忙整理。整理好了才再次点开辛柏的头像。发现辛柏一直笑吟吟地看着我,顿时更窘迫了。我说:"真是的,女孩子整理头发的时候也不知道回避一下。"

说完我愣住了,我这嗔怪的语气,听起来像是在撒娇。

我跟辛柏撒娇?我在干什么呀我!真是脑子坏掉了。我清清嗓子,故作严肃说:"你有什么事吗?没事不说了。"

"有。"辛柏说,"我有话想跟你说。"

"什么话?"我问。突然,我想到了那些一直被我担心的。我心跳加速,深呼吸几口,才说,"如果你是想跟我表白,那就不要说了。"

"表白?"辛柏愣了片刻,轻轻地说,"我不是那个意思。"

听到不是那个意思,我松了一口气,但不知怎的,同时我也有些失望。我后悔我过于直白了。

"那你是几个意思?"我问。

"我想跟你讲个故事,一个跟我姐姐有关的故事。"辛柏说。

那个故事很长,辛柏讲了很久。

辛柏的家,在山东省某地级市的城乡接合部,他的父母是农民,他上面还有个姐姐。生了他之后,原本贫困的家庭更加贫困了。为了赚钱,辛家父母农闲时做起了小生意。父亲进了些鞋垫、袜子之类的东西,推着小三轮在街上卖,有时候一天都卖不掉一双。母亲在学校附近摆摊卖烤冷面,倒是能勉强维持生计。后来,父亲停了小生意,走街串巷收废铜烂铁,有时候还会收长头发。

他们很忙,非常非常忙。忙到几乎没有时间照顾孩子。辛柏算得上是姐姐带大的。

姐姐叫辛牧，比辛柏大4岁。城乡接合部没有幼儿园，姐弟俩都没有上过幼儿园。本来辛牧6岁就该上小学了，但没人照顾辛柏，只好拖着。拖到8岁才上。而那时，辛柏不过才4岁。辛牧上学要带着辛柏。弟弟太小，教室里的凳子他坐着不舒服，辛牧就从家里搬个木头板凳，放在自己的凳子旁边，让辛柏坐。

辛柏聪明，老师教的东西，十以内的加减法，班上的小朋友很多人都还没弄懂，辛柏就听懂了。辛牧做作业时，拿不准的地方，小声问辛柏自己做得对不对。辛柏若说对，辛牧的心也就定了。辛柏若说不对，辛牧就掰着指头再算一遍。

辛牧就这样带着辛柏上学，一带就是两年。

两年后，辛柏6岁了。到了上学的年龄。自此，姐弟俩才真正分开。

白天虽然不在一个教室了，但下了课，姐弟俩还是一起玩。二年级辛柏跳了级，和辛牧就只差一级了。辛柏年龄小，个儿比同班同学矮，偏偏学习比别人好。老师喜欢，有些孩子就心生嫉妒，没事儿总想欺负他。拿着他的铅笔盒到处扔、踩到脚底下，突然就打他一拳，或推他一下。虽只是小孩子之间的打闹，但却让他很不开心。本来不想告诉姐姐的，敏感的姐姐还是察觉了。搂着小辛柏站在辛柏教室的讲台上，豪言壮语说，谁再敢打我弟弟一下，我打他十下。

辛牧走后，有不信邪的，特意跑过来打了下辛柏。辛柏还没来得及哭，躲在教室窗户外面的姐姐就冲了进来，骑在那人的身上，可不止打了十下。从此，大家就知道了，有姐姐的人欺负不得。

辛柏学习好，辛牧却一般。虽然比辛柏高一级，但遇到不会做的作业，都会问辛柏。大部分辛柏都没学过，就跟着辛牧一起看课本，一起做习题集，一起讨论。因为过早接触了姐姐的书本，五年级的时候，辛柏又跳级了，和姐姐在一个班了。

也是奇怪了，明明辛牧比辛柏大四岁，辛牧学习却始终都不如辛柏好，时常还需要辛柏帮忙补课。

辛柏心细，心思也重，遇到事先在心里琢磨。辛牧是个马大哈，心善而轻信，和谁都能做朋友。辛柏一天天长大，逐渐就比辛牧还高了。他开始担心辛牧：就她这单纯的性子，只怕将来会吃亏吧！

担心归担心，却没什么好怕的，小时候姐姐保护弟弟，长大了，就该弟弟保护姐姐了，将来若是哪个男人敢欺负姐姐，就……还没畅想到具体该怎么办的时候，姐姐就没了。

那年，姐弟俩刚刚读初二，辛牧16岁，辛柏12岁。

并没有什么传奇的经历，不过是某天放学，姐弟俩一起打打闹闹往回走，辛牧兴奋地跟辛柏说着什么，边说边倒退着走，在国道上，遭遇了一辆突然蹿出来的、没有减速的大卡车，人就这样没了。

还以为自己会看着她结婚，看着她生子，看着她变老；还以为她也会看着他长大，看着他变声，看着他从一个男孩儿长成一个顶天立地的男人……她突然就这样死在了自己的眼前。

当然是接受不了的。这种事情怎么可能接受呢？恨自己，如果那天两人没有打闹，或许姐姐就不会离开。

司机被判了刑，车卖了，赔了他家十二万。

十二万，一个花季少女的命。

不知道那几年是怎么过来的，几乎没有一夜不做噩梦。父母一下子就苍老了，辛柏也越来越沉默。不知道快乐是什么，唯有考了第一名，才稍微地松快一些。——考第一，是辛牧对辛柏的期待。姐姐希望辛柏能考出去，离开这个贫瘠的地方，拥有完全不一样的人生。

辛柏当然做到了，还是以16岁的年龄，考上的大学。这个城市数一数二的大学。

辛柏拿到录取通知书之后，先去了一趟肇事司机家里，本想去责问他，可是，到了之后才发现，那个男人也并没有过得很好。因为那个错误，他卖掉了大车，欠了很多债，又在监狱里蹲了几年，出来之后，老婆带着孩子跟人跑了，到现在，还孑然一身、穷困潦倒。

又去了姐姐的墓前，跟姐姐说了很多话，他答应姐姐，会照顾好父母，会过好这一生。

我见到辛柏时，是他到这个城市的第七年，参加工作的第三年。他一直很沉默，非常非常沉默，就像心里少了一块那样沉默。直到遇上了我，那个话多、鄙视他不会穿、却实实在在帮他搭配指导他怎么穿的我……就像一道具有穿透力的光，给暗沉的深海撕开了一道口子。只可惜，那之后，我就忽略他了，我工作本来就忙，谈恋爱之后更忙了。他绞尽脑汁找话题跟我聊，说几句我便不再搭理他了。找买衣服的借口跟我见面，我只发了购买链接给他。我们之间的关系，也只是认识而已。直到那一天，我独自一人坐在警察局门口抬头望天，欲哭无泪……

"所以，你是把我当成姐姐吗？"我问辛柏。

"算是吧！"辛柏说。

"什么是'算是'？"我问。

"你们像,又不像。"辛柏说,"你们一样迷糊,一样轻信,一样就算是生气,几分钟之后自己就不气了。一样漂亮,一样爱打扮,一样笑起来很好看。不一样的地方,是你没有辛牧厉害。谁敢惹辛牧,她二话不说冲上去就打,你只会哭……"

"……辛柏你鄙视我。"听完故事,我的眼泪还挂在眼角呢,他却这样说我,真是无语了。

前一刻,辛柏的眼泪还在眼眶中闪啊闪,这一刻,他就低低地笑起来。

行吧,你高兴就好。谁让,你是个让人心疼的孩子呢!

"晚上到我家,把东西给我吧!"我说。

"什么东西?"辛柏问。

"你给我办的健身卡呀!办了总不能浪费吧!"我说。

第十三章　橙子很甜，你吃吗

晚上，周雯雯和辛柏都到了。我给他们简单做了介绍。两人都从我嘴里听过很多次对方了，虽然没见过面，但也不算陌生。周雯雯和牛淑芳女士打交道多年，知道牛淑芳女士喜欢听什么样的话，一会儿夸她好久不见看起来又年轻了，一会儿把支教的经历拣有趣的绘声绘色说出来，逗得牛淑芳女士直笑。牛淑芳女士去厨房忙的时候，周雯雯跟进去帮忙，两人的笑声不时地传到客厅。

辛柏在我家吃过好几次饭，不同于第一次来时的拘束，这时候的他，脸皮可以说很厚了。此刻的他正吃着牛淑芳女士切好的水果，瘫坐在沙发上惬意地玩着手机。我看辛柏目光呆滞地吃着水果，便凑到他跟前儿，说："那件事情已经过去很久了，你不要再难过了。"

辛柏不可思议地看着我，放下吃了一半的那瓣苹果，说："阿姨请我吃饭，还端了切好的水果过来，本来心情挺好的，你偏要提这一茬，我现在吃不下了。"

"对不起对不起，我下次不提了。"我连忙道歉。辛柏没有说话，就那样直勾勾地看着我，我更心慌了，"我这人情商本来就不高，有时候不知道什么场合说什么话，你不要生气，我保证再也不提了。"

辛柏"扑哧"笑了，突然就坐直身子，伸出魔爪揉了揉我的头发，说："我就说你傻吧，别人说什么你都当真，居然还跟我道歉，你究竟在想什么呢……"

耍我？我一巴掌把他的爪子打开，理了理头发，坐到了沙发的另一头，掏出手机玩起了消消乐。

辛柏不来道歉，而是气定神闲地拿起没吃完的苹果，慢条斯理地吃完，又吃了会儿橙子和葡萄，不时地瞟我两眼，说："橙子很甜，你吃吗？"

我不理他，继续玩着游戏。可是游戏也跟我作对，连玩两次，都通不了关，气得我关了游戏界面。我的样子可能真的很好笑，辛柏继续低着头笑。我气得想过去打他，但转念一想，我太在意了，不正着了他的道儿吗？房子这么小，打闹起来，厨房不就听见了吗？虽然……辛柏把我当姐姐，我对他也是那种姐姐对弟弟的疼爱，但，毕竟男女有别。

在我很小的时候，牛淑芳女士就教了我一招：跟人闹矛盾的时候，别人多生气，你都不能生气。你越生气别人就越开心，相反，你越不生气，别人就越生气。

虽然，这个招我到现在都没办法熟练运用，但我经常能想起这个招来。正如此刻，我生气，辛柏就开心。他越开心，我就越生气。冤冤相报何时了，往事知多少。他这么可恶，我何必要给他机会继续可恶下去呢？

这样想着，我就不生气了，一点儿都不生气了。想到还有任务在身，就拿起了手机，专心地看了起来。

过了会儿，他坐不住了，凑过来问："看啥呢？"

我躲开一点儿,说:"不告诉你。"

"小气样儿!"

我笑嘻嘻地瞟他一眼,不搭理他。

"给我看看呗!"辛柏说。

"不给。"

"看看怎么了?又不会胖两斤。"

我假装没听见,不理他。

他又凑近点儿,胳膊肘儿碰碰我胳膊:"看看!"

"不给。"我躲远点儿。

"看看,看看。"他继续嬉皮笑脸。

"说了不给就不给。"我干脆站起来,走到沙发的另一头坐下。

辛柏追到我这边儿,再次坐到我身旁,说:"给我看看又怎么了嘛!"

他突然而至的撒娇,让我起了一身鸡皮疙瘩。周雯雯出来上厕所,经过我们,诧异地看了一眼,但她什么话都没说,上完厕所又去厨房帮忙了。

我和辛柏都觉得尴尬。

过了一会儿,辛柏说:"好姐姐,你就给我看看吧!"

我再不爱读书,也知道"好姐姐"这三个字,是贾宝玉央求大观园的女孩子们时最喜欢的称呼。宝玉叫过袭人"好姐姐",也这样叫过平儿和宝钗。辛柏叫我"好姐姐",我真是无奈极了,把手机塞他怀里,说:"拿去!"便站起身来绕过他又坐远了点儿。

辛柏拿起手机,看一眼,又走到我身边把手机递给我,说:"这么多字,我看不下去,要不你跟我讲讲吧,你究竟在看什么?"

受不了他那可怜巴巴看着我的小眼神儿和那挥之不去的无赖

劲儿,像只小哈巴狗:"我在看PUA的案例。"

"你还没放下那件事呢?"辛柏说。

"早就放下了。"我说,"周雯雯让我以亲历者的身份写一篇和PUA相关的东西,就我这文笔……我不得看看别人是怎么写的啊!"

"都怎么写的?"辛柏问。

我指着手机说:"你看这篇,这个女的是财阀千金,男的是个保安,甜言蜜语哄骗了女的。女的顶着所有人的反对嫁给了男的,还生了孩子。女的一直在努力工作,成了家族企业的二把手。男的做啥啥不成,吃啥啥没够。两人越来越没共同语言,提出离婚。男的撒泼打滚,说离婚可以,除非肯支付好几个亿的分手费。"

"这个新闻我看过,这顶多算是遇人不淑吧!哪儿算PUA啊!"辛柏不以为然地说道。

"他若不懂PUA的技巧,能哄骗了财阀千金对他死心塌地?他若没有演戏,就他这离婚时的吃相,财阀千金当初肯跟他结婚?所以——"我总结说,"但凡伪装身份,为达到一定目的接近女人的,都可以归类为PUA。"

"行……吧!"辛柏问,"还有什么案例吗?"

"这个,你看这个啊!发廊小工找城市中产独生女恋爱,婚后带领全家逐步侵占岳父母个人私产。"

"这……也算?"

"这是PUA里最恶心的一种,叫'吃绝户'。"

"还有吗?"

"还有就是像林森这种为骗财的,打着爱情的名义榨干对方银行账户里的每一分钱,甚至让对方高举外债的。"

"听起来真是可怕。人怎么能坏到这种程度呢？真给我们男人丢人。"辛柏喃喃自语。

"是啊，人怎么能坏到这种程度呢！这也是我查资料的时候，反复在心里念叨的一句话。"

"就没有对付他们的方法吗？"辛柏问。

"大部分的女孩儿都很单纯，不过都只是'愿得一心人，白首不相离'，PUA们利用的就是这一点。这也是周雯雯希望我写出来的目的，她想让我以亲身经历告诫女孩子们，恋爱有风险，投入需谨慎。"

"写这种文章你会有危险吗？想帮助别人的心是好的，但如果你会遇到危险，那你不要写。"

辛柏眼里的关切实实在在，我看到了，我有些心虚。我说："为什么？周雯雯的公众号有五十多万粉丝，阅读量至少五六万。让更多人知道PUA，就能帮助更多人，这样不好吗？"

"别人我管不着，我只在意你会不会遇到危险。"辛柏说。

我想到他那英年早逝的姐姐辛牧，不知道他是否也想起了辛牧，才担心我也出事。我硬着头皮说："没事的，匿名写就可以了。林森已经抓进去了，没人知道我是谁。"

辛柏见我态度坚决，并没有多说什么，只说："写完之后，先给我看看好吗？"

我不知道他想看的目的是什么，可能是帮我过一遍可能会引发危险的关键词吧！他在关心我，而我无法拒绝，我只好点头说："好的。"

说话间，周雯雯端着菜出来了，她见我和辛柏坐在说话，倒也见怪不怪，说："卉卉你帮忙端下菜。"——比我还像这个家里的人。

我站了起来。

"我也来帮忙。"辛柏说。几个人端菜,速度就很快。不知道辛柏是本身嘴就甜,还是因为只顾和我聊天,没帮上忙而感到心虚。

吃饭的时候,他很乖巧,一直夸牛淑芳女士做饭好吃,就像之前两次来我家一样。牛淑芳女士喜欢热闹,见有人夸她,高兴地合不拢嘴,但仍然谦虚地说:"今天多亏了雯雯帮忙,要不然这时候啊,我还在厨房里忙呢!"

论"谦虚",牛淑芳女士和周雯雯棋逢对手。周雯雯说:"我哪会帮忙啊?好久没见到阿姨了,我就想跟阿姨说说话。阿姨一直在忙,我只好到厨房跟您说话了,没扰乱您的进度就好。"

牛淑芳女士指着周雯雯跟辛柏说:"这丫头会说话吧?人聪明,会说话,讨人喜欢,明明一直在帮忙,却说扰乱我进度。我们家卉卉要是有这丫头一半,我也就放心了。"

每次夸周雯雯,都会顺带打击我,这是牛淑芳女士一贯的说话风格。我说:"周雯雯你下次不要到我家了,你只要来了,我就是抱养的,而你,是亲生的。"

周雯雯只笑,不说话。我又跟辛柏说:"你以后也不要到我家了,你表现得越好,我妈就越嫌弃我。"

牛淑芳女士手指头虚点着我脑袋说:"看这丫头,平时笨嘴拙舌的,强词夺理起来,比谁都厉害。"

辛柏也只是笑,不说话。

周雯雯问我:"在厨房就听见你们叽叽呱呱说个不停,刚在聊什么呢?"

我跟她说了我们的聊天内容。周雯雯点头说:"是要稍微注意一点,不能为追求阅读量把自己暴露了。"

"你找我写稿的目的是提升阅读量?我还以为你真是想帮助人呢!"

"这是个很好的选题,深入挖掘一下,会有很好的阅读量。阅读量高,就会有更多的人看到,就有可能帮助到更多的人。于我来说,好处是很明显的。我最近缺钱,更多的转发,就会带来更多的关注,就可以接到更多的广告,能更快速地存够修路的钱。"

这么能说,也真是让人自叹不如了。"雯雯姐姐"上身的时候,周雯雯的魅力真是势不可挡。

刚提到修路,辛柏就问:"你为什么一定要修路呢?"

"我跟卉卉说过,那里交通不方便,一下雨,很多食物、物资运不进去。"周雯雯解释说。

"以前都是怎么解决的?"辛柏问。

"就……吃差点呗!物资短缺就短缺呗!"周雯雯想了想,回答道。

"会缺书、本子、粉笔之类的东西吗?"辛柏继续问。

"这些一直都缺,我去之前,有的班级,两个学生共用一本书,家里条件不好的孩子,本子都是写完用橡皮擦掉,下次再用的。我去之后,买了很多书和本子、铅笔、橡皮之类的东西,储存在老师的办公室,按需分配就可以了。"

"嗯。"辛柏点头说,"书本之类的东西,没有保质期,提前储存就好。食物确实是个问题。你到那儿之前,他们都吃什么?"

"条件好点儿的家庭有腌肉、腊肉吃,条件差的,就红薯土豆之类的。也有些其他的蔬菜,自己家种的。主要是没钱,吃饭不成问题。"

"那我觉得，你该想想你的初衷了。你的目的是帮助留守儿童们解决学校条件差、课外娱乐活动少的问题。那么修建学校，补充教具，帮忙建个小型图书馆，已经是你能做到的极限了。与其帮一个村子修路，改变生存环境，不如多走走，看看附近的村子是否也有留守儿童需要帮助。你觉得呢？"

周雯雯愣愣地看着辛柏，没有说话。

辛柏继续说道："我小时候家里条件也很差，大概一两周才能吃一次肉。但那时候并不觉得苦。可能对于小孩儿来说，吃差点儿穿差点儿，大家都如此的话，也就不觉得苦吧！我想，那边的留守儿童应该也是这样的。而他们之所以成为留守儿童，并不仅仅是因为路不好的问题。可能当地，并没有更适合他们父母的赚钱渠道，也可能存在一些其他的问题。你以为修路就是终点，但修完路之后还会有别的问题需要解决。"

牛淑芳女士插嘴道："你这边工作室的事情都可以交给别人做，山区那边的事情不能交给别人做吗？"

周雯雯挠挠头："我不是没有想过交给别人做，但一时找不到合适的人。"

"钱给到位了，怎么会找不到人呢？"我觉得有些奇怪。

"这是一份以理想来支撑的工作，很辛苦。不热爱的话，根本就坚持不下来。而且，毕竟涉及钱，涉及留守儿童的幸福感，随便就交给谁，我也不是很放心。"周雯雯说。

"这倒是。那你再想想吧，你这么聪明，总能想到合适的解决办法的。"我其实很佩服周雯雯，她在说自己的理想时，眼睛闪闪发光。她找到了可以为之奋斗一生的事业，而我，并没有。

吃完饭后,牛淑芳女士回厨房收拾,我送周雯雯和辛柏出门。

晚上通常比较堵,周雯雯没开车,辛柏没有车,我便送他们到地铁站,看着他们进站了,才挥手道别,慢慢踱回家。

走了这一圈儿,也算是消了食儿,到家之后,我坐在电脑前写答应给周雯雯的稿子。但不知道是许久没写过文章手太生的缘故,还是消食儿消得不够,大脑供血不足,我在电脑前坐了半个小时,也就憋出来了几十个字。

我去客厅跟牛淑芳女士一起看了会儿肥皂剧,又去洗了个澡,再次坐在电脑前,坐了半个小时,不仅一个字没写,还把那几十个字都给删了。

我跟周雯雯视频,说:"我写不出来。"

周雯雯说:"慢慢来吧,不着急,能写多少是多少。"

像周雯雯这种电脑前一坐,文字就在指尖流淌的人,大概根本就无法理解我这种憋稿子堪比便秘的人。对于她来说,那是很轻松的事情,对于我来说,简直要了老命了。

"不行,不能慢,一慢你就别指望要稿子了,十天半个月我都憋不出来。"

周雯雯被我逗笑了,她说:"要不这样,你就当跟平时说话一样,你说什么,就在电脑上敲什么。"

"我试过,没用,敲不出来。"我很沮丧。

"那怎么办?"周雯雯问。

"还是你来写吧!"我试图把这恼人的差事扔回给周雯雯。

"我都跟你说了,我写和你写是不一样的。"

"哎呀,你可真是把我给害苦了呀!"我唉声叹气。

"写完我请你吃大餐。"周雯雯利益诱惑。

"这还差不多。"我说,"重申一遍,不必抱太大希望啊!"

话是这样说,但挂了电话,我还是乖乖地坐在电脑前憋字。过了会儿,周雯雯给我发来条微信:"我想起来了,你可以下载一个语音软件。这样不必打字,对着念就可以了。念完之后再修改。修改完了发给我。"

真是个好主意!我立刻照办。五个小时之后,我终于交了稿件,啰啰嗦嗦的语音有三万多字,在我大刀阔斧的删改之下,差不多也有一万字了。我发给周雯雯,给她留言说:"特别口语化,你看着修改吧!"

"能写完就不错了,值得表扬。"周雯雯几乎是秒回复。

我吓了一跳,写完的时候我看了时间,已经十二点多了。又修改了至少一个小时,也就是说,这时候最少也是凌晨一点多了,而周雯雯居然还没睡。

"你在干吗呢,还不睡觉?"我问。

周雯雯发了视频过来,她兴奋地说:"就你那个辛柏,你知道嘛,他可真是个人才!"

周雯雯的话里明显有歧义,什么叫"你那个辛柏"呀?但此刻的我,不知道是高强度写稿,脑子太混沌,还是被她兴奋的语气所吸引,忽略了她这句话,我问:"辛柏怎么了?"

"怕影响你写稿,之前没跟你说。"周雯雯说,"从你家回去的路上,辛柏跟我说,山区的事情,只要有正常的监督机制就可以了。列个表格,要做哪些事情,需要多少花费,财务在这边做账,当地找个管理人员,比如说本地的老师或者是支教的大学生之类的,职责明确,实报实销,问题其实不大的。我仔细想了想,他说得确实有道理,那些事情,很多我都做了一遍了,需要花多少钱，我心里也是有数的。就跟我公众号做大了开工作室一样，没做之前我把它想得特别难，真做了，也没有很难。我本来想，工作室请了财务，让她兼一下那边的事情，跟她聊了一下，她没有那么多精力，对做公益这种事情也完全不了解，不太愿意做。辛柏给我介绍了他的室友，你写稿子的这段时间，我一直在跟他室友聊，没想到他室友对做公益那么有兴趣，还给我出了一些好点子。明儿他到我工作室来，我们见一面，若合适，那边的事情我就可以脱手了。"

周雯雯和辛柏有一段同路，好像也就几站地铁，但没想到，他们能聊这么多。不管怎么说，能帮到周雯雯就好。

我向周雯雯道了恭喜，可她的兴奋劲儿还没过，说："你说辛柏这个人，还真是自带贵人体质啊！帮你找到林森，给我出主意，介绍财务，解燃眉之急，他怎么那么好呢？"

这话我就不爱听了。我说："自带贵人体质的人是我好吗？你是因为我才认识了辛柏。"

"是是是，多亏了你，我的贵人！"周雯雯揶揄道。

不管前一天晚上写稿到几点，第二天都要准时准点儿上班，这就是打工人的命。

到公司处理完邮件、报表，总算是闲一点儿了，想着要不要给辛柏发个微信，问问他昨天跟周雯雯聊天的事情。辛柏的微信就来了："健身卡昨天忘记给你了，中午吃饭的时候拿给你。"

"行啊，你给我健身卡，我请你吃饭。"

"阿姨昨天已经请我吃过了，今天我请你。"

"干吗？我非要请你不行吗？"

"行行行，你说行就行，大不了明天换我请。"

明天还要一起吃饭？冤冤相报何时了！我发过去一个惊讶的表情。

　　辛柏没再说话，发来一个大笑的表情。

　　"你昨天跟周雯雯聊天了？还给她出了主意？"我问。

　　"是啊，一起挤地铁，总要找话聊。"辛柏说。

　　"她夸你了，还说你是我们俩的贵人。"

　　"那是，可贵了，至少值两百块。"

　　"哈哈哈哈，好吧，我马上改备注名，就叫你，两百块贵人。"

　　"你敢？"辛柏发来一个威胁的表情。

　　我没再说话，把他之前发来的大笑的表情发回给他。

第十四章　判了十年

周雯雯的手速非常快，我的稿子发给了她的第二天，就改好了，当天晚上就发了出去。发之前给我看过，我也给辛柏"审核"了，该用化名的地方用化名，不能说的一律没说，我们都觉得没问题，才让周雯雯发送的。只是没有想到，那篇文章会发酵到不可想象的程度。当天晚上，不过三四个小时，阅读量就过五万了，第二天上午过十万，第三天四十万，第五天，一百多万……就连我的朋友圈，都有很多人在转发。上班时，也有同事们在议论这篇稿子，议论PUA。每到这时候，我都会躲在一旁偷听。看到稿子的传播力度这么大，我心里暗暗感到骄傲，听到她们骂文章里的那个女人实在是蠢，我又有些懊恼。但我始终不动声色着，没有参与过任何讨论。尽管这样，还是有同事猜出来稿子是我写的。

第一个当面问我的人是我们部门的刘小青，她问我："卉卉姐，这篇文章是你写的吗？"

"怎么可能？我要有这文笔就好了，就不用每天在这里跟衣服战斗了。"我装出惊讶的样子。

"但我觉得这些事情，很像是你的经历。"

"我的经历？我上班下班两点一线，怎么可能有这种经历？"我夸张地指着自己的鼻子说。

"几个月前,你交过一个男朋友,只要他来接你,你就会在下班前躲进卫生间偷偷地补妆。下班后也不肯跟我们一起走,悄悄地穿过天桥,到马路对面上他的车。后来,他突然消失了,你也消沉了很长时间。一直到最近,你才恢复过来。"

我自问跟林森的那段恋情隐藏得很好,却没想到,还是被发现了。我很生气,大声说道:"你跟踪我?"

"没有。"刘小青吓得连忙解释道,"有同事偶然间见到你,也见到你上他的车,回来八卦过。只可惜你那段时间沉浸在爱情里,对公司的八卦疏于关心。"

我皱着眉头没有说话,过了会儿才说:"就算是这样,你也不能因此判断,那就是我吧!"

"商场买衣服搭讪,衣服的价位,你透露出来的专业知识,他开的奔驰SUV……虽然文章里并没有写女孩子究竟是什么行业的,但,有些词语也只有我们这个行业的人才会用。"刘小青说。

"那又怎么样?我们这个行业人不算少。"

"女孩儿多年没谈过恋爱,妈妈亲口揭穿真相……团建的时候我们见过你妈妈,这像是你妈妈能干出来的事儿。"刘小青笑嘻嘻地说。

"你以为你是福尔摩斯吗?随便一推理就推理出真相来?我跟你说了不是我,就不是我。"才被揭穿的时候,我很生气。可这时候,我只有心虚。但我知道,这种事,我不能承认,一旦承认,就会沦为整个公司的笑柄。

刘小青见我真生气了,也不好步步紧逼,只说"不是就算了"。

我的心怦怦跳,我在微信上跟辛柏说了这件事情,我说:"我不知道是否还有别人猜出来这件事。我很后悔,早知道听你的,不写这篇文章了。"

辛柏回我:"已经写了就算了,千万不要承认就好了。万一再被人质问,你就把我推出来,说当时跟你谈恋爱的人是我。"

辛柏的这个主意,真是让人目瞪口呆。我说:"不是说好了做彼此的姐弟吗?而且你也没有车。"

"谁说要做姐弟了?没车怎么了?没车就不能恋爱了?"辛柏强词夺理。

我直接关掉微信不再搭理他。

所有的网络热文,都会随着时间的消逝而冷却。这是周雯雯安慰我时说的话。那篇文章同样也如此。只是我没想到,文章刚刚冷却,小丰就打电话通知我去听审。林森(听审的过程中,我才知道他本名叫张贵龙)被重判了。

很快就出了公告,这公告恰好又与之前发在周雯雯公众号里的那篇文章呼应上。法院的公告上,张贵龙的照片,虽然眼睛处打了马赛克,但熟悉的人却能一眼认出他来。那则公告在我们公司又引发了一波讨论。我不确定曾经在远处见过我和他在一起的同事是否认出了他,但,自上次刘小青发问之后,再也没有人问过我,那文章是不是我写的,我究竟是不是那个上当受骗的女孩。我想,她们内心深处大概也有各种揣测吧(从她们的眼神我能看出来)!但,于我继续向前的生活来说,不重要了。我假装看不到那些揣测的眼神,上班、下班、加班、不多说话,在公司把自己当成一个透明人。

第十五章　飞来横祸

我恨张贵龙，虽然他对我造成了一想起来就恶心的伤害，但一想到这个人要在监狱里蹲十年，出来差不多就是一个快五十岁的老头了，就对他充满了同情。

我把这个想法说给周雯雯听，周雯雯直接来了句"侬脑子瓦特了！"就不再搭理我了。

好嘛，这态度，和牛淑芳女士真是一样一样的！在周雯雯处寻不到安慰，中午一起吃饭的时候，我又跟辛柏说了我的感受。辛柏明明坐在我对面，却还是伸直了胳膊，揉了揉我的头发说："你真是一个特别善良的姑娘。"

本来我还挺难过的，辛柏这样一说，我就有些不高兴了。"善良"是张贵龙给我贴的标签，结果什么样大家都看到了。更令我更不高兴的是，辛柏动不动就揉我头发，长卷发想打理好容易么？他一揉，我又得花好几分钟时间理顺了。

我生气地说："下次说话就说话，能不动手吗？"

他没有正面回应我，而是悠悠地说："你同情他是正常的，听到他判这么多年刑，拍手叫好反而才可怕呢！"

"怎么说？"我问。

"虽然他骗了你，但你们在一起的时候，他还是给过你很多快乐的时光吧？"

"是啊，在一起的时候多快乐，他消失的时候就有多难过。如果他没有骗我，有这样一个爱人其实挺好的。你知道吗？我曾经还幻想过跟他结婚。"

"能理解。"辛柏说，"你太缺爱了，真让人心疼啊！"

我没听错吧？我从辛柏嘴里听到了"心疼"两个字，这又超出界限了，我龇牙咧嘴地问："你说什么？"

"没什么。"辛柏高深莫测地笑笑，很快转移了话题。

离春节越来越近了，春节前一周的周六上午，我给周雯雯打电话，叫她出来做头发、做指甲、买衣服。周雯雯不愿意出门，直言要给员工放假，要存稿，要整理账务，要跟员工谈话，发年终奖，还要给客户寄年礼，事情太多了，实在是忙不过来。

我跟她开玩笑说："你不是还想开时尚号吗？就算敏锐度不够，做不了时尚博主，好歹也要朝这方面努努力呀！"

"你又不愿意到我这儿来兼职，时尚号我开得起来吗？"周雯雯说，"我先把手头上的事情做好再说吧！"

"别人说，过年都不做头发、做指甲、买新衣服的女人，基本上就是一条咸鱼了。你还这么年轻，又是单身，你确定要做一条咸鱼吗？"我刺激她。

"好吧好吧好吧，服了你了，我去还不行吗？"连说了三个"好吧"之后，周雯雯终于答应出来了。

变美，有效促进多巴胺分泌。

做完头发、买好靓衫，最后一站是美甲。从商场一楼的美甲店出来，我和周雯雯举着手对着冬日并不算温暖的阳光欣赏着新做的指甲。突然，斜前方冲出来几个农民模样的人，打头儿是个六七十岁的老太太，见了我就朝我身上扑，边扑边试图抓我脸，还叫嚷着："打死你这个贱女人，你还我儿子……"

幸好手里提着购物袋，挡了几下她的魔爪。周雯雯虽不明所以，但见有人伤我，立刻就奔过来护着我。旁边的几个人，有男有女，本来跟在老太太身后助威、看热闹，见周雯雯帮忙了，就冲上来，有的拽周雯雯，有的抓住我的手，让我动弹不得，还有的趁乱下黑手。我的腰被狠狠地拧了一把，我的腿，不知道被谁猛踢了一下。我很爱美，习惯穿高跟鞋和裙子，哪里受得了这个？一下子站不稳，就倒在了地上。那群人并没有放过我，依然把我按着，老太太一边骂一边扑到我身上打……老太太的嘴实在太脏，污言秽语简直没办法听。我身上疼，脑子里一片空白，刚做的手指甲似乎也断了，耳朵里除了他们的叫骂声，就只剩下周雯雯的尖叫声了。

可怜的我，根本不知道发生了什么事情，突然就被打了。可怜的周雯雯，出来逛个街，却遇见这种事，跟着一起被打了。

不知道过了多久，就在我以为我会被打死的时候，一个高大的男人突然就冲了进来，围着我的人，和压在我身上的老太太，一个个都被掀开了。我被那人抱在了怀里，而他的嘴里还在说着："别怕，有我在。"

是辛柏。他的力气并不大，保护我的意愿却很强烈。我躲在他怀里瑟瑟发抖、涕泪横流。那群人却并不打算放过我们，一个胖胖的四十多岁的男人冲过来推辛柏，嚷嚷道："你谁呀？别多管闲事！"

"她的事就是我的事！"辛柏并没有站起来，而是转身对着那人吼道。

"一伙儿的！给我打！"那人招呼旁边的人。

老太太"嗷"的一声号叫起来，打头儿冲了过来。辛柏吼道："仗着老就行凶是吧？让开，打架的时候别伤着你！"

让年龄大的人先出头，不就是仗着磕了碰了都拿她没办法吗？真是好计策。

辛柏一手护着我，一手扯着老太太，腾不开手，那几个男的就冲过来对着他拳打脚踢，辛柏松开了老太太，老太太就势坐在了地上"哎哟哎哟"叫了起来。

密集的拳头打在辛柏的背上，他放弃还手，而是把我紧紧地护在了身下。看到有拳头也落在了周雯雯的身上，又一把扯过周雯雯，同时把我们俩护在身下。

随着拳头的落下，辛柏的身体跟着震动，他发出压抑的闷哼声，我的眼泪大颗大颗地砸到地上，我感谢他在，但我又不希望他这时候在。

也就过了几分钟，一声大喝从头顶传来："干什么呢！都给我住手！"

那群打我们的人很快就被拉开，辛柏强撑着站了起来。我抬起头，看见一个年轻的、戴着金丝边儿眼镜的年轻男人，带了三四个穿保安制服的男人过来。是他们，拉开了那些人。

再看辛柏，黑色的呢子大衣肩膀处破了，头发凌乱，脸上倒还干净，只是嘴角挂着一缕血，他大概受了内伤。

那个年轻男人说："我已经报警了，你们就等着进公安局吧！"

那些人本来被几个保安拉着，听闻报警，立刻就挣扎起来。不算老太太的话，两边人数差不多。保安本来抓得也不够紧，倒是被那些人挣脱了去。有个女的，还过来拉坐在地上的老太太，

155

嘴里叫着:"快跑呀,还坐在这里干什么!"

保安们并没有去追,辛柏受了伤,一瘸一拐地去追,也追不上。眼看着老太太就要被拉走了,我学她之前的样子,直接扑到她身上,把她按住,周雯雯也来帮忙,还说:"把我们打成这样就想跑?这世上哪儿有这么便宜的事!"

金丝边儿眼镜儿过来按住老太太,我和周雯雯站起身来。

那女人见势不对,放开老太太就跑。辛柏没追上那几个男人,回过头来要去追那女人,那女人一看就是经常走山路的,跑得实在太快。我心疼辛柏追得吃力,在他身后叫:"已经逮住一个了,别追了。"

辛柏这才不甘心地转回来。

出警的人里有我们的老熟人小丰,他见我和辛柏受伤了,就让我们先去医院检查,检查完了再过来录口供。

那群人没针对周雯雯,她几乎没受什么伤,她和金丝边眼镜儿随着小丰他们去了派出所。

去医院的路上,我就问辛柏,金丝边儿眼镜是谁,他们是怎么过来的。

原来,金丝边眼镜儿就是辛柏的室友陆一横。今天,他本来和周雯雯约好去她的工作室汇报年前的总结和年后的展望,但周雯雯被我拉出来逛街了,他只好闲在家里跟辛柏组队打游戏。

而辛柏,那个嫌周末太无聊的辛柏,听说之后,拉陆一横出来找我们。理由是,我和周雯雯逛完街总要吃午饭的,大家一起吃饭。吃饭的同时,陆一横就把工作汇报了,不耽误下午继续玩儿。

陆一横被辛柏说服了,就给周雯雯发了微信。周雯雯同意了,却没告诉我。

我和周雯雯逛街的地方是商业区。做完美甲,时间还早,打算再去另外一家商场逛逛,顺便就在那边吃饭。却不料,刚走出商场就遇见了来势汹汹的那么一群人。

美甲时,周雯雯给陆一横发过定位,陆一横并不知道我们打算转移战场了,带着辛柏就过来了,还没进商场,就听见了我的呼救声,急急奔来,见对方人多势众,辛柏迅速做出决定:陆一横去商场叫人(无论如何都要把人叫来),顺便报警,他来救我们。

幸亏辛柏来,我才没有受更重的伤。只是,后来的拳头都被他承受了,这让我觉得内疚。在医院做了各种检查,幸亏没事,不然我会更内疚。

我的脸被划伤了一道小口子,指甲断了一根,不是什么大事儿,辛柏却也很自责,直言没有保护好我。

检查完毕,我们匆匆来到派出所。这时候审理差不多也快结束了,周雯雯小声地、绘声绘色地跟我讲了她所了解的事情真相:

刚进派出所,老太太撒泼打滚,仗着年龄大理直气壮顾左右而言他。她实在是太不了解人民警察了。警察在保护公民人身财产安全时,积累了丰富的斗争经验,一哭二闹三上吊的招儿,在他们面前哪儿够看啊?三五句话之后,她便一五一十招了。

原来,她就是张贵龙的亲妈,跑掉的那群人,是张贵龙的哥哥嫂子和侄儿们。

张贵龙是家里的第三子。虽然生活在农村,但因为是幼子,从小到大被家里宠着,也未曾受过什么罪。娇生惯养之下,逐渐就养成了好逸恶劳的性子。能力和欲望不匹配,大专毕业之后,找不到合心意的工作，就一日日混着，混不下去偶尔还啃个老。贫穷的家境能有多少底子给他啃？动辄找爹妈要钱，虽不至于千夫所指，但也被哥哥嫂子们所嫌弃着。每受一次白眼，心里就暗暗发誓，将来发达了，要把钱扔在他们脸上，以弥补今日所受之委屈。快30岁时，无意间接触到PUA，立刻就想到，这大概就是发财致富最好的途径了。用了两年的时间学习、实践，逐渐也就出师了。当然也曾失败过，但大多数时候，都是很顺利的。经验越来越多，漏洞就越来越少。骗到了钱，拿回家后，一开始也确实对着曾经看不起他的哥嫂说了些不那么中听的话。哥嫂这时候脾气倒是变好了，只要他肯给钱，听到也假装没听到，恨不得立个神龛把他给供起来，日日烧香。

至于张贵龙自己，成功人士装久了，有时候都搞不清楚人设是真是假了。只有榨干一个女人，离开归零时，才有失落，才猛然惊醒。

钱更多一点儿的时候，把哥嫂侄儿老母亲全接到城市，帮他们找了工作。

本来想让两个哥哥跟自己一起骗的，只可惜，乡下的太阳太凌冽，两个哥哥的脸被晒透了，怎么打扮，形象上都过不去。哥哥嫂子倒也不贪心，找不到挣快钱的工作，那就打零工吧！男的做快递员、女的做服务员，无论怎样，挣钱总比乡下容易多了。

家里人就没想过他这样的生活是有问题的吗？怎么可能？爹死的时候，也曾拉着他的手，劝他回头是岸。但，快钱挣惯了的人，如何受得了一切归零、从头开始？被供养惯了的人，更习惯于五指向上，而不去考虑递拿在手里的钱，是不是干净。在亲人面前扮演惯救世主的人，也无法再接受平凡、普通的生活。

骗，是一条不归路。早晚都会进去，或早、或晚罢了。

张贵龙运气好，骗了这许多年，骗到手了一百多万，却始终没出事。他的运气也不够好，遇上了我。准确来说，是遇上了我妈，牛淑芳女士。紧接着，又遇上了一个公众号有五十多万粉丝的周雯雯。

他们那家人哪里知道，等了这么几个月，等到的，是张贵龙十年的牢狱之灾。

老母亲七老八十了，十年之后还能不能再见上一面都不敢说。哥嫂侄儿习惯了他的供养，也接受不了这个事实，就把气撒到了我身上。找到我，其实是很容易的。出个人专门跟踪了几天，也是奇怪了，居然没碰到我完全落单的时候。这一次，也不是一个人，但身边跟个女人，也不算是多大的威胁。便叫上了一家人，等我和周雯雯从商场做完美甲之后，跟了上来，打了我们一顿。计划着要把我打残，不打残也毁个容什么的。总之，我让他们多难过，他们便让我这辈子多难过。

本来想着打完就跑的，却不料，中途杀出个男的，保护了我。更不料，后面还有个男的，从旁边商场叫了保安过来，还报了警，老太太被抓了。

我问小丰，出了这种事情，他们一家人会怎么判。

小丰说："这种情况，顶多算是民事纠纷，老太太年纪大了，不可能关她很久的，赔了医药费、交了罚款，关上二十四小时就会被领回去。"

辛柏着急了，说："那怎么行，他们继续报复卉卉怎么办？"

"领人的时候我们会严厉警告，若再报复，就得坐牢了。"

"为什么现在不把他们抓起来，让他们坐牢？"周雯雯问。

"会不会坐牢,看的是人身伤害程度。现在这种程度,还达不到坐牢的标准。顶多关几天吧!"小丰说。

"非要受到很重的伤害,才能让他们坐牢吗?"辛柏不解。

"理论上,是这样的。"

我们真是无语了。过了会儿,辛柏问:"能出个人贴身保护牛卉卉吗?"

小丰说:"警力有限,又快过年了,寻常打架滋事就派警察贴身保护,这不现实。"

从派出所出来,我们都有些闷闷的。

辛柏想了想,说:"看样子接下来的日子,只能我保护你了。"

"怎么保护?你不可能一直跟着我吧?"

"早上我早点出来,接你上班,白天在公司应该没事。中午吃饭、晚上下班,依然还是我接送。"

"太麻烦了。"让人为我这样付出,我很不好意思。

"你的安全更重要,就这么定了。"辛柏说。

一直旁听的周雯雯悄悄推推我胳膊,对我挤挤眼睛,一副"我看穿了你们之间关系"的表情。

我小声说:"别误会,辛柏是我弟弟。"

周雯雯笑笑,一脸不相信的表情。

第十六章　低自尊患者

接下来的一周，辛柏确实如他所说的那样，每天早早来到我家门口，接我上班。下班把我送回家才回去。他住浦东，我在静安，他过来要坐一个多小时的地铁。也就是说，他每天早上至少要早起一个多小时。我看着他的黑眼圈，很是愧疚："我妈早上可以送我到停车场的。只要上了车，门窗紧闭，他们就不会怎么样。"

"阿姨上早班，比你早走。到公司怎么办？停车场到办公室，也有一段距离。"

"停车场有监控，应该没事。"我笃定地说。

"还是很危险，我接送比较好。"辛柏学我那天跟周雯雯说话的语气说，"你不是说我是你弟弟么！"

"会影响你工作。"我摇了摇头。

"大不了晚上少打会儿游戏，早上早点起来。"辛柏太过于真诚，若再拒绝，未免显得虚伪，想了想，我便勉强同意了。

我的工作地点，并不总是在公司的。年底促销活动多，出货量特别大，我几乎每天都要去一趟门店。去门店的时候，通常是上午或下午，辛柏担心这个时间段我一个人会不会遇到危险。

我跟他说："我可以和同事一起去，回的时候，和同事一起回。"

我撒谎了。

一个陈列师管多家门店，除非那个陈列师经验不足，是助理，还需要人带，否则，大家都是单独行动的。

辛柏对我的工作了解一些，却也不是那么了解。我知道对于一个普通的职场人来说，假并没有那么好请。我不会因为最近遇到了危险，就请假在家不上班。除非我不想要这份工作了。我当然也不会因为我可能遇到的危险，就让辛柏为我频繁地请假。身在职场、身不由己，大家都不容易。辛柏已经为我做了很多了，我不可以让他冒任何可能会被辞退的风险。就算仅仅只是惹领导不高兴，也是我不愿意看到的。

当然，另一方面是，目前还没有出什么事，我始终还抱着侥幸心理。我想着，去门店，我来回都开车，在公司楼下的停车场，或门店所在商场楼下的停车场，应该不会出什么事情。我却没料到，快过年了，商场的停车场，有可能车满为患。

那天上午，我独自一人去大洋商城，本想把车停到地下停车库，无奈快过年了，商场客流量太大，地下停车库停满了。我只好再出去找停车的地方。找了半天，终于在离商场约一公里的地方找到了停车位。

大洋商城是这个城市非常老的一家商场了，在闹市区。一公里范围内有很多老旧的居民楼。车停好，我步行赶到商场，经过一个居民楼时，从楼上直直地掉下一个很大的花盆，在我的前面摔碎了。碎掉的泥土甚至还溅到了我的鞋子上。

哪怕我只稍微走快一秒钟，花盆就砸我脑袋上了，真是好险！

我抬头看，一个人影都没看到。我的心怦怦跳，几乎都要吓死了。我快步赶到大洋商城，进了门店，才算平静些。

我不知道这是意外，还是蓄意谋杀。若是意外便也罢了，若是谋杀……想想都不寒而栗。

中午吃饭的时候，我没忍住还是把这件事告诉了牛淑芳女士。牛淑芳女士问："辛柏呢？怎么不让辛柏送你过来？"

"他在上班，我没叫他来。"

牛淑芳女士也是职场人，不用我说，她立刻就明白了我这样做的理由。她什么话都没说，只眉头紧紧地皱着。

正在这时，微信提示音响了。

辛柏问我："今天在哪里？出来吃饭吗？"

我回复说："在门店，不一起吃饭了。"

牛淑芳女士好奇地问："谁呀？"

"辛柏。"我说。

牛淑芳女士伸手过来："电话给我。"

我不知道她想干啥，但还是把电话递了过去。

牛淑芳女士直接拨通视频通话，辛柏接了。牛淑芳女士说："卉卉刚出事儿了，你知道吗？"

"不知道呀？出什么事了？"辛柏的语气很是担心。

"她差点死了。"牛淑芳女士把刚才的事情说给辛柏听，还说，"幸好卉卉没事，若是有事，我只怕是活不成了。"

听完她的话，辛柏急了："我马上过来。"

因为花盆事件，我和牛淑芳女士都没什么胃口吃饭。干脆收了盒饭等辛柏来了一起到外面吃。

等了大概半个多小时，辛柏就到了，还没坐下，就拉我起来上上下下检查，还问："真的没事吗？"

"没事，真的没事。"我心虚地笑笑说，"可能就只是一次意外，不用放在心上的。"

"万一不是意外呢？"辛柏盯着我问，"你告诉我会和同事一起到门店？今天哪个同事陪你的？"

我哑口无言，过了一会儿才撒谎说："今天同事都没空，我一个人过来的。"

"一个人的时候为什么不叫我？"辛柏质问我。

"年底了大家工作都多，不好让你请假的。"我说了理由。

"工作重要还是你的命重要？"辛柏突然就发了脾气，说，"就算没了这份工作又怎么样？我就那么缺工作吗？"

这是辛柏第一次对我发这么大的脾气，还是当着牛淑芳女士的面，老实说，我吓着了！

牛淑芳女士明显也吓着了，她安抚辛柏说："现在毕竟已经没事了，接下来怎么办，我们商量一下。"

辛柏对我发火，但对着牛淑芳女士，他还是很有礼貌的。他气呼呼地坐下，还在瞪我。被这样关心着，我一方面觉得温暖，另一方面，又觉得有些尴尬。我不太习惯辛柏赤裸裸的关心。

"我们报警吧！"辛柏冷不丁说。

"报警有用吗？"牛淑芳女士说，"我们自己都搞不清楚究竟是意外还是蓄意谋杀呢。"

"怎么没用？"我娓娓分析，"只要是作恶，总有痕迹。那栋楼一共六层，没有电梯。花盆至少从三层以上砸下来，才会摔那么碎。警察一层层走访，问哪层楼的住户掉了花盆，怎么掉的，谁在那儿的时候掉下去的，不就行了吗？"

"若是从楼顶把花盆推下来的呢？"

"搬一个花盆上顶楼，不容易吧？从哪儿搬的呢？总是有痕迹的吧？再老的小区也有摄像头的吧？查一查，总能查出什么来吧！"我说。

"看不出来真遇到事儿了，你脑子还挺好用。"辛柏讽刺我说。

"谢谢夸奖。"我说。——等等，他是说我平时脑子不够用吗？什么人啊这是！我很想说他几句，但出了这事儿毕竟是我理亏，我不好太过于嚣张，只好算了。

"那就报警吧！"牛淑芳女士说，"也不能掉以轻心，辛柏，警察查出真相之前，还是得辛苦你。"

我看着牛淑芳女士，觉得很不可思议。什么时候，她用起辛柏来这么理所当然了？

"我知道的。"辛柏应承道。

牛淑芳女士又跟我说："出了这么大的事儿，不能再瞒着你爸爸了。他得知道他的女儿遇到了什么危险。"

"你想跟他说就说吧！"从见面起，牛淑芳女士和辛柏两个人一直都在怪我，我还能怎么办？我只能低调点，什么都听他们的呀！

报完警回公司的路上，就我和辛柏两个人。辛柏开着我的车，我坐在副驾驶位上。辛柏问我："不叫我送你，除了怕我丢工作，还有其他原因吗？"

"怕给你添麻烦。"

"你怎么会给我添麻烦？现在是特殊时期，保护你是我的职责。你怎么会怕给我添麻烦呢？"

"不是你的问题。"我很认真地说，"我是一个很怕给人添麻烦的人。"

辛柏看了我一眼，想要听我的解释。

"可能是自卑吧！周雯雯说过，我是一个骨子里特别自卑的人。"

"看得出来，虚张声势的外表下，极度自卑的内心。"辛柏嘟囔着说。

"是啊，挺不好的，我改不了。我就是特别害怕给别人添麻烦。"我说，"所以你不要生气哦，我只是因为怕给你添麻烦才没有叫你。"

辛柏直接忽略了我的后半句，继续探讨我的心理："对于你来说，主动跟别人提要求，就已经很难很难了对吧？但你有没有想过，其实，可能别人未必觉得麻烦啊！可能别人很高兴为你服务呢！"

我摇摇头："不知道，我无法克服这个心理障碍。我在跟男朋友交往的时候也是这样的，我没办法跟对方提任何要求。即使有时候，他让我觉得很不舒服，我也没办法提要求，说出来。就像，我也觉得借钱给别人很不妥，我却没办法说出来一样。于是最后，他们都会对我很坏。虽然每一次恋爱，都是在我妈的作用力之下才分手的，但我自己心里很清楚，就算没有我妈，只怕最后也会分手。——我被甩掉那种。"

辛柏再次惊讶地看了我一眼："你是说他们都被你宠坏了，从而对你作天作地吗？"

我点点头："'宠坏'这个词用得很准确。我觉得应该就是这样的。"

辛柏突然笑了："真想跟你谈谈恋爱，感受一下被宠坏是什么感觉啊！"

明明在谈心，突然说到这个，我傻眼了。

"我开玩笑的，我应该是那种永远都不会被宠坏的男朋友吧！"

"这世上有不会被宠坏的人吗？"我问。

"单方面的宠，被宠的那个人被宠坏的概率比较大。相互宠，应该就不会被宠坏了。我喜欢的女孩，我会特别特别宠她。"

"跟我说说你的恋爱经历呗！"我对辛柏的事情很好奇。

"不要啦！倒是你，你让我想起来一个词，'低自尊患者'，指的就是那种没办法跟别人的不合理要求说'不'，也没办法主动跟人说'我要'的那种人。"

"我就是那种人了。"我说，"低自尊患者。形容得还挺贴切。"

辛柏笑笑，说："这样很不好。你既然已经知道自己的症结在哪里了，下次不要那么傻，不要怕麻烦别人，不要对人太好了。如果你一时做不到，可以先在我身上练练手。女孩子才是用来宠的呀！"辛柏伸出一只手，揉了揉我的头发说。

我觉得怪怪的，脸慢慢地红了，但我什么话都没说。

第十七章　赵炳国的方式

中午报警，下午就出警了。倒是很快，却并没有查出什么来。

那一排一共六户人家，警察全部都走访了，没有人在那一天家里请过阿姨、修理工、泥水匠什么的，更没有什么人家里的花盆掉了下去。倒是四楼有一户人家，丢了一盆花。

20世纪90年代的老房子，屋内狭小黑暗、空间有限。四楼的住户酷爱养些花花草草，屋内放不下，就放在走道上。那盆花就放在走道上。我出事那天上午，那盆花突然就丢了。

顺着四楼往上，倒是有花盆土漏地上的痕迹，楼顶上也有。可见，是有人偷了花盆，搬到楼顶，从楼顶扔了下来。

不巧的是，从小区门口到那栋楼之间的摄像头坏掉了，就没有法子查出来究竟是谁在上午的时候上了楼，偷了花盆，并且在我经过时，从楼顶上把花盆推了下来。

事情发生的时间和我们报警的时间，间隔了好几个小时，花盆的碎片早就被勤劳的清洁工清走了，现场也没提取到指纹、鞋印之类的痕迹。

小区处于繁华地段，路口人来人往。开放式的老小区，有保安和没保安没什么区别。门口的摄像头坏了，基本就等于断了线索。警察通过现场调查，并不能确定究竟是谋杀还是意外。

调查了许久，得到这样的结果，我们都很不满意。牛淑芳女士说："花盆被人从四楼搬到楼顶，扔了下来，刚好砸到卉卉脚边，是谋杀还是意外，不是很明显吗？除了张贵龙那一家子，卉卉从来没得罪过谁，这件事是谁干的不是很明显吗？"

"我们去问过话，他们不承认，没有证据的情况下，不可能随便抓人的。"小丰说。

"那这件事就这样算了？"牛淑芳女士不甘心地问道。

"牛小姐以后只能更加小心点了。"小丰说。

"就不能派个警察贴身保护卉卉吗？"牛淑芳女士问出了和辛柏曾经问过的一样的问题。

"她从现在起不上班，是最好的办法。"小丰说。

"不上班，工作怎么办？"牛淑芳女士问。

小丰看了我一眼，没回答这个问题。他心里想的大概是，命都快没了，还工作呢！这时候工作有什么重要的。

"人差点死了，派个人贴身保护都不行，你们警察是干什么吃的？"牛淑芳女士突然就在派出所撒了泼。

小丰倒是不动气，诚恳地说："越到年底事越多，警力本来就有限，奔波都来不及，最近真的是很忙，理解一下吧！"

牛淑芳女士本来还想再多说几句，我拉住了她，我说："警察同志也很辛苦的，我们走吧！"

牛淑芳女士愤愤不平地跟我走了，出了门才骂我："真是皇帝不急太监急！"

而我，为了平息她的怒火，除了讨好地对她笑笑，什么都做不了。

派出所出警之前，赵炳国就打电话来对我进行了慰问，还说要把他们公司的保安派一个过来给我当保镖，接送我上下班，我给拒绝了。

我一个小白领，到哪儿都有个保镖跟着，这像什么话？还不如辞职算了。

见我拒绝，赵炳国倒也没坚持。

从派出所出来没多久，赵炳国又给我打了个电话，他问我，辛柏什么时候回家过年，他回去了，我打算怎么办。

我说，我不知道辛柏什么时候回去，也没问过他。

赵炳国说，辛柏家里就只有他这一个孩子了，总是要回家过年的。

我猜想，辛柏的事情，应该是牛淑芳女士跟赵炳国透露的。赵炳国说的倒是事实，我无法反驳。

赵炳国说，这事你就别担心了，我来解决。

我不知道赵炳国打算怎么解决，他是我爸，他这样说，我只能说好。又过了两三天，晚上下班辛柏送我回家之后，牛淑芳女士留他吃饭（最近经常如此），饭后递给他一个厚厚的红包和一张回他老家的电子机票（他的证件早就被牛淑芳女士找借口拍了照），说是事情解决了，这是赵炳国为感谢他，特意给他准备的。

辛柏自是不收，推拒了很多次，牛淑芳女士毕竟比我们年长，人情往来套路比我们多，各种语言劝辛柏收下，辛柏闹了个大红脸，实在推不掉，吓得差点夺门而逃，又被牛淑芳女士拉回来。牛淑芳女士说："红包不收就算了，机票总是要收下的，不然我和卉卉爸爸心里都过意不去。"

因为我出了这么多事，辛柏本来不打算回家过年的。我劝他回去，他没答应也没拒绝，我猜测，他大概应该没买回去的票。

牛淑芳女士给他机票，他也就收了。我拿过来看了一眼，是腊月二十九的，辛柏正好上班到那天放假。

辛柏问："事情究竟是怎么解决的？"

牛淑芳女士说："用大人的方式，具体你就别问了。"——不想说的时候，哪怕我们已经成年很久了，他们依然把我们当小孩。

辛柏在牛淑芳女士面前向来腼腆，牛淑芳女士不肯说，他自是不问了。两人又说了会儿话，辛柏便告辞了。

辛柏走后，我问牛淑芳女士："你为啥一定要给他红包啊？他都不肯收，你还硬给。"

牛淑芳女士斜着眼睛看我，问："你就那么坦然地接受辛柏的帮助？"

"也没什么特别不心安理得的吧！"我打着哈哈。

牛淑芳女士说："欠别人太多总是不好的。"

"你不总请他吃饭吗？抵了。"我说。我还有句话没说，最近我也总请他吃饭的。

"这份情，不是请几顿饭就能还上的。"牛淑芳女士说。

"给钱就能？"我反问道。

牛淑芳女士饱含深意地叹了口气，过了会儿说："辛柏毕竟不是自己家里人，走太近了也不太好。"

当初是谁非要留他在家里吃饭的？还一而再再而三地请他来。我刚一有事，就请他帮忙。现在知道不太好了？

我没搭理她，只是问："我爸……究竟是怎么解决的？"

"你一个小孩子，就不要问了。"

"第一，我马上就三十了，不是小孩子了。第二，我是这件事的当事人，我有知情权。"我不服气地说。

"还第一第二呢,跟你妈杠上了?"牛淑芳女士拿眼睛瞪我。

就瞪了三分钟吧,她还是告诉我了。

其实,也没什么特别的方法。就是赵炳国带着公司的保安,去了张贵龙兄弟们租房的城中村,朝他家里一站,把我差点被花盆砸死的事儿说了,赵炳国说:"这事究竟是谁做的,我心里面清楚,你们心里面也清楚。之前的事情我既往不咎,之后,我女儿好好的还好,但凡再出一次这样的事情,无论你们承认不承认,我都会记在你们的头上。不信就试试看。"

赵炳国刚出门,张贵龙的大哥就追了出来,连连保证会约束家人,顺祝我平平安安、长命百岁。

——也就是一群尿货而已,之前把我给吓的。事情解决了就好,我也敢放心地、快乐地玩耍了。

之后的几天,辛柏见我确实没事了,也就放心了。又过了些天,公司放假了,他便离开了都市,回到了山东老家。

自从牛淑芳女士和赵炳国离婚之后,赵炳国重新组建了家庭,我跟他那边的亲戚,来往就很少了。倒不是牛淑芳女士小气,限制我跟他们来往。主要是赵炳国现在有幸福的一家三口,走亲戚这种事,他们三个人,再带上我,就显得怪怪的。我单独去,未免又凄惨了些。干脆不去,落个清净。赵炳国和牛淑芳女士倒也从来不勉强我。

第十八章　表姐的人生

年夜饭这种事情，通常是和亲戚们一起吃的。因为和赵炳国那边的亲戚比较疏远，我每年都是和牛淑芳女士这边的亲戚一起吃。人不多，就大姨一家、舅舅一家吧！

大姨比我妈大十岁左右，大姨家的女儿，我表姐，比我大六岁左右，早已结婚，大点儿的孩子上小学了，小点儿的还在上幼儿园。舅舅比我妈小五岁，舅舅家的儿子，我表弟，比我小三岁，做着一份月薪五千的工作。和读书时一样两点一线，下班就回家，回家就打游戏，吃苹果都是舅妈切好了端到他面前才肯吃的。

这样的他，是没有女朋友的。

和亲戚们一起吃年夜饭，是一件很无聊的事情。特别是我妈这边的亲戚，他们缺乏界限感，踩别人的同时又喜欢捧自己，这让我不仅觉得无聊，还很痛苦。

作为单亲家庭长大的独生女，我小时候是极孤单的。我妈独自带我，自有忙不过来的时候。小时候我在大姨家打混的日子极多。表姐比我大，除了偶尔嫌我烦，或者嫌我幼稚，不愿意带我玩之外，其他时候倒还好。大姨待我是极亲的，总在我耳边念叨"囡囡可怜得来，小小年龄就没了爹"。之后就把各种好吃的搬来给我。表姐欺负我的时候，大姨也会站在我这边骂她几句。

因着这些记忆，我心里待大姨极亲厚。但这些年也不知道怎么了，大姨每年见到我，都会问我什么时候结婚，得知我没有男朋友，就会感叹："你看看你姐姐什么事情都不让我操心的，大学毕业就嫁了，老么虽然不是很有钱，但很爱她的呀！又生了一儿一女，儿女双全，幸福美满的呀！哪里像你，从小就命苦，也没个爹，现在又迟迟不结婚，让你妈妈操心的……"

小时候她每次说"小小年纪就没了爹"，我不知道什么意思。长大点，听到这个就很反感。青春期的时候，曾经顶撞过她，说"我爸爸只是跟我妈妈离婚了，又不是死了，不要动不动就说我没了爹"。她当时倒是答应得好好的，不再说我"没了爹"，但她从来没记住过，下次见了还会说，久了我就懒得再纠正她了。

至于大姨眼里幸福美满的表姐，嫁是嫁得挺早，但怎么说呢，我其实一点都不羡慕。

我那个姐夫，是典型的本地家庭养大的独生子。养了女儿的家庭，因为没有儿子，爹妈心里都憋着一口气，把女儿当儿子养，天天耳提面命"你要争气""你不能比男孩子差呀"，于是女儿家个个都养成了独当一面的性子。生儿子的家庭呢，儿子若读书还好，父母嘴上抱怨着"念多了书要多花钱呀"，背地里都可骄傲了。稍微有点能力的家庭，更是早早把留学的学费给儿子准备好。能力差一点的家庭，也省吃俭用，想要给儿子拼一个好的未来。若养了读书不争气的儿子，比如表姐夫和舅舅家表弟这样的，也依然娇生惯养着，饭不让做地不让扫，苹果削好切成瓣端去给他吃，只要乖乖待在家里不出去惹事就好了。

只要不惹事，就是乖宝宝，好儿子，哪管有没有出息。

我私心里认为，本地男人是配不上本地女人的，但这种话我不敢说，我怕亲戚们会骂我。

作为本地长大的女孩子，最了解本地的妈妈们了。无论是男孩子还是女孩子的父母，都希望子女能找本地人。——女儿特别优秀，能嫁到国外的不算。儿子特别优秀，去国外读了博士的不算。

表姐从小就优秀，却也没优秀到可以走出去的地步。大学毕业没两年，就被家里催着相亲，遇到现在的表姐夫。表姐夫虽然性格绵软了些，五官还算周正。两家家境差不多，又都是本地人，大人们一合计，就让他们结了婚。趁着婆婆和妈妈都年轻，能帮忙带孩子，又催着把小孩儿生了。开放二胎之后，又抓紧时间生了二胎。

什么都走在人前面，可以算得上是人生赢家了。也难怪大姨老在我们面前炫耀。

这份婚姻，双方老人心里都满意的。可婚姻这种事，终究是两个人过日子，表面风光，内里怎么样，只有当事人自己心里最清楚。

表姐性格好强，什么都想要好的。表姐夫却是得过且过的性子，无法理解表姐不说，表姐说多了，还会怼她一句："现在日子不是挺好的吗？瞎折腾什么呀？"

好在哪儿呢？表姐不是那虚荣的人，没想过要名牌包名牌表什么的。但毕竟有了孩子，她想给孩子争取一个好点儿的未来。表姐夫快四十岁的人了，一个月拿着六七千块钱的工资，倒也够花。房子是家里的老破小，倒也有地方住。表姐嫁进来的时候，大姨陪嫁了一台车，倒也有车开。幸好老破小有两套，在同一个小区。小的那套只有三十多平方米，公公婆婆住。大的那套六十多平方米，表姐夫妇带着两个孩子住。算是"一碗汤"的距离了。——当初也是冲着不用跟婆婆住一起，表姐才嫁了来。可结婚都十几年了，住的依然是这老破小。

老破小便也罢了，表姐对房子要求也不高。传了几十年拆迁，也没拆，也就算了。但毕竟是当妈的人，不为自己考虑，也要为孩子考虑。表姐当初不是不努力，只是因为大姨家房子所在的区位学校不好，耽误了。现在有了孩子，就想要一套学区房。可是婆婆家两套房子学区也一般。为了个学区房，表姐拼了，从老大出生的第一年，就想方设法挣钱。跳了好几次槽不说，还身兼多职，现在还做起了微商，卖高科技蒸脸仪。

那蒸脸仪，三千多一台，价钱不算便宜。想要打开路子，只好从熟悉的人下手。我是她表妹，素来爱美，表姐缠了好几次让买，还说我眼干，蒸脸仪正好一起蒸眼了。我虽然心有疑虑，毕竟抹不开面子，又被她说得心动，便也买了。

蒸脸仪里不用加很好的水，桶装矿泉水就行，讲究的话还可以朝里面加点儿精油。热乎乎喷在脸上倒也蛮舒服。才拿回来的时候，就放在客厅里，我和牛淑芳女士换着用。可我家小啊，客厅也小。有一次半夜起床上厕所，没开灯，一脚踢翻蒸脸仪，想到三千多块钱买的呢，连忙开了灯扶起来看。我脚重，一脚下去，蒸脸仪东歪西扭都快散架了。问表姐售后能不能修，表姐说，保修期就三个月，已经过了保修期了。

我们小区楼道里贴了很多修理电器、开锁的不干胶贴。牛淑芳女士打电话叫人上门修，修是修好了，但修理电器的小哥儿太实诚，修完不忘记告诉我们，这玩意儿，就是改良版的加湿器。比加湿器唯一多的功能，就是把水烧到45度。质量好点儿的，也就两三百块钱吧!像我们家这质量的,两百块就能买到了。

一两百块钱的东西,我花了三千块从表姐手里买,从此看见它就闹心。装盒里收了起来,不知道什么时候,牛淑芳女士收拾屋子看着没用还占地方,就给扔了。这事儿我们都没跟表姐说,所以表姐并不知道。那款蒸脸仪,随着表姐发微信的高频率,一直活跃在我的朋友圈里,每看一次朋友圈,就想到我那打水漂的三千多块钱,心就跟着疼一次,后来干脆连表姐都屏蔽了。

表姐不知道我屏蔽她了。有时候她会在网上跟我聊聊天,吐槽老公没出息、婆婆太偏心自己的儿子之类的,聊完之后,我都会打开表姐的朋友圈看看。除了蒸脸仪,她最近似乎还卖起了藏红花。——据说是最正宗的,从西藏和尼泊尔来的藏红花。

不知道是对自己卖的产品不够自信,还是对我的购买能力不够自信,藏红花表姐倒一次都没劝我买过。

两年前,老二才上幼儿园的时候,表姐跟公婆商量着,把他们住的那套老破小卖掉,凑一凑买套学区房。

公婆问:"卖了我们住哪儿?"

表姐家的房子,是个六十多平方米的两居室。夫妻俩住一间,姐弟俩住另一间。姐姐已经长大了,不愿意和弟弟住一间房了,哭闹了很多次。可惜家里条件有限,再哭闹,也不过是在高低床的上面加了个蚊帐,算是姐姐的"私密空间"。

房子这么小,公婆住进来很不方便。可表姐看中的那套"勉强够得着的学区房",且不说从交定金到交房之间隔了几个月,就那环境,就那户型,公婆住,也着实委屈了些。

那个学区房,离表姐家现在住的地方有点远。表姐倒不介意委屈,计划着周一到周五,一家四口就挤在那房里将就将就,周末回到这边的两居室住,至于公婆,租房住呗!

计划挺好,家里却没人同意。大女儿不到10岁,说懂事懂了一点事,说不懂事,也不算懂事。现在和弟弟住一间房就够憋屈了,换到二十平方米的房子,更没有私人空间了,无论如何她都不愿意的。

表姐夫也不愿意,背房贷压力太大,还要负担老人的房租。至于公婆,更不愿意了。买房不得多花钱呀,一大把年纪了,手里的一点儿存款,都被表姐算计了去,还要折腾着卖他们的房子租房住,凭什么啊?

表姐夫说:"菜小怎么了?我就是菜小毕业的,你也是,我们不也过得好好的吗?本地人,哪怕没有读过书,都有优势的。"

"什么优势?"表姐反问。

"当然有优势,没优势那么多外地人到这边讨生活?"表姐夫梗着脖子说。

表姐知道,这话一定是他妈说的,被他听了去,有样学样,鹦鹉学舌般传给表姐听。表姐夫的妈,最喜欢说的一句话是"比上不足,比下有余"。表姐最讨厌的就是这句话。比上……就别比了,比也比不过的,比下总是有余的。本地人就不说了,但凡和外地人比起来,表姐夫一家,总是有优越感的。

外地人的努力,外地人拼命想留下来的劲头,他们是看不见的。外地人升职加薪,他们也看不见。他们只看得见外地来的年轻人,没房没车拿着不算多的薪水,和本地人抢着工作机会,租着本地人都不愿意住的老房子。

表姐当然没被说服,但孤掌难鸣,买房的计划最终还是搁浅了。女儿读了家门口的菜小,眼见着儿子,也将会读家门口的菜小。

欲望和生活不匹配，是最难受的。我这个表姐夫，哪儿看着都好，就是不上进，时常让表姐有种一拳打在棉花上的无力感。表姐本是开朗的性子，这几年，因为生活不如意，心情不如意，沉闷了许多。

表姐年轻的时候挺爱打扮的，婚后常有些不修边幅的时候，那大都是因为带孩子比较辛苦，没时间时时打扮的缘故。她自己心里对外在形象还是很在意的。但自从前年查出来乳腺增生，医生交代她少生闷气开始，她就有些放飞自我了。买衣服的尺码从M过渡到XL，逐渐还有往上走的趋势。头发也不肯做了，随便扎个马尾，露出来的地方，华发丛生。嗓门也大起来，"哈哈哈"大笑时的样子，越来越像我那六十多岁仍精神抖擞的大姨了。

表姐前几年跟我聊得还多一些，聊天内容除了吐槽公婆老公之外，就是羡慕我尚且单身还有得选。表姐反复交代我，无论谁怎么催，都不要着急。要擦亮眼睛好好挑，千万不能随便就把自己嫁了。男人是婚姻的既得利益者，大多数都没心没肺，不操心家庭不操心孩子的。而女人，是婚姻的付出方，是牺牲者，却没有人能理解。嫁错了，后悔都来不及了。

我问过表姐，既然过得这么憋屈，可有想过离婚？表姐说，无力沟通、南辕北辙的时候，无数次想过离婚，想到两个孩子，还是算了。她一个人养不了两个孩子，给表姐夫一个她又舍不得。表姐夫肯定是会再婚的，到时候前爹后娘的，孩子更委屈。若都留给自己吧，带着两个拖油瓶，她的日子只怕更难过。

表姐说，每次感觉过不下去的时候，就想想表姐夫的好。毕竟，钱朝家里拿，孩子也肯管，不嫖不赌不惹事，已经是个很好的男人了。我知道，这话都是大姨劝表姐的时候说的，是大姨深深信奉着的理念，却没想到，现在我的表姐也这样想。

我不知道她是真认同这些观念，还是仅仅拿大姨说过的这些话为自己洗脑，让自己少一些不甘，多一些麻木，以求对抗生活的不如意。

我想过表姐的婚姻，其实，她和表姐夫都没错，错就错在，两个人的理想生活完全不同。表姐夫就喜欢过不操心的日子，表姐却想往上走。表姐看不上表姐夫，才格外觉得他不求上进。和表姐夫生活在一起，就是钝刀子割肉，每天都会疼那么一两下，可也并不是那么疼。虽然疼着疼着就习惯了，但，疼久了，生命力逐渐也就没了。

表姐的婚姻质量也就这样，大姨还觉得她不错。可能在她眼里，女人只要能嫁出去，就还算不错吧！大姨在牛淑芳女士面前一直是有优越感的，在我面前当然也是。前两年，大姨催我结婚的时候，表姐还肯拦着，不让她说出更不得体的话。这两年，她是不拦了，就冷眼旁观着。今年倒好，跟着大姨一起劝我，还说什么："好的赖的总要找一个的，孩子总要生的，不然老了怎么办？"语气和大姨一样一样的。

表姐说这些话的时候，我总喜欢看她的眼睛。我想知道，她是不是真这样想。——我在她的眼睛里看到了嫉妒和讽刺。我瞬间就想明白了，生活的不如意，已经把当年那个上进的、爱思考的、三观正常的年轻女孩逼成了一个恶毒的中年妇女。她的生活糟烂，她希望我也如此。她未必真认同大姨的话，她只是不想看到我好过。

假如，我是说假如。假如有一天我嫁人了，嫁得很好。她可能会很愤怒。甚至会想：一个家族里出来的姐妹，凭什么你过得比我好？

我被这个想法吓出了一身冷汗。我自责了许久，甚至怀疑我是一个表面善良，内心阴暗的人。毕竟，我以最坏的恶意揣度了我的表姐。但是没有多久，我就打消了这种想法。因为牛淑芳女士跟我说了一句话：少跟你姐姐接触，你姐姐现在的心态很有问题，我怕会影响到你。

我问牛淑芳女士，姐姐有什么问题。牛淑芳女士摇摇头，没回答我。我虽然不喜欢牛淑芳女士，但我相信她的这些话不是空穴来风。她一定是发现了什么。我没再继续追问，而是立刻就答应了她。

从此，便主动疏远了表姐。而我的表姐，对我热情了几次，发现我态度冷淡之后，也不再主动联系我。我们除了团年饭这天会见一面之外，几乎再也没有接触。我和我从小一起长大的表姐，成了真正的、熟悉的陌生人。

第十九章　最难吃的饭

大姨家闹心，舅舅家也好不到哪儿去。我那个表弟，性子和表姐夫几乎一模一样，五官还没表姐夫长得帅。尽管我心里不是很看得上他，但就因为生理构造和我们不同，舅妈的尾巴都快翘到天上去了。只要有人问到表弟有没有找女朋友，舅妈就说："我们家不着急的，男人三十一枝花，女人三十豆腐渣。我们离30岁还远着呢！"说完还瞟我一眼（好的，我知道了，我就是那豆腐渣）。

因为历史性的问题（主要是外婆养老），牛淑芳女士和舅妈一直不对付。每次舅妈刺我，牛淑芳女士都会回刺舅妈两句。比如，舅妈说男人三十一枝花，女人三十豆腐渣，牛淑芳女士就会说："都是30岁，男人和男人之间也是不一样的，有出息的男人是鲜花，没出息的男人，狗尾巴花。"

每次都是舅妈挑起战争，但唇枪舌剑一番后，舅妈根本就占不了什么便宜，反而气得够呛，好几次年夜饭都没吃完就提前离开了（牛淑芳女士作为一个柜姐，口才早就在和顾客的撕扯中练出来了）。最近这两年，不知道是不是吃亏吃多了，也不怎么炫耀自己生的是儿子，儿子有多了不起了。大姨问起表弟的婚事，舅妈顶多只说一句："你们认识的人多，帮忙介绍一下呀！"

大姨只是一个普通的家庭妇女，她能认识什么条件好的姑娘？大姨说："现在的小姑娘，眼睛都长在头顶上，要求高着咧！"

明着是拒绝，实际上贬低了表弟也贬低了我。——表弟条件不好，才没姑娘跟他。至于我，眼高于顶，怪不得嫁不出去。

若是舅妈刺我，以牛淑芳女士那护犊子的性子，直接就怼了回去，她却很少怼大姨。她总是说，大姨这人不会说话，刀子嘴豆腐心。真不愧是亲姐妹。

牛淑芳女士都不护我，我能说什么？要我来说，我讨厌豆腐心前面的刀子嘴，伤了人而不自知。我宁可遇到的是豆腐嘴刀子心。刀子心的人，大不了我远离她，不跟她打交道。刀子嘴的人，每见一次都要难受一次。

舅舅和大姨，都是我妈的亲人，我再不喜欢，一年总是要见那么一两次的。年夜饭再难过，三四个小时总能吃完，忍着就行。

只是往年倒还罢了，今年尤其难忍。

今年的年夜饭，饭吃得好好的，和往年一样，该催婚催婚，该询问挣了多少钱询问挣了多少钱。但不知道为啥，他们在聊天的时候，总时不时地用眼睛的余光看我，而眼神总带着一丝幸灾乐祸。我正不明所以着，舅妈突然问了我一句："你那钱，追回来了吗？"

"什么钱？"我问。

"被骗的那些钱啊！"舅妈边说还边居高临下地看了一眼牛淑芳女士。牛淑芳女士看着大姨，大姨心虚地低下了向来高昂的头颅。

我环视一圈儿，饭桌前的成年人们个个目光炯炯地望着我，我就知道，所有人都知道了。

我立刻就明白了，这事的起因在牛淑芳女士，我被张贵龙骗钱又骗色的事情，牛淑芳女士很早就告诉了大姨。大姨和舅妈之间关系不错，于是，所有人都知道了。牛淑芳女士告诉大姨的时候，估计交代过一句"不要告诉别人，囡囡爱面子的"，大姨告诉舅妈的时候，估计也交代了一句"不要告诉别人，不然我没办法做人了"，然而秘密这种东西，想要保密唯一的办法就是不告诉任何人。你只要跟一个人说了，全世界都知道了。现在我的事情，我妈这边的亲戚全部都知道了。——这就是我妈，一个虽然会护着我，但却会把我丢脸的事情弄得尽人皆知的妈。类似的事情发生了很多次，我从一开始的愤恨到现在的习以为常，经历了很长的心理路程，就不一一赘述了。

再加上，我曾经写过一篇百万加的公号文，想了解细节的亲戚们，也都了解了。——在我和我妈的共同努力下，亲戚们的八卦之心，总算得到了最大限度的满足。

我觉得很丢脸。为了显得也没那么丢脸，我装作不经意地说："追回了一部分，其他的只能算了。"

"就这么算了？怎么能就这么算了？人已经吃了那么大亏了，钱上怎么还能吃亏呀！"说到钱的时候，舅妈忘记了她和牛淑芳女士的矛盾，立刻就炸毛了。就好像我损失的那些钱，都是从她那儿拿的一样。

"要不，你去帮忙要？"牛淑芳女士似笑非笑看着舅妈说。

"我不行的，我哪里会要账呀！还是得你们自己去要。跟他了那么长时间，总是有感情的，卉卉要最合适。"

其他亲戚附和起来，牛淑芳女士小声跟大姨讨论这件事，音量不大不小刚好被全桌人听见："她哪儿行呀，她面皮薄，做不来这种事情的。"

我有破口大骂的冲动，但我并没有真那样做，只是找了个借口去了卫生间。

经历了这么多事儿，我很疲惫。大过年的，我想好好过个年，努力让自己的心情好起来。但，似乎总有人不允许。像舅妈、大姨那种素质的人，我完全可以自己怼回去。——内心深处，我已经怼了无数句，很多年。但我并没有，我怼不怼，都无法改变她们嘴碎的事实。

亲戚们倒也罢了，最让我难受的是牛淑芳女士的态度。在她眼里，她们是亲人，无话不谈。但她从来没有考虑过，我作为一个人，也是有隐私权的。我并不愿意让她把我的事情说出去。

我小时候为这些事情跟她发过火，她从来记不住。每一次丢脸的时候我都忍了。忍不了，就一个人哭会儿。就像现在，我借口来到了卫生间，独自坐在马桶上，任凭眼泪不停地往下流。一直到哭得差不多了，才擦干眼泪，出门对着镜子大大地微笑一下，再补个妆，眼底遮瑕多打点儿，装作若无其事的样子回到饭局，继续和这些让我面对美食依然感觉难以下咽的人一起吃年夜饭。

和牛淑芳女士家亲戚聚会难受，和赵炳国家亲戚聚会也好不到哪里去。

牛淑芳女士和赵炳国虽然离婚了，但赵炳国毕竟是我爸，发达之后对我和牛淑芳女士颇为照顾。除了他才结婚那两三年，牛淑芳女士气不过，过年不提让我去给赵炳国拜年的话，赵炳国给我们买房之后每年的大年初一，不知牛淑芳女士怎么就突然想通了，到过年的时候，就让我去给赵炳国拜个年。

牛淑芳女士通常是不去的，她看不上李贵珠。小时候她顶多把我送到赵炳国家楼下，找个地方喝个茶，等我耍好了再去找她。

虽然我不太愿意见到李贵珠和赵如盈的丑恶嘴脸，但，那时候傻呀，妈妈逼着也就去了。遇到不好听的话，假装没听懂，忍着就是了。不用忍多久，两个小时就够了。

我11岁那年的大年初一，照例去赵炳国家拜年，那时候赵如盈6岁，正是半懂事半不懂事的年龄。她不知道抽了什么风，突然冲上来把我往外推，边推边破口大骂："你滚，谁让你来我家的！你是外面那个坏女人生的，你不要来我家。"

她一个小孩子哪里知道这些话是什么意思？谁教的可想而知。都说胜利者总是格外善良和宽容，在李贵珠身上我可没看出来。其实从严格意义上来说，李贵珠也不算什么胜利者。如果当初不是牛淑芳女士执意要离婚，根本就轮不到她上位。

我也才十多岁，正是爱面子的年龄。赵如盈那样骂我，骂牛淑芳女士，我能忍吗？我跟她对骂，骂着骂着就厮打了起来。

赵炳国和李贵珠本来坐在沙发上跟我说话，听见赵如盈骂我，赶紧拦。平时宠惯了的小女孩儿，如何拦得住？那夫妻俩又试图拦我，我不是他们家里的人，也不好说重话，免得我不好受，回家再跟牛淑芳女士说一遍，小事就变成大事儿。言语拦肯定是拦不住的，只好一个大人拉一个小孩，强制把我们分开。

小女生之间的打架，哪有什么章法？顶多就是抓脸揪头发。我年龄大，力气上占了便宜，但架不住赵如盈泼辣，李贵珠故意放水（当着赵炳国的面儿，她不敢对我下黑手）。最后，在赵如盈连踢带踹、连抓带掐之下，我俩都受伤了。

李贵珠看着亲生女儿受伤，心疼了，不管是谁先动的手，张口就埋怨我："妹妹那么小，你就下死手，不知道让着她点儿吗？"

我本来就委屈，被她一责骂，怎么可能忍得住？我"哇"的一声哭着跑了。自此，就再也不肯去赵炳国家拜年了，牛淑芳女士知道事情的始末，倒也不勉强我。

不去赵炳国家拜年，奶奶家总是要去的。再娶了的亲爸有可能变成后爸，奶奶总不会变。

大年初二，是去乡下奶奶家的日子。这一天，赵炳国会亲自开车，带着李贵珠和赵如盈，再到我家弄堂口接我，开一个多小时的车，一起去奶奶家。我有了车之后，提出过自己开车去奶奶家，赵炳国不许，我也没坚持。

李贵珠是赵炳国的夫人，坐副驾驶位，我和赵如盈坐后排。我会很有礼貌地跟李贵珠问好，跟赵炳国和她拜年，也会向赵如盈问好。赵如盈十多岁的时候，还会时不时地刺我两句，我很少反驳，说多了，只会说一句"妹妹你不要这样呀，我不是你说的那样"。

我这样说，赵如盈更生气了，各种难听话接踵而至。赵炳国听了，就会骂几句赵如盈。后来，赵如盈懂事了些（也可能是李贵珠教的），知道刺我落不到好处，再也不当着赵炳国的面儿刺我了，顶多冷哼一声。跟赵炳国夫妇打完招呼之后，我和赵如盈就像陌生人一样，坐在后排，脸朝窗口，各玩各的手机。到了奶奶家，赵炳国看不见的地方，赵如盈才会找我的茬儿。一看见赵炳国来了，立刻装出一副姐友妹恭的样子。赵炳国一走，继续刺我，还说什么"当谁学不会白莲花似的"。

赵炳国不在，我也不跟她客气，直接怼过去："你妈不是白莲花，能生下这样的你吗？"把她气得跳脚。

气完她我就离开了，独自一人时，觉得很没意思。我跟一小孩儿计较什么呀！嘴上赢了她能有什么好处？实际上在二十多年前，牛淑芳女士带着我主动离开之后，她和她妈李贵珠就是人生赢家了。人生赢家的小公主赵如盈，学不学演技派的功夫，没什么关系的。

奶奶83岁，满头银发，耳聪目明。每次我去，都拉着我的手说很久的话。牛淑芳女士和赵炳国离婚之前，我是奶奶带大的。他们一离婚，我就从奶奶身边被带走了。奶奶心疼我，每次见面对我格外好。我周末有空，也会开车去看奶奶。这让赵如盈很是嫉妒，当面对奶奶不够尊敬，私下里更是叫她死老太婆。我听了总是很难受，会跟她对骂。赵如盈发现叫奶奶死老太婆的时候我是真难受，叫得就频繁了。就为这个，有一次我差点动手打她。最后当然没打成。事情闹到赵炳国那里，赵炳国第一次当着我的面儿动手打了赵如盈。赵如盈哭闹不止，说我故意激她，这更坐实了我"白莲花"的称谓。赵如盈说，我是一个为了打击她，连奶奶都会利用的人。

我何必要打击她呢，又没有好处，我犯得着吗？然而我并没有解释。我和赵如盈都是赵炳国的女儿，我们之间闹矛盾，赵炳国也为难。我何必再生事端呢？二十多年前我就输了，输家除了忍耐，还能做什么呢？我十四五岁的时候就想明白了这个道理。所以自那时候起，我就再也没跟赵如盈针锋相对过了。我的忍让赵如盈看得出来，她却更嚣张了，这让我很是头疼。

赵如盈毕竟是小孩心性，挑衅的时候不跟她一般见识就好了。最难忍的是赵炳国这边的亲戚们。

奶奶生了两个女儿一个儿子，赵炳国是唯一的男丁。两个姑姑和姑姑家的孩子们，都在赵炳国的公司上班。在公司，赵炳国是老板，李贵珠是财务大总管（财神爷），赵如盈大学毕业之后就在赵炳国公司做事，现在已经是市场部经理了。不出意外，她将会继承赵炳国的公司，姑姑们自然唯李贵珠和赵如盈马首是瞻。我和赵如盈都是赵炳国的孩子，去奶奶家拜年，姑姑们对我都爱搭不理的，对赵如盈各种谄媚，为了让她高兴，还充当打手，夹枪带棒对我各种讽刺。有时候连牛淑芳女士都编派起来。

虽然，大多数时候我也不那么喜欢牛淑芳女士，但她毕竟是我妈，我也不能任由别人当我面说她不好，这不止是落我的面子，更是打我的脸。于是每次姑姑们编派牛淑芳女士，我都会反驳，刚反驳两句，就会被指责不敬长辈。——仗着年龄大，她们怎么说我都行，我多说一句，大帽子就扣下来了。她们根本不知道何为公平，她们当然也不会想要公平。

像这样的事情，每年过年都会来上那么一两出，我真是很烦。要不是看着奶奶年龄很大了，见一面少一面，赵炳国这边的亲戚，我这辈子都不会想要跟他们打交道。

奶奶家在滴水湖附近，中午那顿饭，男人们推杯换盏，会喝很长时间的酒。女人们聚在一起东家长李家短，捧捧赵如盈再打击打击我。这种场合，我是待不下去的，借口头疼，想出去吹吹风，便独自一人出门了，留她们在背后更夸张地说我坏话。

热闹是他们的，我只有我自己。

——与其说我因为"不合群"被孤立，不如说我是自我放逐。亲朋聚会的时刻，大家都在"哈哈哈"，就我，一个人在滴水湖边吹风。这种时候，尤其觉得孤单。我不由得想念还在上班的那些日子；想念每天中午和辛柏一起吃饭的日子；想念他为了让我多吃一口，多说的那一箩筐话；想念他指导我健身时的各种无奈；

想念他每一个并不那么好笑的冷笑话……

我想念辛柏了。

我知道我不该想念辛柏。我比辛柏大六岁，我一直打着姐弟的幌子和辛柏相处。我不该想念他，像一个女人想念一个男人那样地想念他。

滴水湖很大，湖边的风吹得我涕泪横流。我跺脚、我抱胳膊、我左转右转，试图靠运动发电、靠念力取暖，可我还是冷。

我很冷，我的头脑却很清醒。我想念辛柏，想念那个在我被打时突然冲上来，紧紧抱住我的辛柏。想到他的怀抱，我就忍不住脸红心跳，似乎也没那么冷了。

我不该这么想！不，我想念他！我不该这么想！不，我就是想念他！

就在我天人交战的时候，手机突兀地响了。就像心灵感应一般，在我想念辛柏的时候，他发来了视频通话请求。我的心在打鼓。我定了定神，接通了视频通话。

辛柏在一个屋子里，他的旁边，似乎是一堆柴火，柴火的上面，吊着一个噗噗作响的、黝黑的老式烧水壶。

屋子里黑黢黢的，像那个烧水壶一样黑。除了他没有一个人，只有火光映着他被烤得红光满面的脸庞。

视频接通后，辛柏就那么地看着我，并没有说话。我也就那么地看着他，我的心仍然在打鼓。

鼓声点点，密集如雷。这时候辛柏开口了，他问："姐姐，新年你过得好不好？"

在这喜庆的日子里，我能说不好吗？我说："还行吧！你呢？"

"也……还行吧！每年过年都那样。"辛柏说。

我看着辛柏,我感受到了他的无聊。是怎样的无聊呢?突然从一线城市回到五线城市城乡接合部无法融入的无聊,还是,尽管过得还不错,却无所事事的无聊?

我正想着,辛柏再次开口了。辛柏说:"姐姐,我想你……"

视频接通时,我的心就在打鼓。他说他想我,鼓声重重地击打在我的心上,我的心跳就像心脏病人的心悸。然而也就那么几秒钟,我清醒了。他叫了姐姐。他曾经叫过我很多次姐姐,但,大多数时候都是我逼他的。自从他跟我讲了辛牧的故事,他再也没叫过我姐姐。他没主动叫,我也没再逼他叫过。在我的内心深处,"姐姐"这两个字,因为辛牧的死亡而变得神圣。

辛柏现在在老家。所以,他这个"姐姐"其实并不是在叫我。他大概只是觉得无聊,又思念如潮水,他想找个人倾诉罢了。于是,他打给了我。

我的内心一面失望,一面又轻松了不少。我强笑着,软下声来,问:"傻瓜,想你姐姐了?回去给她烧纸没有?"

"烧了。"辛柏说。

"若特别想念,走之前再去看看她。"我说。

"好的。"辛柏很乖。

一时无话。

过了会儿,我问:"你们那边新年是怎么过的?"

"和小时候一样,吃了很多席面,磕了很多头……"

"磕什么头?"我很惊讶。

"我们这边,过年见到长辈要磕头的。只要是长辈,都要磕,一家家磕过去。"

"呃……"这种习俗,我还是第一次听说。

辛柏见我只"呃"没评价，也只微笑看着我，没有说话。

我再一次主动打破沉默，我说："新年快乐，辛柏。"

"新年快乐，姐姐。"

辛柏又叫我姐姐，这是不是说明，他并不是因为想到辛牧才叫我姐姐的？然而这时候，我已经无从分辨了。我们相差六岁，我们之间的障碍如山高，如海深。我并没有勇气跨越它，就当他是想到辛牧才叫我姐姐的吧！

"再见。"我说。

"再见。"辛柏仍然微笑着看我。

见他没有挂断电话的意思，我率先挂断了电话。

和牛淑芳女士那边的亲戚吃完年夜饭，和赵炳国一家去看望奶奶，这个春节基本上算过完了。

第二十章 《我的漂亮朋友》

大洋商城年三十下午放半天假，其他时候全年无休。牛淑芳女士是柜姐，春节期间也是要值班的。她要上班，家务就归我做。房子小，要做的事情不算多，每天上午花半个小时就做完了。剩下的时间，追追剧，收拾收拾衣柜，把冬天的衣服收起来，把春天的衣服整理出来，转眼就又到了上班日。

去年十二月下旬，开年终总结的时候，我的领导丽莎就传达了"上面"的意思，从今年开始KPI的考核方式要变。由以往的季度考核，变成了月度考核。团队里的每一个人，都有不同的、更详细KPI考核标准。且，底薪里的80%不变，20%作为月度KPI，计入考核。由上司打分，分数达到90分的，能拿足100%的月薪，达不到的，直接扣钱。超过90分的会有适量上浮。

举例来说，"退货率"一直以来都是一个很重要的考核点，之前是按季度考核的，现在要按月考核了。——我们所谓的"退货率"，不是顾客买衣服之后的退货率，而是我们这边跟工厂下单之后，再返厂的退货率。

对于快时尚品牌来说，讲究的就是一个"快进快出"。D&H五天一上新，十天一退货。销量只占上新的35%左右，剩下的65%，除了压货，就是退货了。所压的货，放在案场还会再卖一两个月，大概还能再卖掉总量15%。也就是说，我们每上新100件，最终会销掉50件，返厂50件（这已经是严格控制之后的结果了）。

普通小店比我们可能好一点，因为他们的货更新速度没那么快，走量也没那么大，而且大部分进的货都不能退。要么压到第二年再卖，要么快过季的时候低价甩掉，也有可能永远卖不掉，只能积压。店主会想各种办法把积压的商品卖掉，哪怕亏钱。所以，他们的出货率会比我们高，退货率比我们低（如果可以退货的话）。

因为国内各项成本（主要是用人成本和租金成本）的增加，三年前，D&H的工厂从国内搬到越南，公司就越发注重退货率了。主要原因有三个，一、毕竟跨国退货了，返厂不便且运费成本大大增加；二、实体店运营成本每年都在增加；三、国内电商如火如荼发展，顾客可选择余地大，销量同比环比增长困难。

公司总的成本在增加，销量却并没有增长，公司唯一能做的，就是在源头，也就是成本上想办法。降低退货率就是降低生产成本。在公司眼里，这是可控的，要不然，要这么多的管理人员做什么？

我不直接参与销售，亦不直接参与管理。严格意义上来说，我不算是管理人员。但是，我的每一次判断和陈列决定，都直接影响了销售。而我的每一次判断和陈列，除了跟我自己的审美有关，还跟库存有关。所以，陈列部和策划部的员工一样，虽不直接参与管理，却都被当成了管理人员。间接的管理人员。

因为间接，以往我们的KPI考核是季度性的，适当地打打分，季度奖金评一评就好了。可是现在，要让我们像门店店长一样，每个月打分，评KPI，还要把薪水的20%拿出来放进考核系统。也就是说，就算我们做了分内的事情，但只要门店当月销售不好，或退货率过高，我们连以往能拿到手的底薪都未必能拿到了。

新的考核标准出来的时候，公司内部怨声载道。幸好政策才出来的时间在头一年的年底。过年前，大家都很忙，也没实打实地被扣薪，便没什么感觉。再加上，很多人都盼着年终奖，在年终奖正式发放下来之前，通常也都不会做出什么出格的事情来。

过完年上班，是二月中，我们公司的薪水月中发，大家拿到一月份的薪水才傻了眼。那么忙，那么累，就因为销量没达到预期目标，退货率过高，就扣了这么多钱？

经济形势不好，年终奖比往年少便也罢了。年后不涨工资还因为考核标准变了而降工资，就有人不高兴了，抱怨的人很多，一气之下辞职另找工作的也有很多。陈列部辞职了两个老员工，我们剩下的人工作量一下子就增加了很多，于是抱怨的人就更多了。

我手里也被多分了两个门店，加起来，我一个人要管六家门店了。管的门店多了，除了要更勤快地往外跑之外，要提交的报告也多了很多，我感觉真是有些吃不消了。

而D&H华东区总部为了节约成本，已经到了丧心病狂的程度。我曾经说过，门店内挂促销海报，以前都是请外面的工人帮忙挂的。为节约成本，从今年开始，这笔钱也要省了。公司要求门店销售员早来半小时，上班前搭着梯子挂完（销售员也颇多抱怨）。若上班前挂不完，上午客流量小的时候，也可以挂一挂的。

把合适的海报张贴到合适的位置，是陈列师的工作之一。以前，陈列师交代工人做。现在，陈列师交代门店销售员做。海报多的时候，陈列师最好待在现场，以免挂错。年后没多久就是情人节了,挂海报那天,门店客人特别多,为数不多的几个店员都去忙着接待客户了,我手里的工作一大堆,着急走,就自己爬高挂海报。——这种事儿以前也经常干,但像这次这样,恨不得一家门店的海报都我一个人挂,却是很少遇到。

平时早餐都跟牛淑芳女士一起吃的,一碗小米粥、一个鸡蛋白、两颗水煮西蓝花,有营养又饱腹。最近手里管的门店多了,实在太忙,不光晚上要加班,早上也得早走。这天早晨,我就喝了一杯黑咖啡。这时候站在梯子上,不知怎么的,就觉得眼花,天旋地转。我知道这是低血糖的缘故——吃得少、运动也少,大都会贫血。我怕胖,基本不吃糖,但我包里会常备几颗糖,感觉到头晕的时候嚼一颗,补充点糖分会好很多。

糖在包里,我犹豫着要不要下去拿。海报挂了一半,这时候撤,就得取下来重新挂,实在太不划算。我忍着头晕,定定神,坚持挂完了才下来。哪里知道,不算高的人字梯,我居然一脚踩空了,从梯子上面摔了下来。

就在我以为我会摔得头破血流的时候,我被一个人接住了。——随着那声"小心",我直直地摔进了他的怀里,没有受伤。而他的左脚被倒下来的梯子压住了。他一边痛得跳脚,一边还强撑着扶住我。他的眼镜差点掉下来,又伸手去抢救眼镜,狼狈极了。

我连忙从他怀里挣脱出来,抬眼看,是一位四十岁左右的斯文男人。他穿着剪裁良好的驼色休闲西装和休闲皮鞋,从他身上衣服的价位来看,他不是D&H的目标客群(我们这一行做久了,都有看一眼对方身上穿的衣服就猜出价位的本事)。

不管怎么说,是他救了我,我才没有摔倒在地上。我连忙道谢,边道谢边四处看。他很敏锐,问我:"你在找什么?"

"你的同伴。"我说。

"我的同伴?"他很惊讶。

"是。"我指指他身上的衣服,说,"我以为,你是陪别人一起来买衣服的。"

他看看自己的衣服,再困惑地看看周围,似乎有些明白了,说:"我一个人过来的。"

我微笑着不说话。

"你好奇我为什么会进这家店?为什么刚好救了你?"他指着外面的橱窗说,"我从那边走,无意间看见你晃头、揉眼睛,我怕你出事,就赶紧过来了。"

"晃头、揉眼睛就会出事吗?你这么敏感的吗?"

"别误会,我是医生。"他说,"晃头和揉眼睛都是眩晕的表现。你很坚强,眩晕还能坚持继续工作。"

哪里是坚强?明明是太忙,赶着要把手头的事情做完。我冲他笑笑,伸出手去:"牛卉卉。恩人怎么称呼?"

"举手之劳,算不上恩。陈学文。"他伸出手,想要和我握手,却又突然缩回去,从包里掏出一张湿巾擦了擦手,再伸出来跟我握。而我,想到刚刚还在拿海报挂海报,一手的灰,我跟他握完他又得擦手,我就不想跟他握手了。我放下了自己的手。

陈学文尴尬地笑笑:"别介意,我自己也知道这习惯挺不好的,就是改不了。"

"爱干净是好事。"我笑笑,说,"你刚才湿巾应该递给我。"

"想给你一张,怕你不高兴。"陈学文推了推眼镜,不好意思地笑着说。

我得承认,他这句话获得了我的好感。——我喜欢看起来比较老实的男人。于是我友好地笑了,笑着笑着又觉得晕,便扶着头蹲下了。

陈学文本来也在笑,见我蹲下,便跟着蹲下了。他说:"如果我判断得没错,你现在应该吃点东西。"

"嗯。"我点点头,虚弱地冲他笑笑,缓慢地走到前台,蹲在柜子前拿我的包,掏出一颗糖,熟练地剥开,塞进嘴里,并顺手把糖纸扔进垃圾桶。

陈学文亦步亦趋地跟着我,他跟我说:"你的脸色很苍白,似乎早餐没吃好。"

"嗯。"我点点头,没多说什么。

"我刚好没事,要不一起去吃早餐?"陈学文建议。

我摇摇头,说:"活儿还没做完。"

"身体更重要。"他说。

不想继续和他说下去,我说:"今天很谢谢你,陈学文。"说完,便又去拿海报,搬人字梯了。

他想过来帮忙,我拒绝了。这活儿脏,而他,有洁癖。

他没再说什么,起身走了。过了会儿,又来了,冲我举举手里的KFC袋子,说:"早餐来了,下来吧!"

他都买好了,盛情难却,我能说不吃吗?我只好从梯子上下来,脱了挂海报时才穿的脏围裙,又去仓库洗了手,这才出来,跟他一起走到门店外面去。

KFC袋子里只有一份汉堡和牛奶,我惊讶地问:"你不吃?"

"吃过了。"陈学文耸耸肩,说,"我每天早上都会按时吃早餐。"

真是好习惯!我笑笑,蹲在橱窗外啃汉堡,喝热牛奶。他也顺势蹲了下去。

热牛奶熨帖了我的胃，我感觉好受多了。

吃喝的时候聊了几句，他知道我是服装陈列师，而我，也知道了他是外科医生，主刀的那种，我还知道了他的工作单位，在本市赫赫有名的第三医院。

吃完喝完再次道谢，提出这顿早餐我来付钱，他却不肯，我也只好算了。想多客气几句，但我太忙，便抱歉地笑笑，又去忙了。

销售员不忙的时候也来帮忙，来顾客的时候就去接待顾客。当然也有嫌这活儿脏，偷奸耍滑没顾客也要假装整理衣服的，我假装没看见，继续忙自己的。工作这么多年来，偷奸耍滑的同事我见了不少，却不会跟任何人计较。不想多事是一方面，另一方面，我很怕得罪人。怕得罪人就只好自己辛苦，这是性格导致的悲催命运。

前些年，我还会因为别人的偷奸耍滑给我增添工作量而懊恼，这些年不会了。工作时间长了，自然也就看明白了。那些喜欢耍小聪明的，短期看是占了便宜，长期看，却会吃大亏——他们在职场上，通常都走不长、走不远。

剩下的海报挂完，一个多小时过去了。我再次洗了手提了包出来，差不多已中午了。我准备离开商场，却没想到又看见了陈学文。此刻，他正坐在人来人往的一楼休憩椅上专心致志地看一本书。

我走过去打招呼，他抬起头来问："忙完了？"

我注意到，那是一本叫《我的漂亮朋友》的小说。封面很漂亮，引起了我的好奇心。

我很想问问他这本书讲什么,却没问,只盯着书多看了两眼,回答他的问题:"是啊,腰酸背痛。"

他笑笑,说:"我们医院有推拿科,据说按得不错,你改天可以去试试。"

推拿科?这个科室名儿我倒还是第一次听说,"按得不错"是几个意思?是跟盲人按摩比吗?毕竟不熟,脑洞开得很大,我却什么都没问,只说:"好的,谢谢你。"

他把书递给我,说:"这本书不长,故事很有意思,送给你。"

"不要,我自己买。"我说,"被你搭救,又吃了你一顿早餐,再收了你的书,欠的情就还不上了。"

"你可以请我吃午餐。"他笑着说。

于情于理,我都该请他吃一顿饭的。可这时候,我只惦记着没做完的工作,实在没心情,也没食欲。我做出揉肚子的动作,说:"一个小时前,我才吃了一个汉堡,喝了一杯牛奶,这时候实在是吃不下了。"

陈学文有些惊讶地看看我,再次笑了,他把书递给我,说:"可以不吃午餐,书你却得收下。"

"为什么?"我问。

"我看完了,不想再装包里带回去,我嫌重。"他说。

好理由!我收下了书,跟他告了辞。

第二十一章　你是我的幸福吗

辛柏前几天就回来了，他给我发过微信。还约过好几次午餐和健身，但我并没有答应他。忙是一方面，另一方面，我得理清楚我的思绪，在我确定我能控制住我喷涌而出的感情之前，我不允许自己和辛柏见面。

跟陈学文告别之后，我就开车回公司了。这个点儿，同事们大都出门觅食去了，想到还有至少五六个小时特别烧脑的案头工作要做，便去了楼下超市准备买点儿水果零食之类的东西备着。却没想到，我在水果区挑挑拣拣的时候，碰见了辛柏。

辛柏和几个同事在一起，他们在熟食区买鸡腿。

是辛柏先发现的我，他并没有跟我打招呼，只是就那样定定地看着我。

不知道你们是否有那种经验，有人在远处目不转睛地看着自己，哪怕毫不知情，心中也会升起异样的感觉，会猛地抬头，搜寻异样感的来源。

当我和辛柏的目光对接上时，周围的一切仿佛都静止了。超市里喧器的声音没有了，我们身边身前身后的所有人，也都成了慢速播放的背景画面。我的鼻子发酸，我的眼眶湿润。虽然是我主动选择了逃避，但毕竟十多天没见面。于我来说，像一个世纪那么漫长，却又像瞬间那么短暂。

我贪婪地看着辛柏，看他坚硬而凌乱的头发，看他的浓眉，看他的大眼，看他的大鼻子，看他翕动的嘴唇，看他上下滚动了一次的喉结……甚至，就连他脸上的毛孔，也被我吸入了眼底。

不知道辛柏是否也有同样的想法，他只是静静地看着我。他的目光有些悲伤，也有些欣喜，他似有千言万语，却什么话都没说。

我们的目光就这样静静地穿越熟食到水果之间的区域，穿越无数个人头，就这样看着彼此，直到他的同事推他，三五遍地叫他的名字，他才醒了过来。

他把放着鸡腿的塑料袋胡乱塞到同事的手里，就匆匆朝我跑来。他跑得那么快，差点撞到人。熟食区到水果区大概只有二十多米，他却跑得气喘吁吁。他站到我面前时，仍然在大口大口地喘气。经常锻炼的人，体力不至于这么差。我猜想，他大概只是因为激动。

见了我而激动。

辛柏和我的距离只有半米，他叫我："姐姐。"

我的心中悲凉一片，我知道我没办法戒掉他。至少短期之内，我没办法戒掉他。

若不能戒掉他，我将不能展开新的生活。我什么话都没说，只冲他露出了一个微笑。一个饱含心事的微笑。

辛柏显然没想那么多，他问："你怎么又瘦了？过年没好好吃？"

"吃不太下。"我说。

若是以往，我们之间没有任何不可言说的心事或隔阂，他会像个唠叨鬼一样,不停地跟我说多吃饭的好处。若我们刚好在一起吃饭,他还会故意做出很有食欲的样子逗我多吃一点。但此刻,他什么话都没说,只是拉着我的手(我挣脱了几次,没挣脱掉),再次来到熟食区,他重新又拿了两个鸡腿,还拿了点儿凉菜和几个馒头,就去结账了。

我问:"还没有吃饭?"

他点点头说:"公司接了新项目,事情比较多。"

我们来到天桥,休闲椅子上坐满了人。我们只好趴在栏杆处,吹着冷风,看着来来往往的车辆说话。

为了给食物保温,刚出超市,辛柏就把鸡腿和馒头用塑料袋包裹好,揣在了他的羽绒服里。此刻,他掏出尚带着体温的鸡腿,试图分我一根。

"吃不下了。我一个多小时之前才吃的汉堡和牛奶。"

辛柏也没勉强,拿着鸡腿快速地啃了几口。可能是凉了,也可能是味道不好或心情不好。也就只啃了那么几口,辛柏便没再吃了,重新装在食品袋内,再次塞进了羽绒服的口袋里。

我从包里掏出纸巾,抽出一张递给他,他擦了嘴,把纸巾团在手中,默默地看着我。

我被看得心里发毛,问:"怎么了?我脸上有什么?"我甚至想要打开手机前置摄像头查看一番。

"没什么。"他移开目光,满怀心事地专心地看着桥下来来往往的车辆。

我不再说话,也专心地看着桥下来来往往的车辆。

突然,辛柏扭转了身子,正对着我。辛柏问:"牛卉卉,你为什么不理我?"

"我……没有不理你呀!你的电话只要我听见都接了,微信大部分也都回了。只有很无聊的,很无聊的那些才没有回……"

话说到一半,我愣住了。我突然就明白了辛柏发的那些微信背后隐藏的意思:问"你在干什么?"是在说"我想你","你吃饭了吗?"是在说"我想你","我刚看到一只小狗,很可爱",依然是在说"我想你",这些天,辛柏用各种方式说了无数遍"我想你",而我,不仅没回他的微信,在他询问的时候,还说那些微信"很无聊"。

啊,一个无情的我!

想到这里,我有些心虚,声音不由得变小了。我甚至不敢抬头,怕看到他悲伤的或炙热的目光。

而辛柏却并不打算放过我,他问:"你觉得我的微信很无聊?"

"不是。"我解释说,"你知道的,我经常很忙。忙起来的时候,我就没回。你不要生气啊,我对谁都这样的。周雯雯上次给我发微信,我也没……"

我话还没说完,就被辛柏抱进了怀里,紧紧地抱进了怀里。他的头凑近我的肩窝,说:"我想你,我特别想你。"

我听出来了他的痛苦。我也很痛苦。我想告诉他,这些天,我也想他,但我不能。我们之间差六岁,我几乎可以预见我和他在一起将要面临的重重险阻,我不能和一个比赵如盈还小的小孩儿谈恋爱。我冷漠地说:"别胡说八道了。"

我推开了辛柏,扬长而去。

整整一下午,辛柏没有打一个电话,也没有发一条微信。

我失望却又松了一口气。他应该明白我的态度了,那就这样吧!

我曾经和周雯雯探讨过一个问题：男人和女人之间，有真正的友情吗？周雯雯认为没有，而我却认为男女之间有真正的友谊。

周雯雯说："男女之间想要纯洁的友谊，只能是变成夫妻之后。"

每当周雯雯粉红姐姐上身的时候，就是她在扮演微信公众号大V的时候。而这个时候，我通常是无力反驳的。

周雯雯乘胜追击说："非恋爱或婚姻关系的男女，如果有人自认为自己和某个异性存在单纯的友谊，要么是真傻，要么是装傻。"

周雯雯这种非黑即白的观点，我真是讨厌极了。我虽然没有反驳，但她并没有说服我。当然，她也并没有想过要说服我。在长达十几年的友谊中，我们早就形成了统一：当观点不一致时，只要不影响到对方，就按自己的想法来。

我和辛柏当然不是单纯的友谊关系。但曾经，我试图想要把我们之间的关系变成单纯的友谊。我失败了。这不是我一个人的原因。事到如今我只能接受。

第二天，我依然没有收到辛柏的微信和电话，他也没来找我。

第三天依然如此。

我不知道这几天辛柏是怎么过的，我反正很是难受，浑身不得劲儿，总想哭，总想发脾气。我竭力忍着，推开他是我自己的选择，我是不会主动找他的。无论多难受，我都不会主动找他。

第四天是周末，早上起床的时候，牛淑芳女士发现我的异样。她问我："你怎么了？"

"没什么。"

"像掉了魂儿似的。"

我没说话。

牛淑芳女士上下左右打量我一番,问:"又失恋了?"

没有恋爱何谈失恋?我闷闷地说:"没有,你别瞎猜了。"

她再次上下左右打量我一番,这才说:"过了一年,你又老了一岁,有些事情你要抓紧。"

我瞪了牛淑芳女士一眼,说:"你还不到我这个年龄就离婚了,这二十多年,追你的人那么多,你怎么就不抓紧找一个呢?"

"我们不一样。我结过婚了,而你没有。"牛淑芳女士慢条斯理地说。

"所以你的意思是,只要我找了,哪怕将来离婚也没关系?"我问。

"牛卉卉,你想吵架吗?"牛淑芳有些生气了,嗓门儿一下大了起来。

"不想。但如果你想吵架我不介意。"说完,我就起身回房了。

"牛卉卉你什么意思?你找茬儿跟我吵架是不是?"牛淑芳女士尖叫着跟到我房间里来。

和牛淑芳女士多年抗战的过程中,我总结了丰富的经验。第一条就是,我们之间的战争,她永远不会输。第二,如果我试图想让她输,请参照第一条。第三,请忍耐。无论她说出多让人难以忍受的话,都请忍耐。

牛淑芳女士跟进我的房间之后,我为几分钟之前我的挑衅而感到后悔。牛淑芳女士控诉了一会儿之后,平静了下来。她开始叨叨。叨叨我长大了翅膀硬了,叨叨我心里没数,叨叨我总让她操心。牛淑芳女士显然没有看到别人不想聊天就闭嘴的自觉性。事实上,大部分的妈妈,都没有这种自觉性。她们总是在孩子心情崩溃或不想说话的时候像只苍蝇一样，叨叨个不停。即使儿女已经表现得很不耐烦，她们还能追上来继续叨叨。

　　我什么都没做，一句反驳都没有。我知道，在她叨叨的时候，我若反驳，只会迎来她更多的言语攻击，甚至有可能激怒她。这些天我很累，我的脑子里始终在跑马，很消耗体力。我几乎没有力气去跟牛淑芳女士做任何战斗。我只想让她闭嘴。唯一能让她闭嘴的方法就是不理她。以沉默为武器，让她觉得无趣。

　　大概过了半个小时时间，牛淑芳女士车轱辘话来回说了三遍之后闭嘴了。过了会儿，突然自言自语说："也不知道辛柏过年回来没有，好长时间没见到他了。"

　　我吓一大跳，忘了心中告诫自己的，不要跟她说话的事情。我说："你管他做什么？真当他是自己孩子了？"

　　牛淑芳女士白我一眼："我问一句怎么了？"

　　"回来了。"

　　"那你跟他打个电话，叫他来家里吃饭。"

　　"他忙。以后说不定都没有时间过来。"

　　"牛卉卉你什么意思？"

　　"没什么意思。"我从床上起来了。

　　提起辛柏我特别烦躁，我提着包出门了，去人民广场转了一圈。

　　每当我心情不好的时候，我都会去人民广场。人民广场有个相亲角，转一圈儿我的心情就会好很多。倒不是说，我去相亲角，能看到条件匹配的男孩子，让我心生期待，以至于产生"生活还是很美好的"之类的想法。前几年，牛淑芳女士担心我嫁不出去，专门做了资料卡。我去相亲角，主要是想看看那些资料卡，给自己泼盆冷水。那些资料卡里，动不动就写着"25岁，女，国外名牌大学毕业，就职于外企，年薪50万"，或"28岁，女，开公司，5套房，个人资产过亿"。一个人能不能摆正自己的心态，对自己有相对客观的评价，通常要看参照系。相亲角里的资料卡，就是我的参照系。每当我浮躁的时候，或情绪莫名低落的时候，都会去相亲角走一圈儿，看看她们，自省自己。从相亲角出来后，一切烦恼都是浮云，内心深处只有服气，对自己人生的唯一要求就只剩下谦虚和奋斗。

因为辛柏，我这几天挺浮躁的。因为和牛淑芳女士不对付，我情绪也低落。然而从相亲角出来后我并没有获得想要的平静。我一直在脑中思考一个问题：究竟是什么样的女人，才会不在意年龄差距，不在意能不能结婚，和一个23岁的、各方面都还没怎么定性的男孩子谈恋爱？我给自己的答案是，年轻的、不着急结婚的，或者根本就没有结婚意愿的。再或者，就是有钱的。很有钱很有钱，有钱到对未来、变老没有丝毫惧怕的。

只有那些女人，才可以尽情地挥霍青春，活在当下，而能力一般，年龄不小的我，最好还是走一条大多数人都会走的路：找到一个条件差不多、看着也还顺眼的人结婚，生孩子，抚养孩子，孩子年轻的时候允许他啃啃老，等我年龄大了，也适当地啃啃孩子。

想明白这点之后，我有些悲伤。我再次拿起手机，没有辛柏的微信，没有他的未接电话。我想，如果这一周他都不跟我联系，大概之后都不会跟我联系了。那么，我们就真成陌生人了。想到这个，我就更悲伤了。

周末过后又上了两天班，辛柏还是没有联系我，我也没有联系他。我们一个多星期没有联系了。

越久不联系，我的思念越麻木。钝到有些恍惚的那种麻木。

周三下午五点半，我收拾了东西，关了电脑，走出办公楼、隐藏在下班的人群中，和他们一起下楼，往外走。我甚至还和同事说笑了两句。

走出写字楼大门的时候，我的耳边传来议论声。我的情绪仍处于钝痛恍惚的状态，没听清楚他们在议论什么，但我还是很警觉地抬头向前看。猜我看见了什么？我看见了陈学文。那个在门店救了我的外科医生陈学文。他穿着一套考究的休闲西装，靠在一辆黑色的轿车上，低头优雅地看一本书。

我们这栋写字楼有四十七层，公司将近八十家，容纳的上班族至少有五百人。在这栋写字楼的门口出现一辆车不奇怪，出现一个靠在车门上等待的男人不奇怪，出现一个靠在车门上等待的男人，他的手里捧着一束玫瑰也不奇怪。奇怪的是，靠在车上等待的男人手里捧着的不是玫瑰，而是书。

这年头，看书的人很少，人们都习惯了玩手机。看书的男人更少，那些人大都在家里或者书店看书。这种随时随地在人来人往的写字楼前专心致志看书的男人，古往今来只怕也没几个。若不是认识，我简直要怀疑，他是某剧组或综艺节目的演员，专门到写字楼前摆拍的。

陈学文应该是感应到了我，突然就把目光从书的世界里抽离了出来，合上书，冲我微笑着走了过来。

我很尴尬，这个视众人如无物的男人，就这么微笑着朝我走来了，一下子就让我成为了人群中的焦点。

我想逃，想朝人群之后躲，却知道这时候躲开不合适。明明没什么，一旦逃走，就显得心虚了。这时候才下班没多久，周围还有我们公司的人，我若走掉，后面解释都解释不清了。——当然，他就这么出现，冲着我来，我只怕也是解释不清的。但似乎，没走掉的解释不清，看起来比走掉的解释不清稍微理直气壮那么一点点。于是，我没有逃走。什么都没做，尴尬地看着陈学文走到我身边来。

陈学文微笑着说："我也就试试，没想到真等到了你。"

"你怎么找到我的？"我好奇地问。

"跟你同事打听的呀！"他说，"我还知道你叫牛卉卉，你的名字可真有趣啊。"

我生硬地回一句："哪里有趣？"

"花卉和牛在一起总让人想起那句话。"陈学文说。

"一朵鲜花插在牛粪上？"我瞪了他一眼，"你可真会说话。"

"我就开个玩笑。"陈学文见我并没有接他玩笑的意思，便收敛了表情，说，"一起吃饭吧！"

都找到这儿来了，我还能怎么样？我不喜欢那个笑话。我想告诉陈学文我今天开车来了，但我更想知道他找我有什么目的。若真跟我猜想的一样，那得跟他把话说清楚。而且，我本来就欠他一顿饭。只是我没想到，刚在副驾驶位上坐定，便从后视镜里看到了辛柏。

辛柏气喘吁吁从天桥所在的那个方向跑来，他应该是下了班急着来找我。他应该也看见我上了陈学文的车。他就那么愣愣地看着这辆车，直到车启动，扬长而去。

我很想下车，跟辛柏说，不是你想的那样。可我并没有。我不知道他来找我是想说什么。也不知道这一个多星期，他经历过怎样的挣扎，是经过了怎样的心理路程才下定决心来找我的。我们一个多星期没有联系了，太久了，久到我以为，我们再也不会联系、再也不会见面了。我却没想到，他还是来找我了。

陈学文在我耳边说着什么，我没听清。直到他大声叫我的名字，我才从想哭的情绪中醒来。是的，再次见到辛柏，悲伤的情绪在我的心中蔓延，我很想哭。

我扭头看陈学文。陈学文说："我们去外滩吃法国菜好不好？"

"好。"吃什么并不重要，我甚至没有心情去吃。我只是需要身边有一个人，打个岔，让我不那么悲伤。

陈学文是外科医生，他和辛柏一样，都会讲不那么好笑的笑话。然而辛柏对我，一直是体贴而尊重的。

啊，我又想起了辛柏。这让我怎么能不悲伤！

吃饭的时候，陈学文见我情绪始终不高，就不停地讲一些工作上的趣事，间或问我一些工作上的不痛不痒的事情来调节气氛。

终于，漫长的晚餐吃完了，陈学文提议到外滩走走，我点头答应。我想，冷风吹一吹，或许我会冷静许多。或许，我能忘掉辛柏。

风确实冷，甚至可以说非常冷。就像我们今天吃的头菜一样冷，就像……我的心一样冷。我和陈学文朝前走了会儿，突然，从斜前方蹿出来一个小孩儿，大约八九岁的样子，她跟陈学文说："叔叔，阿姨这么漂亮，给她买朵花吧！"

每次来外滩，只要跟男的一起，都会遇到小孩儿缠着让买花。一开始尚觉得新鲜，后来就只觉得厌烦，就学会了装出特别凶的样子驱赶，只为得片刻安静。

那个卖花的小孩儿冲我和陈学文奔来，刚说了一句话，我就边快步走,边朝她发射豌豆子弹说:"走开,我们不买花!"

话刚说完,陈学文就掏钱了。陈学文不是买一朵,而是把那小孩儿怀里抱着的全部的玫瑰花都买了下来。

蔫儿了吧唧、不知道卖了多少天都没卖掉的玫瑰花十块钱一朵,那小孩儿怀里抱了三四十朵,陈学文全给买了下来。没还价,一次性都买了。小孩儿怕他反悔,像变戏法一样掏出一张皱皱巴巴的、丑爆了的包装纸,和一根玫红色的塑料彩带,把花捆在了一起。让那一朵一朵单独包装的玫瑰花,看起来像一整束了。

小孩儿收了钱,把花包好递给陈学文,挑衅地看了我一眼,才得意洋洋地离开。

我无语极了,默默地对陈学文翻了个白眼。

陈学文笑眯眯地说:"还挺重,我先拿着,送你回去的时候再给你。"

"不要。没有随便收谁玫瑰花的道理。"

他失笑道:"生气了?"

"不至于。"

"这么冷的天,小孩子在这边卖花很辛苦的,我买了,她就能早点回去了。"

那么多小孩儿卖花,你怎么不全买了呢?我这样想,却没说出来。

陈学文像是知道我在想什么一样,他说:"我在一本书里看到了一句话:救不了全世界,那我先救你。对于我来说,帮不了太多,能帮一个是一个吧!"

"救不了全世界,那我先救你"是哪本言情小说里的话?我说:"他们可能是有组织有团队地在这边卖花,可能是被拐卖的儿童，背后有蛇头什么的。你这种行为，可能会助长恶势力。"

陈学文笑，说："我到外滩来很多次了，是有一些说普通话的，但也有很多说本地话的。我就猜想会不会是父母为锻炼孩子，让他们出来勤工俭学之类的。"

陈学文的这些话，让我觉得他有些天真。这个年龄的男人，还这么天真，可见平时生活还算优渥。

我问："所以你每次来外滩，都会买花？"

"一个人来的时候没人缠着我买就不买，和女孩子一起来，基本都会买吧！"他说，"而且买花还有一个好处，你知道是什么吗？"

"什么？"我问。

"我只要从第一个人手里买了花了，后面的人就不会追着让我买了。无论约了谁出来，都能好好地看外滩的风景，好好地说会儿话了，也算是一举两得吧！"

所以，他和很多女孩子来过外滩了吗？

真是个实诚人！跟人打听着找到我，约我吃饭，约我到外滩来吹冷风，还说这么实诚的话。若我是二十出头的小姑娘，只怕会生气，会质问都和多少女孩子来过这里。但我毕竟快三十了，听了这么实诚的话，居然还对他产生了一丝好感。毕竟，他这个年龄，没点过去是不可能的。他看着很有魅力，日常没有约会，也是不可能的。

答应陈学文出来吃饭的时候，我本来想得很清楚，会找个时机告诉他，我心里面住着一个人，现在这个阶段不适合跟谁交往，哪怕只是仅仅以交往为目的的相处都不行。可就因为他的这些奇葩行为、他的低情商、不好笑的冷笑话，他的善良、天真、坦诚，

213

是亲妈无疑了

我不打算说了。

　　我突然想试试看,看陈学文能否走进我的心,能否取代辛柏。如果能,我大概就不用爱得这么辛苦了。想到这里,我不再哭丧着脸。

第二十二章　不够浪漫的插曲

老房子，弄堂内都是左邻右舍，陈学文送我到弄堂口我便下车自己走回去了，抱着那一大捧玫瑰花。——有花，说明有约会，就没有了"嫁不出去"的惨淡相。经过买花这一小插曲，我的心情好了许多，回家的步伐都轻快了许多。到家的时候，差不多也快十点了，邻居们差不多都进屋休息了，隔壁的叶叔在院子里打电话，见我抱了玫瑰花进来，也只多看了几眼，并没有多说什么。我冲他笑笑，笑意在唇边还未消散便打开了家里的大门。可我怎么都没想到，客厅里坐着的除了我妈，还有辛柏。他们大概在聊着什么，似乎聊得还挺愉快。看见我怀里的玫瑰花，牛淑芳女士的眉头不自觉地皱了一下，却只是不动声色地问了句："去哪儿了？电话也不接，还这么晚回来！"而辛柏，他唇角的笑容僵硬了，一时间，失望、愤怒、悲伤齐聚在他的脸上。

我……居然又心虚了。我不敢看辛柏的眼睛，只低着头回答牛淑芳女士的问题："和朋友出去吃饭了呀！手机没电了，忘记带充电宝了。"

若按照牛淑芳女士以往的性格，她一定会追问，哪个朋友？叫什么名字？你们认识多久了？他为什么送你花……不问清楚誓不罢休。鉴于辛柏在，她顾忌形象，并没有这么快速地问这些问题，而是狠狠地剜了我一眼，投递给我一个"等会儿找你算账"的眼神便放过我了。

牛淑芳女士说："早上走的时候我就跟你说，让你叫辛柏和周雯雯晚上来家里吃饭。你倒好，不打电话给他们不说，自己还不回来，电话也没电了。"

我蒙了，问："您说过让我叫他们吗？"

"你换鞋出门的时候我说的。"

我是真没听见。我当时在想什么来着？头天晚上一直在想辛柏和拒绝想辛柏之间度过，没怎么睡着。早上起来后，头昏沉沉的，什么都没想，只觉得悲伤。牛淑芳女士大概真跟我说了，而我，自动屏蔽了她的话。

"你这几天究竟怎么了？跟掉了魂儿似的。"牛淑芳女士已经是第六次说我"掉了魂儿"。她并不知道，那个让我"掉了魂儿"的家伙，现在正坐在我家的客厅里。

我没说话，只愣愣地站着。牛淑芳女士走过来接过我手里的玫瑰花，拿过去放在茶几上，正放在辛柏的面前。——我，再次掉了魂儿。

"愣着干什么呀？换鞋呀！"牛淑芳女士吼我，又跟辛柏说，"我们家这孩子，一天到晚心思都不知道放在哪儿，真是让人操心！"

我都多大了，还叫我孩子。我很难为情。

辛柏都快哭了，但他仍然礼貌地对牛淑芳女士挤出了一个难看的笑容。

我假装没看见辛柏的表情，放下包脱了大衣换了鞋，走了进来，硬着心肠问："周雯雯呢？您不是也请她了吗？"

——辛柏在，说明牛淑芳女士同时"亲自"给他俩打电话了的。

"她忙，先走了。你一直没回来，又不接电话，幸好有辛柏陪我等着。"牛淑芳女士依然是埋怨的语气。

所以，刚刚你们两人笑得那么开心，是辛柏在努力讲笑话给你听吗？他的笑话对于你来说好笑吗？他一边隐瞒着下午见我上别的男人车的事实，一边强忍着难过讲笑话给你听？想到这些，我的心抽抽地疼了起来。

我突然想到，辛柏今天可能只是因为接了牛淑芳女士的邀约电话，来找我确认一下。他，并没有那么想我。想到这个，我有些难受。我拒绝了辛柏，我却希望他无比热烈地喜欢我。我真是个龌龊的女孩子。

我看着辛柏，辛柏也看着我。辛柏站起来，想要跟我说什么，他本来个子就高，我家的沙发和茶几又太小，他站起来的动作太猛烈，一下子撞到茶几上。撞翻了水杯，也撞翻了刚刚牛淑芳女士从我手里接下来放在茶几上的那一大捧玫瑰花。

辛柏看着掉在地上的玫瑰花，有些发愣。愣了许久，才说："我走了。"

这没头没脑的话，显然是对牛淑芳女士说的。说完就走掉了。他大概是太生气，或者太难过了，连基本的礼貌都忘记了。

我明知道他喜欢我，却还是三番两次伤他的心。我真是太混蛋了。我很自责，见辛柏走了，连忙追了出去。我忘记我穿着拖鞋了，我就这么跌跌撞撞地追了出去。

辛柏腿长，又是急急忙忙走掉的，我刚出了门儿，就看见他的身影消失在弄堂尽头了。我跌了一跤，膝盖跌破了，我不管不顾地追，追出弄堂，他就没影了。我蹲在地上揉膝盖，牛淑芳女士来了，看着我流血的膝盖，她埋怨我说："这么大年纪了还是这冒冒失失的性子，有事情讲打电话呀！追出来干什么。"——用埋怨表达心疼，这是牛淑芳女士一贯的方式。

扶我进了屋，牛淑芳拿急救箱帮我清理了膝盖，包了纱布，才装作不经意地问我："你要跟辛柏说什么？"

"没什么。"我说。

"那你追出去干吗？"牛淑芳女士问。

我很心虚，我没说话。

"花是谁送你的？"牛淑芳女士装作漫不经心地问。

我的头特别疼，不想回答牛淑芳女士的任何问题，只摇摇头说："我累了，想休息了。"

可能是我的表情吓着了牛淑芳女士，她并没有勉强我。

我失魂落魄地回到自己的房间，被子闷着头，眼泪肆无忌惮流下来。我咬着被角，不敢大声哭，我怕牛淑芳女士听见。哭了会儿，我的心情好一点了。把脑袋从被子里解放出来，从门缝里看见客厅里的灯关了，知道牛淑芳女士回房了，才悄悄溜去卫生间洗了把脸，才又回到自己的房间。刚给手机充上电，就看见陈学文发来的验证信息。我本来想试试看陈学文能不能走进我的心里。但现在我不想试了，我点了通过，给他发了这样一条微信：我心里住了一个人，我暂时没有办法接受别人。

陈学文的微信倒是很快就回复过来了。他说，你不要有心理负担，就当是一个认识的、偶尔能一起吃顿便饭的陌生人好了。

我重重一拳，他轻轻推回，四两拨千斤，便把我所有的拒绝挡了回去。可真是太极高手！当然，他也有可能真如他所说，暂时对我没有想法，只是普通的好感，才来找我，约我吃饭，那就真是太好了。不管怎样，我话是说清楚了，而他也听明白了，那就好了。

我放下手机，过了会儿，又拿了起来。我担心辛柏，他那样跑了出去，会不会遇到什么不好的事情？我想给他发条微信，问问他到家了吗，跟他说一下陈学文是什么人，为什么送我花……我输入了很多次，但最后，都删除了。现在的我，还有什么立场去关心他呢？拒绝了辛柏，我并不后悔。若再来一次，我还是会拒绝他，只是态度可能会更温和一点儿。我知道辛柏喜欢我，我也喜欢他，可是我们不能在一起，我们除了年龄差距，还有地域差距。我是迫切要结婚的，而他并不着急。我对他出生的地方一无所知，想象都没办法想象。我不能再去关心他，不能给他任何暗示，让他以为他还有机会。我更不能放纵我自己的感情，让自己沉沦在没有未来的虚幻美好之中。

我在微信里输入了很多话，发送之前我犹豫了许久，都删了，我什么都没做。却没想到，手机刚放下，微信的提示音就响了，我希望是辛柏，又害怕是辛柏。我拿起手机，果然是辛柏。

"你想跟我说什么？"

我犹豫了很久，最终回复了一句："我已经睡了，并不打算跟你说什么。"

"骗人，我看见我们的对话框显示你一直在输入。"

他开了我们俩的对话框，一直盯着看吗？还是，他本来想跟我说什么，一点开对话框，就看见我在输入？于是就等着，看我究竟想跟他说什么。等啊等，等到懦弱的我终于下定决心，什么都不要说，一句关心的话都不要说，他才忍不住主动跟我发了消息？

陷入爱情里的小可怜辛柏，真是让人心疼啊！

我又何尝不让我自己心疼呢！情感向左，理智向右，如此这般分裂，我不能保证我永远不会崩溃。想了想，我决定不承认这件事。我回复他："你看错了。"

"我没有看错。"他说。还发了一个"我保证"的表情。

他的表情包总是这么的丰富多彩。我哑然失笑，不打算再回复他了。再次放下手机，把头埋在被子里，仿佛这样，就能把人世间的一切烦恼都隔绝在外。

突然！再一次很突然地，我的电话响了。微信视频的声音。

我吓了一跳，掀开被子坐起来，还是辛柏。

年轻人的精力实在是太好了，比他大六岁的小姐姐实在不能比。年轻人真是太执着了，动不动就做出一种打破砂锅问到底的架势，不怕把伤口翻开给人看，也不怕丢脸。他们只要真相。而我们这些年近三十的小姐姐，经历的事情越多，就越怯懦。跟真相比，我们更要面子。

我很累了，我不想跟辛柏说话。我拒绝了他的视频。

他再次拨过来。

又一次地拨过来。

小房子隔音不好，我听见隔壁房间里牛淑芳女士的咳嗽声。她的支气管并没有问题，她在提醒我，我打扰到她了。

好吧，我认输！我接了视频。

辛柏问："你在逃避什么？"

"我没有。"我说。

"你撒谎。"他说。

我不想纠结这个问题,我沉默。沉默是最好的武器。

辛柏叹了口气,问:"下午那个人,是谁呀?"

"一个朋友。"我说。

"怎么认识的?"他问。

我很讨厌别人这样追问,这让我想到牛淑芳女士对我身边的男人的态度。我反叛的心理作祟,我说:"和你一样,在门店认识的。"

辛柏沉默,他显然又受伤了。

我很难过。我想哭。我再次硬着心肠说:"没什么事挂了啊,我要睡觉了。"

"他为什么送你花?他喜欢你吗?"辛柏问。

"可能吧!"我说。

"那你喜欢他吗?"

我喜欢他吗?当然不,我刚刚才发微信告诉他,我心里有人,暂时没办法进入一段新的感情。但是这些话,是不能跟辛柏讲的,我沉默了很久,回他:"这跟你有什么关系呢?"然后,关机了。

我重重地躺倒在床上,眼泪顺着眼角流下来。我擦干了眼泪,过了一会儿,睡着了。

这一晚,我睡得很不安稳,一直在做梦。我被噩梦惊醒,复又睡着,再被惊醒,又睡着……

早上醒来,我的头疼得像炸了一样,挣扎着想起床穿衣,却浑身无力,只能开口叫妈。闻声而来的牛淑芳女士摸了摸我的头,叹口气说:"你发烧了,赶紧躺着吧,我帮你跟丽莎请假去。"

这一点,我不得不郑重地提一下。我每一任直属领导的联系方式牛淑芳女士都有，甚至大领导的联系方式牛淑芳女士也有。逢年过节她还会发消息给我的领导，向他们问好或拜年。她就像经营自己工作中的人际关系一样，经营着我工作中的人际关系。我不想被她事事管着，抗议过，抗议无效，只能接受。后来，每一次我生病，她都会代我跟我的领导请假，我在工作中遇到问题，若没瞒住不小心被她知道了，她也会代我跟领导道歉。我自认为成熟，但在领导眼里，只怕还是妈妈的小宝宝。我猜这大概是我工作了这么多年却没有升职的重要原因之一吧。

牛淑芳女士对我的照顾不可谓不尽心，但过度照顾就是控制。她的控制欲，让我始终没办法爱她、感激她。但我也不打算反抗她，不反抗是数次反抗之后的结果。两个人相处，总会有一个人不舒服。我们之间，这么多年，都是我不舒服。这也是为什么我内心深处迫切地想要结婚的目的。我想拥有自己的小家庭，我想尽可能不跟牛淑芳女士住一起，以摆脱她的控制。可是前几年，因为心理阴影太深，我就像渴望中奖却从来不买彩票的人一样，我渴望着结婚，渴望有个男人拯救我，却不敢谈恋爱。直到我遇见张贵龙。

受了那么重的伤害，我现在依然想结婚。辛柏当然不在考虑的范围之内。他年龄小，可能短期内并不想进入婚姻。而且，他没钱，没房子，他给不了我一个家。

既然已经请假了，牛淑芳女士让躺着，那我就躺着了。牛淑芳女士拿出体温计，又给我量了一次体温。弄了点儿药，让我吃了再睡，我便吃了。睡醒了，温度也降下来了。而此时，牛淑芳女士已经熬好了小米粥，给我盛了一碗，又端来一碟香油拌小咸菜。

退了烧，就能起床了，我去卫生巾洗漱之后，就坐在餐桌旁边吃。牛淑芳女士也不闲着，她坐我旁边三连击："昨天发生什么事情了？谁送你的花？你和辛柏怎么了？"

"没什么。"我说。

"没什么辛柏会突然走掉？你还追出去？"牛淑芳女士再次福尔摩斯上身，她一点点分析，"昨天辛柏到我们家吃饭就心神不宁的，一直往门口看。吃完饭周雯雯都走了他还不肯走，只说回去也无聊，再陪我坐一会儿。他说是陪我，会不会是在等你？你们……谈恋爱了？闹别扭了？"

牛淑芳女士说的这些话让我心烦气躁，肚子突然又开始疼了。我把勺子放下，揉了会儿肚子，赌气说："还让不让人吃饭了？"

"你先吃，吃完再说。"牛淑芳女士说。

我彻底吃不下了。

我跟牛淑芳女士说："我没有跟辛柏谈恋爱，我也不会跟他谈恋爱。"

"你保证？"牛淑芳女士问。

"我保证。"我说。

"没谈恋爱就好，我也觉得你们不合适。"牛淑芳女士自言自语地说，"看来以后要少叫辛柏来家里吃饭了。""少叫辛柏来家里吃饭"，这是她的决定，我觉得挺好的。辛柏少来最好，不来比最好更好。不见面，能避免很多尴尬和痛苦。

我头天晚上就没吃好，发烧消耗能量，这时候我很饿，牛淑芳女士煮的小米粥太可口，我再次拿起勺子吃了起米。刚吃了一口，牛淑芳女士就问："送你花的人是谁？"

我的肚子又疼了，我忍了又忍，再次放下勺子，耐心地回答她说:"一个普通朋友,吃完晚饭去外滩,卖花的小孩缠着他,他顺手就买了。"

"怪不得!"牛淑芳女士说,"我看这花不是很新鲜,包装的样子也奇怪。昨天晚上你回房间之后,我拆了很久,才都拆出来。不新鲜的都扔了,新鲜的插进瓶里。"

别看牛淑芳女士抠门儿,她却很爱花。阳台上种的花就不说了。买菜的时候,若遇见推着三轮车卖花的小贩,通常也会过去问问价。若花够新鲜,价格也便宜,就会买上一两枝,拿回来插瓶。

十年前,五块钱能买一枝香水百合,现在最便宜也要十块钱了。牛淑芳女士一边抱怨贵,一边心甘情愿地掏钱买花。

她年龄毕竟大了,单身多年,未曾谈恋爱。除了过生日那天,赵炳国让司机送一束花回来之外,其他时候基本是收不到花的。前些年追他的男人还不少,这些年,别人见她并没有打算再成个家,心思也就淡了。

牛淑芳女士对我的追求者总是很严苛,打破砂锅问到底。但她对那些花却很友好。无论是谁送的,她都细细收好,插进瓶里。有一次一个追求者太过分,找到我家里来了,我把他送的花扔了,还说了些难听话。那人走后,牛淑芳女士把花捡起来带回家了,她说:"花是无辜的。"说这话的时候,我莫名想起小时候别人跟牛淑芳女士说我的话:"孩子是无辜的。"

可能,在牛淑芳女士眼里,花和孩子一样,都是需要细心呵护的吧!花不语,若会说话,若有思想,不知道她会不会想要控制花。

牛淑芳女士为了能让花多存放几天,还会严格按照网上所讲,接了自来水放上两个小时,让漂白剂散尽才插瓶,插好之后还会在水里滴两滴营养液。

花瓶在厨房门外的五斗柜上,她刚说花插瓶了,我就抬头朝五斗柜看,果然,被她一收拾,那捧乱糟糟的玫瑰花齐整了许多。

每朵花外面都有单独的塑料包装纸,那些包装纸都被拆掉扔了。玫瑰花有刺,我问她:"扎到手没有?"

"扎了一下。"牛淑芳女士伸出右手食指给我看:"喏,流血了,贴了个创可贴。"

"下次当心点。"我说。

"嗯。"牛淑芳女士随口应下。

粥吃完了,牛淑芳女士端进厨房收拾。我跟过去,说:"妈妈,您能不能答应我一件事。不要每次我跟男人吃饭、约会回来,都问来问去的,这让我压力很大。"

"我就随口问问咯,你能有什么压力?"牛淑芳女士瞪了我一眼。

"就是没有办法投入地去跟男人吃饭、约会,总想着您会怎么想,怎么看,您懂吧?"我尽量婉转地表达,怕她生气。

"你看男人的眼光不行,妈妈不帮你把把关,你被卖了还帮别人数钱。"

我讨厌别人动不动就揭我伤疤,可牛淑芳女士就喜欢动不动揭我伤疤。发烧细心照顾我的那点儿温情,被她几句话说没了。我不再搭理她,起身就走,回到房间化妆、换衣服,背着包包准备出门。

牛淑芳女士一脸诧异地问:"去哪里呀?"

"上班。"

"发烧上什么班呀？我都给你请假了。"牛淑芳女士追出来说。

"我的活儿终究是我的活儿，没人帮我做的。今天请了假，明天周末就得去公司加班做。"说完，我头也不回地走了。刚出门我的肚子就针刺般疼了起来。我强撑着又朝前走了几步，可实在是太疼了，就地蹲了下来。

牛淑芳女士本来已经转身进屋了，听见我痛苦的呻吟声，就追了出来，迭声问："怎么了怎么了？哪儿疼啊？"

"肚子疼。"我强撑着说。

"吃饭的时候就看见你在揉肚子。我都说你今天上不了班吧，你看你，还跟我犟。"

我什么话都没说，靠着牛淑芳女士肩膀，被她搀着进屋坐下了。牛淑芳女士给我端来温开水，喝了之后好了很多。虽然还是疼，但好多了。

我还想上班，刚站起来，疼就剧烈了点儿，坐下用手按着又好了些，便只好坐着不动。牛淑芳女士说："你这像是急性肠炎，得去医院检查一下。你能走出去吗？"她指的应该是走出弄堂口打车，我点点头。

牛淑芳女士松了口气："那就没必要打电话叫120了。对了，你还有力气在网上挂号吗？"

在我们母女相依为命的生活中，大部分时候，都是牛淑芳女士照顾我。小部分时候，是我照顾她。牛淑芳女士毕竟年龄大了，电子产品用不熟练，像网上挂号这种事，我教过她，她没学会，之后基本就都由我来做了。

一线城市医疗资源紧缺，去门诊现场挂号不现实。基本都是网上挂好了，卡住时间点赶过去。可这天也不知道怎么了，市内稍有名气的医院，消化内科都没号了。能挂到的最早的号是第三医院的，但也是三天之后了。很显然，我们等不了三天。我和牛淑芳女士商量了一下，准备到医院了再说，看能不能挂到急诊号。

医院人满为患。本来以为消化内科很冷门，却没想到看急诊的队伍，也快排到门口了。目测没一个小时，根本就轮不上我们。牛淑芳女士扶着我在医院转了半天，才找到一个座位坐下来。安顿好我之后，她去急诊排号。我百无聊赖地一手捂着肚子，一手玩手机。游戏是玩不成了，身体的疼痛不仅影响情绪，还影响智商，想过关太难。看微信公众号比较好，周雯雯自从有了团队，公众号一天更新好几篇，我都看不过来了。为了点击量，为了十万加，她越发没底线了，向"标题党"的深渊一路狂奔而去。前几天打电话她跟我说什么来着？陆一横真是个宝藏男孩，不仅会计做得好，还特善良，什么事儿交给他都放心的，她在努力说服他辞掉工作来给她做助理。陆一横不同意，倒不是因为工资低，周雯雯给陆一横开的工资是他之前的三倍。也不是因为工作环境不行，周雯雯的工作室，清一色的娘子军。小姑娘们个顶个聪明漂亮会打扮。陆一横给的理由是，他不能给年轻女孩子当助理，事事处处听她的，他觉得别扭。

"他给我当会计，管着给山区做慈善的事情，就不别扭了？就没见过这么迂腐的人。"周雯雯电话里跟我吐槽说。

我给周雯雯出了个主意。我说，可能他介意"助理"这个职位，觉得伤自尊了。做同样的事儿，换个职位称呼呗！比如说总监啊、经理啊什么的！

周雯雯说她试试。不知道她试得怎么样了。最近跟她打电话或者见面，十句话里至少有六句说陆一横，打什么主意不言而喻，我没揭穿她。我内心暗暗期待，陆一横这个"真宝藏男孩"和周雯雯之间发生点什么，好打破周雯雯从未谈过恋爱的纪录。

刷着手机，胡思乱想着，一片阴影突然就挡在了我的面前，我的耳边传来一个熟悉的声音："你怎么在这里？"

是陈学文。

到第三医院来，我并没有想过要联系陈学文，也没想过他会出现在我面前。可他就是出现了，他还认出了我。我只好手忙脚乱关了手机页面，站起来打招呼，说了我来医院的目的。

陈学文左右看看，问我："你和谁一起来的？"

"我妈。"

"在哪儿呢？"

"急诊排队呢！"

陈学文笑了笑，说："你跟她打个电话让她过来，我带你们去看医生吧！"

"这怎么好意思？"我扭捏拒绝。

"举手之劳。"陈学文说。

盛情难却，肚子太疼，我恭敬不如从命。

检查结果出来，不是很好，肠胃问题很大。胃溃疡+胃出血、肠息肉+肠粘连，需要住院治疗，并排期进行手术。

没有床位，依然需要陈学文帮忙。陈学文不仅帮了忙，还帮了大忙——给我弄了一间单人间。病房干净、安静、温暖，充满阳光，床头有鲜花，护士也特别温柔可亲。我不由得感叹，若不是陈学文，我哪里能享受到这种待遇？而我的内心，对陈学文更愧疚了，这种恩情，只怕是还不上了。

牛淑芳女士不仅八卦，还"包打听"。见面的时候，她已经知道陈学文是谁了。刚住进病房没多久，牛淑芳女士就"消失"了会儿，过来告诉我，陈学文技术很好，早就是外科的主治医生了，人称"陈一刀"，而且没有女朋友。

我没搭理她。

牛淑芳女士说："职业好，人有气质，哪个女孩子若能嫁给他，可真是有福气呀！"

"是呀！"我附和说。

"那天晚上的花是他送的？"牛淑芳女士问。

我心里一惊："你怎么知道的？"

"我不知道，我就诈一诈你。我觉得他不错。"牛淑芳女士乐呵呵地说道。

"我也觉得他不错。"我坦荡地回应牛淑芳女士的话。

牛淑芳女士泄气了，问："你不喜欢他？"

"嗯，已经拒绝了。"

"你傻呀！"牛淑芳女士急了，"又热心又耐心，脾气好，还是个大医院的医生，以后看病再也不用排队了，多好呀！"

我翻个白眼，没再搭理她。而牛淑芳女士，不知道是怎么了，"表演型人格"附体，乱点鸳鸯谱。一方面，对陈学文各种感谢，暖心话一句接一句。另一方面，又试图端着点儿未来丈母娘的架子，免得被陈学文看出来她太巴结，"尾巴翘起来"。每次陈学文走后，都会异常兴奋地问我，刚刚她说的话怎么样，有没有水平……我都替她累得慌。

我让她别掺和我的事情，别给我丢人。牛淑芳女士就"你眼光不行"及"从小到大就糊涂"为由，跟我吵了半天，并没有照顾我这个病人的情绪。

住院这些天，我跟辛柏没有联系。

自从那天晚上，我抱着玫瑰花回家，辛柏离开，差不多也有一个多星期了。那天晚上辛柏跟我联系了一下，之后就再也没有联系了。他没跟我联系，我也没跟他联系。

我是真伤着他了。我觉得抱歉，但也只能如此。我以为我会跟之前每次伤害他一样，会很难过，然而这次我并没有。第二天睡醒之后没多久我就进了医院。这几天非常忙，除了听从医生安排抽血、输液、等待手术之外，我还在工作。检查结果出来，得知自己要住院，我觉得很愧疚，连跟丽莎打电话请假都有些不好意思。果不其然，丽莎如我预料般的不高兴。她问我："肠胃手术前后可以坐起来吗？"

"应该可以。"我说，"肚子并不总是那么疼。"

"能坐起来就好。把电脑带到医院，每天一早收邮件，该提交给总部的报表、报告，还是你来做。给门店的邮件反馈还是你来写。电话二十四小时开机，随时和门店保持沟通跟联系。"

生病虽然让我感觉到愧疚，但丽莎冷冰冰的安排却依然让我感觉很不舒服。我赌气似的跟丽莎说："我每天上午都要输液，两个小时。"

"那你的邮件和报表就迟交两个小时好了。"丽莎冷冰冰地说。

我气得挂断了电话。这是我从业六年来，第一次招呼都不打就挂了领导的电话。

我甚至还想再打个电话过去跟丽莎说辞职。我是真生气，但十分钟之后我就想通了。对于我们个人来说，情绪和身体固然重要，但对于这家高速运转的企业来说，我们每个人都只是企业机器的螺丝钉。最好所有的螺丝钉都良性运转，不要生病不要怀孕不要请假，企业才能正常运转。若一个人请了假，其他人就要增加工作量，就会心生怨怼。——这和我现在生气、怨恨的情绪没什么区别。

除非立刻辞职，否则任何情绪都是没必要的。丽莎并不是苛刻的人，平时在公司对我很是照顾，我请假，给她添了麻烦，她不高兴是可以理解的。

想明白之后，我不仅不生气了，还劝唠唠叨叨抱怨我们公司没人性的牛淑芳女士不要生气。我甚至还想主动打个电话给丽莎表表决心，委婉道歉。想想那样可能会显得我太狗腿，太低声下气，于是算了。

牛淑芳女士把对我们公司的气撒我身上，她气哼哼地说："平时也没见你在我面前这么屌。"

"在你面前我还不够屌吗？"我气定神闲地怼了她一句。

在我和牛淑芳女士斗嘴的时候，陈学文进来了。陈学文看出来牛淑芳女士对他的欢迎态度，最近只要有时间，基本都泡在这边。他虽然没直说，但言谈举止都传递了这样一个信息：他绝不是只想拿我当普通朋友。这让牛淑芳女士又欣喜又郁闷，欣喜于陈学文居然对我表现出极大的兴趣，郁闷于他的"不主动"。我跟牛淑芳女士说过，我发微信拒绝了陈学文。就为这个，私下里我被牛淑芳女士掐了好多次、好多下，胳膊都被她掐青了。

在我和陈学文这件事上，牛淑芳女士表现出了极大的热情，她出了各种烂主意，让我主动引导陈学文对我表白。我懒得理她，被说烦了只拿白眼翻她，或干脆借口工作忙让她闭嘴，牛淑芳女士总算消停些了，感叹说："想办法试探男人也是要靠天分的，像你这样，只怕也学不会。"

"你会?"我问。

牛淑芳女士长长地叹气,说:"我要是会,也不会把你爸给弄丢了。"

我瞅准机会,再一次地问她为啥和赵炳国离婚。牛淑芳女士说:"时间太久,忘记了。"

真忘记了吗?看着不像。但她都这样说了,我还能怎么样?只好保持沉默呀!牛淑芳女士在我问这个问题之后,亢奋的情绪总算有了一丝丝低落,对我和陈学文的事情不那么关注了,倒也让我松了一口气。

陈学文进来之后,例行跟牛淑芳女士问好,又询问我怎么样。之后,就坐在我面前,陪我天南海北地聊天。聊天的时候手还不闲着,削水果给我吃。

陈学文毕竟是外科医生,削皮的水平极高。无论是削苹果还是削梨,削出来的皮薄而不断。若是削了苹果,他会切成三份,我、牛淑芳女士、他,一人一份,还细心地把苹果核剔掉。削了梨,他就只递给我,再单独给牛淑芳女士削一个。一开始我不知道他为什么要这么做,说,"我们分着吃吧!"陈学文只笑,不说话。牛淑芳女士说,"你个傻瓜,梨怎么能分着吃呢!"我这才恍然大悟,分梨,分离,陈学文是不想和我分离呀!

我闹了个大红脸,也觉得别扭极了。可陈学文什么都没说,我也无从反驳,只装鹌鹑,吃梨。

因为周围人的态度(牛淑芳女士、护士、医生),主要是牛淑芳女士的态度,我认真考虑了和陈学文在一起怎么样。一开始我觉得这是不可能的。他很好,但我对他没感觉。后来我动摇了。陈学文条件好,人不错,性格也好,是个很好的结婚对象,既然我和辛柏没有可能,为什么不考虑一下他呢?如果他愿意以结婚为目的跟我交往的话。

这种话毕竟不好说出来,我只是对待陈学文的"好"时没那么抗拒了。牛淑芳女士是过来人,三五句话她就看出来了。之后,每次陈学文来病房,她说笑两句就找借口离开了病房,把空间留给我们。陈学文就坐在我面前,一边陪我天南海北地聊天,一边削着水果。削好递给我之后,我才发现,这个梨实在是太大了。我说:"我吃不完的。"

"慢慢吃。"陈学文笑眯眯说。

"慢慢吃也吃不完。"说完我愣住了,我的语气像是在撒娇。

"那我们分着吃。"

"不是不能分梨吗?"好的,我又说了一句蠢话。

陈学文唇角的弯度没变,眼底却盈满笑意。他坚持递梨给我,说:"你先吃。"

我怕说多错多,不敢再说话了,默默吃梨。实在吃不下的时候,我准备放到床头柜上的盘子里。陈学文看见了,便从我手里接了过去,沾了我口水的剩梨,他拿起来就吃了,这不等于间接接吻吗?我想到第一次见面时他的洁癖,这时候他倒没有洁癖了。他喜欢我的吧?是了,他一定非常非常喜欢我,要不然,怎么会不嫌弃我的口水呢?我感到说不出来的怪异,有些甜蜜,也有些忧伤,我的脸红透了。我想阻止他,但见他吃得自然,我只象征性地说了句"你也不嫌脏呀!"也没认真阻拦。

"你吃过的,怎么会脏呢?"陈学文嘿嘿笑着说。

此刻病房里的气氛尴尬又暧昧,突然,陈学文抱住了我,然后重重地吻上了我的唇。

陌生的、冰凉的、带着梨子味儿的吻,让我无所适从,刚吃下肚的梨子在肚子里翻江倒海的。"呕——"我没控制住自己,吐了。

陈学文发现不对劲时,急忙躲开了。尽管如此,我还是吐到了他的胳膊上。他果然有洁癖,第一反应是手忙脚乱地脱白大褂。而我,扶着床头柜,吐得一塌糊涂,呕吐物又不小心溅到了陈学文的皮鞋上。陈学文的脸都白了,又急急地往后退。

我吐得太急,眼泪鼻涕都出来了,床底下的垃圾桶都没来得及抽出来。胃里吐空了,我好受了点儿,抽了几张纸擦了眼泪鼻涕和嘴巴,稍微整理了下乱糟糟的遮住眼睛的头发,便跟陈学文道歉,陈学文脸色灰白地摆摆手,没说话。

正当我尴尬地坐在床上,不知道该怎么办的时候,门突然开了。进来了三个人。打头的是周雯雯,她手里就提了个包。她的小跟班陆一横手里抱着花走在中间,辛柏拎着水果和牛奶走在最后。他们显然没料到,推开门会见到这一出。周雯雯"啊——"一声尖叫,连忙掩鼻。她大概是觉得这反应太伤我自尊了,又讪讪地放下掩鼻的手,问:"怎么了这是?"

我该怎么解释现场的这一片狼藉?我总不能说我跟陈学文接吻来着,吻着吻着我就吐了吧!让他们看到我的呕吐物我很尴尬,但我更觉得庆幸。他们来得不是时候又太是时候了,若早来几分钟,看见我和陈学文接吻,我就什么都说不清了。

等等,我有什么说不清的?我需要跟谁解释吗?跟辛柏?漫长的人生道路上,我就没把他考虑在内……再等等,我似乎在心虚,我心虚什么?我看了一眼辛柏。我似乎更心虚了。

我在发呆,没有回答周雯雯的问题。周雯雯便看着陈学文,陆一横和辛柏也看着陈学文。三双眼睛看着陈学文，试图探寻我们之间的关系。陈学文轻咳两声以掩饰尴尬，说："她肠胃不好，吃了点儿凉的，所以——"

陈学文一解释，大家就都明白了。周雯雯责备我说："肠胃不好还吃凉的，医生就不管吗？"边说边瞟了一眼陈学文手里拿着的白大褂。

陈学文更尴尬了，他小心地越过呕吐物，说："叫护工来清理吧！"边说边按了床头的呼叫铃。

两分钟之后，护士带着护工来了。刚收拾好，管床医生就来了。陈学文便借口科室还有事情告辞了，临走还深深地看了我一眼。

至于我，我只能假装自己是一堵墙，不然真是要羞愧死了。

陈学文走后，室内气氛陡然一松。管床医生问我怎么吐了，周雯雯嘴快，把陈学文给的答案复述了一遍。管床医生追问我究竟吃了什么，我硬着头皮说："梨。"

"梨应该不至于呀！"管床医生说，"我看你这几天一直在吃水果，不都没事吗？怎么今天就吐了？"

我总不至于在管床医生面前假装自己是一堵墙吧！我脸憋得通红，没有回答他的问题。管床医生天天来，虽不八卦，但对我和陈学文之间的关系，大概也有自己的判断。联想到陈学文离开时晦暗不明的眼神，他就有些了然了。他的语气更温和了，帮我找补，也是在跟我的朋友们解释，说："也有可能是今天的药有问题，才会吃了凉的就呕吐。"又对我说，"你多喝点热水，等下我再给你开点药。"

说完就离开了。

是个体面人，我很是感激。并暗暗祈祷他不仅体面，还不八卦。否则，万一，我是说万一，万一他猜出了真相，并"一不小心"说了出去，陈学文就会沦为第三医院的笑柄了。

医生和护士都离开之后，周雯雯从包里掏出香水，上上下下一通喷射。喷完之后长出一口气说："这下好闻多了。"

我瞪她一眼，没好气说："谢谢你啊，这么给我面子，现在才喷！"

"不用谢，这是我应该做的。"周雯雯大言不惭地说。

辛柏见过我和周雯雯相处时的样子，知道我俩一见面就互怼，他的唇角不自觉露出笑意。陆一横却是第一次见，看着我们的眼神很是怪异。他大概从来没见过他老板这样吧！

"你们怎么来了？"

周雯雯前两天打电话的时候就说要来，这我是知道的。但我没想到，她会带上陆一横和辛柏。我这个问题其实是问辛柏的。他怎么会跟周雯雯他们一起来？

辛柏显然是听懂了，唇角的笑意消失了。

周雯雯说："我本来就打算今天来，陆一横听说了，非要跟我一起。哪里知道辛柏也来了。"

我看了一眼辛柏。好的我知道了，是周雯雯打算来，不小心透露给了陆一横，辛柏这才得知我生病住院了，想来看看我，便拉着陆一横跟周雯雯一起过来了。

他没有一个人来，大概是怕我再说出什么让他伤心的话，或者撞见什么让他伤心的场景。他躲在他们后面，突然开口问我："好点了吗？"

"好多了。"我幽幽地回他。

"手术做了吗?"

"还没有,安排在明天。"

"那我明天再来看你。"

"你要走了吗?"问完我愣住了。我的语气太过于急迫,甚至有些依依不舍。幸好辛柏没有注意到,他只意识到自己的话有歧义,愣了片刻才说:"不是,我是说,我明天还来。"

我们都不再说话。

周雯雯抽抽鼻子,说:"喷了那么多香水,味儿怎么还不去啊?真是受不了,我出去缓缓。"

说着就往外走。走了几步见陆一横站着不动,又过来拽他,说:"还杵在这儿干什么呀?当灯泡啊?走啦!"

门"砰"的一声关上了,辛柏也有些尴尬,过了一会儿才过来,坐在我床边,病房恢复了寂静。我默默地看着他,几天不见,似乎黑了些,也瘦了些,下巴上胡须没刮干净,有青色的胡楂。辛柏也在看我,目光幽深,似悲伤、似喜悦、似隐忍、似担心、似贪婪,看一眼就少一眼的贪婪。他嘴角含笑,似有千言万语,却不知从何说起。我们都看着对方,目光胶着,许久,他才轻声问:"肚子还疼吗?"

"不疼了。"在他面前,我感觉自己像一个孩子,等着被呵护和照顾。

"不好好吃饭闹的,对吧?"辛柏嗔怪道。

"嗯。"我傻乎乎地回他。

"说了多少次好好吃饭都不听,你活该!"明明在指责,语气却宠溺而心疼。我抬头看他,他穿着之前我推荐给他的黑色卫衣和浅蓝色牛仔裤,真帅啊,真年轻啊!看着他,我就高兴。心里开出了花儿的那种高兴。那一刻，我做了一个决定，一个非常非常勇敢的决定。我问他："辛柏，你有考虑过结婚吗？"

"如果是你的话，随时都可以啊！"

这算是表白吗？是了，这是表白，云淡风轻，却又斩钉截铁的表白。我笑了，笑着笑着又哭了。我真是蠢啊，自从发现喜欢上他之后，内心戏一场接一场，各种担忧各种顾虑，莫名给自己制造那么多障碍，却从来没想过问一问他的想法。

原来，我介意的，他其实并不介意。

我纠结的，他早已有了答案。

那还等什么呢？我再过几个月就三十岁了，再不谈恋爱，等着明年过年吗？

我看着辛柏，又哭又笑，辛柏也笑了。他一只手抓住我的手，另一只手伸过来帮我擦拭汹涌而出的眼泪。

正你侬我侬的时候，门被拉开了。是陈学文。

我尴尬极了，辛柏放开了我，疑惑地看着陈学文。

陈学文一眼就看出来我们在做什么，他愣了片刻，便神色如常了。陈学文指着床头柜说："保温杯忘记拿了。"

作为一个外科医生，陈学文极会养生，天天保温杯泡枸杞，随身携带，随时喝两口。我住院之后，他送我的第一件礼物就是保温杯。和他的杯子同款不同色，放在一起，颇有几分情侣杯的意思。

陈学文走进来，拿了自己的杯子，对我们客气地笑笑，转身走了。我叫住他："陈学文！"他回过头来看我，我说，"对不起。"

他再次笑笑，推了推眼镜，推开门走了出去。

陈学文是很聪明的人，从我和他接吻呕吐，他大概就明白了，有些事于我，是勉强不来的。而我，我真是很笨，若不是这一吐，我不会知道，我的精神和身体都完全无法接受跟不爱的人之间的亲密举动。我也不会知道，我究竟爱辛柏到什么程度。

我伤害了陈学文，我很抱歉。我也很感谢他，除了感谢他在这次生病中给予我的便利，还感谢他让我认清了自己的感情，学会了勇敢面对。陈学文的好我无以报答，我只能默默地祝福他之后的生活一切顺利，早日遇上那个他喜欢，也喜欢他的姑娘。

陈学文走后，辛柏问："怎么回事？"

我摇摇头说："一点小插曲，没事。"后又补充说，"如果你想知道，我告诉你。"

"我一点儿都不想知道。"辛柏赌气说，"你之前的事情都不要告诉我，我怕我会生气。"

真是孩子气，我喜欢！我笑着抓辛柏的手，辛柏故意躲开不让我抓。但也就躲了两次吧，便又让我抓了。我刚抓住他的手，他便反手抓住了我的。他的手很大，一只手就能把我的两只手包裹进去。他一只手抓住我的两只手，另外一只手虚张声势地抬起我的下巴，说："小妞，我警告你，以前的事我不管，以后，再敢和什么莫名其妙的男人暧昧，我饶不了你。"

什么叫和莫名其妙的男人暧昧？我是那种人吗？我想反驳，想到刚刚才离开的陈学文，又见辛柏心情不错，便顺着毛摸，笑嘻嘻地说："是，大爷，小女子知道了。"

第二十三章　恋爱的酸臭味

从病房出来，辛柏就一直牵着我的手，当着护士的面儿都不放开。护士们本来以为我和陈学文是一对，现在看出现了个"小鲜肉"，还和我牵着手，都露出惊讶的神色。在医院被牵着，我挺尴尬的，出了医院就没什么了。我有情饮水饱，周雯雯故意刺我，我也笑吟吟的，没怎么搭理她。

我和周雯雯认识的这么多年，大部分时候，我俩都单身。偶尔我不是单身，也从来不会像现在这样，"故意"在她面前秀恩爱。

我其实不想秀的，辛柏抓我抓得太紧了，菜上了他都不放手，我能有什么办法？我也不是故意要眉眼含笑的，我就是忍不住。

可我越是这样，周雯雯越是不高兴。倒不是不高兴我和辛柏在一起，而是看不惯。她就是看不惯我这么嘚瑟，这么秀。周雯雯不再搭理我，而是气呼呼地拿起公筷给陆一横夹菜，边夹菜边说："瞧你这小身板儿瘦的，多吃点儿，别像某人，为了减肥，要么不吃，要么胡乱吃点草，把肠胃都吃坏了。"

我知道她是在说我，可我就是不生气，我看着辛柏笑，辛柏看着我笑。我越不生气，周雯雯就越生气，不一会儿，陆一横面前的碟子里，就堆得似山高了。

陆一横说:"够了,够了,不要再夹了。"

老板有事没事给员工夹菜?老板吃饱了撑的吗?这个笨蛋陆一横,连我都看出来周雯雯对他醉翁之意不在酒了,他居然还没看出来?

周雯雯讪讪地放下筷子,辛柏又拿起汤勺。他左手抓着我的左手,右手拿汤勺,给我盛了碗鸡汤,放在我面前,说:"你喝点汤,好好养养。"

周雯雯给陆一横夹菜,辛柏给我盛汤……这一对比,显得周雯雯更加惨了。

周雯雯白了我一眼,干脆不吃了。我连忙给她夹了一筷子菜,说:"爆炒盘鳝,你最爱吃的。"

周雯雯气急败坏地说:"这恋爱的酸臭味,影响我食欲了。"

好吧哈哈哈哈,我的食欲似乎更好了。

我低头喝汤,喝差不多了,辛柏又给我盛了一碗。

我见周雯雯不打算再搭理我了,便跟陆一横说话。我问陆一横:"你需要出差吗?"

"年前去了一次,那边的事情差不多都理顺了,暂时不需要去了。"

"你本职工作还没辞职,兼职这边时间安排得过来吗?"我问。

"去年的年假没用,正好用掉了。"陆一横说。

"万一今年周雯雯这边还有出差怎么办?"我问。

"今年还有年假呀!"陆一横说。

"万一需要多次出差呢?"我问。

"那边事情都理顺了,不需要多次出差的。"陆一横说。

真是个实诚孩子,你以为不用出差就不用了?这种事还不是

241

老板说了算。周雯雯,我只能帮你到这里了。能不能搞定这"真宝藏男孩",就全看你的了。

周雯雯虽然没什么恋爱经验,但毕竟是情感博主,理论知识能考满分的那种。经我这么一提醒,她……又有食欲了。

啊,这恋爱的酸臭味,是真香,我脑子都变得好使了。

吃完饭,周雯雯和陆一横就走了,辛柏留在病房陪我。

护士一般也就两三个小时查一次房。我和辛柏待在病房里,捏捏小手,互诉衷肠。

我问辛柏:"你什么时候喜欢我的?"

"第一次见到你的时候。"

"骗人。"

"你不了解男人,对于男人来说,没有日久生情,只有一见钟情。若第一次见面都没感觉,以后永远都不会有感觉。若第一次见面感觉还不错,那基本上就是她了。"辛柏说,"你跟我说第一句话的时候,我心里'咯噔'了一下,我就知道是你没错了。"

"那你当时怎么没告诉我呢?"

"我害羞呀!"辛柏说,"你应该看出来了,我不擅长和女孩子搭讪。"

"是哦,你还小嘛!"我揶揄说。

"过了这么长时间,我们还是在一起了。真好啊!"辛柏感叹。

"是啊,真好啊!"我跟着感叹。

"所以,既然这么好,你能不能答应我一件事?"辛柏说。

"什么事?"我问。

"能不能不要动不动就说我小?男人很介意被人说小。"辛柏认真地说。

我没绷住笑了。"我还挺喜欢听你叫我姐姐的。"我讷讷地说。

"好的姐姐。"辛柏说,"我也喜欢叫你姐姐,可我不喜欢你叫我弟弟,如果你想叫,可以叫我哥。"

这不乱了吗?

腻歪的时候废话最多,时间也过得最快。感觉还没说多少话呢,就下午四点钟了,我催辛柏走,辛柏不肯走,问为什么。

"我妈一会儿要来了,她四点下班,过来也就半个小时。"

"来就来呗,又怎么了?"辛柏说。

"不能让她看见我们这样。"我说。

"我们怎样?"辛柏问。

我捏一下辛柏的手,旖旎的气氛再次发酵。我说:"就这样。"

"看见就看见呗,我觉得阿姨还挺喜欢我的。"辛柏自信地说。

"那是错觉。"我打击他。

"怎么可能?一个人喜不喜欢我,我还是能看出来的。"辛柏说,"虽然你之前一直拒绝我,但我就是知道你喜欢我。"

"作为我的朋友,你智商在线,情商也还行,我妈确实挺喜欢你的。但作为我的男朋友,那可就未必了。"

"你对我这么没有信心?"辛柏有点不高兴了。

"不是对你没有信心,是对我妈没有信心。我妈看我的朋友,用的是放大镜。看我的男朋友,用的是显微镜。我们还是缓一缓再告诉她,免得她承受不住。也免得她反对起来,我们承受不住。"

"说得跟阿姨是洪水猛兽似的。"辛柏不以为然地说,"她为什么要反对呢?我不够好吗?"

"你很好,但是,"我不想跟辛柏说牛淑芳女士私下怎么评价他。我只是用力地握了握他的手,算是安慰,"我眼中的好,和她眼中的好,是不一样的。因为我们的标准不同,你明白吗?"她的态度很明显,她并不认为辛柏会是我的良配。

我和辛柏才刚刚开始,我们的感情经不起父母反对(特别是牛淑芳女士反对)这种大挫折。因此,我们不能曝光。起码,这时候不能曝光。

辛柏明显缺乏经验,脸皮也不够厚,他被吓着了。与其说,他被我告诉他的这两点背后的意思吓着了,不如说,他被我认真的表情和态度吓着了,他立刻就变得紧张起来。过了会儿,他不死心地问:"非得瞒着吗?"

"至少这一阶段得瞒着。"

又磨蹭了十来分钟,见我因担心牛淑芳女士突然到来撞见而越发焦虑,辛柏这才依依不舍地离开了。

牛淑芳女士的眼睛是很毒的。从小到大我每次情绪不对,她总是能第一时间发现。和辛柏缱绻了这么久,我脸上恋爱的光芒是掩饰不住的。为了不被牛淑芳女士发现,辛柏走后,我出了恒温病房,在走廊尽头窗户边儿吹了会儿风,调整了情绪,这才又回到了病房。到了病房,刚倒了杯水还没喝,牛淑芳女士就来了。

辛柏在的时候,我们之间有很多话要讲,我基本没有时间、也没有心情工作。我跟牛淑芳女士倒没那么多废话可以聊,她在,我就抓紧时间工作咯!牛淑芳女士见我一直在忙,就没有出声打扰,间或帮我倒杯水、削个苹果,其他时候,就坐在一旁玩手机。

全程,牛淑芳女士都没有发现我有什么变化,她当然也没多说什么。除了吃饭的时候,自言自语了一句:"奇怪,一下午陈医生都没有出现。"

而我也用"他可能在忙着做手术吧!"搪塞了过去。

晚上牛淑芳女士走了,我给周雯雯打了个电话:"普通男人不是入不了你的法眼吗?怎么就看上陆一横了?"

周雯雯强调:"陆一横可不是什么普通男孩。"

"那你能告诉我,他不普通在哪儿吗?"我扑哧笑了,问她。

"辛柏呢?不普通在哪儿?"周雯雯跟我抬杠。

"辛柏很普通呀!只是比较帅、比较聪明、比较可爱而已。"我想谦虚来着,可辛柏太好了,我谦虚不起来。

"行了行了,我知道了。"周雯雯故意装出一副不耐烦听我夸辛柏的样子。

"所以,"我说,"难道你也是自带爱的滤镜?一见钟情,还是什么?"

"也不算吧!"周雯雯仔细想了想说,"他的长相不是能让人一见钟情那一挂的。主要是性格吧,他很认真,一丝不苟,性格甚至有点轴,但特别可爱,让我觉得特别踏实和可靠。"

"你确定是一丝不苟,而不是一板一眼吗?很老学究气质的一个人,在你眼里却是可爱。"你的滤镜功能比我的功能强大啊!"

"去你的。你知道,我其实不是很信任男人。别看我读了那么多两性博主的文章,说起爱情来也头头是道,好像经验很丰富。但我心里根本就不信任男人。他们太不可控,我怕受伤害。虽然我不了解陆一横,但我就是能确定,他一定不会伤害我。"

"你不能因为确定他不会伤害你而喜欢他啊!你不是不信任男人,你是情绪上就已经和男人对立了。你公众号的每篇文章我都看了,但凡涉及两性的,你总是特别理智,教你的读者怎么不吃亏。这种观点其实是错误的。爱情是有特别不好，特别不可控的地方，但，为了那一点甜，那些都是可以承受的。要先接纳、先付出，才能得到爱的优待。"

"你被优待了吗？"周雯雯反唇相讥，"另外，我是先喜欢上他，才去想他是否会伤害我的。"

"虽然我一直在恋爱中受伤害，但我相信会遇到一份肯优待我的爱情。"

"还真是恋爱脑不可救啊！"周雯雯感叹。

"我不是恋爱脑，我只是对爱太渴望了，所以，才总是做些飞蛾扑火的傻事。飞蛾在扑火的那一刻，大概也是快乐的吧！不然怎么宁可忍受遍体鳞伤呢？"

"这都谁告诉你的歪理啊？人又不是飞蛾，人得有理智！"周雯雯叫道。

"辛柏啊！"

周雯雯想了想说："若是你本身的想法，我只会觉得你傻。是辛柏说的，那辛柏是个好人。"

"周雯雯你什么意思？"

"没什么。"周雯雯说，"我觉得辛柏挺好的，他配得上你。"

我又问了一次"周雯雯你什么意思"，这一次，周雯雯不肯再说了。

我手术后在医院住了两天，就出院了。这两天，陈学文一次都没来过，而辛柏每天都来。辛柏本来想白天都过来陪我的，我不让他请假，他便只好下了班过来。为了我们之间的关系不暴露，辛柏来了之后能不能进病房还得看情况。牛淑芳女士在，我就不让他进病房，让他在外面随便什么地方待着。为了能在牛淑芳女士的眼皮子底下和辛柏见一面，我找过很多借口：假装需要到门外打工作电话；假装上厕所；假装心情不好，出去吹吹风……

有一次我"久上厕所"而不回来，牛淑芳女士还跑去找我了。在住院部一层大厅的角落处，她撞见了我和辛柏站在一起说话。她问辛柏怎么会在这里。辛柏说："有个同事住院，我来看望他，结果看见卉卉在这里，这才知道她也住院了，就跟她说了会儿话。"

我悄悄地竖起大拇指，为辛柏的演技点个赞。我说："上完厕所想出来透透气，就在大厅走一走，没想到遇见了辛柏。"

我们一唱一和，非常完美。牛淑芳女士狐疑地看着我们，没有说什么。我心中暗叫好险，幸亏大晚上的医院大厅依然人来人往，门庭若市，且到处都是监控。若我们一时情不自禁拥抱在一起被牛淑芳女士撞见了，只怕就糊弄不过去了。

牛淑芳女士应该没有发现我和辛柏之间有什么，她却发现了我和陈学文之间再也不会有什么了。她问我是怎么回事，我说："我怎么知道？他在想什么又不是我能控制的。"

"你是不是又拒绝他了？"牛淑芳女士有点生气地质问我。

"没有。他突然就不来找我了，可能我做的哪件事情，或者说的哪句话，得罪他了，他就不搭理我了吧！"

我和陈学文之间本来就没挑明过关系。陈学文对我的考察我没过关，也不是没有可能的。我这样解释，没毛病。牛淑芳女士依然是半信半疑，问我："你究竟做什么了？他突然就不搭理你了。"

"我怎么知道啊，这你得问他去！"我说。

牛淑芳女士有陈学文的联系方式，她掏出手机就要问，我连忙拦住她,说:"他先主动招惹我,他又突然收回,你不觉得问他为什么,很丢脸吗?"

——为了避免真相被揭穿,我豁出去了。

"我不觉得有什么丢脸的。"牛淑芳女士边说边拿出了电话。

我没拦住牛淑芳女士,她还是打了那个电话。她的手机隔音很好,我没听清楚他们之间说了什么。只看到牛淑芳女士的脸色越发难看了,她说了一句"你怎么能这样呢",便挂断了电话。

我小心翼翼地问:"他怎么说?"

"他说,他突然发现,他不喜欢你了,没有任何理由。"牛淑芳女士气急败坏地说。

"哦!"我长长地松了一口气,却又觉得很对不起陈学文。他和我接吻我吐了,遭受了那么大的屈辱,在面对我妈的询问时,仍然把责任揽在自己的身上。他可真是个体面人!

我悄悄给陈学文发了条微信:"谢谢你。"

陈学文没回复我。

我自以为这件事我躲过去了,哪里知道牛淑芳女士并不打算放过我,她问:"你喜欢过陈学文吗?"

"没有,从来没有。我只是觉得他挺奇怪的,他那样的人,怎么会喜欢上我呢?"我说。

"确实是,他那样的人怎么会喜欢上你呢?"牛淑芳女士说,"我也觉得挺不真实的。他现在不喜欢你了,我反而踏实了。"

我忍不住拍她一下:"你是我亲妈吗?这是亲妈该说的话吗?"

牛淑芳女士叹了口气,说:"我看得出来他很挑剔,还有洁癖。之前还担心,万一将来你俩成了,以他的性子,只怕你的日子也未必好过。万一将来你俩有孩子了,我给你们带孩子,他恐怕也会挑剔我，那也挺闹心的。现在好了，不用担心了。"

想得可真够远的。刚认识一个人，看着还不错，就想到我结婚生子了。看见我"失恋"了，之前千般好的人，又变得有毛病了，还真是我亲妈！

我白了她一眼，没再说话。

请了十来天假，给同事们添麻烦了。出院后，我提前准备了些小礼物，上班的时候带过去，一人给了一份，还单独给丽莎买了一小瓶香水，私下给她作为感谢。钱没花多少，大家都挺高兴的，才上班那些天，大家对我颇为和善照顾。

术后饮食有讲究，为了我能吃好点，牛淑芳女士每天清早起床做饭，装在饭盒里让我带到公司吃（她并没有给辛柏准备，自从上次辛柏从我家跑出去，我和她聊过一次之后，她对辛柏就敬而远之了）。于是中午，我吃爱心牌午餐，辛柏去超市买点熟食，或点个外卖跟我一起吃。

和辛柏一起吃饭，吃得特别慢。嘴巴要在说话的间隙抽空咀嚼吞咽，实在是够忙。辛柏有两个坏毛病，一是喜欢在我的饭盒里挑挑拣拣自己吃，二是喜欢把自己饭盒里好吃的夹到我饭盒里让我吃，或直接喂给我吃。这不仅尴尬还耽误时间，有时候吃着吃着，午休时间就过去了。

初春的室外，还是有些冷的。在天桥吃饭，饭菜冷得特别快，对肠胃不好。辛柏建议去他公司的会议室，或我们公司的会议室吃。若一个人吃饭，我通常也是在会议室吃的。和辛柏一起，就算了吧！无论是他们公司的会议室，还是我们公司的会议室，都太尴尬了。

我和辛柏寻了好几个地儿，室内饮食经营场所见我自带饭食大都会对我们侧目，不便于（亲密地）说话。最后，我们把吃饭地点定在超市外面的横椅上。虽然超市外人来人往，实在不是合适的吃饭地点，但好歹在室内，不算特别冷。

因为人多，随时还可能碰见熟人、同事，就算辛柏好意思喂我，我也不好意思就着他的筷子吃。我不让他喂，遇到好吃的，辛柏坚持要喂，我只好左右看看，见没有认识的人，才赶紧咬下他伸过来的、筷子上的菜，像做贼一样。我明明看着没有熟悉的人，吃下辛柏递过来的花菜后，却突然有同事打招呼，吓得我嚼都没嚼就咽了下去。同事走后，我大力地咳，肺都快咳出来了。辛柏这个始作俑者，不仅不安慰我，还边帮我拍背边笑，笑得眼泪都出来了，他怎么哄我都不肯吃了。

辛柏见我真生气了，倒也不再坚持。我刚松一口气，却又开始为另外一件事提心吊胆了：辛柏太喜欢肢体接触，只要我俩在一起，无论我们在说什么，说多严肃的话题，他都能突然出手，在我脸上摸一下，在我头发上蹭一下，胳膊碰碰我的胳膊，或者突然用膝盖碰碰我的膝盖。只要触碰到了，他就会眉开眼笑，而我，我会紧张。

是的，这一点，我和辛柏正好相反。我不习惯肢体接触。不是不喜欢，是不习惯。

我交过几个男朋友，他们没有一个人会突然地、莫名其妙地摸我一下，或碰我一下。而辛柏却总是这样，就像多动症儿童一样，他不停地触碰我，通过触碰获得快乐。而我们这时候，也只是确定恋爱关系没几天，甚至还没有接过吻。

我不知道辛柏为什么不吻我，我猜想，可能是不想进度那么快，也可能是怕我再动手打他，或者，他害羞，不知道怎么开始。

其实，如果他吻我的话，只要不是大庭广众之下，我是不会介意的。但，如果他再这样动不动就碰我一下，我真怕我会控制不住自己，想要打他了。

我们当然不止中午见面，晚上下班之后也会见面。

如果有一个人要加班，另一个人会等着。等事情都做完了，再一起走。

我们通常会一起吃个饭，再去逛一逛，之后辛柏再送我回家。如果哪天牛淑芳女士刚好上晚班，那就太棒了。工作日，她会上到九点，周末她会上到十点。这样我们甚至还能看个电影，玩玩电动什么的。

只要没熟人，我们就会牵着手，像连体婴一样。确立关系十多天了，我们依然没有接吻。而辛柏，却会不停地触碰我，一开始我忍着，忍得难受。后来实在忍不下去了，某一天晚上，我在路口等他，他故意绕到我背后，在我的腰上掐了一下，我还以为是坏人，吓得尖叫了起来。

我认真地跟辛柏谈。我说："你能不要再突然摸我一下，或碰我一下了吗？"

"这样不好吗？"辛柏问。

"我会紧张。"我说，"就像刚刚，你在背后突然捏一下我的腰，我紧张得差点跳起来。"

辛柏并没有意识到事情的严重性，他嘻嘻笑了起来，笑完之后才说："这有什么好紧张的？你是不是心理有问题？"

"我心理没问题。你是不是患了触碰瘾？"我问。

"我只喜欢碰你，又不喜欢碰别人。"辛柏说。

"我说了我会紧张。"我说。

"可是为什么呢？"辛柏问，"为什么你会讨厌触碰呢？"

"我这几天也一直在分析原因，我想，可能是从小到大，都很少得到拥抱吧！也有可能是因为遭遇过好几次咸猪手，所以会对毫无预警、突然到来的触碰比较抵触。"

说到"很少得到拥抱"时，辛柏的表情有一丝同情，说到"遭遇咸猪手"，辛柏的表情又变成了惊讶和愤恨。他问："怎么回事？为什么会遭遇咸猪手？"

"就，公交车上啊，很挤的时候，背后突然有人贴上来，故意挤我，一开始吓坏了，都不敢动。"看到辛柏的表情，我不打算再说了，我怕吓着他。

但实际上，我已经吓着他了。

听我说这些话，辛柏的表情变得很严肃，他一句话都不说，垂下眼帘，紧紧闭住的嘴巴和沉重的呼吸表明他很生气，非常非常生气。

约会是很快乐的，但因为我不愿意被触碰，话题就拐到咸猪手上了，然后辛柏就生气了。辛柏一生气，气氛就紧张。气氛一紧张，我就难受。我一难受，就喜欢没话找话说，以打破这紧张的气氛。

我说："你知道周雯雯之前为什么一直不谈恋爱吗？"

"周雯雯……看着不像是没谈过恋爱的样子呀！"

我明白辛柏的意思，他见到的是现在的周雯雯，一个看起来还算时尚的、精明的都市女孩（虽然经常不洗头），在微信公众号上教年轻的女孩子怎样谈恋爱、怎么过好这一生。他无法想象一个这样的一个都市女孩，居然没谈过恋爱。

"她其实挺分裂的。一方面，她知道若是利用女性魅力能得到什么。另一方面，但凡对她的女性魅力表示出一丝兴趣的男人，她的内心都是抗拒的。这就是她始终没谈恋爱的最主要原因。"我说。

"行……吧！"辛柏感叹。过了会儿又问，"还有其他类似的经历吗？"

"有啊，有天晚上回家晚了，突然冲上来一个醉汉抱着就不放。我其实还算好的，我在这个城市长大，一直住在家里。一些外地来打工的女孩子，可能还会被坏人跟踪、被威胁什么的。那些被陌生异性觊觎过的女孩子，很少会告诉别人自己的经历。"

"为什么不说？"辛柏问。

"羞耻感吧！"我说，"职场上也有很多这样的情况。比如说我们公司总部的陈列师指导非常有能力，每次我都能从他身上学到很多东西。但他工作的时候很喜欢开黄腔，让人难以忍受。我们公司的陈列师几乎都是女生，他每次讲这些话的时候，我们都觉得受到了侮辱，很气愤，却都像之前每一次一样，面无表情装作没听懂。"

"为什么要装没听懂，为什么不直接反驳他？"辛柏问。

"反驳了事情就闹大了，我们可能会被更多的有色眼镜看。假装没听懂，也就大事化小小事化了了。他是公司总部的人，不好得罪的。"我说。

"难道你们就这样天天被他口头上占便宜吗？"辛柏问。

"不会啊，他一个月才来一次，就待两三天，每个月忍他两三天就可以了呀！"我说。

辛柏眉头依然皱得很紧，但见我一副理所当然的样子，倒也没再说什么。

我也不知道为什么，对着辛柏，我什么不能、不会跟别人讲的事情，都能说出来。说出来之后，我就后悔了。说得越多，我越后悔。好好地约个会，我说这些干吗呀，难道这就是传说中的"来自潜意识里的信任"？

说这些确实挺破坏气氛的，不知道辛柏在想什么，他就那样沉默着，沉默到让我不知道该怎么办才好。

按我的性子，应该再说些什么来打破这僵持的气氛的，可我说了这么半天，嘴巴很累了，也有些干，不想再说话了。我含情脉脉地看着辛柏，等他来说。他依然什么话都没说，甚至都没朝我看，只伸出手来，把我的手包进他的手里。

我在看他：粗而坚硬的头发、粗而坚硬的眉、长长的睫毛、深邃的眼、高挺的鼻……一个男人，怎么能长这么好看呢？我抽出了右手，摸他的下巴、摸他的脸、摸他的耳朵、摸他的鼻子、摸他的眼睛、摸他的眉毛、摸他的嘴唇。他终于看我了，他的一只手仍固执地包着我的左手，另一只手伸上来摸我的头发。我的手，停留在他的嘴巴上，拇指顺着他的唇形来回移动。我本来是坐着的，但我站了起来。我单腿斜跪在了公园的长椅上，而辛柏仍然坐着，我比他高一个头。我的身体倚向了辛柏，双手托住了他的头，他被迫地扬起了脸。我虽然双眼迷离，但清晰地看到他的喉结动了动，我吻了上去……

我不是第一次和男人接吻，却是第一次主动地和一个男人接吻。和他接吻的感觉真美好啊，就像这个夜晚的星空一样美好、就像这个吻一样美好。

辛柏一开始是被动接受的，没多久，他就控场了。

远处，不知道是谁"喂——"地大叫了一声，我知道是叫我们的。我推开了辛柏。辛柏前后左右看看,却没找到那个破坏者。他低下头想要再次吻我,我再次推他,说:"算了。"

"要不要……找个地方?"辛柏吭吭哧哧说,"找个没人打扰的地方。"

"再过两个小时,我妈就下班了。"

"哦!"辛柏很失望,犹豫了片刻说,"那我们去吃饭吧!"

我知道辛柏在犹疑什么。

但,我不想那么快。尽管这个吻是我主动的,但我仍然不想这么快。我爱辛柏,初初爱上辛柏的感觉特别美好,我想让这美好更持久一些。

整顿饭,我们吃得都有些心不在焉。辛柏没话找话说:"阿姨管你管得还挺严的。"

"嗯。女孩子结婚前大都是这样的,晚上十点半之前必须回家,不许和男人在外面过夜,不能同居什么的。"

"能理解。"辛柏说。

辛柏看看我,再看看我,突然,他就笑了。他眨巴着眼睛问我:"你是不是觉得对我挺抱歉的。"

我抱歉?我说:"没有啊,怎么这么说呢?"

"我看得出来,你觉得抱歉。"

"真没有。我没有什么好觉得抱歉的。"

"你这个人,只要别人一不高兴,你就会忐忑不安,会反省自己是不是做错了。"辛柏似乎在说话,而我没有注意听。辛柏叫我,我才反应过来,问:"你刚说什么?"

"我是说,这样挺不好的。你对我不必如此的。当我生气时,你不用觉得抱歉。有可能我那生气是装的,是为了试探你,就像

255

刚刚。"辛柏说。

"试探我？你为什么要这么做？"我是真的有些生气了。

"大概，是希望我们之后相处更愉快些吧！"辛柏说，"你不要因为我试探你而生气，我们毕竟还不是特别了解彼此。你希望我不要突然触碰你，我希望你不要因为我的态度影响你的决定。这都是为了我们之后能相处得更愉快。"

说这些话的时候，辛柏脸红了。

我觉得他真是太直白了。但，他说的话也不是没有道理。才在一起的两个人，总是要磨合一段时间，才比较契合。有爱已经很好了，还愿意沟通和磨合，这是比很好还好的事情。

聊完这些之后，我们停顿了一会儿。辛柏突然说："下次他还那样说，你跟他说，我听懂了，我觉得你这是骚扰，我希望你不要再这样说了，否则我会投诉你。"

"哈？"我一时没反应过来。

"你们公司的什么指导。"辛柏说。

"哦！我试试看吧，但愿我能做到。"我说。

"你要勇敢啊。"辛柏说。

"嗯！"我点头答应。

虽然答应了他，但我心里觉得我肯定做不到。我一直都很懦弱。无论面对上司的欺压，还是同事的欺负，我都是息事宁人的态度。辛柏这么认真地提出来了，我不想让他不高兴，也不想为这件事情争论，才顺口答应了他。我没想到的是，ABC再次从总部过来的时候，当他再说那种话的时候，我居然做到了。我当场制止了他。

我被自己吓到了，而他，破天荒地脸红了。从此以后，他再也没在培训的时候说出那样的话了。他对部门的女同事们都很尊重，对我尤其尊重。

这当然又是后话了。

第二十四章　眼皮子底下的"约会"

我住在家里，活在牛淑芳眼皮子底下的缘故，我们平时约会基本上是浅尝辄止的。为了不被牛淑芳女士发现，我大部分时候，都会保持恋爱之前的作息状态，尽量卡在她下班之前的时间点儿回家。——我觉得牛淑芳女士挺分裂的，她嘴上总是催我约会、恋爱，但我回家晚了，她又会盘问半天。就像一个不放心的妈妈对待自己才上初中的小女儿一样。

我很想问她，像她这样紧紧盯着，我还怎么去约会、恋爱？

我当然没问，我站在她的角度想了想就明白了。她的着急是真实的，她希望我尽快地投入一场恋爱。但，她要的是我在她的眼皮子底下恋爱。我所交往的那个人，最好在确定关系之前，就领到她面前让她认识。确定关系之后的每一次单独约会，都要告诉她行程、地点。除非必要，最好三人行。在家吃她做的饭也好，约会时带着她也好……总之，我不能瞒着她，否则，这份爱情就是见不得光的，我必须只能按照她的作息来安排自己的约会时间。

这就意味着，我的每一份恋爱，在关系还没确定时，就必须先得到她的首肯。她若不同意，我们连在一起的可能性都没有。从逻辑上来说，牛淑芳女士的要求和她的行为之间非常矛盾。我意识到了这一点，而她并没有意识到。我很想找她谈谈，但我并没有这样做。在对待我的很多事情上，她是不讲道理的。她打着"关心"我的名义，掌控我的生活。而我却无能为力，只能逃避。

唯一值得庆幸的一点是，她是上班族。由于工作性质，她周末也得上班。甚至上班时间比周一到周五都长。而我，周末是不用上班的。也就是说，周末我和辛柏每天至少可以有八个小时的时间在一起。

那个周六，牛淑芳女士上晚班，中午吃完饭才从家里离开。等她走后，我就出门和辛柏约会了。逛了街、看了电影、吃了好吃的、去电玩城玩了会儿游戏，这一天基本就结束了。

到了周日，牛淑芳女士上早班，七点多就出门了。我睡懒觉到八点多，微信视频提示音响起，不用猜我就知道是辛柏。休息的时候，除了他，没人会这么早找我。辛柏，因为和我恋爱的关系，太清楚牛淑芳女士和我的作息时间了。他总是会在牛淑芳女士走后，我睡差不多了，"准时"地拨打视频电话。

我的嘴角不自觉地挂了一丝笑意，懒洋洋地从床头拿起手机，果然是辛柏。我眯着眼睛点开了视频，迷迷糊糊间，并没有说话。辛柏一开始也没说话，过了大概十几秒才说："小懒虫，我在你家门口呢，赶紧起来给我开门。"

在我家门口？我立刻就醒了。我的邻居们这个时候应该都起来了，弄堂里有多热闹，完全可以想象。辛柏不是第一次到我家，估计很多邻居都跟他打过照面。但之前每次他来做客，牛淑芳女士都在家。我偶然间听见牛淑芳女士跟人解释他和我们家的关系。牛淑芳女士说的是"远房亲戚家的孩子"。我很想埋怨辛柏两句，怪他没打招呼就过来。但，他来都来了，我这时候指责已经无济于事了，只会伤害我们之间的感情，还不如事后跟他讲。于是我什么话都没多说,而是说:"等着啊,马上就好。"我换了衣服,又五指张开胡乱耙了几下头发,才给他开门。

辛柏手里提着粢饭和豆浆,进门就想拥抱我,我轻巧地躲开了。他抬头看我,我眼神躲开的同时,勉强给了他一个微笑。不用看,我就知道,他脸上洋溢的笑容凝固了。

我知道这样做有点伤人,但我没办法。我没办法在心里不太舒服的时候,还毫无芥蒂地对他笑、和他拥抱,甚至接吻。

辛柏并没有立刻追问我究竟怎么了,而是把早餐拿出来摆在餐桌上,装作不经意地对我说:"你刚睡醒的样子好美!快去刷牙,刷完赶紧来吃早餐,弄堂口买的,还热着呢!"

见到辛柏的时候,我还有点生气,但也就这两三句话工夫,我的态度就软下来了。我说:"我要在家的话,我妈早上一般会留早饭的。"说完我就去刷牙去了。刷完出来,把电压力锅端过来,盛了两碗小米粥,放了一碗在辛柏面前。又去冰箱拿了两盘小菜,揭开保鲜膜,摆在餐桌上。

辛柏搓着手说:"好丰盛啊!有妈妈在真好。"

"是吧?茨威格说,命运馈赠的每一份礼物,都暗中标好了代价。"

"你对你妈对你的好,很不以为然的样子。"辛柏边吃边说,边暗中观察我。

我笑笑,低头喝粥,没就这个话题再跟他聊下去。

辛柏见我不愿意再聊,转移话题问:"为什么要用电压力锅煮粥呢?没有电饭煲吗?"

"电饭煲主要用来煮饭,压力锅用来煮汤和粥。我妈说,压出来的粥好喝点。中老年妇女都有一套怎么把食物做得更好吃的经验，我奶奶也有，还特别多。"

"都是生活的智慧。"辛柏说，"可能南方人在这方面更细致吧，我妈很少琢磨怎么做吃的。每次都是蒸一锅馒头吃好几天。"

我问："怎么吃？"

"就扔筐里，饿了自己去厨房拿一个吃呗！"

"呃，不吃菜吗？"我问。

"吃呀！"辛柏说，"我们家跟别人家还不一样。我爸妈农闲的时候一直做小生意，没赚多少钱，但特别忙，经常晚上回来得特别晚，就没时间炒菜了。弄点儿酱豆什么的放着，可以蘸着吃。他们在家，倒是会炒菜，也是大盆子炒，一顿炒两三个菜，中午吃不完，晚上继续吃，就着馒头吃。"

"好吃吗？"我问。

"小时候光顾着玩了，倒也没注意。现在想想，还真难吃。"辛柏说，"幸好姐姐在，爸妈不在家，她把馒头热一热给我吃，有时候也会给我做点疙瘩汤什么的。要不然我就得吃冷的了。山东的冬天可冷了，城乡结合部又没有暖气，冷馒头啃起来跟冰坨子一样。"

听到辛柏提死去的辛牧，我不知道该说什么。任何语言在死亡面前，都显得苍白无力。辛牧是辛柏心中的一道光、一根刺，哪怕我只是说"同情小时候的你"，似乎都有些亵渎。

我什么都没说，只是心疼地看着辛柏，催他："快吃吧，等下粥要凉了。"

辛柏点点头，喝了一口粥，又把粢饭推给我，说："你也吃点这个。"

我打开装粢饭的塑料袋，把糯米扒开，捡里面的脆油条吃，辛柏说:"嘴巴真叼。"边说边把我扒拉到一边儿的糯米夹起来吃了。

辛柏不是第一次吃我不吃的、或吃剩的食物了。但他是第一个主动吃我剩饭的男朋友。一开始我觉得挺不好的,后来习惯了,倒也没什么了。就像他只要闲着就要抓住我的手,时不时触碰我一下一样,都让我觉得我们之间很亲密。甚至比我和之前任何一位男朋友关系最好的时候还要亲密。

就因为这个,我心中最柔软的那一块,始终有他的位置。我永远对他生不起来气。

吃完早餐,我让辛柏坐,我收拾餐桌和碗筷。辛柏不肯,非得从后面搂着我的腰,亦步亦趋地跟着我。这样我干活儿特别不顺利,我就指挥他去把垃圾袋提了放在门口。又指挥他再拿个垃圾袋套上,把拉出来的餐椅推进去。

他都照做了,还感叹说:"我小时候,我姐干活儿的时候也老指挥我帮着干。那时候只想玩,不愿意干。现在想想,可真是后悔啊!"

辛柏每次提辛牧,我都不知道该说什么。我便只笑笑,没有说话。碗放进洗碗机、台面擦好之后,我让他坐一下,我去了卫生间,他又跟了来,站在关着的门外跟我说话。

辛柏问:"你在上厕所吗?"

真直白!我说:"我在化妆。"

"化妆为什么要关门呀!"辛柏问,"我能进来看吗?"

"女生化妆有什么好看的。"我说。

"我从来没有见过女生化妆,你就让我看看嘛!"辛柏撒娇说。

我也不知道怎么的,他一撒娇我就心软。我说:"进来吧,门没锁。"

他便推门进来了,见我在画眉毛,便说:"要不要我帮你画?"

"我天天画都有可能画歪,你一个从来没画过的人,我信你?"

"就让我试试嘛!"辛柏说。

"不行。"

"试试。"

"别闹。"

"试试。"

我这么爱美的人,怎么可能把自己的美丽随便交给一个毫无经验的人来打理?我多喜欢他都不行。我放下眉笔,说:"我已经画完了。"

他怏怏地闭嘴了。

我朝脸上抹的每一样东西,除了口红,他都问是什么。——作为一个经验不是很丰富的直男,他就只认识口红。

他实在是聒噪极了,我想让他闭嘴,便打开三根口红让他帮忙选颜色,他选了死亡芭比粉。好的,直男的品位我知道了。我拿了那个他最不喜欢的,批评"怎么会买这种颜色"的姨妈红涂了。

辛柏的表情跟便秘一样,嘟囔说:"又不出门,为什么还化妆啊?"

他这么早来,就是打定主意今天一天在我家待着了?我别有深意地看他一眼,说:"谁告诉你不出门的?等我化好妆就走。"

"昨天不是逛了一天吗?你不累呀!"辛柏说。

"累。但是,在邻居的眼皮子底下,我和你孤男寡女同处一室一整天,我更累。我提醒过你,我们之间的事情先不要让我妈知道。但你今天……"

我耸耸肩没有把想说的话说完。但我仍然松了一口气，憋了一早上的话，终于还是说出来了。

见我脸色特别不好，辛柏说："对不起。"

"没关系。我们毕竟才开始，还需要磨合。"我学着辛柏之前的语气说，"我是觉得有些话提前说明白会比较好，希望你也不要介意。可能是独自一个人的时间太长了，我对界限感的要求比较高。"

"好的，我知道了。下次，任何关于你的决定，我都会提前征求你的意见。这样的事情不会再发生了。"

"嗯，乖。"我最后整理了一遍妆容，扭过头来在辛柏的脸上亲了一口，叫他，"走吧，我们出去玩吧！"

辛柏大概没想到，谈了这么严肃的话题之后我会亲他，他愣了愣，抽张纸对着镜子，把脸上的唇印擦掉了，这才走到门口换鞋，亦步亦趋地跟着我出门了。

我最擅长隐忍，对着朋友或同事，就算有什么想法或不满，也不会直接说出来。而是闷在心里，憋得自己难受。实在憋不住的时候，才会委婉地提出来。边说还边看别人的脸色，生怕别人不高兴。若对方稍微表现出一丁点儿的不满，我大概也就不说了。不知道为什么，对着辛柏，我愿意用最直白的话，把我的想法说出来。我相信，当我在表达真实情绪或情感的时候，他一定能明白我的心情，也一定能理解我的立场。

虽然和辛柏在一起时间不长，但我觉得我变了很多，变成了一个让我稍微有些喜欢、稍微有些欣赏的自己了。

这天，我刚到家，牛淑芳女士就拉着我唠叨起来："你还记得我们隔壁百丽专柜的小李吗？她表弟才从国外回来，条件挺不错，我帮你们约了见一见。你记得提前把时间安排好，就这么说定了。"

牛淑芳女士都"就这么说定了"，我还能怎么办？照做呗！反正以前每次她"说定了"，我都会照做。不照做她可能会一直叨叨了我。

我答应了，她却不知道，在多年的母女斗争中，我早就将"上有政策，下有对策"运用得炉火纯青了。我决定照常去见那个男人，只不过，见面时间安排在牛淑芳女士上早班那天中午，牛淑芳女士不跟着去，见多久就是我说了算。并且辛柏在门外等着，我待上五分钟，寒暄几句，辛柏假装是我门店同事给我打个电话，让我去门店救场，我告辞出门左拐和辛柏约会去。

想得倒挺好，却没料到，辛柏和牛淑芳女士这边都出了幺蛾子。

我自以为思虑周全，跟辛柏说了我的计划。我还没说完，辛柏就打断我："所以，你要去相亲？"

我见他脸色不对连忙解释："不算相亲啦，就是去走个过场而已。"

"不算相亲，那你这算什么呢？"

"就是去见个面，很快就出来了。"

"还是相亲。而且还是你妈介绍的相亲。"

我张口结舌，不知道该说什么才好。辛柏说得对，这确实是相亲，只要去见面，哪怕只有五分钟，也是相亲。

辛柏并没有因为我的沉默作罢，继续不依不饶地说："你是不是从来没打算把我们之间的关系告诉你妈?"

"不是啊,现在时机还不成熟。"我小心翼翼地解释说。

"什么时候成熟呢?你到底在顾虑什么?"

"我怕我妈不同意,这个我跟你说过的。"

"你每次都是这句话。"辛柏的脸色越来越难看,"我看到的和你看到的完全不一样,我觉得我是个还不错的人,她很喜欢我。我觉得她是个很不错的长辈,我也很喜欢她。"

"我跟你说过,她对我朋友的评价标准和我男朋友的评价标准是完全不同的,你怎么就不能理解呢。"

"每个妈妈都一样,我能理解。我只是不能理解你。我所认识的你妈,是个热情、好客、开朗、讲卫生、待人和气,能做一手好饭的好妈妈、好长辈。但在你的描述里,她跟牛鬼蛇神没什么区别。这又是为什么呢?"

是啊,这又是为什么呢?我不知道该怎么跟辛柏描述,有一个控制狂妈妈,虽然生活上对我极尽照顾,但大大小小的事情都恨不得替我做主,究竟是一种什么样的体验。我曾经试图把我的感受说给一个才认识的朋友听,她直接来了句:"你都这么大了,你不会反抗吗?"

我不会反抗吗?我反抗多少年了!我现在每件事情的抉择,都是基于无数次反抗之后经验的积累。这,很复杂,没办法说给别人听。

没有完全相同的经历,谈感同身受是奢侈。我不打算说给辛柏听,我干脆闭嘴了。

辛柏见我不再说什么,就说:"我希望你能把我们之间的关系向你妈妈公开,我不希望你去相亲。如果你一定要去,我不会配合你做任何事情。"

说完他就走了。在我们约会的时候,他甩下我,一个人走了。这是从来没有过的事情。

辛柏不高兴,我犹豫要不要干脆不去相亲了。我最终决定还是去,我若不去,事后牛淑芳女士会问十万个为什么,还会再一次地安排我去跟那个男人见面。

我求助周雯雯。以前每一次,我阳奉阴违执行牛淑芳女士的安排,都是周雯雯帮我打配合。我跟周雯雯说了这件事,我让她那天及时给我打个电话。可就连我的闺密都批评我。周雯雯说:"你这事儿做得不对,你有男朋友,却还去相亲,你太不尊重你的男朋友了。"

"我不是相亲,我是去'完成任务'。"我说。

"你就是相亲。"周雯雯说这话的语气和辛柏一模一样。

"行吧,行吧,你说是就是吧,你就说你答不答应帮忙吧!"我以为很简单的事情,在辛柏和周雯雯这里都被看得这么重,这让我感觉很挫败。我很头疼,不想再纠结这件事了。

"我是你的朋友,你如果需要,我当然会帮忙。但我还是得提醒你,这件事你做得不对。"周雯雯说。

"我究竟哪儿不对了?你说我不尊重辛柏,我如果不尊重他,我不会告诉他。我都跟他说了,怎么还叫不尊重呢?"我说。

"你提前告诉他,你打算伤害他,你认为这叫尊重?你好好想想,在你心里,辛柏更重要,还是你妈可能会有的情绪问题更重要?你为了应付你妈的情绪,冒着失去辛柏的风险,我觉得真的很不明智。"

"哪有你说的那么严重啦?辛柏喜欢我,不会为了这点小事就跟我分手的。倒是我妈，我若不去相亲，又给不了能说服她的理由，她会唠叨死我的。"

周雯雯沉默了片刻，说："那你自己决定吧！"说完她就挂了电话。

周雯雯的态度，让我心里挺没底的。我不想再跟她讨论这件事，想起这件事，我就很烦躁。我决定打个电话过去，关心一下她，顺便把这件事情带过不提。

我再次打给周雯雯，我问："你那'真宝藏男孩'，搞定了吗？"

"我们在出差，他从原公司辞职了。"周雯雯说。

"你怎么说服他的？"我问。

"我说没有他，贵州的事情我搞不定。我装了一把柔弱。"

"好样的。加油！"

"嗯，你也加油！"周雯雯似乎意有所指，但，我决定忽略不计。牛淑芳女士安排的相亲，我真的不能不去，辛柏不高兴，我只能事后再跟他解释了。

周日那天上午，我跟辛柏本来要见面的，但因为相亲的事情，他并没有来找我。我主动发给他的微信，他也没有回复。

辛柏的态度，让我有了片刻的犹疑。那一瞬间，我甚至想，干脆不要去见那个男人了。我去找辛柏，哄哄他，跟他腻歪腻歪，他高兴，我也高兴。但最终，我还是硬着心肠去见了。在跟牛淑芳女士解释和哄辛柏之间，我认为后者更容易些。所以，我去见了。

去的路上，我给周雯雯发了条微信：别忘记给我打电话。

我带着见客户的心态去见那个男人。但到了饭店，见了他，我寒暄了几句，就打算离开。我甚至都等不及接周雯雯的电话了。

那男人说："请坐。"

"不坐了。刚门店打电话，有条裙子整个批次都有质量问题，我需要过去处理一下。"

那男人惊愕地看着我。

我微笑着解释说："接到电话的时候，我本来想立刻赶过去的。但想着来都来了，见一面吧，就过来了。对不起啊，我们只能下次再见了。"说完我就准备离开。可我怎么都没有想到，牛淑芳女士突然就进来了。她见我要走，赶忙拉住我："再着急也得吃饭啊，吃完饭再走。"午餐时间，我再着急也得吃饭。牛淑芳女士留我的理由很充足，我也无力反驳。她率先坐下了，我只好跟着她一起坐下。

"你怎么来了？"我小声地问道。

"我请了两个小时假。"牛淑芳女士看向我的眼神，满满都是不放心。

——我说了她控制欲很强吧！就连一个相亲，都要在她眼皮子底下进行。这件事，我早该想到的。

菜上来的时候，周雯雯的电话来了，我出门接的，接完回来跟牛淑芳女士说："店里催我过去呢！"

"催得再急，也不能不让你吃饭啊！店里有店长、有营业员，你只是一个陈列师，去了能起多大的作用呢？你说是吧，小李？"我都没记住，牛淑芳女士倒记住了，这个人姓李。

我的垂死挣扎，被牛淑芳女士直接拍死在了沙滩上。我只好坐下来食不知味地吃起了东西。

全程我都没怎么说话，牛淑芳女士跟他聊，进一步了解了他的家庭背景和过往经历。他们越聊越投机，而我，越来越心不在焉。简单地吃了点东西，我再次提出要走。我以为牛淑芳女士会跟我一起走，却不料，她打算再跟他聊一聊。这让我觉得事情似乎有些不妙，但我顾不得那么多了，我的脑子里全是辛柏，得先去把辛柏的情绪问题解决了，才能想其他的事情。

我给辛柏发微信，说我要去他家找他。他回复我说："你不用来了。"

我明知故问："为什么？"

辛柏没回复我。

我问他："你吃饭了吗？"

他还是不回复。而我，就这样没脸没皮地不停地跟他发微信，不求他谅解，但求能稍微软化一下他的心。

我没去过辛柏家，但我知道他住哪儿。和辛柏在一起之后没多久，我在某一次闲聊中，问清楚了他的详细住址。我甚至还拍摄了他的身份证。我倒不是长了心眼儿，或者不信任他（我去过辛柏单位好几次了，他并没有让我觉得不踏实），我就是莫名地这么做了。

每一段恋情，都会在人的心上留下痕迹。之后的每段恋情，都会根据之前的经验做出潜意识的选择。辛柏之前，我的每一次恋爱都很失败，和张贵龙的那一段尤其失败。我都有心理阴影了。具体表现为，我明知道辛柏是一个值得信任的人，但还是不自觉地要了他的住址。

感谢这份"不自觉"，要不然这时候，我就算想找辛柏，大概也是找不到的。

辛柏果然在家。

我以为他这么生气,大概不会给我开门了。却没想到,他从猫眼里看见是我,也就犹豫了几秒钟,还是给我开了。门是开了,却看都不看我一眼,转身进屋了。

我把打包的饭菜放在茶几上,一样样摆好,去敲他的房间门,边敲边温言哄他,他理都不理。我实在是没耐心了,顺手拧了下门把手。

居然没锁!

没锁你不说一声,任我这儿傻乎乎敲这么半天!我又好气又好笑,耐着性子走了进去。

屋子里烟雾缭绕,键盘旁的烟灰缸里,有很多新鲜的烟头。辛柏的手里还夹着一根烟,他眯着眼睛吸了一口。辛柏从不抽烟的,这一中午抽了这么多烟,大概是真的太生气了。我有些心疼,也气他不爱惜自己的身体。

我把烟从他手里拿掉,在烟灰缸里按灭,又拉他,说:"吃饭了!"

"不饿。"他边说边又从旁边的烟盒里抽出来一根,看都不看我,继续盯着游戏页面。

我把他手里的烟夺过来,和桌上的烟盒一起,揉一揉就扔到了脚边儿的垃圾桶里:"生气也要吃饭,吃完饭我任由你处置。"

辛柏抬头盯着我,直直地盯着我。他的眼睛半眯着,透过长长的眼睫毛一眨不眨地盯着我。他看起来似乎很心痛,他想要搞清楚我究竟在想什么。我有些心虚,移开了眼睛。

我想我真是做错了,我伤他很深。但我并没有说对不起,我不习惯说对不起。我再一次拉他说"吃饭了",这三个字其实就是在说"对不起"。

辛柏明显听出来了，他疲倦地看我一眼，说："真想永远都不理你了。"

这句话的意思是"算了我还是再理你一次吧"，我当然也听懂了，我笑了。脑袋伸过去像猫一样蹭蹭他胳膊，继续拉他，还催他"快走快走"。

辛柏起来了，他就这样任由我拉着，跟我来到了客厅。

怕菜凉，我把饭盒摆在茶几上的时候，并没有打开盖子。辛柏坐下了，我这才把盖子打开，把馒头放在他面前，掰一双一次性筷子递给他。

他接过，说："你也吃呀！"

"我吃过了。"

"和相亲的人一起吃的？"辛柏抬起眼睛，盯着我问。

我想告诉辛柏，我本来不想吃的，牛淑芳女士突然来了，我不得不留下来一起吃饭。我这样想，却并没有说出来。这时候说什么都是借口，毕竟饭店是我自己去的，没有人强迫我。辛柏本来不讨厌牛淑芳女士，但因为最近几次和他聊起牛淑芳女士，我和他之间总有些剑拔弩张，以至于牛淑芳女士都变成我们俩之间的敏感词了。我不敢轻易提起，我怕他生气。于是我什么都没说，我只是硬着头皮"嗯"了一声。

听见我"嗯"，辛柏的呼吸明显加重了，他在压抑他的情绪。片刻之后，他掰了双筷子递给我，说："再吃一点。"

"好。"我乖乖地坐下来，吃了起来。

不知怎么的，和辛柏一起吃饭，哪怕挑点儿作料吃，都那么香！

为活跃气氛，我一直在插科打诨，辛柏还在生气，只埋头吃饭，不怎么搭理我。吃完饭我把茶几收拾了，就坐到了辛柏的旁边。我像旧社会受气的小媳妇儿一样，拉起了辛柏的手，抱在怀里摩挲着。

辛柏试图把手抽回去，抽了几次又被我抓在了手里。他当然并没有真的想把手抽回去，他力气比我大那么多，若真要抽，我是抓不回来的。

几个回合之后，我忍不住笑场了。我把脑袋拱他怀里，边拱边笑。他没憋住，也笑了。我再接再厉，又去挠他痒痒，他抓我的手，顺势把我抱在了怀里。我知道这个道歉仪式基本上算是结束了，如我所愿，取得了阶段性胜利。

辛柏说："我并没有原谅你。"

"才怪！"我说，"我这么美，又这么无耻，你哪里抵抗得住我的魅力！"

辛柏再次被我逗笑了。看着他笑，我就知道，相亲这事算是翻篇儿了。当我的唇挨上辛柏的唇时，他彻底投降了。

牛淑芳女士给我打了好几个电话，我都没空接。她又给我发微信，问我加班什么时候结束，要不要回家吃饭。我抽空给她回了一条，说会比较晚，让她不要等我。

眼看太阳下山了，我麻溜儿地提着包包就打算回家。辛柏拽住我的包包，说："吃完晚饭再走。"

"不吃了，我不饿。"说不饿，我的肚子"咕咕"叫了。

辛柏哑然失笑，放下我的包，拿起手机点外卖。

外卖到了。我俩坐在一起静悄悄吃饭。虽然和大部分时候我们在一起吃饭并没有什么不同。但这一次，氛围似乎不一样了。我总觉得空气中弥漫着一股岁月静好的气氛。我心里暗暗希望，我和辛柏就能像现在这样，一辈子在一起安静地吃饭。

吃完饭，辛柏本来还想再留我一会儿的，我怕牛淑芳女士等得着急，还是告辞了。辛柏要送我回家，想到他也是很累了，第二天是周一，他还要上班，便只让他送到地铁站。

进站之后，我向他挥手告别，他非要等我走了才肯转身离开。我只好率先离开，几次回头，他都对我摆出大大的笑脸。要转弯的时候，我佯装进去了，却躲在一旁看，我看见他一直张望，看不见我才转身离开。我的内心深处突然涌现出一股奇特的笃定感。我不是第一次谈恋爱，却是第一次对一个人产生了笃定感。我知道，就是他了。我这辈子认定的人，就是他了。

在地铁上，我特意检查了妆容。我整理了衣服，又补了点儿口红。补完之后又擦掉一半，看着像平时加班后"残妆"的样子才算满意。

牛淑芳女士果然没睡，还在等我。见到我之后，先问了一句："累吗"，我点头之后，又问了一句"吃饭了吗"，我再次点了点头。

我怕她看出什么来，只说了句"我先睡了"，就拎着包进了房间。牛淑芳女士跟过来说："小李对你很满意，你不困的话，给他发个微信聊聊天吧！"

"我很困。"我说完就示意她走。

等我换好睡衣出来准备去卫生间洗漱的时候，牛淑芳女士又跟了来。她说："我帮你约了下周末一起吃饭。"

"什么？"问完我才反应过来，她说的应该是相亲男小李。

我真的很烦她，她太喜欢替我做决定了。

"我等会儿洗完脸就跟他发微信。"

"好的呀!"牛淑芳女士笑得很开心。

和辛柏在一起的愉快心情全被破坏了。我恶狠狠地刷牙洗脸,牙龈都刷出血了才停止。之后,我敷了睡眠面膜半靠在床上,拿起了手机,发微信给那位小李先生。我问他:"你和我妈聊得怎么样?"

"阿姨人很好,我们基本上都在聊你。"小李说。

"她说了我不少小时候的糗事吧?"我问。

"说了一些,也不是很多,主要还是在夸你。"小李发来一个调皮的表情。

"我相亲了一百多次吧,她大概跟一百多个人说过我的糗事,夸过我了。"

"一百多次?那么夸张?"小李发来一个惊讶的表情。

"是啊,一百多次!"我说。

"一百多次都没成功,你有什么隐疾吗?"小李问。可能是觉得自己有些过于直白了,他又发了个调皮的表情。

"隐疾没有,难言之隐倒是有。"我说。

"什么难言之隐?方便跟我说说吗?"小李问。

"我是不婚族,我妈不知道。"我说。

"啊?"过了半天,小李才发来这声感叹。

"很奇怪吗?"我问。

"还好吧!"小李说。

"我能不能请你帮个忙?"我问。

"什么?"小李问。

"找个借口帮我瞒着我妈,不要告诉她真相,我怕她承受不了,心脏病犯了。"我说。

小李迟迟没有回复，过了很长时间才再次发来一条微信："你说的都是真的吗，还是根本就没看上我，故意找的借口？"

"是真的，如果你不信，那就算了。"我说。

"我信。"又过了很长时间小李才回复。

我松了一口气。如果我猜得没错，他应该不会再约我了。

跟小李发完微信，我又给辛柏发了条微信，我说："我到家了，准备睡了，晚安。"刚发完，视频请求秒速发来，声音响我怕吓着牛淑芳女士，顺手就按了拒接。

想拨回去，又怕腻歪起来没完没了。我想了想，回他一条微信，我说："太累了，明天还要上班呢，睡觉吧！"

他发过来一条语音，说："你下次不要给我发文字了，发语音吧！"

我所认识的人，都不喜欢收语音，嫌听着麻烦，浪费时间。遇到那种发长语音的，可能还不会听。辛柏这要求，还真是挺与众不同的。

我想了想，就猜到了原因，我问他："你心疼我打字累？"

"不是。"他说，"我想听听你的声音。"

行吧，无论是心疼我打字累，还是想听我的声音，都表明他爱我。我也只能这样自我安慰了。

我跟辛柏就这样你来我往地瞎聊着，不知道什么时候我抱着手机睡着了。第二天醒来，手机里有好几条未读语音，我一条条听了，又跟他道了早安。他很快回复我了，洗漱、早餐、路上……我们就这样抽着空瞎聊着，一直聊到了公司。在公司，开了网页版微信，工作之余，我们依然有一搭没一搭地聊着。无论谁发的消息，对方突然就没有回应了，我们也见怪不怪。大家都是有工作的人，忙一下是很正常的，一直都不忙才不正常。

我并没有照镜子，但我就是知道，我大概一直嘴角都含着笑意。

有爱着的人，他偏偏也爱着我，可真是好啊！再烦人的工作都不烦了，再累的人生，仿佛都可以靠着对方源源不断的爱意轻松度过了。

第二十五章　又见王大伟

相亲这事儿，牛淑芳女士终究还是问了："小李后来又联系你了吗？"

"没有啊，怎么了？"我明知故问。

"他跟他表姐说，觉得你们不太合适。"牛淑芳女士说，"那天见面聊得倒是挺好，一直跟我打听你，谁知道他一转眼就变卦了。"

我偷笑，牛淑芳女士突然反应过来了："牛卉卉，不是你跟他说了什么，他才变卦了吧？"

我连忙否认："你想我赶紧嫁出去，我自己就不想吗？按你说，他条件那么好，我怎么可能把他往外推？"我怕言多必失，想要离开。快进房门的时候突然听到牛淑芳女士说了这么一句："他表姐跟我说了一句很奇怪的话，说他其实不是她表弟。是一个顾客，先看上你了，才拜托她，谎称是表弟，求介绍的。"

这句话明显有问题，但我那个时候太心虚，居然忽略不计了。

我和辛柏每天中午和晚上都会见面。中午一起吃饭，晚上下了班一起去健身房，或者去小公园坐坐。看着和以往并没有什么不同，但只有我们自己知道，已经有很大不同了。

周五下午，辛柏突然发微信给我，说："你跟我一起去无锡吧!"

"去无锡干吗?"我说。

"出差。"辛柏说。

"什么时候走?"

"马上。跟我去吧,空了我们可以逛逛鼋头渚。"

"没兴趣。"我说。

"西施和范蠡的故事,多感人啊,怎么会没兴趣呢?"他循循善诱谆谆诱导。

"对故事有兴趣,逛鼋头渚也有兴趣,跟你一起没兴趣。"我开着玩笑。

"你嫌弃我了。"他发来一个大哭的表情。

"嘻嘻。"我说,"我刚好这周末也要加班。"

"加多久?"他问。

"半天吧!"我说。

"那可以去无锡。"他说。

"周雯雯回来了,找我跟她一起买夏装,再加半天班,一天就没了。"我说。

"加班比我重要,闺密也比我重要。"辛柏发来一个"我吃醋了"的表情。

我大笑,发过去一个"摸摸头"的表情,说:"全天下只有你最重要! 又说,本来想带你和周雯雯一起吃个饭的,你既然要出差,只能我俩去吃啦!"

辛柏说:"是不是你所有的朋友买衣服都会找你参考啊?"

"关系好的才这样啊!"我默默地拍了一把辛柏的马屁,把曾经的他划入"关系好"阵营里,毕竟,认识之后,在一起之前,他每次买衣服都会找我参考。

"下周再陪周雯雯买衣服,这周跟我去无锡。"辛柏收了我的马屁,依然希望我跟他去无锡。

我的工作不用出差,我一时想不到合适的借口跟我妈"请假"。我终于说了最主要的原因。

辛柏沉默,过了一会儿才说:"牛卉卉,我再给你一个月的时间,如果你还不跟你妈摊牌,我就亲自跟她说。"

"我会说的,但是你能不要这么着急吗?"我说。

辛柏不再回复我了。而我,也很识趣地闭嘴了。

第二天,和周雯雯一起逛街。周雯雯刚去了一趟贵州回来,再一次黑了起码五度。

我问她:"你都不涂防晒霜的吗?"

"涂啊,但是要干活啊!我和你一起逛街、旅游,涂了防晒霜,还会戴遮阳帽,或者打伞,衣服基本都穿长袖的。在贵州干活儿的时候可没这么多讲究。撸起袖子就搬东西,热了随手擦一把汗,涂了防晒霜还是会晒黑。你看我的手——"

周雯雯再次把手伸出来给我看,那双小手再一次明显粗糙了。

城市里长大的女孩儿,有几个不娇气的?周雯雯从小到大基本上没干过体力活,现在,她说起体力活,就好像那是自然而然的事情一样。说起山里的孩子们,就像在说她自己的孩子一样。我觉得心酸,也为她感到高兴。我说:"你找到了愿意终身去奋斗的事业,真好啊!"

周雯雯笑笑,没说话。

"用牛奶泡一泡,手膜敷一敷,护手霜抹一抹,就又细嫩回来了。"

"嗯。"周雯雯点点头。

"你这次想买什么样的衣服？"

"美的，仙的，飘啊飘的小裙子。"周雯雯笑嘻嘻地说。

"懂，照着仙女儿打扮你就行了。"我心里有了数。

我们去逛女装，我照着周雯雯想要的路数给她挑，每一件拿出来，她都兴高采烈地试穿，穿完挑了两件自己喜欢的，但仍然不放心，悄悄问我："这件显腰细不？腿长不？"

之前无数次陪周雯雯买衣服，她可从来没问过这种问题。我略一思索就明白了，问："还没搞定你的'真宝藏男孩'呢？"

"他心里还没转过弯来。他虽然没直说啊，但我看出来了，他怕别人怀疑他吃软饭。"周雯雯长叹口气。

"他怎么这么多想法啊？真是得了便宜还卖乖。"

"他想法不仅多，而且还奇怪。你跟他多接触几次，就知道他脑回路有多奇特了。"

陆一横就是个小男人。我其实一直不太理解，周雯雯作为一个身心都很强大的女人，为什么会选择这样一个脑回路清奇的小男人。但，爱情这种事，谁能说得清呢！或许，这样的陆一横，就是给了周雯雯安全感吧！就像那些吃力不讨好的事情，让周雯雯甘之如饴一样。

可我自己的人生都一团糟，我又有什么立场去评价别人的人生呢？

又帮周雯雯挑了会儿衣服，她始终不够满意。仙气的衣服通常不会显腰细，而周雯雯，什么都想要。我和周雯雯很默契地去楼下的茶餐厅吃了点儿东西，待体力稍有恢复，便又继续逛了。一直到所有东西都买齐，才离开商场。

只是我们怎么都没想到,光天化日朗朗乾坤,这么大的城市,居然会有抢劫犯。好巧不巧,那抢劫犯抢的,是我价值三万块的香奈儿包包。

我和周雯雯刚从商场出来,还没走多远,旁边就斜冲过来一个小个子男人,夺了我的包就跑。

那可是我花了好几个月工资才买的香奈儿包包啊!我拔腿就追,边追边喊"抢劫啦,有人抢劫啦!"

周雯雯跟在我身后追,她喊的声音比我还大。也不知道为什么,两次和她逛街都出事儿。不知道她郁闷不郁闷,我反正是挺郁闷的。

虽然是逛街,但为了美,我俩都穿着高跟鞋。别看那人个子不大,但毕竟是男人,我们根本就追不上。我追了大概五六十米,就气喘吁吁停了下来,双手扶着膝盖直喘气,而那个人,依然在我们前面三十米之外。

我大声嚷嚷:"你真看上我包了你就拿去,证件给我留下啊!"

小个子身形一顿,继续往前跑。正在这时,一个魁梧的男人出现了,他问我:"你包被抢了?"

"是啊,他抢的。"我指着那个小个子。他已经在五十米之外了。

"等着。"魁梧男撂下两个字,就冲了上去。我看到包有被夺回来的希望,跟在魁梧男的身后追了上去。

什么叫"快如疾风、迅如闪电"?这就是了。很快,魁梧男就追上了。小个子左躲右闪,好几次差点被抓住。后见势头不对,朝另外一个方向扔了我的包,就跑了。

魁梧男犹豫了片刻,放弃追逐小个子,去捡我的包了。而那个小个子,在关键时刻突然回头看了我一眼。就那一眼,我认出他了。王大伟！我了解了他的身世，了解了他卖身份证的原因，而他，也见到我如何因失恋而崩溃大哭。

王大伟回头看了我一眼，转身往前跑。我的包被捡回来了，魁梧男提着正朝我快步走来。我本来可以朝他走几步，接回我的包。但我并没有，我朝王大伟离开的方向追去，大声叫他："喂，你别跑了，你停下来。"

王大伟再次扭头看了我一眼，我说："我看见你了，我记得你，你停下来，我们聊聊。"

王大伟的脚步顿了一下，继续朝前跑去。

"王大伟，我都看见你了，你不想让我报警，你就停下来——"

魁梧男走到我身边，把包递给我，说："就一个小混混，算了。"

王大伟已经停下来了，他犹豫着要不要朝我这边走来。我接过我的包，匆忙对魁梧男说了句"谢谢你"，就朝王大伟走去。

周雯雯冲魁梧男笑笑，跟我一起朝王大伟走去。魁梧男跟了上来。

我问王大伟："怎么回事？为什么会拦路抢劫？"

王大伟没说话。

我继续问："工厂里的事情没做了？为什么要抢劫呢？"

王大伟嘴巴动了动，小声说："工作丢了，欠了很多外债，网贷，实在是走投无路了。"

我点点头，我能理解。我说："怎么着也不该抢劫呀！你不知道抢劫一旦被抓住就是重罪吗？"

"对不起，我没想到是你。"

我也没想到会在这种场景下碰见王大伟。我问："你欠了多少钱?"

"几十万吧!"

"怎么会欠那么多的?"

"一开始想买件过冬的棉袄,利滚利就那么多了。"王大伟低下了头。

"你以前不是欠过网贷吗?你的身份证还能贷款?"我难以置信地问道。

"我也不知道,我就试试,又给批了。"

我当时没细想,他这话其实是有漏洞的。首先,他之前的网贷都没还上,走投无路才卖了身份证。征信出了严重问题,小贷公司怎么还会给他批网贷呢?其次,他之前卖掉身份证,扔了手机卡,小贷公司的人找不到他,只好算了。这一次,他又出现了,之前的那些人没找他吗?就算他说的是真的,又借了网贷,他为什么不再"消失"一次,而是要靠抢劫度日呢?

我当时没想到这些,我相信了他的话,只想着,这么多钱,我还真帮不了他。我甚至还很同情他。我犹豫了片刻,就把包打开,拿出了钱包。钱包里只有八百多块钱的现金,我全拿出来,递给王大伟。我说:"现在都移动支付了,大家都不带现金的,抢劫真是不划算。你欠了那么多钱,我也不知道该怎么办。毕竟认识,我不希望你把路走偏了。"

王大伟大概没想到,他抢了我的包,我还会给他钱,他惊愕地看着我,没有接钱(他的表情应该是有千言万语想跟我说的,但我当时没看出来)。

我再递一次,说:"你拿着吧!我不知道你接下来该怎么办,但拿着这些钱,起码你今天晚上能吃顿饱饭。"

王大伟接下了钱。我跟他说了再见,他一步三回头地离开了。

王大伟走后,魁梧男问:"你跟他认识啊?"

"嗯。"我点点头,伸出手去,"我叫牛卉卉。今天真是谢谢你啊!"

"举手之劳,孟思。"他轻握了下我的手,问,"怎么认识的?"

虽然孟思帮了我,但,毕竟不熟,那么隐私的事情,我不可能告诉他。于是我说:"一个偶然的机会就认识了。"

孟思笑笑,没再说什么。他笑起来的样子还真是挺好看。

正说着话,王大伟又转回来了。

他说:"卉卉,我问你一个问题。"

"你问。"

"你恨他吗?"

"谁?"

"骗你的那个人。"

我这才反应王大伟说的是张贵龙,也就是林森。我想了想说:"事情才发生的时候挺恨的,后来就不恨了。他毕竟付出了代价,代价还挺重。"

"可你的钱还没追回来。"王大伟提醒我。

"是啊!但是换个角度想想,虽然他是在骗我,但那些钱也是我心甘情愿给他的。结局并不美好,但他毕竟还是给予过我快乐,也受到了重重的惩罚,我还有什么好恨的呢?"

听我这样说,王大伟的脸上露出迷茫的神色,他的嘴巴动了动,我以为他会说些什么,最终他却什么都没说,摇摇头走了。

看着王大伟的背影,孟思说:"你还挺善良的。"

善良吗?是傻吧!我其实一直都挺傻的。——想这些不开心的事情真是头疼啊！我摇摇头，不再继续想了。

看着孟思，我想拿点钱出来作为感谢，刚把包打开，想起钱都给王大伟了，我便小声找周雯雯借钱。周雯雯和我多年老友了，一听就知道我想做什么，二话不说就把钱包拿出来了。

周雯雯钱包里只有三百多块钱的现金，给孟思，我觉得少，很不好意思，不给我更不好意思。我抱歉地跟孟思说："真是对不起啊，今天带的钱实在是太少了。要不你给我你支付宝账号吧，我给你转点钱吧！"

"给我转钱干什么？"孟思问。

"感谢呀！我本来都不抱希望了，没想到包包还能再回来。说明人间有真情，人间有真爱。"

孟思被我逗笑了："你说话真有意思。"

我笑笑，催他："给我个账号吧！"

孟思说："我还真不是冲着让你感谢我才帮你的。"

"若不感谢，我过意不去。"

孟思想了想，说："要不你看这样行不行？加个微信，改天请我吃饭。"

"好的好的。"我连忙答应。微信也是可以发红包的。

可我没想到发过去的红包也是可以选择不接收的。

孟思加了我微信，告辞后的第一时间，我就发了个红包表示感谢，他客气了两句，并没有点开我的红包。

我心意到了，他不收那是他的事，我便没再多说什么。

第二十六章　恋爱的成本

辛柏本来是要出差两天的,许是太想我了,周日中午就准备回来了。我在公司加班,听到他要回来,立刻给即将下早班的牛淑芳女士发了条微信,跟她说,公司的事情没处理完,只怕要晚上才能回家了。牛淑芳女士倒没有怀疑,直接回复了个"好"字。而我,迅速结束案头工作,跑高铁站接辛柏去了。

接到辛柏之后,我陪他在高铁站附近吃了点东西,就商量着接下来到哪里"打发时光"。

我本来以为,以陆一横和周雯雯现在的"进度",周末周雯雯应该会借口加班约他出来的。哪里知道,陆一横并没有出门,而是窝在家里打游戏。见到我,陆一横居然有些不好意思,寒暄了几句,就钻房间里了。两天没见辛柏,我只想安安静静地和他坐在一起说会儿话。

辛柏起身,直接开了房间门出去了。不知道去跟陆一横说了什么,陆一横就出门了。

因为我来了,就让陆一横到外面流浪,给人添了麻烦,我有些忐忑不安。辛柏说:"我给周雯雯发微信,让她想办法接收他了,放心,他不会没地方去。"

周雯雯还没有完全搞定陆一横,辛柏这样做,也算是给他们制造机会。这样想,我心里就好受多了。辛柏把我拉到客厅,打开电视,又打开体感游戏机里一个打枪的游戏,把其中一个手柄递给我,说:"来一盘?"

"以我的智商,能接受的最高难度的游戏是开心消消乐,这种还是算了吧,看着头晕。"我顺手就把手柄放在茶几上。

辛柏笑笑,换了一个跳伞的游戏,说:"这个你应该能接受。"

双人跳伞,看游戏规则似乎不难,玩起来却并不容易。以身体为轴,躲避山峰、悬崖、飞鸟的撞击,连玩了好几次,我都输了。

辛柏说:"你平衡感真是不行。"

"我很少玩游戏的。"我说。

"以后我带着你多玩玩,你就熟悉了。"

我微笑,不置可否。

若不是辛柏带着,我大概一辈子都不会进健身房、一辈子都不会玩这些体感游戏吧!

玩了一会儿,身上就微微冒汗了。辛柏关了游戏,又点开了电影频道。他问我:"依然还是看文艺片?"

"随便。"我说。

辛柏挑了个《爱在黎明破晓前》,问我怎么样。

我说:"这部电影我都看了三遍了,一直想着,谈恋爱了和男朋友一起看,却从来没有机会。没想到你帮我实现了。"

辛柏笑笑,开了电影,让我先看着,他去厨房切了点儿水果,又找了些零食端出来放在茶几上,这才坐下抱着我跟我一起看。辛柏看电影很专注,只有在看到男女主的小心思和小动作时,他才会低头蹭蹭我的头发、搂近我的肩、捏捏我的手。摩天轮上,男女主接吻时，辛柏吻了我。不像之前的毛手毛脚，他只是把我抱在怀里，轻轻地吻了吻我的额头。

男女主约定半年后再见，而我知道，他们将永远不会再见，我的眼眶一如既往地湿了。辛柏显然看懂了我的意思。他搂紧我，说："如果是我，我不会放手，不会让她走。"我抱住辛柏的脖子，回吻他。我从来没有像现在这样害怕失去辛柏。

这一天，我很晚才到家。我是带着从来没有过的满足感回到家里的。我的表情可能泄露了我雀跃的心情，牛淑芳女士盯着我看了好几次。她试探着问我加班累不累，晚饭和谁一起吃的。我说："叫的外卖。"

"好吃吗？"她装作轻描淡写地问。

"还行。"我怕再聊下去，她就获知了我的秘密，借口累，去卫生间洗漱去了。洗完就立刻钻到房间了。牛淑芳女士追到我房间，貌似无意，实则有意说："辛柏好像谈恋爱了，我刚看他朋友圈猜的。"

我不动声色地"唔"了一声："啥？我没怎么关注他，我等会儿看一下。"

"你现在看。"牛淑芳女士说。

从辛柏家离开的路上，我和他还在发微信。他的名字此刻正待在我微信首页特别靠前的位置。我这时候拿起手机看，牛淑芳女士瞟一眼，只怕我和辛柏之间的关系就穿帮了。

我装作无意说："他说什么了？"

"你自己看呀！"牛淑芳女士说。

我拿起手机走向衣柜，装作要挑选第二天穿的衣服的样子，手机屏幕背对着牛淑芳女士下滑，上翻，找到辛柏，点开他的朋友圈。我这才看到几个小时前,辛柏发了条朋友圈,配图是切好的苹果和芒果。文字是"爱一个人,是切好两个人吃的水果后,独自一人在厨房啃水果核"。

我和辛柏的共同好友,就只有周雯雯、陆一横和牛淑芳女士。我看到周雯雯发了星星眼的表情,和一个"哇"字,而牛淑芳女士也点了个赞。

他可真是一个很好的爱人啊!但我还是很生气。

——朋友圈共同好友留言共享,我还没跟我妈摊牌。秀恩爱之前,就不能提前打声招呼吗?

我想了想,也点个赞,随口说:"看起来还挺恩爱的。"

"你知道他女朋友是谁吗?"

"不知道,很久没跟他联系了。"

"他应该是一个对女朋友特别好的人。"

"你怎么知道?"我佯装镇定地问。

"你妈活到这把岁数,看人还是很准的。"牛淑芳女士白了我一眼。

这跟建议周雯雯做好事把钱花出去消灾一样,都是玄学吗?我很好奇,却没问。我不敢深聊,怕聊多了暴露了。我只笑笑,没有回应。

牛淑芳女士说:"他这个年龄,估计也就谈谈,不会结婚。"

"你怎么知道他就谈谈,不结婚?"我有点紧张,我想听听看牛淑芳女士会怎么说。

"他才二十出头,只怕根本就没想过结婚。女孩子不一样,跟他谈两年,就想要个结果。他就算再喜欢那个女孩子,想到没房子没车,可能就不会再想结婚了。女孩子等不了,自然也就分手咯!"

我很不喜欢牛淑芳女士这个说法,我说:"房子很重要吗?"

"很重要。有房子才有家,小夫妻可以将就,生了小孩将就不了。所以,要成家必须有房子。"

我不知道该说什么好。在辛柏之前,我认为房子很重要。没有房子,就算结婚了,也会很凄惨。和辛柏在一起之后,我觉得租房住也没什么。和他在一起,我可以做到"有情饮水饱"。但很显然,牛淑芳女士并不这样想。

牛淑芳女士的这几句话,让我再一次感觉到和辛柏未来的路很难走。我觉得压抑,却无话可说。牛淑芳女士见我没搭腔,问:"辛柏都有女朋友了,你什么时候有男朋友?"

"你看我看得这么紧,我哪有空谈恋爱?"

"只要想谈,见缝插针也能谈。"牛淑芳女士语重心长地说,"还有几个月你就30岁了,要抓紧。我明天问问你大姨,有没有合适的人给你介绍。"

我就知道说起辛柏谈恋爱,她会这样说。事实上,无论说起谁谈恋爱,她都会扯到我没谈恋爱上。

"你问她干什么呀?她要是认识什么好的男人,表姐也不会嫁成那样了。"原本我想得好好的,不跟她吵架的,不知道为什么,说着说着我就急了起来。

"我就不明白了,你们看不上人家哪儿了。现在剩女这么多,能嫁出去就不错了。"牛淑芳女士嗓门一下子拔高了。

我真的很讨厌她提"剩女"这两个字,赤裸裸的歧视。而牛淑芳女士最擅长的就是哪儿痛戳哪儿。

我学着她的语气重复她的话:"能嫁出去就不错了!没房子你

也能接受?"

"当然不能接受啦!我现在已经放宽条件了,不要求你一定要找个本地的了。外地人起码要有房子的吧!"

"现在房价这么高,年轻人靠自己,有几个买得起房子的!"

"所以咯,要么自己行,要么家里行。自己不行,家里也不行,我也不放心把你嫁出去啊!"

我很不服气:"每个人的机遇和运气也不一样,年轻人的前途是看不出来的,现在没房、没钱,不代表将来就不会有啊!"

牛淑芳女士斜觑着我说:"你这个年龄,找的男朋友起码30岁往上走了。三十多岁的男人,就算没房,在这个城市一年挣不到三五十万,也算是没出息的吧?"

我气结而无语。

牛淑芳女士跟没事儿人一样交代我说:"虽说你现在岁数比较着急了,但还是要把眼睛给我擦亮点,不要什么人都看得上。我宁可你这辈子不嫁,也不想你随便嫁出去,跟什么阿猫阿狗一起吃苦。"

辛柏才不是什么阿猫阿狗,他是我的小爱人。

我突然想到一个问题,我跟牛淑芳女士说:"我也快30岁了,我都没有年薪三五十万,我凭什么要求男人年薪三五十万啊?"

牛淑芳女士说:"嫁高娶低,婚姻市场上,对女人的要求是漂亮贤惠,对男人的要求是有能力。怎么衡量男人有没有能力?第一条就是看能挣多少钱。"

"可是,我也并不贤惠啊!我看过一个数据,年收入十万的,就已经领先95%的国人了。年收入三十万的,领先98%,年收入五十万的,领先99%。我觉得你的要求有点高。"

"我没说一定要年收入三五十万啊，人我看得上，收入少一点，有房也可以呀！好几套房子的话，挣的跟你差不多，我也能接受啊！"

"是我在找对象，还是你在找对象啊？还得你看上！"我赌气似的说，"算了我还是不找了，跟你一起孤独终老得了。"

牛淑芳女士还想继续跟我抬杠，我直接把她推了出去。

我知道她说的都是真心话，全都是她的真实想法，但让我觉得压力很大。

周一上班，和往常一样，事情多的时候认真工作，空闲下来就电脑版微信和辛柏聊几句。很多工作要的并不是特别急，却必须要做。想拖，也不是不能拖一拖的。这时候就特别需要定力了。毕竟，和男朋友天南海北地瞎聊天比认真工作要有意思得多。只顾着聊天，工作没做的话，晚上就得加班了。而这，是我绝不允许的，下班后的时光那么重要，不仅可以聊天，还可以看见他人，可以拉拉小手手，可以去吃饭、去逛街……哪怕仅仅只是去公园里喂蚊子，也比白天微信上闲聊有意思得多。

为了控制我忍不住回复微信的手，专心工作的时候，我就关了电脑版微信，手机也塞包里不拿出来。跟同事说事情，只用公司内部聊天工具。丽莎出来布置工作，无意间看见我电脑屏幕上居然没开微信，手机也不在桌面上，当众表扬了我一番，倒让我有些哭笑不得。

不忙的时候，我问辛柏，怎样平衡聊天和工作的。他说："随时切换页面咯，反正又不影响工作。"

我！不！信！

辛柏说："真的，我读书的时候，经常在数学课上背单词。"

学霸的境界学渣表示不懂。

中午吃饭的时候，辛柏告诉我，他找了房子，跟中介约好下午去看。我想起他跟我说过，要在公司附近租房的事情，我之前还以为他是开玩笑呢："你不会是认真的吧？你走了陆一横怎么办？"

"你以为他还会在那边住多久？周雯雯跟他说，优秀员工可以申请配员工宿舍。周雯雯就一个工作室，员工优秀给奖金不行吗？给房补不行吗？为什么要配宿舍？她工作室全是女生，就陆一横一个男生，宿舍怎么分配？总不能让陆一横跟别的女生合住吧！她那是醉翁之意不在酒，就陆一横傻乎乎的没听出来罢了。"辛柏笑眯眯地说。

陆一横脑回路清奇，周雯雯也好不到哪里去。为了能圈住陆一横，周雯雯可真是够拼的。

我迟疑着说："可我觉得，在公司附近租房子，也太夸张了些。"

"我跟你约会到九点，把你送到你家巷子口，再回浦东，才夸张。"

这是在向我抱怨吗？

"辛先生你辛苦了。"我得了便宜还卖乖，说，"每次都跟你说不要送，你偏要送，我有什么办法？"

"我喜欢送你，哪怕多跟你待一会儿也是好的。"

"我也是啊！我也愿意跟你多待一会儿啊！哪怕一小会儿也是好的。"

我对着辛柏笑，笑得像个傻瓜。

辛柏说："中午休息时间短，吃完饭说会儿话就该回公司了，倒没什么。主要是晚上，要么看电影，要么去公园喂蚊子，总觉得有些委屈你。我把房子租在公司附近，晚上能给你做做饭什么的。"

我说："我下午跟你一起看房子吧！"

"不用，累，还要请假。我先去看一轮，选几个我觉得还不错的，你再去看。你有什么要求或忌讳，现在跟我说，我看房子的时候注意一下。"

"干净、明亮，卫生间不要暗卫。"我说。

"还有别的吗？"

"不敢有了。"我说，"这个地段，单独的房子，还要满足这个条件，只怕是不便宜。"

"一居室基本都四千加吧，要求稍微高一点，就五六千往上走了。"辛柏说。

"那你钱够吗？不够我可以出一部分。"我说。

"尚能支撑。住在公司附近，交通费省了不少，我也可以尽量自己做饭，省下来的钱补贴到房租上，应该也还行。"

认识这么久，我是第一次近距离地了解辛柏的窘迫。我托腮看着他，过了会儿，我问："你一个月多少钱工资啊？"

"到手一万二。"他说。

"你才23岁，这个工资不算低啊！"

"是啊，不算低。"辛柏似乎不打算再讨论这个问题了。

我心里默默算了笔账，房租水电费五千、吃饭及同事聚餐两千、购物一千、杂费一千、约会两千（随便看场电影、吃个饭，打个电动，几百块就没了，两千的约会基金不算多），这都一万一了。我的小辛柏，还真是不容易啊！

"你对未来有什么打算?"

辛柏愣住了,过了半晌才说:"在没有房,没有车的情况下,你还愿意……结婚吗?"

"如果是别人,大概是不愿意的吧!"我不假思索地说,"是你的话,也不是不可以考虑啊!"

"只是考虑啊?我以为,你会直接说'愿意'呢!"

我把左手伸给他,眨巴着眼睛装出很可爱的样子问:"好吧,我愿意。所以,你打算求婚了吗?"

辛柏伸出右手,在空气中虚画一个圈儿,伸手捉住那个圈儿,套在我的无名指上,说:"戒指先戴上,结婚,容我考虑一下。"

我翘起手指头,欣赏着他送我的空气戒指,不满道:"我什么都不要了,你还要考虑啊!"

"要考虑啊!没有房,没有车也就算了,总得办个酒席吧!"

"那么,办酒席的钱你存够了吗?"我半真半假地问。

"还差一点。"

"那你加油哦!"我继续半真半假地为辛柏打气。

辛柏举起了拳头:"我会加油的!"

我们一起笑,笑得很开心。而我的心里,却感到沉甸甸的。若是爱情不考虑现实就好了。可我们毕竟生活在这个真实的世界上,现实才是组成这个世界的最主要部分,我们不可能不考虑。

我找了个很棒很棒的男朋友,我愿意一辈子跟他在一起。可辛柏实在太年轻了,经济条件也不好,我们没办法就这样有今朝没明日地厮混下去。

辛柏对我瞒着牛淑芳女士"我们恋爱了"这件事非常不满。他希望我们能光明正大地牵手,向亲近的人介绍彼此。而我,提都不敢跟牛淑芳女士提。

毕竟，在牛淑芳女士眼里他除了年龄小，看起来不靠谱之外，也太穷了些。然而穷这件事，短期之内根本就无法改变。我跟辛柏说"时间到了我会跟她说"，而我，用的不过是"拖"字诀。

我很想问问辛柏，你这几年会升职加薪吗？也想问他，就算我什么都不要，婚礼不要、戒指不要，跟你裸婚，你有考虑过，有了小孩之后，该怎么办吗？我很烦躁，我想问他很多跟将来有关的问题。我却没有任何问的立场。我自己，也一直是一个不求上进的人啊！要不然，也就不会快三十了，还拿着不高的月薪了。

对着辛柏傻笑了会儿，觉得脸有些酸，我就没笑了，只默默地看着辛柏。辛柏突然很严肃地看着我，说："你有没有想过，我们之间有很大不同啊！"

"当然不同啊，男女有别。"我试图开个玩笑，缓和一下气氛。

辛柏笑笑，说："你是本地人，我是外地人。你家虽然不是特别有钱，但作为这个城市的原住民，起点已经比外地人高很多了。你不用支付房租，在家吃饭，薪水全部都自己花，父母经常会补贴一些，你的生活可以说是无忧无虑。而我，我是小地方考大学考过来的，我这边没有房子，没有家。以现在的房价来说，我得非常非常努力，还要有特别好的运气，才有可能在这个城市买到一套房子。"

我微笑，说："可是我们相遇了，还相爱了。"我不太想去想这些问题，于是我抱住了辛柏。辛柏一手抱着我，另一只手伸出来，摸摸我的包，再摸摸我的衣服，说："我买不起这么贵的包，也买不起这么贵的衣服，对不起！"

"我已经有很多这种类型的包,也有很多这种类型的衣服了。我们在一起才是最重要的,不是吗?"

"我不希望你因为我委屈自己。"辛柏说。

"所以,你是打算跟我分手吗?"我放开他,故意叉着腰问。

"除非你不要我了,否则我是不会跟你分手的。我只是想告诉你,跟着我,你可能会过好多年的苦日子,但是我会努力的。"

"好的,我记住你这句话了。"我故作轻松地说。

辛柏摸摸我的头,没有再说什么。

而我,突然想到了一个特别迫切的问题。虽然这并不是合适的时机,但再不说,我怕我忘记了。

"你下次能不能不要在朋友圈秀恩爱了。我妈看见了,还跟我讨论了。"

"她怎么说?"辛柏问。

"说你很好,但只怕就是谈谈,很快会分手。"

"你为什么不跟她说实话?"沉默了一会儿,辛柏问我。

"没胆量。"

"那你什么时候有胆量?"辛柏问。

自从上次跟牛淑芳女士聊了这件事,我这些天压力特别大。那一刻,不知道为什么,我突然发了脾气,我说:"你不要逼我啦!她也逼我,你也逼我,你们让我怎么办?"

和辛柏在一起这么久,我是第一次发火。他有点蒙,愣了半晌,才说:"你不要着急,我不会再发朋友圈了。"

"嗯。"我点点头,忍住了差点喷涌而出的眼泪。

辛柏把我抱在了怀里,说:"没关系,我们慢慢来。这些事情,总会解决的。"

我们看好了房子，离公司一公里之外的一个老公房。

感谢这个城市的包容性。起码，因为建筑保护，在市中心还能租到租金尚能承担的房子。那房子楼龄至少有四十年了，装修很老，很多地方都破败不堪了。仔细看，从木地板的质地和墙纸的莹润度能看出来，这在当年，已经算是很好的装修了。

租金四千五，这是我们（主要是辛柏）所能承受的最高极限里最好的房子了。我第一眼并没有看上，直到我们又一起看了五六套辛柏筛选之后的房子，最终，我们决定把这一套定下来。

辛柏觉得委屈我，他说："等我钱稍微多一些，就换个好一点的吧！"

如果我们没谈恋爱，他甚至连这套房子都不必租。这其实，也是爱的成本。

我安慰他道："这个房子很好啊，虽然面积不大，但格局方正，采光很好。外面还有一个大露台，我们不仅可以种花，还可以放个小茶几，坐在外面喝喝啤酒吃吃烧烤什么的。房子收拾收拾应该也还不错。地板和柜子重新刷下漆，墙上重新贴了墙纸，换个窗帘，换个床垫，跟新的也没什么差别了。看在你交租金的分上，这些东西就我来买吧！"

"周末我们一起买。"辛柏说。

"都听你的。"我学着辛柏的语气说。

窗帘和墙纸量好尺寸，从网上订了。床垫也在网上买。刷地板和房顶的油漆在建材市场现买的。地板有几块破了，我们配了颜色看起来类似的。在宜家买了小餐桌和小椅子，还买了些花盆，打算用来种花。单身汉辛柏是不做饭的，有了女朋友之后，大言不惭要做饭给我吃，锅碗瓢盆都需要添置。因为是租来的房子，没必要买特别好的东西，我们在"买买买"的时候，除了四件套和被子，其他都可以说是很注意性价比了。就这样，全部配齐也花了我差不多两个月的工资。说不心疼，那是不可能的。心疼归心疼，想到从此我们就有自己的小窝了，兴奋远大于心疼。

我明显感觉到了我的变化。以前，我是一个拘谨而严肃的女人。而现在，我变得妖媚，不仅漂亮，还逐渐有了女人味。我很高兴自己有这样的变化。而这一切，都是辛柏带给我的。

没有钱请工人，改善住房条件的所有事情都我们自己做。平时没空，租好房子之后的那一个月，我们几乎每天下班之后都在房子里忙各种事情。

我负责洗洗涮涮，辛柏负责维修和建立。某一个周六，当我收拾好厨房走出来的时候，辛柏正站在梯子上刷房顶。窗户开着，微风轻抚烟灰色的亚麻窗帘，阳光一部分在地板上跳跃，一部分打在他的腿上。他听见我出来了，低头看我，沾有油漆的脸上绽放出大大的笑容，那一刻，我心的花田再一次怒放，花田里薰衣草、马鞭草、大丽菊、太阳花、向日葵，以及所有的姹紫嫣红的花一起怒放了。我就这样傻呆呆地看着他，和他一起笑。

辛柏从梯子上走了下来，他放下油漆桶和刷子，过来拥抱我，他的身体贴在我的身体上，他的脸贴在我的脸上，他喃喃地说："真好，有你在真好。"

我没有说话，我只是闭上眼睛静静地感受他。感受他的真心，感受我的悸动，感受……从他脸上沾到我脸上的黏黏的油漆，以及油漆所散发的奇怪的、却不算难闻的味道。——我讨厌油漆味，和他在一起，这味道都变得好闻了起来。我拥抱着他，轻拍他的脊背。被他抱着，也抱着他的那一刻，我的心是柔软的。

不知道过了多久，我们才放开了彼此。他继续刷漆，我继续擦洗家具。之后，我们又配合着贴了墙纸。中午了，我煮的红枣小米粥好了，我们便停下手里的活计，洗了手，就着超市买的凉菜和馒头坐在小餐桌旁吃了起来。

第二十七章　一切都不是偶然

吃饭的时候，我的手机响了。孟思发来了微信，他问我晚上有没有空，他想请我吃饭。

被王大伟抢包到现在，整整一个星期了。孟思加了我微信整整一个星期了，却并没有联系我。我以为，他不收我的钱，说的那句"改天请我吃饭"只是一句客套话。他见义勇为而不求回报，并没有真打算让我请他吃饭。可是这时候，他主动发来了微信，还说要请我吃饭。我能怎么办？毕竟得到了他的帮助，我得回报呀！于是我回复说："我请你吃好了。"

"行，你什么时候比较有空？"孟思说。

"明天中午吧，明天周日。"我说。

"地点你来定，还是我来定？"孟思问。

我想到请他吃饭，档次什么的最好以他的标准为主，便说："你定吧！"

"好，我定好了发给你。"孟思说。

"好的。"我说。

辛柏见我一直在发微信，就问是谁，什么事情。我跟他说了，顺便也把那天遭遇抢劫的事情说了。越说到后面，辛柏眉头皱得越厉害。我终于讲完了，他问："发生了这么大的事情，为什么不第一时间告诉我？"

"当时你在出差，我怕耽误你工作……"说着说着我就心虚了，这是什么烂借口！辛柏当然知道这只是个借口，他看着我，没有说话。"事情发生后很快就过去了，我也没损失什么，就没跟你说……"这，似乎也是个烂借口。辛柏依然没有说话。我只好怯生生地解释道，"我主要是怕你担心……"

"你认为让我担心，也是在给我添麻烦，对吗？"

我愣住了，我怕他啰嗦，也怕他就像此刻一样，追问到让我感觉到慌乱。好吧，我承认，我就是怕给他添麻烦，我也怕他啰嗦起来，我觉得麻烦。我就是一个因为怕麻烦，从而选择什么都不说的女人。我讨厌我这一点，但我改不掉。辛柏见我久久地不说话，情绪似有抵触，便问："这事儿你跟你妈说了吗？"

"也没有。"

"为什么？也是怕她担心吗？"辛柏没打算放过我，继续问道。

"忘记了。"我此刻像个犯错的小学生在面对家长的责备，连回答都是小心翼翼而又简短的。辛柏继续皱眉，不再理我。我不知道该怎么办了，摸出我的手机，胡乱地刷着，以逃避心虚。

"明天吃饭我跟你一起去吧！"

"好。"我答应得很爽快。

我知道没主动说让辛柏很不爽，为了让他高兴起来，我哄了他半天。各种谄媚逗趣，就像以往每次他对我不满的时候我做的事情一样。终于，他放下了这件事，不再提了。

孟思大概没有想到，我请他吃饭还会带着男朋友。但既然都带了，那就一起吧！三个人愉快地吃了晚餐，辛柏埋了单，我们就告辞了。之后，孟思跟我聊了几次，我因为忙，回复的时间总不那么及时。

他大概说了一些类似于"你和你男朋友感情挺好啊"以及"你们认识多长时间了"和"他好像比你小很多的样子"之类的话。我的回复也特别简单，基本就"嗯"或简单两三个字回复。几次之后，他就没怎么没话找话跟我尬聊了。

我本来以为这事儿基本就这样过了，不料周三上午，大约十点半左右，辛柏突然微信发给我了一个地址，让我中午赶到那边去吃饭。我觉得有些莫名其妙，问为什么，他没回复我。

就一条微信，没有语音，没有电话，我问为什么也没回复我。我怀疑他是不是手机丢了，就决定暂时先不去，除非他再回我一条消息。我计划着，若到中午十二点，他还没回我消息，我会去他公司看一看。

大约十一点半左右的时候，辛柏打了个电话给我，确认了叫我吃饭的事情，还说他已经到了，让我打车过去，这样快一点。我问为什么要去那么远的地方吃饭，辛柏只说："你来了就知道了。"

我以为辛柏是想给我一个惊喜。我努力回忆这天究竟是什么日子，似乎也不是什么特殊的日子。我有些疑惑。为了稍微有些正式感，出门之前，我还补了个妆。赶到现场后，我怎么都没想到，等待我的除了辛柏，还有王大伟，他们正在谈话，似乎已经谈了很久了。

我不知道发生了什么事情，有些忐忑不安，走过去坐在辛柏身边，问："怎么了？"

"让王大伟跟你说吧！"

"对不起，我骗了你……"王大伟见到我，低下头小声地说道。

听完王大伟的讲述,我震惊了。

原来,那天他刚好出现,抢了我的包,并不是"一不小心",而是"刻意为之"。孟思的"英雄救美",也不是"刚好遇见",而是"刻意为之"。

这是一场针对我的阴谋。他们都是PUA的成员,不仅王大伟、孟思,就连之前跟我相亲的小李,对我帮助颇大的医生陈学文,全部都是不良PUA的成员。唯一的区别是,王大伟是新进成员,陈学文、小李、孟思都是资深成员。从前到后,我所接触的每一个男人,除了辛柏,都是PUA针对我的阴谋。

先是陈学文,在门店"偶遇"我,和我谈恋爱,我和他接吻呕吐,让他知道自己没戏了,便退出了。换了更有魅力的小李,千方百计找到牛淑芳女士的同事,跟我相亲,打算从我妈入手,一步步拿下我。结果我连他的脸都没仔细看,事后还编谎言骗他,我是不婚主义拥护者。接着,又来了孟思,亲手导演了一场英雄救美……若不是王大伟一不小心露了脸,被我认出来。而辛柏,总觉得这些事情不对劲,找民警小丰要了王大伟的联系方式,千方百计找到王大伟,只怕我永远都不会知道,这些人在我身上究竟下了多少功夫。

王大伟显然很不擅长讲述(也或许是跟辛柏讲了一遍,到我这儿累了,不想讲太多了),我听了觉得简直就像天方夜谭,太不可思议。——我只是大城市里一名普通的小女子,我性格不是很好,我自卑,我冲动,我瞎善良,还总做一些不靠谱的事情……可他们怎么就偏偏盯上我了呢?

我问王大伟:"为什么是我呢?我怎么会被他们惦记上呢?他

们是在帮他报仇吗?"

"因为你那篇文章。"辛柏插话了,"你发在网上的那篇文章,影响力实在是太大了,很多从来没听说过PUA的人,都听说了。你一篇文章就断了他们的财路,他们不报复你报复谁?"

我问王大伟:"你又是怎么加入这个组织的呢?"

"认识了你,我才知道这世上原来还有PUA这样的组织,来钱这么快,活得这么光鲜。我,我就动了歪脑筋,千方百计找到了他们……"王大伟羞愧地说。

"那你,出师了吗?"我问。

"并没有。我没钱交学费。所以,我一直被边缘化,也没学到什么东西。十几天前,有一个导师突然通知我,让我去参与一场'英雄救美'里的抢劫,我没想到被抢的人会是你。我抢完之后觉得你脸熟,回头看了你一眼,更没想到,立刻就被你认出来了。"

"那你……为什么你又会告诉辛柏真相?"我问。

"你不恨张贵龙,还给了我钱,我觉得挺对不起你的。认出你之后,我就不同意再对你进行报复了。孟思坚持要报复,最近一直在做我的思想工作。"王大伟一脸真诚地看着我,"但是,我已经不想再跟他们一起了,我想退出,还想举报他们。我又不敢,怕他们报复我。"

所以,这就是孟思加了我微信,一个星期都不跟我联系,后为又突然要请我吃饭的主要原因吗?这一个星期,他们内部一直在商量怎么对付我吗?

"假如,他们的阴谋成功了,会怎么对待我呢?"我问。

"先让你爱上我们的成员,骗光你的钱,让你怀孕,再抛弃你。让你身败名裂,或为情自杀。他们要用PUA的方式和技巧,让你输，让你成为教程上的一个经典案例。"听完王大伟的讲述，我浑身发冷。幸好，在他们的报复开始之前，我就爱上了辛柏。我对辛柏的爱和辛柏对我的爱是那么坚固，才抵挡了他们一波接一波的攻势。

我不由得有些后怕，陈学文那么温文尔雅的人，善良却偶尔表现得有些低情商（现在我才想明白，连低情商都有可能是故意的，是人设的一部分）。他外科医生的身份是真实的，他在我生病的过程中帮了我很多，我一直都很感激他，并固执地认为，我只怕永远都还不上他的情了。却没想到，他帮我只是为了让我身败名裂，或为情自杀。牛淑芳女士很喜欢他，认为他是我的良配。他搞定我之前，先搞定了我妈。这多么可怕。

还有那个小李，直接从牛淑芳女士那边入手……孟思，更是亲手导演了一场戏，让我就算有男朋友，也不得不跟他一起吃饭。我经历过PUA，他们应该想到了再一次让我上当受骗的难度，他们只是没想到，他们的一波波攻势，会成为神助攻，我通过陈学文，了解到我有多爱辛柏，和他确定关系；通过小李，和辛柏之间的感情经历波折之后更好了；而孟思，更是让辛柏直接揭穿PUA试图报复我的真相……

辛柏说服了王大伟，他最终同意向警察说明加入PUA之后这几个月以来的经历，配合警察，彻底摧毁PUA组织。把他送到公安局之后，我便和辛柏一起回公司了。回去的路上，我问辛柏，怎么发现这件事不对劲的。

"城市治安向来不错，小偷小摸我听说过一些，基本都是个案。唯独拦路抢劫，太少见了。一是抢劫一旦被抓会判重刑；二是城市上空到处都是天眼。抢劫后在逃跑的过程中很容易被摄像头拍摄下来。太不划算。王大伟抢你的包,这事儿听着很合理,却处处透出不合理。你说的时候我就有些怀疑了,和孟思吃饭的时候,我提到了王大伟,他言辞闪烁,似乎很慌乱,我觉得他不对劲,加了他的微信,想私下跟他聊两句,他根本就不跟我聊,朋友圈对我也不可见,对你却是可见的,他在防备我。我想了想,就找了小丰,要了王大伟的联系方式。"辛柏说得轻描淡写,我却听傻眼了。我曾经听过一句话,说"聪明的大脑,是男人最高级的性感",我的小辛柏,真当得起这句话。

我由衷地赞叹说:"你真是太厉害了,我是当事人,都没发现有什么问题。"

辛柏不理会我的马屁,总结说:"所以,你现在应该知道了,出现在你身边的男人,除了我之外,都可能是另有目的的。那么之后,你还会去相亲吗?你还会轻易答应和别的男人一起吃饭吗?"

原来在这儿等着我呢!我没接他的话,而是问:"你控制欲那么强的吗?我和别的男人一起吃饭都不行的吗?"

"看什么人吧!同事,亲朋好友,我不会说什么的。"

我其实根本就没什么异性朋友,男同事不多,私下很少聚会。至于亲戚,也没什么男亲戚会主动找我吃饭吧!辛柏这样说,跟没说没什么区别。我白了他一眼,没搭理他。

辛柏想了想,说:"这事儿你还是要跟你妈说一声,免得她不明真相,再让你去相什么亲。"

"我有些担心,怕那些人一计不成又生一计,没完没了对我进行报复。"

"警察都知道这事儿了,短时间之内,那些人应该是自顾不暇了。只要我们之间的感情无坚不摧，你又担心什么呢？"

"所以，你让王大伟去找警察自首，也有让他们那个组织自顾不暇的目的？"

"嗯哼！"辛柏得意地说。

行……吧，有这么聪明这么腹黑还这么爱我的男朋友在身边，我又何必要担心外界的腥风血雨呢！只要他的腹黑不针对我，我就是绝对安全的。

这些事情，我本来没打算跟牛淑芳女士说。倒不是她"看人不准"这事儿不能讲，而是，我跟辛柏的关系还瞒着她，若她知道是辛柏发现了这件事情的漏洞，就一定会追问，辛柏是怎么知道的，为什么我们当时会在一起，我们在干什么，她不是说了要疏远辛柏之类的话吗，为什么我没听她的……我太了解牛淑芳女士了，若她追问起来，只怕我和辛柏的关系就瞒不住了，暴风雨就会提前到来了。

但是辛柏都主动提了，让我告诉牛淑芳女士。我若瞒着不说，她下次再拉我去相亲怎么办？我是没本事拒绝她的，但如果我听她的去相亲的话，以辛柏的脾气只怕会暴怒，那就不是我说说好话做低伏小就能轻易挽回的。

两难抉择！之后的那些天，我就一直在思考，究竟该不该告诉牛淑芳女士。想了三天，我决定告诉她。除了怕将来无法对辛柏解释之外，更想试探试探牛淑芳女士，想知道她听说辛柏再一次地救了我之后，会不会改变对辛柏的评价。会不会不再嫌他年龄比我小，会不会不介意他很穷……但凡牛淑芳女士的语气有一些松动，我都会拥有把辛柏带到她面前的勇气。而现在，我并没有这个勇气。

想清楚要告诉牛淑芳女士之后，我又在想该以什么样的方式告诉她。我本来想编个谎言，解释一下为什么我会和辛柏在一起。但考虑到牛淑芳女士有特异功能，我在她面前撒谎从来没有成功过，就……还是算了。我决定坦然一点，告诉他辛柏重新租房子了，请我帮他买点软装的东西。就在那时候，他知道孟思约吃饭，他觉得不对劲，提出要和我一起去，这才逐步揭穿了PUA们针对我的报复。——我并没有撒谎，我只是选择性地隐瞒了部分事实而已。

听王大伟讲述的时候，只觉得后怕。系统性地讲给牛淑芳女士听，我才发现整个过程都是惊心动魄的。——我但凡在其中任何一个环节陷入进去，可能就万劫不复了。而我，本来想要应对牛淑芳女士盘问的那些关于为什么我会和辛柏在一起的话，因为紧张，在讲述的过程中，我就竹筒倒豆子般全说了。

牛淑芳女士听着，没有说什么，一直到最后，才评价了句："他们这些人，怎么就那么坏呢！"

是啊，有些人怎么就那么坏呢！坏到超出人的底线，坏到根本不配为人。

牛淑芳女士也担心我接下来是否还会有危险。我用辛柏回复我的那番话回复她："他们现在应该自顾不暇了。"

牛淑芳女士交代我："以后什么事都长个心眼儿吧，擦亮眼睛看人，不要轻易相信不认识的人了。"

"嗯。"她没有提辛柏，我松了一口气。

牛淑芳女士说："该相亲还是要相的，坏人毕竟是少数。"

敢情我这番话都白说了。

"我暂时没那个心情，你让我缓缓吧！"

缓一时也好。

见事情说完了,我就准备回房了。

牛淑芳女冷不丁说了句:"你叫辛柏到家里来吃饭吧!"

我没想到,牛淑芳女士没有追问我,而是直接提出让辛柏来吃饭。——自从上次她发现辛柏似乎对我有不一样的感情到现在,好几个月过去了,这是她第一次提出让辛柏到家里吃饭。

辛柏当然不能来家里吃饭。我们两个人一起面对牛淑芳女士,她一定会通过我和辛柏之间的肢体语言发现我们之间的关系。我说过,她有特异功能,从小到大我在她面前撒谎就没成功过。除非我很有把握她能接受我们,否则不会让我和辛柏陷入这样的境地。

我试探着说:"你不介意辛柏对我有不一样的感情了?"

牛淑芳女士盯着我看了好几眼,这才说:"你又不是傻瓜,辛柏毕竟比你小那么多,你应该不会跟他谈恋爱的。"

我,就是那个傻瓜啊!

可是这些话,我不能直接说出来。于是我装作若无其事地说:"辛柏最近项目比较忙,平时总加班,周末经常到无锡出差,只怕是没时间。"——这种跟别人有关的谎言,不在她的特异功能之内。

"没有就算了,你好好谢谢他。"牛淑芳女士没再多说。

这事这么轻松就过了,我倒是没想到。

张贵龙家人对我的报复,和PUA策划的抢劫发生时,周雯雯都跟我在一起。"肇事"的那篇文章发在她的公众号上,事件的经过她是非常了解的。这件事结束了,也该知会她一声,我便打电话跟她说了。周雯雯除了感叹"好险"之外,更对这件事的后续走向有了大兴趣。她想要去采访一下小丰,再写一篇跟PUA有关的文章来,也算是对这件事做个了结。

我问她:"我都被报复成这样了,你不怕有危险吗?"

"有危险也要写。这是一个自媒体人最起码的觉悟!"

我被她夸张的动作和语言逗笑了,我说:"你也不介意文章被当成是我写的,我再次被报复吗?"

"介意。"周雯雯的语气变得低落了"那还是算了吧,我遇到危险没关系,因为一篇文章再让你遇到危险,我就太过意不去了。"

"算了,你写吧,辛柏会保护我的。"

"哎呦喂!"周雯雯夸张地叫道,"你还真是……不知道该说什么了。"

我笑了,问她:"'真宝藏男孩'呢,搞定了吗?"

"差不多吧!"周雯雯说,"走路挽着手,出门帮拎包,大街上亲一下也不躲了,基本上算是搞定了吧!"

见缝插针就秀恩爱,真是服气了:"行,行吧!祝你们百年好合,早生贵子。"

周雯雯听出来我的揶揄,很狗血地补了一句:"你和辛柏也是哦!"

第二十八章　辛柏的APP

本来辛柏要在公司附近租房，我还觉得太贵没必要。现在看来，真是好处太多了。那房子不止是我的落脚地，还是我对抗繁琐无趣生活的乌托邦。

房子不大，我却越来越喜欢了。若按辛柏的直男品位，大概是越简单越好。而我，喜欢精致美丽的东西。我花"重金"网购了一个羊毛地毯，铺在客厅里。我在阳台种了花，在屋里也挂上了绿萝、吊兰之类的藤本植物。我还在这里安置了很多私人物品：我最喜欢的小乌龟抱枕、我的一套护肤品、一套家居服，还有两条裙子，一件外套。

辛柏说要给我做饭的，他倒还真做过几次。怎么说呢，他做菜的风格相当粗犷。什么食材都能放锅里乱炖。倒也不是不好吃，就……怪怪的，挑战我的想象力。比如说，茄子和鲫鱼，加上红薯，他都能掺一起炖一锅。

我没取笑他，大家都这么忙，他肯下厨做给我吃，就足以让我感念了。就像每次我主动做饭给他吃，他都会夸赞半天，并捧场地吃光光一样。

我和牛淑芳女士住的房子也不大，只有六十多平方米，却比辛柏租的这个一居室要大太多了。然而不知道为什么，我更喜欢待在辛柏这边。聊聊天,看看老电影,喝点啤酒,吃点坚果,都让我觉得无比快乐。

我们还聊天,聊各种有的没的。

比如:

辛柏说:"这么喜欢这边,搬过来住得了。"

"不行的。"我说,"我们还没结婚,我没办法跟我妈说。"

辛柏笑了会儿,说:"你好像特别在意你妈的想法。"

"能不在意吗?她想弄死我的时候,至少有一千种方法。"我说。

"你已经这么大了,完全可以自己做主自己的生活。"辛柏说。

"我也想呀!她不给我自由。"我其实,并不太想继续聊这个问题。

辛柏说:"我仔细想过你和你妈之间的关系。你总说她不给你自由,她不放你离开。其实,你骨子里,也并不想离开她吧?你们在一起单独生活了二十多年,相互依赖,你其实是离不开她的。"

"有吗?"我仔细思考辛柏的话(和辛柏在一起之后,辛柏提出的每一个观点,若我之前没有想过,我都会仔细思考),思考完毕,我说:"也可能吧,我之前每次都说,结婚了就搬出来住,彻底脱离她的'魔掌',后来想想,若结婚后,她坚持要跟我住,大概率我应该不会拒绝。"

"我也觉得你不会拒绝。"辛柏笑着说,"对于你来说,跟你妈住一起太舒服了。她会把所有生活的细节都给你准备好,你唯一要做的就是忍受她的唠叨。你反正已经忍受了这么多年。"

"说得就像我没有断奶一样。"我说。

"你好好想想是不是这样。"辛柏说。

我……好好想了，还真不是。我说过，我和牛淑芳女士住在一起，表面上看来是她在照顾我，但很多时候，未尝不是我在照顾她。我怕我离开，她一个人应付不来。

等一下，我这样想，是因为我爱她吗？我被这想法吓了一跳。我又仔细想了一下。

或许吧，我想，我讨厌她，也爱着她。如果，她对我的生活没有那么强烈的控制欲就好了，我会更爱她的。

我们还聊些别的，一些特别正经，特别有意思的话题。

比如：

辛柏说："我最近在做一个项目，你给我的灵感。"

"什么项目？"我好奇地问道。

"一个一键式解决穿搭难问题的APP和网站。"辛柏绘声绘色地描述起来，"你对服装非常了解，你知道自己适合什么风格，你能穿得很好看。可是有很多人，比如认识你之前的我。之前，甚至包括现在，我并不知道穿什么样的衣服好看。买衣服对于我来说是一件很头疼的事情。我调查了我们公司的同事们，大部分人跟我的想法一样。我想做一个APP，根据不同人的身材、长相，通过大数据推荐适合他（她）的风格——直接搭配好的风格。若认可我们的推荐，他（她）可以根据我们的推荐下单，我们邮寄给她，她试穿，合适确认支付，不合适就退回来。"

"这样的APP已经有了，名字我忘记了，最近这一两年还比较火。周雯雯的公众号就接过他们的广告。跟我提了一嘴，我去他们APP页面看了，输入身高三围数据、价位需求，就会得到推荐。购买方式和你说的一样，付钱，试穿，不合适七天内无理由退款。"

"输入三围数据吗?这样很容易数据抓取不准确。就算数据准确,每个人的身材也完全不同,比如说有的人上身长下身短,有的人有小肚子,有的人是麒麟臂,有的人脖子短,还有的人,头身比例不协调……网购服装最大的问题是,没有提前试穿,收到货之后,不满意的概率就特别大,从而导致退货率特别高……"

辛柏还没说完,我就打断他,说:"很多女人买衣服,享受的是'买'的快感,并不是'穿'的快感。有些人就算收到货不是特别满意,也未必会退。——因为女人购买的大部分衣服,最终都未必会穿,她们穿的,还是平时穿的那几件。就算会穿,大部分衣服,也仅仅只穿那么一次或两次,就闲置了。"

"是么?这个我倒是没想过。"辛柏思索我的话。

"你不了解女人买东西的心理。你觉得我很会穿,也很会买。但一直到现在,我买的衣服,还有很大一部分根本就没穿过,最后都让我妈拿到二手平台卖掉了。"辛柏沉默,继续思索我的话。我问他,"所以,你想做的东西,和我说的那个APP有什么本质区别吗?上身长下身短、小肚子、麒麟臂、脖子短、头身比例不协调……这些都怎么解决?让用户提供更准确的数据吗?"

"这样做就没意思了。我要做的是技术性的突破。从来没有任何一家服装公司和网站能做到的技术性突破。"辛柏兴奋地说。

"怎么突破?"我问。

"只要用户上传一个十秒钟的全身旋转的小视频,我们的网站后台会通过网点成像技术直接抓取并分析她所有的身体、身材方面的数据,包括头发的长短、颜色。我们推荐给她的衣服,不仅仅只是穿在模特身上的效果,还有她自己的'上身'效果。她观看我们反馈给她的小视频，就知道适合不适合她。哪里好看，哪里不行。前面和后背都能看到，这跟亲自试穿没有任何区别。"辛柏说。

"还是有区别的，比如说面料的手感，穿在身上的体验感。"我忍不住泼冷水说，"大部分人身材都不好，看到了效果，会大失所望，想买也不会买了。而网购，要的就是冲动消费。"

"不会买，从另一个角度来说，是降低退货率的好方法。"

我微笑，不忍再打击他。

"我们还可以配备VR眼镜，用户戴上眼镜就能近距离观察细节。"辛柏继续眉飞色舞地说道。

"所以，你是打算自己卖衣服咯？"

"不啊！这个APP只是一个第三方平台。做好之后，我们会跟各服装品牌合作，一键链接他们的最新款。各个品牌只要配合我们输入尺码数据及上传最佳搭配方式、模特试穿效果就好了。"

"第一，并不是每个人都愿意拍摄这样的小视频上传到网站，他们怕个人信息泄露；第二，就是我前面说的，很多人看了试穿效果，可能就不买了。毕竟，没照镜子之前，很多人还以为自己是个360度无死角的小仙女儿呢；第三，网上试穿和现实试穿最大的不同是，更容易厌倦。女人去实体店买衣服，逛十家店试十件，可能未必会累。享受的就是逛和试穿的过程。网上看衣服，还把试穿效果陈列出来，十件不合适，一会儿眼睛就累了，就不想再看了；第四，人的身材是会变的。一个月前和一个月后，体重可能相差十斤。万一，他（她）上传的是很久之前的小视频呢？这不是乌龙了吗？"我对他这个APP始终不看好。

"你第二个和第三个问题其实是一个问题。加滤镜，用户可选择性地1到3倍速播放试穿视频，都是能解决的。至于第一个问题，APP想运营下去，自然有保密措施。网购才兴起的时候，用户也对填自家地址感觉到有顾虑。后来不都接受了么。现在的快递单，连电话都会隐藏，你又何必担心用户拍摄的身材小视频泄露呢！至于第四个问题，这就是用户自己的问题了，我们会提醒他（她）上传最新的视频，他（她）若上传了很久之前的，我们无能为力。"辛柏突然停下来看着我，过了好一阵才冒出句，"卉卉，你是不是不看好我想做的这件事情啊？"

"不是啊，我觉得特别棒。这项技术若真能做出来，绝对是突破性的。若能把想到的、可能存在的问题都解决，将会直接改变服装行业网购的格局。在我看来，仅仅只是这个想法，就价值一个亿。"

"不不不。"辛柏摆了摆手，自信地说，"真做成了，价值至少十个亿。"

"加油。"我笑着说，"我等着跟你吃香喝辣，住大别墅，开劳斯莱斯。"

"不不不。"辛柏再次摆摆手，连说三个"不"字，之后说，"我们一起做，一起创业。"

"我？做APP这么高大上的事情，我可是一点都不懂。"

"所有跟网站相关的技术性的事情都我来。你要做的事情有三件。一、就像刚刚一样，站在用户和服装企业的角度好好想想，这个APP还有什么问题，还可能遇到什么问题，一一列举出来，有解决办法的，把答案写出来。一时想不到解决办法的，我们商量着来；二、一个APP不会只有简单的一帧画面。你把APP可能会涉及的画面风格和文字内容，首页、点进去之后第二页、第三页，以及各种细节，都想清楚，写一个文档给我；三、做我的内容总监，APP做出来之后，关于内容方面的维护，都由你这边拍板。"

还有我的活儿？我目瞪口呆，愣了好半晌，才说："第一个我还能帮着想想，第二个没经验啊，至于第三个，这么重的担子我能担起来吗？别把你的事儿搞砸了。"

"没经验就多看看别人怎么做的，慢慢琢磨呗！至于第三个，你是学服装设计的，又在大公司做了这么多年。我实在想不出还有比你更适合的人选。"辛柏开玩笑说，"你得跟着我一起创业一起辛苦啊，不然以后咱俩结婚了，我天天在公司忙，你在家疑神疑鬼，我一到家你就盘问我'今天干吗去了这么晚回来，是不是外面有相好了'，我还得费力解释，多影响感情啊！"

说得我跟怨妇一样。我瞪他一眼，说："我才没那么无聊呢！我若怀疑你，只会默默收集证据，时机成熟了直接提离婚。"

辛柏抓住了我的手，放在唇边吻了一下说："为了不给你做怨妇的机会，你得跟着我一起创业。"

我仔细想了想，辛柏说的这些事儿，而他想做的这些东西，刚好又都在我的兴趣点上，也不是不可以做一做的。于是我眨巴着眼睛，装出一副乖巧可爱状问他："老板，请问，创业成功之后，给我股份吗？"

"必须给呀！咱俩一人一半，你看成吗？"

我心里盘算价值十个亿的话，一半是多少。哎呀想想就高兴。

辛柏见我没说话，还以为我嫌少，说："你六我四。"

五五分我都觉得多，我还以为他就给我点儿干股什么的。

我正琢磨着，辛柏说："你七我三。"

我:"……"

"你八我二。"

是挺二的。我依然没说话。

"你九我一。"

我就是不说话,看他还能说出啥。

辛柏突然就带了哭腔,抓着我的手,哀求我说:"娘子,你能稍微分我点儿吗?哪怕稍微给我一点点也好啊!"

"噗——"我憋不住笑了。真能演,你演呀!你继续演呀!

我问辛柏:"你怎么想到这个点子的?"

"那天我们说到结婚的事情。虽然你什么都可以不要,我却不能那么委屈你啊!我就想自己做点事儿,多挣些钱。做兼职吧,来钱太慢,想在这个城市真正定下来,几乎是不可能的。那就只能自己创业了。我想了很多个点子,这是我认为最靠谱、又最适合我们两个人的点子。"

我不想给他压力的,但,还是给了。那就这样吧!我心里很感动,却没表现出来。我说:"那就加油吧!快点做出来。"

至于做出来之后会怎样,我并没有说。展望未来很容易,能不能做成,实在是太难了。

辛柏在这个城市没有任何根基,不能轻易辞职。他想做的这些事情,要写的代码,在告诉我之前,基本都是下班后,送走我之后独自一人在租的房子里对着电脑捣鼓。我在公司写的报表和报告,基本都有模板可以套用。很多报告只用更新数据就好了。辛柏要的这些东西,却没有模板可以套用,偏偏对"创新性"要求还挺高,除了一开始根据工作经验写的那些之外,剩下的,就得抓耳挠腮冥思苦想了。

想不出来的时候，就特容易分心。和辛柏在一起工作，分心的时候，就忍不住想要扭过头去看他，想要跟他说说闲话。偏偏还得忍着，怕打扰他的思路。那感觉就像读高中的时候，面对那个暗恋许久的男孩子。唯一不同的是，我无数次扭头看暗恋男孩，他不曾给我一个回应。而看辛柏，只要他发现我在看他，总会扭头过来跟我说一两句话。我和辛柏之间可以聊的话题实在是太多了，聊着聊着，我俩就聊一块儿去了！我们都很享受这样的时刻，但，也太耽误时间了些。我就看了一眼，半个小时、一个小时就过去了。

想到我离开之后，他可能会独自加班到凌晨三点，我就忍着，不回头看他。可我总忍不住。我就像个才陷入恋爱的、十几岁的小女生一样，总忍不住回头看自己的爱人。仿佛看他一眼，心就安了。

以前我觉得自己自制力很强，有了辛柏之后，我才知道"臣妾做不到"是真的做不到。我心疼他的身体，也希望能快点推进这件事。——不说在短期之内就做得非常成熟，瞬间拉来风投，一次就投一个亿，还是美元吧！起码，得做出来个雏形出来。只要有了雏形，我就可以把辛柏带到牛淑芳女士面前，跟她说，看，我选的男人！不是潜力股，是绩优股！

我想结婚，我想跟辛柏结婚，我想快点跟辛柏结婚，很想很想。但是现在还不行，我希望能快点行。

我就这一个愿望，我在心里默默祈祷，希望愿望能尽快达成。我不能拖辛柏的后腿。除了不催他，不把结婚压力转嫁到他身上之外，我还不能耽误他时间，耽误他写代码。于是，后来我就单方面宣布缩短约会时间，早点儿回家。我在家里写策划案，他在租的房子里写代码，我们在不同的地点齐头并进，共同进步。

辛柏当然舍不得。见我态度坚决，便也答应了。

我在家里依然想他，但，他没在身边的话，效率起码是提起来了。

第二十九章　牛淑芳女士的洞察力

我以为，我和辛柏的这些事情牛淑芳女士并不知道。但很显然，我低估了她的洞察力。在我连续在家加班半个月，并把辛柏要的东西"提交"了初稿之后，某一天牛淑芳女士突然问我："你失恋了？"

听到这四个字，我就像被刺激后的草履虫一样，瞬间就全身僵硬了。我缓缓地转过身子，强笑着说："还没恋爱，怎么就失恋了呢？"

"你没有和辛柏在一起吗？"牛淑芳女士说，"我以为你们在一起呢！"

我仔细回想究竟哪里露出的马脚。

我想不出来。"没有，我怎么会跟他谈恋爱呢！"为增强说服力，又解释说，"毕竟公司很近嘛，又是朋友，他给我帮了好几次忙，经常一起吃饭、一起玩也是正常的。"

我不知道牛淑芳女士会不会相信我的解释，但愿她相信。

我说完，牛淑芳女士就不说话了。过了会儿，她突然张口了，她问了一句知道我和张贵龙在一起之后一模一样的问题。

我："……"

你已经掌握真相了吗？那你问我干什么啊？

牛淑芳女士看了我的表情，眉头皱了起来，她挥挥手说："你不用再说了，我知道了。"

都知道了？我小声地问："您是怎么知道我和辛柏在一起的？"

"我猜的，并不能确定。"牛淑芳女士说，"刚刚看你的表情，我确定了。"

我自责、我生气、我忐忑不安。

牛淑芳女士眉头皱了会儿，突然问我："你们最近分手了吗？"

"呃，没有。"我不知道为什么她有此一问，但这时候，我只能老老实实回答她的问题。

"那为什么最近回来得比较早了，煲电话粥的时间短了，夜里开灯的时间反而变长了？"牛淑芳女士问。

分析得头头是道，好的，我承认，您就是福尔摩斯了。

我现在还不知道对于这件事牛淑芳女士究竟是什么态度，毕竟我和辛柏年龄相差比较大。虽然牛淑芳女士考虑问题的大部分出发点应该是我的幸福。但，她也说过辛柏什么都没有，不适合结婚。她若真反对我和辛柏在一起，我还真未必能招架得住。我突然想到了一个切入点，一个能让牛淑芳女士接受辛柏的切入点。我迫不及待地跟牛淑芳女士说："辛柏想创业，我在帮他做事情呢！"

我三言两语把辛柏想要做的APP以及我们的分工和牛淑芳女士说了。牛淑芳女士听完撇了下嘴，说："好小子，谈个恋爱还免费帮他打工了。"

"您不能这样想。您要想到他这件事情的潜力。若真是做成了，他就今非昔比了。"我想说，跟他在一起，我也今非昔比了。但这些话我说不出来。我这时候不敢提"我和他在一起"这种话，怕牛淑芳女士说出更尖刻的话来。我怕事情变得棘手，我怕我面子挂不住。我只能试探她，把这句话当成言外之意隐藏在我跟她说的这句话里。

果然，牛淑芳女士并没有让我失望。她斜觑着我，嘴角挂着一丝嘲讽的微笑，问："这跟你有什么关系呢？"

"我跟他结婚的话，他的不就是我的吗？"我硬着头皮说出这句话。

"你们已经谈到结婚了？"牛淑芳女士问。

"嗯，谈过几次。"我说。

"那你们打算什么时候结婚呢？"牛淑芳女士冷笑一声。

"现在还不确定，毕竟，我们没有钱。"我老老实实说。

"那就只是随口说说，不作数的。所以你现在还是在免费给他打工咯！"

"您能别说那么难听吗？我们一起创业而已。"我越说声音越小，我心虚，怕牛淑芳女士打我。牛淑芳女士喜欢打我头，我和张贵龙的事儿被她知道了，她就打了我好几下头。和辛柏，聊天到现在她都没对我动手，我心里特别不安。我怕她待会儿给我来个大的。小时候，我家擀面杖断得特别快，怎么断的我不想说了。上初中之后，她没用工具打过我了，但不代表她永远不会用工具打我。

牛淑芳女士注意到我的不安了，她握了握拳头，我吓得朝后退了一步。她忍了忍说："我不想跟你扯这些，我就问你两个问题，一、你们没钱大概率会持续很长时间，是不是有钱之前，或者说，辛柏创业之前你们都不会结婚？你还有两个月就要过30岁生日了，辛柏年龄还小不着急，你确定你能等得起？二、你真的了解他吗？我不是说他的性格为人，我是说，他的家庭背景，他父母是什么人，你都了解吗？我以前问过他，他家里现在就他一个孩子，父母没正式工作，也就是说，没有退休金。万一你们结婚了，他父母怎么办？会不会来跟他一起住？负担多重你想过吗？"

牛淑芳女士一连串的问题，问得我哑口无言。这些我不是没想过这些，每次想到，我都会头疼。特别是第一个问题，若创业不成功，几乎是无解的。我压力很大，我知道这些都得一一解决。却不忍心拿这些东西去逼迫辛柏。我说过，就我个人来说，没钱也不是不能结婚的。只要跟辛柏在一起，租房住不是什么问题，裸婚也不是什么问题。但，牛淑芳女士一定不能接受我这么委屈。她就我这一个孩子，我是她的命。若我裸婚，她不光是面子的问题了，里子都没了。她一定不会同意的。

牛淑芳女士见我始终不说话，知道她问住我了，叹口气说："辛柏这孩子，我是了解的。若他跟你年龄相当，有点资产，父母也有退休金，我不会反对，但是现在，你让我想想吧！"

对于我和辛柏谈恋爱这件事，牛淑芳女士看起来似乎很伤心。不是愤怒，而是伤心。她大概觉得，我是一个特别让她头疼的孩子吧！她说想想，其实已经比我起初设想的结果好太多了。但，牛淑芳女士说，"辛柏这孩子，我是了解的"，我猜的意思，她应该还是认可他的。她说的那些话，"年龄相当、有资产、父母有退休金"，这其中的每一项，都是辛柏不具备的。而这些，也都预示了我有可能因为这些问题而过得很凄惨。

她都这样说了，我还能怎么办？我只能等着她想呀！等她想清楚为止。我的内心非常忐忑，我感觉这一次，她和之前每次对待我恋爱对象的态度完全不同。我感觉，辛柏在她眼里就是个鸡肋，食之无物，弃之可惜，这才让她格外纠结。

"妈妈，'莫欺少年穷'这句话还是你教给我的。"

"是啊，我教的！若只是穷也就罢了，还有那么多别的问题。在我想通之前，你别想说服我，让我好好想想吧！"

"嗯。"我点点头，没再说什么。

牛淑芳女士问："你们在一起多久了？"

我不知道她问这句话的目的是什么，难不成是想借此判断我们感情的深浅？我老老实实回答说："三个多月了。"

牛淑芳女士掰着指头算了一下说："基本上就是你住院那段时间开始的。"

"是的。"我说。

牛淑芳女士叹口气，交代我："事情既然已经发生了，我就不说什么了。在我想清楚之前，你稍微悠着点，不要轻易把心全部都交出去，给自己留点后路。"

我阳奉阴违地"嗯"了一声。

牛淑芳女士根本就不知道，她交代的这些，其实早已经来不及了。早就来不及了。那一夜我几乎都没睡着。我一直在想，牛淑芳女士究竟会做出什么样的选择，她将以什么样的态度对待我和辛柏。我没睡着，她也没睡着。——她平时夜里起床上厕所没这么频繁。虽然她已经够轻手轻脚了，但我很清醒，牛淑芳女士蹑手蹑脚经过客厅时脚步和地板摩擦的声音，还是会传到我的耳中来。

那天凌晨，大概三四点钟吧，牛淑芳女士的电话突兀地响了。这么多年，她的电话从来没有在深夜里响过。最近一次发生这种状况是八年前，外婆去世的时候。再往前，是十一年前，外公去世的时候。

那个点儿，听见牛淑芳女士的电话响，我很想起床去听听看发生了什么事情。但毕竟很晚了，尽管我没睡着，身体却因为疲累而感到特别沉重。几分钟后，牛淑芳女士推门进来了，她说："你爸刚打电话来，说你奶奶快不行了，让你赶紧回去见最后一面。"

我的心猛地揪了起来，我的祖辈，最后一个人也快离开了。那个人，是虽然不常见面，但却对我特别好的奶奶。我感到心中发紧，我问："奶奶怎么了？"

"突发性脑溢血。你爸住的地方离这儿远，他怕赶不及，就不来接你了。让你自己开车去。"

"嗯。"我点点头，起床穿衣。

可能是起床起猛了，也可能是被噩耗惊着了，下床的时候，我头晕眼花一踉跄，牛淑芳女士连忙扶住我，问："你没事吧？"

"没事。"我缓了会儿，再次穿上鞋子，去卫生间洗漱。

牛淑芳女士跟了来，唠叨我："每次叫你多吃点你不肯，上次才因为肠胃不好住院，没点记性，又贫血了吧！"

我被唠叨得心烦，说："我最近这几个月吃得还可以。"

牛淑芳女士看了我一眼，没再说话。她大概是想到了辛柏，我是因为辛柏的督促，才吃得多了点、好了点。不再动不动就不吃饭，或者只吃草和维生素。

我有点心虚，辛柏现在还处于牛淑芳女士的"思考"期，我的言外之意这么明显，也不知道她听明白了没有。但愿她没听出来，只认为我是因为肠胃手术幡然醒悟，自动自觉好好吃饭的。

洗漱完毕，我进房间穿外套，拿包。牛淑芳女士跟了来，说："还不知道你要去南汇待多久，多拿一套换洗的衣服。"

我点点头，从柜子里拿出短期旅行袋，取了一套衣服放进去，洗漱用品也装装好。想了想，清早还得跟公司请假，去了南汇可能还得抽空加班，就又装了笔记本电脑进去。

我问："你不去吗？"

"不去。"牛淑芳女士说，"我不想见到她们，有事你随时给我打电话。"

牛淑芳女士说的"她们"指的是李贵珠母女。虽然我私心里一直认为，牛淑芳女士主动让位，才有了她们的今天。但那母女俩在我们面前总是一副胜利者的嘴脸，实在是让人恼火，她不去也好。

我点点头，去客厅换鞋。本来拿了双高跟鞋出来准备穿，想了想，又换了平跟的小白鞋。

"打个电话给辛柏吧，让他开你的车送你过去。"

我张口结舌地看着牛淑芳女士，我以为她认可了我们的关系。牛淑芳女士看明白了我的所思所想，她说："天还没亮，你眼睛不好，一个人开车我不放心。"

这句话说得太含糊，我没太懂她的态度，我试探着问："我该怎么跟爸爸他们介绍辛柏呢？"

"不用介绍。辛柏把你送到，就让他回来，他不是还要上班吗？"不是自己的孩子不知道心疼，用完了就扔是吧？——当然这句话我并没有说出来。"你现在就给他打电话，我给你们做点饭吃，吃了再走。"

我心疼辛柏辛苦，本想拒绝，后来想想，不管怎么说，牛淑芳女士让辛柏送我，都说明她还是很信任辛柏的。我觉得好受，面上倒装得不动声色，只点头"嗯"了一声，就拨通了辛柏的电话。

挂了电话，牛淑芳女士才说："你不要高兴得太早。你们的事儿，我还没想清楚。这时候实在没人能用了，不然也不会找他。"

什么人呀这是！我的心又凉了半截。

辛柏现在住的地方离我家不算远，牛淑芳女士煮面条的水快烧开时，他就已经到了。他去厨房跟牛淑芳女士问好，牛淑芳女士手上正在忙（也可能是不想搭理人，故意装忙），头也没回，只"嗯"了一声算是回复。这让我们很是尴尬。辛柏有些不知所措，我装作不在意地说："我们先到客厅里坐吧，我给你倒杯热水。"

"我自己倒。"

气氛很诡异，辛柏走在前面，我走在后面。出厨房门时，我回头看了一眼，牛淑芳女士早已经回过头来了，她正盯着辛柏的背影看，见我回头看她，连忙又扭过头假装忙去了。

我叫了一声"妈——"

牛淑芳女士的背变得僵硬了，她并没有理我。我站了一会儿，才又出去了。

牛淑芳女士端出来两碗西红柿鸡蛋面，两个碗里都有一个煎蛋。整蛋我不吃鸡蛋黄的，以前不吃，现在也不吃。和牛淑芳女士一起吃饭，鸡蛋黄就给牛淑芳女士吃。而辛柏也早已习惯了吃任何我不吃的东西。我顺手就把蛋黄挑出来，夹给辛柏。

此时的牛淑芳女士正坐在客厅里拿着遥控器假装要看电视，我看到她眼睛的余光看向我们这边，她不自觉地皱了下眉头，却什么话都没说。

我不管她，自顾自小声跟辛柏商量："面我吃不完，给你分点好吧？"

辛柏的声音也很小，他说："你今天早上只怕没时间吃饭，多吃点吧！"

"吃不下。"我说。

"那你给我吧！"辛柏把碗推了过来。

我挑面给他，辛柏说："行了，再给我你就没了。"

面从中间夹断很麻烦，我还是把多的都挑给了他。

辛柏说："你碗里的面都快没了。"

就又挑了一小部分面条给我。

我说："够了，不要了。"

"嗯。"辛柏这才把碗挪过去，低着头默默吃起面来。

我们在做这些事情的时候，牛淑芳女士从前到后都没有说话。我在心里为自己点了个赞。若换作以前，我是不敢在牛淑芳女士面前和男朋友表现得这么亲密的。但是现在我敢了，不是梁静茹给我的勇气，是辛柏。

见我们两个人都不再说话，只沉默着低头吃面，牛淑芳女士关了电视，又去厨房了。不一会儿提了两个食品袋出来，放在餐边柜上，又坐沙发上假装看电视去了。等我们吃完，跟她告别的时候，她站都没站起来，只说："我给你们做了三明治，路上吃。"

她手指了指餐边柜。

"嗯。"我点点头，拿了三明治。

"谢谢阿姨。"辛柏冲牛淑芳女士说。

牛淑芳女士没搭理他，继续看电视。

弄堂里有路灯，昏黄而黯淡。一出门，辛柏就接过我的行李

331

包和手提包,还把三明治拿了去。加上他自己的包,四样东西都拿在手里,还能腾出一只手挽住了我的胳膊。我回头看了一眼,牛淑芳女士没在看电视了,她靠在门口,看着我和辛柏。我有些挣扎,辛柏挽我胳膊的态度和要帮我提东西的态度一样坚决。我挣扎了两下,就让他挽住了。——辛柏并不知道牛淑芳女士就在后面,我本想告诉他的,想了想,什么都没说。

我们就这样在牛淑芳女士的注视下,相挽着朝停车的地方走去,就像走到我们的未来。

我对辛柏说:"我妈就这样,你别介意。"

"阿姨挺好的,她是一个特别值得尊敬的长辈。我小时候一直希望能有个这样的妈妈,但是并没有。说实话,我挺羡慕你的。"

我听辛柏讲过几次,他妈妈不擅长做饭,不擅长照顾孩子,因为被生活磨砺太狠,对待他们姐弟俩的态度甚至还有些简单粗暴。我同情辛柏,但听的次数多了,就也麻木了。我头有些昏昏沉沉的,没有说话。

"你妈妈知道我们之间的关系了吗?"

"知道了。"

"她不愿意吧?"辛柏的语气有些忐忑,握着方向盘的手紧了紧。

"没有。"我强装出一丝笑意,说,"让你送我去南汇,是她的主意。"

"你跟我说实话吧,不要一个人扛着。"

我想了想,决定跟他说实话。毕竟,迟早得跟他说实话。我说:"她对你这个人没什么不满意的,就那些外在条件吧,觉得不合心意。"

辛柏沉默了会儿,问:"是嫌我穷吗?"

我不知道辛柏这时候在想什么,是否在想,牛淑芳女士太过于势利眼儿。虽然,我大多数时候都不喜欢牛淑芳女士,但,牛淑芳女士还真不是很势利眼儿的那种老太太。她肯考虑,而不是一竿子打死,就说明,她其实也并没有太在意那些外在条件。我不希望辛柏误会她是个势利眼儿的老太太。

"这不是主要原因。"

"什么是主要原因?"辛柏追问。

"你年龄太小,她怕你还没定性,怕你过几年嫌弃我。"

辛柏着急忙慌要说话,我知道他打算说什么,无外乎就是表白真心之类的。我抬抬手阻止他:"还有就是你没有资产、外地人、结婚了婆家帮不上忙、你父母没有养老金之类的。"

"她知道我打算创业吗?"辛柏问。

"知道。"我说。

"那为什么还这样反对呢?"

"从零到一,那是一个漫长的过程。创业不是结果,创业成功才是结果。"见辛柏很难受,我拍拍他的手说,"没事。我反正是认定你的。"

"只要我们两个人态度够坚决,多少人反对都没事。"辛柏腾出一只手,抓住了我的手。

"那你跟你父母提我了吗?"

"还没有。从小到大,他们都挺尊重我的,我做出的决定,他们一般都不会反对。"

传说优秀的孩子,是上天寄存在普通父母家的天使。不折断他的翅膀,看着他自由成长就好了。对于辛柏的父母来说,辛柏

333

可能就是那个天使吧!

"我比你大六岁,这个他们估计没有料到。我妈这边态度不明,就已经够让我头大了。我实在承受不了两边父母的压力了,你先不跟他们说吧,等我这边我妈松口了再说。"

"嗯。"辛柏点点头,"你赶紧再睡一会儿吧,去奶奶家就没得睡了。"

我其实这一夜都没怎么睡,我头很疼,和辛柏聊完我妈的态度,头更疼了。我眼睛闭上休息了会儿,却怎么都没睡着,奶奶一直在往我脑子里跑。我觉得挺难受的,我想跟辛柏谈谈我奶奶。

我组织了会儿语言,说:"我奶奶其实是一个很好很好的人。爷爷在我出生之前就死了,奶奶守寡很多年。我爸和我妈离婚之前,我大部分时候都是养在奶奶身边的。后来……我就跟我妈了。除了才离婚的那几年,我妈不让我见奶奶,其他时候,她都不限制我。小时候寒暑假我总是会去奶奶那儿住一段时间。奶奶家有个院子,她在院子里种了辣椒、西红柿、黄瓜什么的。她每次都摘最新鲜的西红柿、黄瓜给我吃。她教我腌辣椒、腌小黄瓜。她做的腌菜好吃极了。她屋里有个黄花梨梳妆柜,柜子里有老式胭脂水粉什么的。她教我化妆,教我怎么把自己打扮得精神又好看。那时候我不太懂,总觉得我还小,那么早学打扮没用。奶奶却说,我妈没读过多少书,也不会打扮自己,只怕教不了我这些。她怕她死了,就没人教我了。女孩子迟早要学的,早点学比晚点学好。可以说,我最初的美商启蒙,就是她给的。她还有个老式缝纫机,有很多留了几十年的好布料,缎子、丝绸什么的,她说穿这些料子,皮肤才会好。她会做很漂亮的花裙子、旗袍。那些布料,她舍不得自己穿,都做成衣服给我了。夏天夜晚我在睡觉,她就给我做衣服。我醒来还没睁开眼,就听见缝纫机的'笃笃'声,心里就别踏实。她还会做各种点心,小馄饨、葱油饼、阳春面、油墩子、烧麦、蜂蜜蛋糕、糯米糖藕、梨膏糖之类的。她一样一样教我做,教我怎么揉面、怎么切花、怎样配料。还教我做桂花鸭、八宝饭、排骨年糕。她说,女人要有来客了整一桌饭菜的本事,在婆家才受待见……"我说了很多,说着说着,鼻子就有些堵,眼睛也有些湿润。以前,我总是嘲笑她的思想太老式,还说什么"我学我的东西关婆家什么事儿啊",现在想想,她是在用她过往的经验教我人生道理。虽然我不认同,但,她其实是在为我好。

真希望奶奶没事啊!她这次只要能挺过来,我就请一段时间假跟她住,她想吃什么我给她做什么。

我正胡思乱想着,辛柏问:"你之前做给我吃的那些东西,都是奶奶教你的吗?"

我点点头"嗯"了一声。

"奶奶真是太厉害了。她是大家闺秀吧?"

"她没说过,我猜是的吧!奶奶虽然从来没直接说,我妈也没讲过,但我能听出来,奶奶其实不太待见我妈,我妈似乎也不太待见我奶奶。"

这种涉及家庭隐私的东西,辛柏自然不好评价什么,他只是言之无物地说了句"应该不会的",就没再多说什么了。

"我印象当中,这么多年,我妈从来没去看过我奶奶。"我停顿了会儿说,"其实这次,我挺希望我妈跟我一起去的。不管她们以前有什么矛盾,奶奶现在都这样了,我希望她能去看看她。毕竟,她们俩都是我的亲人呀!"

"嗯。"辛柏说,"你先去看看奶奶怎么样了,若真想让阿姨来，就给她打个电话。她若不来，你也别勉强她。"

"嗯。"我胡乱点了点头。

说话间，就到南汇了。按我的交代，辛柏在奶奶家前面的几个路口下了车，找了间宾馆开房先住着。我一个人开车过去看奶奶，有什么事我们再联系。

第三十章　奶奶的秘密

车在奶奶家巷子口停稳后，我没着急下车，趴在方向盘上缓了缓，调整了情绪，把耷拉下来的唇角往上提了提，强装出一丝笑意，对着车前镜叫了好几声"奶奶"，感觉没有异样后，这才下了车。

赵炳国和两个姑姑早已在等着了。李贵珠、赵如盈、表姐表弟表妹、他们的配偶及孩子也早已在等着了。

奶奶家院子不小，平时还挺空旷的。但这时候，这么多人站在这里，却显得有些拥挤了。

赵炳国对我说："奶奶刚醒，一直叫你的名字呢，快进去看看她吧！"

"为什么要把奶奶从医院接回来？在医院住着不好吗？"

"医生说，她没多少时间了。回来是你奶奶的意思，她怕死在外面，想回家的时候，找不着路。"

我点点头，快步走了进去。奶奶的身体明显很虚弱，她躺在床上，在输液。旁边除了医生、护士之外，就是最小的姑姑和一个穿西装的陌生男人了。

小姑姑坐在旁边的凳子上，握着奶奶的手，奶奶正说着什么。那男人拿笔在本子上记。见我进去了，他们停止了谈话。奶奶颤抖着对我招了招手，叫我："卉卉，来，到奶奶身边来。"

我连忙赶了过去，小姑姑起身，把凳子让给我，我没着急坐下，而是抱住了奶奶，脸贴着脸叫了声"奶奶"。下车之前，我跟自己说好，见了奶奶要笑的，但这时候，我差点哭了。我强迫自己不许哭，就像小时候每次受欺负，被叫"没爹的孩子"一样，不许哭。我做到了，我不仅没哭，我还对奶奶笑了笑。

我亲了一下奶奶的脸颊，这才坐在了凳子上。

奶奶问那个男人："都记下了吗？"

"都记下了。"男人说。

那男人的样子看起来像是律师。如果我猜得没错，奶奶应该是在交代遗嘱。想到这里，我又觉得心酸了。

奶奶点点头，又对小姑姑说："你先出去吧，我跟卉卉说会儿话。"

小姑姑一步三回头地走了。

奶奶的胳膊动了动，我猜她是想找我的手，我连忙握住了她的手，坐在小姑姑刚刚坐的那个凳子上。奶奶的手可真瘦啊，又干又瘦，老年斑越发明显了。我忍不住心中一酸，又有点想哭。然而我没有，我只是又叫了声"奶奶"，并把头埋在她的被子上。

"哎，好孩子。开车过来辛苦吧？"奶奶摩挲着我的头发问。

"还行，我想快点见到奶奶。"我怕压着奶奶，脑袋半悬空着，她摩挲我头发的时候，我的脖子感觉很僵硬。

奶奶抽出了手，轻轻地抚摸我的头发，交代那三人，说："你们也出去吧，我和卉卉说会儿话，叫你们的时候再进来。"

那三人答应。

律师模样的男人先出去了。医生跟我交代了注意事项：注意点滴瓶，打完叫他、不要让奶奶累着了、不要压到她了、不要气她之类的，我都一一答应了，医生和护士这才出去。

我不知道奶奶想跟我说什么。我以为她可能会交代我好好生活，好好过日子，赶紧找个对象结婚之类的。或者，让我对赵炳国好一点，对姑姑们态度好一点（这几年，我和姑姑们关系紧张，她都看在眼里）。我怎么都没想到，她一直在跟我谈陈年往事，一直在说我的妈妈牛淑芳女士。

奶奶说，她很后悔，她对不起我妈，对不起我。

我惊讶地看着她，我能猜出她不喜欢我妈，但，她对我很好，对不起又从何说起呢？

"你知道你妈和你爸为什么离婚吗？都是因为我。若不是我，他们不会离婚。"

奶奶的话，像一颗炸弹，直接炸在我的脑子里。

奶奶沉默了会儿，断断续续地说："当年，你出生了，是个女孩子，我很失望……老赵家几代单传，你爷爷走得早，我怕香火断送在你爸爸手上，你妈出了月子就逼着她要二胎……你妈怎么都不肯。我问她为什么，她不告诉我，后来还是你爸问出来的。"奶奶停顿了一下，说，"她哪里是怕再生个女儿断老赵家香火啊，她就是怕生了儿子我们对你不好。我就跟她说，你断奶之后都是我带的，我们不会亏待你的。她就问我，不亏待的意思是什么。仅仅只是照顾好你的生活，把你养大，将来家产和你无关，还是就算生了儿子，家里一根针一根线也两个孩子平分。我是老思想，就说，怎么可能平分呢！女儿怎么能跟儿子比呢！她就不说话了，看着你爸，你爸低着头没吭声……我们那时候根本就不知道，她其实已经怀孕了。她悄悄去把孩子打掉了，打完才告诉你爸爸。

他们一直吵架，一直吵架，后来就离婚了。"

牛淑芳女士很爱我这件事我是知道的。毕竟，她是我妈，她生我养我，我是她最亲的人。但因为她变态的控制欲，我时常怀疑她对我好是否带有目的性。我想过，她究竟是单纯的只想对我好，还是为了得到回报。我从来没问过她为什么对我好。我自己心里清楚，她是我妈，无论原因是什么，我都得接受。

我只是从来都没想过，她会如此爱我。爱到丈夫不要、家不要，也要我。她对我的爱，为了我这个女儿，能得到所谓的"公平"所做的牺牲这么大。

我无法想象，在那段时间，他们之间曾经爆发过怎样激烈的争吵。我不知道，那段时间外婆、外公，以及舅舅姨妈究竟是什么样的态度。我不知道，她是否曾经孤立无援过。她24岁生了我，离婚的时候也不过才27岁，比我现在的年龄还小两岁。她的表现，比我要勇敢得多，决绝得多。我自问，如果我是她，大概做不到她这一步。

奶奶见我始终没说话，接着说："你爸和你妈，他们两个人是自由恋爱。我其实一直不太喜欢你妈。我觉得她文化水平有点低，配不上你爸爸……其实是我自己狭隘了。那个年代，你爸下乡了很多年，也没读多少书。回来了有个本地女孩子肯接纳他，已经很好了……他们离婚后，别人介绍了如盈妈，如盈妈比你妈年龄小，多读了两年书，长得也漂亮，我是很满意的。但是后来，我看到了，其实论心性、人品、志气，她是不如你妈的……如盈妈来了，我一门心思想让她生个儿子，却还是只生了个女儿。如盈小的时候，他们也闹过离婚。我听你爸那意思，还想让你妈回来。后来也不知怎么的，没离成，如盈她妈也再没怀过孕……这几年我也看淡了,这都是命,命中注定他们老赵家到你爸这儿就断了后……"

奶奶一口气说了太多话,不知是呛着了还是累着了,不停地咳嗽。我连忙扶着她,给她拍背顺气。她的脊背可真薄啊,真小啊,若她没跟我说过这些话,我大概会心疼到想哭吧!但是这时候,拍着她那瘦小的背,看着她全白的头发,想到她曾经做过的那些事情,我的心里五味杂陈。我一直以为,我这么多年的悲惨生活,都是拜牛淑芳女士所赐。但其实,跟奶奶和赵炳国的态度有很大关系。

听奶奶这意思,她大概是后悔了。但,后悔又有什么用呢?她的做法,改变了赵炳国和牛淑芳女士的人生,也改变了我的人生。人生是不可逆的啊,后悔也来不及了。

守在房间外面的医生听见奶奶的咳嗽声,立刻就推门进来了。爸爸和两个姑姑都进来了。大姑姑暗戳戳地瞪了我一眼,就好像是我害奶奶咳嗽的一样。我不喜欢姑姑们,若换了往常,我大概会回瞪回去,反正瞪一瞪又不会长块肉。但这一次,我并没有。我听到的消息太震撼了,我需要时间消化一下。房间里关心奶奶的人太多了,不差我一个。他们对着奶奶嘘寒问暖的时候,我悄悄地后退,推开门走了出去。

我一个人来到院子里,我抬头看天,只想静一静。我的电话突兀地响了,是牛淑芳女士。牛淑芳女士大概起床了,她问我:"你奶奶怎么样了?"

"很虚弱,医生说就这两天了。"

"我等会儿去坐车。"牛淑芳女士说。

"你知道怎么坐车吗?"我问。

"知道,地铁转公交,能到。"牛淑芳女士说。

"嗯。"我说。

我并没有挂电话,牛淑芳女士听出来我语气里的异样,她问我:"你怎么了?哭了?"

"没有。"我擦擦眼泪,走远了一点,见四下无人,才说,"奶奶跟我说了你和我爸离婚的原因。"

"她怎么说的?"

"她想要你生二胎,你怕我受委屈,不同意。你其实怀孕了,偷偷去打掉,然后你和我爸的感情就破裂了。"

"她是这么说的?她有没有告诉你,为了逼我,她在我和你爸面前表演了整整七天绝食。我夜里起来上厕所,发现她在厨房偷吃,叫你爸来看,她死活不承认,而你爸,是个大孝子,相信她不相信我,还打了我一巴掌。"

"没有。她可能是忘记了。"

"年龄大,忘记也是正常的。"牛淑芳女士笑了,"她也忘记了我怀孕并没有瞒住,她逼着我去小诊所查性别,我不肯去,她当着村里人的面给我下跪的事情吧?"

还有这种事?我那个知书达礼,品位很好,大家闺秀的奶奶,还曾经做过这种事?我的脑子很乱,我无法想象当时的场景,无法想象当时牛淑芳女士都经历了什么。我只有沉默。

牛淑芳女士见我不说话,便说:"其实,那个小孩儿不是我打掉,是自然流产的。那段时间情绪起伏太大,孩子没保住。"

"你跟他们说实话了吗?"我问。

"说了,没有人相信我。本来赵炳国是信的,你奶奶不信,非说我联合医生骗她,后来你爸爸也不太相信了。我后来想想,一切都是命中注定。如果那个孩子没走，我未必能下定决心不要他。如果那个孩子没走，我也不会对你爸爸死心，一定要跟他离婚。"

我相信。牛淑芳女士这么爱我，肚子里的那个孩子，她未必能狠下心打掉。我相信。牛淑芳女士那么爱赵炳国，如果那个孩子没走，说不定她心里对赵炳国还有幻想。

如果，我是说如果。如果那个孩子没走，顺利出生了，刚好又是个儿子。那我现在又该过着怎样的生活呢？有钱人家的千金小姐，表面光鲜，但得不到爱？有可能吧，谁知道呢！

我和牛淑芳女士都没说话，过了很久很久，我才小声说："谢谢。"

"你说什么？"牛淑芳女士显然没听清。

"我是说，不管怎样，谢谢您，妈妈。谢谢您曾经这么维护我。"如果她现在在我身边，我会用力抱住她的。挂了电话，我很感慨。在我的记忆中，奶奶对我一直很好。现在想来，可能也有补偿我的心理在。她和牛淑芳女士的话有出入，理智告诉我，牛淑芳女士说的更可信一些。但，这不代表奶奶就说了假话，奶奶一开始就坚信孩子是牛淑芳女士主动打掉的不是吗？不管奶奶曾经多么嫌弃我，不管后来她是出于什么目的对我好……这些年，她确实对我很好，而她现在已经这么老了，又病得那么重，我又何必要恨她呢！我实在是恨不起她来！

我又在院子里站了会儿，正要回屋里去，突然，听到突然爆发的、猛烈的群哭声。我心里一惊，我的奶奶，只怕是没了。

我连忙赶回屋里，我的奶奶，她真的没了。我不想号啕大哭的，但扑到奶奶面前，看着她那双在赵炳国双手的作用下还久久不能闭上的眼睛时，我没止住我的哭声。

不管她曾经如何逼迫牛淑芳女士，不管她曾经因为我是女孩儿做了多少恶事，导致我后来的生活如此坎坷，我都原谅她了。我是真的都原谅她了。

我不知道她为什么没有闭眼，她是否也想见牛淑芳女士一面？她并没有说出来。而现在，她已经走了，这些都不重要了。她是我的奶奶，是我唯一的奶奶。纵然，她并没有我以为的对我那么好，但她，是我的奶奶。

我哭到头晕眼花几近晕厥的时候，被人扶出去了。我不知道是谁扶的我，大概是某个亲戚吧！接下来，就是紧张而忙碌的葬礼。

其间，我接到了辛柏的两个电话，他一直没走，还在宾馆等我的消息。而我，因为见了奶奶之后被动接收的信息量太大，奶奶走后又太过于悲痛，一直昏昏沉沉的，今夕何夕几乎都不知道了，我并没有主动联系他。

辛柏问我怎么样，让我照顾好身体，听说奶奶没了，就想来看看她。和我最亲的亲人就是牛淑芳女士和奶奶，牛淑芳女士已经知道辛柏是我男朋友了。奶奶，还没来得及知道。若奶奶泉下有知，知道我男朋友、我最爱的人来了，却没能来看她最后一眼，没能来送送她，会不会不高兴。而辛柏，明明都来了，却被我"雪藏"着，见不得光，就算他能理解我的为难，只怕心里也会难过，也会觉得我不够信任他的吧！

我爱奶奶，也爱辛柏，无论是奶奶不高兴，还是辛柏难过，都是我不愿意看到的。我说："你来灵堂给奶奶烧张纸吧！"

"你不要太伤心了，我很快就到。"

没多久，辛柏就来了。亲戚们议论纷纷，赵如盈和姑姑们的声音格外大，而我，并没有搭理她们。

因为PUA的事情，赵炳国见过辛柏，对辛柏的印象还不错。辛柏跟他打招呼的时候，他点点头，说了句"来了?"便没再多说什么。姑姑们见辛柏和赵炳国认识，更好奇了。很想问两句，见赵炳国一脸悲痛，便没有再多说什么了。

我本来以为，辛柏只是过来烧一张纸，却没想到，他直接跪下了，以子侄辈的礼磕了头，烧了纸。我看着辛柏，心里很感动。我的奶奶走了，他想都没想，直接跪下磕头。换了他的奶奶，我只怕未必能做到。毕竟，他只是和我谈恋爱而已，他从来没见过我奶奶，对于我来说，那是奶奶，对于他来说，只是一个陌生的老太太。他全心全意爱着我，愿意为了我，给一个陌生老太太磕头。

我没想到的是，这一磕头，再次激起了亲戚们的八卦之心。

辛柏刚站起来，大姑姑就阴阳怪气问："男朋友啊?"

小姑姑说："这一看就是男朋友，不然能行这么大的礼？卉卉真能干，找了个这么年轻的男朋友。不像你表姐，只找得到比她大的。"

表姐问："表妹你们什么时候结婚啊？别忘了通知我们吃喜酒啊！"

我心里厌烦，想跟她们大吵一架，但，奶奶还在灵堂后面躺着，我不能在这时候失态。我低着头，像没听见一样，再次不搭理她们。

辛柏不清楚我的想法，看姑姑们的样子就知道我和他们关系不好，他扮猪吃老虎，替我解围说："我是卉卉姐的一个普通朋友，她曾经帮助过我。按我们那的规矩，长辈过世了，无论熟不熟，都是要磕头的。这边不是这个规矩吗？"

小姑姑嘟囔说："还真没听说过这种规矩。"

牛淑芳女士也来了。她想了一天一夜，奶奶下葬前，还是来了。牛淑芳女士鞠了个躬，默默地烧了纸，就站在我身边了。牛淑芳女士看见辛柏站在我身边，略略惊讶了一下，给了我一个责备的卫生球眼，倒也没再说多什么了。

晚上，牛淑芳女士跟我说，我不应该让辛柏在亲戚们面前亮相的。我摇摇头，说了句，我不在乎他们的看法。牛淑芳女士的眉头皱了皱，没再说什么。我头天夜里基本一夜没睡，这天晚上，倒是一夜好眠。

第二天一早下葬，我们三个一起去了。中午，赵炳国叫我和他们一家一起吃饭，我拒绝了，我和牛淑芳女士还有辛柏一起吃的。

吃饭的时候，辛柏很努力地想跟牛淑芳女士说话，牛淑芳女士不知道在想什么，总是心不在焉的，辛柏试了几次就放弃尬聊了。

下午，律师通知我们听遗嘱。奶奶没有任何东西留给牛淑芳女士，却把她的大部分财产都留给了我。包括她名下两套房子和一个绿莹莹的翡翠镯子。那翡翠镯子据说是乾隆年间的老物件儿，是她所有首饰里最值钱的一个。她只给赵如盈留了一枚红宝石戒指，没有给李贵珠和赵炳国留任何东西，想必是觉得赵炳国夫妇有钱，不需要什么东西吧！我的两个姑姑，平分了奶奶的存款和剩余的首饰。奶奶存款只有三十多万，跟房子比差太远了。她的首饰加起来也就值几十万吧，跟翡翠镯子比也差远了。

姑姑们非常不满意，尤其是家里条件比较差的大姑姑，认为奶奶受了我的蛊惑，老糊涂了。她要求重新分配财产。孙辈什么都没有，奶奶的三个孩子平分所有财产。我始终没有说话，大姑姑说着说着自己气哭了，还想过来打我，被赵炳国拦住了。

赵如盈也很不高兴，嚷嚷："两个孙女儿，一个是亲的，一个是外面养的啊？凭什么这么不公平？"

当着牛淑芳女士的面，赵如盈提"外面养的"，惹怒了李贵珠。奶奶的遗嘱李贵珠本来就特别不满意，她借题发挥打了赵如盈一巴掌，说了句"你闭嘴，我回去再跟你算账"。小公主赵如盈哪受过这种委屈，捂着脸跑了。

赵如盈以前说过比这更过分的话，李贵珠都没打她。这时候打，总让我觉得有些奇怪。也不知怎么的，总觉得这一次赵如盈和李贵珠跟我以前见到的时候，状态完全不一样，但又说不出问题在哪里。

姑姑们还想闹，赵炳国开口了："妈坟上的土都还是新的，你们废什么话？明天上午，所有人都来，开个会！"

姑姑们这才消停些。

辛柏的工作比较忙，本来按照我的意思，奶奶下葬之后，就让辛柏回去的。但当他听说大姑姑想要打我后，害怕我会受到伤害，打算再多停留一两天。

牛淑芳女士对辛柏的态度始终不冷不热："辛柏多留两天也好，你奶奶给你的东西，你得清点、接收，就你姑姑那些人，没脸没皮的，什么事儿干不出来？身边有个孔武有力的男人，她们也不敢轻易对你动手。"

我真是无语了，没事儿时对人爱答不理，一遇到事儿，利用起来毫不手软，牛淑芳女士可真是厉害。

我还没说话呢，辛柏就忙不迭地点头答应，讨好地说道："我也是这样想的，我在这儿待着好一点。"

我更无语了。尚未得到未来丈母娘认可的"新女婿"这巴结劲儿，我还真是见识到了。

我问牛淑芳女士："奶奶给我的东西，我都要吗？"

"要啊！"牛淑芳女士理所当然地说，"给的为什么不要！"

"奶奶给我的两套房子，只有这套老房子我见过。"

"律师念遗嘱的时候，你不是听着呢嘛，除了老房子，还有一套别墅，离这里不远。"

"我没想到奶奶把大部分财产都给了我。"我感叹说。

"这么多年，你来看望她的时候多，还是赵如盈，或者你两个姑姑看望她的时候多？她不给你给谁？明天，我跟你一起去，辛柏也去，我们给你壮胆儿。你给我记着了啊，该是你的东西就都拿着，谁要都不许给。"

我闷闷地点头算是答应。

第三十一章　赵炳国的安排

家庭会议定在上午十点，九点半的时候赵炳国单独来宾馆找我，想要跟我谈谈。牛淑芳女士问："谈什么？"

赵炳国说："就随便聊聊。"

"谁想要卉卉的东西吗？李贵珠，赵如盈，还是你那两个妹妹？"牛淑芳女士问。

赵炳国看出来了，这时候，牛淑芳女士很不好惹。可能是觉得亏欠，他在牛淑芳女士面前向来好脾气，他说："有我在，卉卉的东西没人能拿走。"又好脾气地跟牛淑芳女士解释说，"我就是想跟她聊聊我公司的事情，我妈走的时候，给了些建议，我想听听卉卉的想法。"

"我方便一起去听听吗？"牛淑芳女士问。

赵炳国看着牛淑芳女士，知道她对他不放心，但他还是说："不方便。"

赵炳国公司的事情，牛淑芳女士从来没参与过，她就算想替我争取，也是两眼一抹黑。赵炳国都说了不方便，她还能怎么样？牛淑芳女士沉默了片刻，说："好吧。"

赵炳国找的地方，是老宅附近的一个茶馆。大清早，茶馆里空无一人。赵炳国想跟我聊的东西可能比较重要，我们刚一落座，服务员上了一壶菊花茶就消失了,留我们父女俩单独谈话。

赵炳国给我倒了一杯茶,说:"奶奶走了,你不要太难过。"

"您也是,不要太难过了。"

"你这个年龄可能还不太懂父母对于子女的重要性。你爷爷走得早,那时候我还年轻,不觉得有什么。你奶奶走了,我的心一下子就空了,我的靠山没了。"

我看着赵炳国,我在想他所谓"靠山"的意思,他应该是说,奶奶是他的一座灯塔,一个方向,一根定海神针吧!奶奶在,家在,奶奶不在了,家就没了。

我听明白了,但我还是说:"您一直是我们的靠山。"

赵炳国显然也听明白我的意思了,他知道我在用我的方式安慰他。他说:"其实,谁又能真正成为谁的靠山呢!你应该也明白,人活在这世上,能靠的只有自己。但是,父母在和不在,那是不一样的。父母在,心里有个地方是满的。父母一旦离开,那块儿就空了。"

"我懂。虽然我知道说这些很空泛,但还是希望您不要太难过,保重身体。"

"是呀,是该保重身体。"赵炳国叹了口气,说,"岁数大了,不是这儿有毛病,就是那儿有毛病,是要注意了。"

"您还很年轻。"

"马上就六十,不年轻了。高血压好多年了,你是知道的。去年还查出糖尿病,没跟你们说。以前啊,我是不服老的,最近时常觉得头晕,就觉得是时候考虑退休的事情了。"

"累了您就多休息,不要想太多了。"我安慰他道。

赵炳国摆摆手,阻止我的煽情。他说:"你奶奶醒过来之后,也跟我谈了公司归属的问题。你奶奶的意思，你年龄大一点儿，可以多承担一些事情。我看她那意思，是想让我把公司交给你。你有什么想法？"

"您还年轻，我没什么想法。"我想也没想就回了他一句。

"那我老了呢？"赵炳国笑着问。

"那就得您自己衡量了。"

赵炳国笑笑，说："你奶奶说，你年纪大一些，更成熟稳重，把公司交给你比较放心，我仔细想了想，觉得也不无道理。"

我抬头看着赵炳国，说："我哪行啊，您公司的事情，我又不了解。"

"你若真想了解，就去我公司上班。"

他提过好几次让我去他公司上班，我都拒绝了。这一次，谈的是公司未来归属，我觉得担子很重，我不知道该怎么说，就没有说话。

赵炳国问："你还是不想去我公司上班？"

想到李贵珠、赵如盈、两个姑姑她们都在公司上班我就心烦，我不想回答他这个问题，我问："您是怎么回复奶奶的？"

话题本来是赵炳国主控的，他没想到，我会突然问他的意见。

"你别管我怎么回复你奶奶的，就说你的意思吧，你想到公司上班吗？"

"我不知道。这么多年我在您的羽翼下躲久了，以为我可以永远躲下去，没想过更深远的问题。"

赵炳国沉默了下，说："迟早要想的。"

"嗯。"我点点头，说，"我从现在开始想，您能先告诉我您是怎么回复奶奶的吗？"

"这个重要吗？"

"重要。我所在的行业和您公司所在的行业差别太大，我得根据您的态度考虑要不要转行。"

赵炳国没想到我会这样说。他说："我一直还把你当小孩，没想到，你已经这么成熟了，都学会谈话的策略了，我真是刮目相看。"

"不是啊！不是策略，是真实的想法。您是我爸爸，我们之间不需要谈话策略的。您直接跟我说您的想法吧！"

我的这些话太单刀直入，让向来老练的赵炳国有一丝慌乱。他组织了下语言，才说："我跟你奶奶的想法有些出入，我之前跟你聊过，想让你去公司上班，你始终没有兴趣。如盈不一样，她从小就经常被她妈妈带到公司玩，大学的时候就在公司实习，毕业后也在公司上班。虽然，她也犯了些错误，但那都是因为太年轻……"

"所以，您是想把公司交给如盈吗？"

"嗯。掌舵人只能有一个，不是你，就是如盈。如盈一直在公司上班，也在学管理……"

我点点头，说："交给如盈挺好的。"

"你没有意见？"赵炳国有点吃惊。

"我能有什么意见？公司是您的，您有权利决定交给谁。"

"你好像很不高兴。"赵炳国观察我的表情说。

"没有。"我笑笑说，"我觉得这样安排很合理。"

"我没看错你。"赵炳国再看我的表情，见我不似作伪，很欣慰，说，"你确实又成熟，又懂事。"

成熟和懂事？哈，真够夸奖的！牛淑芳女士一直说我太天真、不懂事。看来，就算是父母，对自己的孩子，也是有不同的评价和看法啊！

当然，从另一个角度说，牛淑芳女士跟我住在一起，日日相对，更亲近一些，我的不成熟、不懂事，才会总在她面前展现。而赵炳国，这个一年只见得到几次面的父亲，他其实并没有那么了解我。

我笑了笑，没再说话。

对于我这个从来不主动提要求的"懂事"女儿，赵炳国一直觉得很亏欠，这时候也如此。他说："前几年，我在徐汇买了一套精装修的房子，不大，一百四十多平方米，写了你的名字。本来想，等你结婚的时候，作为婚房送给你。但是现在看，你很懂事了，提前给你吧！怎么打理你自己决定。"赵炳国从包里掏出了一串钥匙，递给我。

这真的让我感觉像是做梦一样。不久之前，我还在担心和辛柏结婚没有房子住。我和牛淑芳女士还因为辛柏没有能力在这个城市买房争论。而现在，我已经坐拥三套房子了。不仅市中心有一套高级公寓，郊区还有一套别墅、一个带院子的老宅。

我没接钥匙："奶奶已经给我两套房子了。"

"我知道。这套是我给你的，拿着吧！"

我低头思考了会儿，接过了钥匙，说："谢谢爸爸！"

赵炳国拍拍我的背，说："都是我的孩子，这样安排，确实亏欠了你，好在你手里也有好几套房子了，自己住一套，出租两套出去，再上个班，不说大富大贵，过日子应该是不愁的。"

"嗯。"我点点头说，"我也觉得挺好的。"

"将来，为了公司更好管理，我可能没办法给你股份了。"

353

"没关系。"我点点头,说,"我已经拥有很多了。"

"但我可以给你一部分干股,每年可以从公司领一笔分红,不多,按现在的盈利状况,一年也就几十万的样子。拿了那笔钱,你不上班也不成问题了。"赵炳国说。

"我也不是很懂,您安排就行了。"

"嗯。"赵炳国点点头,说,"我没想到,你这么快就接受了。你妈每次说你傻,我还在说,你这孩子就是老实了点儿。其实挺好的,你自有你的福气。"

能不老实吗?人生早已被安排好,母亲控制我的交友权、恋爱权。自己没本事,买不起房,经济上一切仰仗父亲。我若再不老实,又将会过着什么样的人生呢?

我有很多话想跟赵炳国说,但,不习惯跟他谈心,我说不出口。

见我始终没说话,赵炳国说:"走吧,回老宅开会去吧!"

"等一下,爸爸!"我跟他说,"我之前遇到过PUA,您知道的。后来他们又对我报复了好几次,都被辛柏识破了。他们调查过我,我估计他们应该知道如盈是我妹妹,他们那些人,特别贪。我怕他们打如盈的主意,您稍微注意一下吧!"

"好。"赵炳国点头答应。我跟他一起离开茶馆。

下车到老宅,有几十米的路程。我跟在赵炳国的身后走进院子。牛淑芳女士正在门口焦急地踱步,等着我们。

赵炳国跟牛淑芳女士打完招呼就进去了,牛淑芳女士问我:"你爸跟你谈什么了?"

"说他公司的事情。"我说。

"你爸怎么说的?"牛淑芳女士问。

"说将来把公司给赵如盈。"

"他,他可真是够偏心的……"牛淑芳女士来气了,絮絮叨叨还想再说。

我一下子抱住了她,我说:"妈妈,我爱你。"

说完我的眼泪就下来了。对于赵炳国的安排,我不是不委屈的。

我委屈的倒不是他不把公司交给我,而是,从前到后,他都没考虑过我。他自以为很爱我,但他,一点都不了解我。他以为他对两个女儿是一样的,但其实,是明显区别对待的。

我从来没有想过要继承他的公司。我从来没真正地做过管理,我对他公司的业务不熟悉,他就算把公司交给我,我也做不好。所以,我不贪心,我不奢求不该得的。

我想要的,只是他在繁忙的工作中,稍微关注我一下。我想要的,只是在我跟他说我不想到公司上班之后,他问一声为什么。我想要的,只是在他夸我懂事的时候,了解一下背后的原因。而不是想起来了,给我一点零花钱。见我什么都听他的,夸我一句"很懂事"。

我羡慕赵如盈。我从小到大的生活中只有妈妈。而赵如盈,除了妈妈,还有爸爸。我从小到大到赵炳国办公室的次数屈指可数。而赵如盈,几乎是在他办公室里长大的。我对他太陌生了,对他公司太陌生了。所以,即使我比赵如盈大几岁,我毕业后也会因为害怕选择了一个跟他公司毫不相干的行业,而赵如盈,大学时就可以到他公司去实习。

他把公司交给赵如盈，我没意见。他给我一套房子作为补偿，我很高兴。

我没有对他不满。能有一个这么有钱的爸爸，我很满意。我只是对我自己不满，我，一个小小的、卑微的我，从来都不敢要，我怕他烦我，我只敢默默等待，等待他觉得亏欠我了，施舍我一点。

我不想哭的，可我忍不住。

真丢脸啊！

长这么大，牛淑芳女士从来没有跟我说过任何一句爱我的话，我也从来没有跟她说过我爱她。这是我第一次主动拥抱她，跟她说"妈妈，我爱您"。

我是真的好爱好爱她。跟赵炳国聊过之后，我才知道我有多爱她。就像她全心全意爱着我一样爱她。牛淑芳女士没想到我会突然说我爱她，愣住了，又发现我哭了，就帮我擦眼泪，越擦我的眼泪越多。她语无伦次地说："傻孩子，你哭什么呀！你对你爸的安排不满意，跟他说呀！不要哭呀！"

我正好想到了那套房子，我自己给自己擦眼泪，笑着说："没有不满意，他给了我一套徐汇的房子。"

"这个老东西，不知道名下有多少套房子，同样是女儿，他才给你一套……"牛淑芳女士唠唠叨叨说。

"不要说了妈妈，"我自己擦擦眼泪说，"公司是爸爸的，房子是爸爸的，他想给谁就给谁。"

"你这孩子，怎么这么没出息呢！"牛淑芳女士说。

我擤了把鼻涕，笑了笑，摸了摸她经过染色显得黑黝黝的头发，说："不说这些了，我们进去吧！"

还没坐下,我的电话响了,是周雯雯。

我出了门,走远一点接听。周雯雯让我节哀,又问我奶奶这边的事情处理得怎么样了,什么时候回去。我跟她说了发生的事情,包括奶奶的遗产分配,和赵炳国跟我说的公司未来归属问题。

周雯雯不愧是亲闺密,一听就炸窝了,她说:"你爸怎么能这样呢!两个女儿总不至于厚此薄彼吧!"

我笑笑,不打算再聊这个。我问:"你最近怎么样,还好不好?"

"也就那样吧!"周雯雯说,"我妈发现我跟陆一横的关系了,问我们什么时候结婚。我说暂时不想结婚,就想谈谈恋爱,好好赚钱。她批评了我几句,见我主意正,就没说什么了。"

"你这样真好。"我说,"自己有能力,父母也开明,可以说是很理想了。"

"是吗?"周雯雯冷笑说,"每次提到你妈的时候,你都说茨威格的那句经典名言(她那时候还年轻,不知道命运赠送的礼物,早已暗中标好了价格),我的父母也适用于那句话。"

周雯雯的事情,还有谁比我更清楚呢?说到底,我们都是被命运捉弄的孩子。我笑笑,没再说话。

周雯雯说:"你忙就先忙着,回来再细聊。"

"好。"我应下来。

挂了电话之后,我往回走,走到一处巷子的时候,听见了大姑姑、小姑姑和两个表姐的声音。

大姑姑说:"等会儿我一闹起来你们就使劲儿哭,哭到你舅舅松口为止。"

大表姐问:"遗嘱都立了,舅舅松口有用吗?"

小姑姑说:"有用没用先闹吧,一套房子几百万呢,何况还有套别墅。只要你舅舅松口,总能闹点儿好处出来。"

小表姐问:"闹的话,舅舅会不会不高兴?"

"你舅妈高兴就行了。"大姑姑说,"你舅舅是我亲哥,不会拿我怎么样。你舅妈和表妹心里都有气,闹一闹,也是闹给她们看的,她们不方便闹,我们帮她们出出气。"

大表姐遗憾地说:"牛卉卉的妈不来就好了,就牛卉卉那软绵绵的样子,还不是想怎么捏就怎么捏?"

我不想再听下去,起身走了。

快走到门口的时候,我收到了辛柏的微信,他说:你那边怎么样了?我有些担心你,赶过来了。等会儿我会待在你奶奶家附近,你有什么事及时叫我。

我问:你现在在哪儿呢?

刚出宾馆,五分钟后到。辛柏说。

好。我说。

我站在门口想等会儿辛柏,跟他说说话。辛柏还没来,两个姑姑和表姐们回来了。她们看了我一眼,我冲她们笑笑。她们没理我,直接进去了。人都到齐了,赵炳国的秘书出来叫我,我没等到辛柏,先进去了。

第三十二章　一场闹剧

老宅的客厅，沙发不大，搬了几个椅子凑数。本来我想坐椅子上的，但因为这次会议的主题是解决"遗产分配不公（姑姑们的原话）"的问题，而我是箭靶子，我被安排坐在了沙发的一头。沙发中间和另外一头坐着两个姑姑，正对着沙发的椅子上坐着赵炳国，他是会议主持人。

李贵珠、赵如盈、两个姑父和牛淑芳女士，作为旁听人员，坐在了椅子上。表姐表弟表妹们，以及他们的配偶和小孩儿，有椅子的坐椅子，没椅子的坐凳子。客厅不大，乌泱泱坐了一群人。

赵炳国是两个姑姑的大哥，是连锁企业的大老板。大姑姑她们虽然商量好要闹事，但赵炳国主持家族会议，在他开口之前，她们还不敢贸然先开口。

赵炳国坐稳后，开门见山地说："我知道，你们中有人对妈的遗嘱不满意。主要不满意的是房子。这几年房价涨得厉害，南汇的房子也值钱了——"

赵炳国还没说完，大姑姑就嘀咕："两套房子都给卉卉，其中还有一套别墅呢！我们才是她亲生的女儿，凭什么呀？"

赵炳国从宾馆接我出去的时候跟牛淑芳女士说了，有他在，我的东西没人能拿走。

大姑姑的小嘀咕，赵炳国听见了。赵炳国对大姑姑和小姑姑说："说起别墅，有一件事你们心里应该是很清楚的。那别墅是妈的吗？是我买的！房子给卉卉，是我的意思。卉卉是我的女儿，成年了，还跟她妈妈一起挤在六十几平方米的老房子里，我给她一套别墅，有问题吗？"

我和赵如盈比起来，赵炳国更偏向赵如盈。姑姑们和我比起来，赵炳国更偏向我。之前单独找我谈的时候，提都没提别墅的事儿。原来，他在这儿等着我呢！

大姑姑不服气地说道："就算别墅是你买的，在妈名下就是妈的，我们总归是有一份的。"赵炳国直盯盯地看着大姑姑，大姑姑毕竟理亏，不敢跟他对视，头缩起来了。

小姑姑开口了，她说："别墅是你买的，老宅子不是啊！老宅子随时会拆迁，到时候又是不少钱，不可能全给卉卉吧？"

大表姐嚷嚷："就是啊，我们这拖家带口的，我到现在都还没有房子呢！卉卉又没成家，跟她妈住正好，要那么多房子干什么？您真想给她房子，从您名下的房子里给她一套不就行了，为什么要给奶奶的呀？太不公平了。"

小表姐说："卉卉是外婆的亲孙女，我们就不是她亲外孙女了吗？还有如盈呢，如盈你也说句话呀！"

火暴脾气的赵如盈刚想开口，被她妈李贵珠扯了扯袖子，便闭嘴了。

我觉得姑姑们有点可笑。她们大概不知道赵炳国找我谈过了，说了把公司给赵如盈的事情。都有公司了，赵如盈母女俩又何必惦记着一套郊区的别墅呢！

坐得近，我多看了赵如盈母女俩好几眼。也就在那一刻，我发现赵如盈特别憔悴，面色还有些苍白。虽仍然是一身名牌，但不复之前光鲜亮丽的样子。李贵珠看起来也很憔悴，她们母女俩的精神状态看起来特别不好，比奶奶葬礼的时候我看到的还要不好。

大表姐见赵如盈指望不住，突然就哭起来："妈，妈你怎么那么命苦啊！你是外婆亲生的女儿，什么都没有。我是外孙女，也什么都没有。我们就看着外婆的遗产都被别人得了去呀！"

大表姐的孩子只有四岁多，跟在她身旁，听见她哭，咧开嘴也哭了。几个表亲的小孩儿年龄都不大，见有人哭，也哭了起来。现场一片混乱。我扭头看了一眼牛淑芳女士，牛淑芳女士看着他们，嘴角露出一丝嘲讽的微笑。

"嚎什么嚎？"赵炳国气得够呛，重重地拍了下茶几，喘着粗气吼道。

大人小孩儿都被吓住了，没人哭了。也就安静了几秒钟，不知道哪个小孩儿起头，孩子们又哭了起来。

赵炳国在喘气、在咳嗽，李贵珠和赵如盈一个递水一个拍背帮他顺气。过了好长时间，赵炳国才勉强平复下来，虽不再大喘气，但脸色依然潮红着。

赵炳国冲着李贵珠挥了挥手，李贵珠转身对两个姑姑说："无关紧要的人把小孩儿带出去，不要在这里吵。"说完还看了牛淑芳女士一眼。敢情，在她眼里，牛淑芳女士也是无关紧要的人是吧？牛淑芳女士看都没看她一眼，嘴角再次露出嘲讽的笑，纹丝不动。我看了一眼赵炳国，说："我妈要在这里的。"

"卉卉妈妈留下，其他人出去。"赵炳国说。

表姐夫们把孩子带了出去，会议继续开。

大姑姑说:"不管怎么说,妈名下的房子全部都给卉卉,我不同意。"

"妈立了遗嘱,从继承法上说,遗嘱最大。"赵炳国说。

"话是这么说,但我们就是不服。"小姑姑说,"哥,你家有钱,你不在乎,你将来想给卉卉多少套房子,我们都管不着。我们不一样呀,我们两家都依靠你生活。我女儿到现在都没有房子,一家三口还跟我们老两口挤在一起住呢!姐姐家更惨,不光女儿,儿子全家也跟她们一起住,妈不管我们,你总得为我们考虑考虑呀!"

赵炳国没说话,小姑姑继续说:"哥,你看这样行不行,我们做长辈的发扬风格,就不争什么了。老房子是妈留下来的,现在卖也不值什么钱。迟早要拆迁,先就这样留着,等拆迁补偿的时候,无论是补房子还是补钱,让他们表姐妹表兄弟几个平分,一人一份,你看怎么样?至于妈给卉卉的那个镯子,是我们从小就看妈戴着的,卉卉就不要了,我和姐姐拿了卖了钱平分,你看行吗?"

赵炳国没说话,李贵珠也没说话。我妈,牛淑芳女士,作为一个"外人",她也没说话。而我,被小姑姑的无耻惊呆了。我缓缓地站起来,清晰地说道:"不行。奶奶给我的东西,遗书上白纸黑字地写着,就算我爸,也没权利替我做主。"

"大人说话什么时候轮到你插嘴了?"大姑姑扑上来想要打我,我以迅雷不及掩耳盗铃之势躲在了赵炳国的身后。

赵炳国瞪着她:"你再动手试试?当着我的面就敢打我女儿,可见她平时被你们欺负成什么样!你们当我赵炳国死了是不是?"毕竟是年龄大了,赵炳国喘得特别厉害,我离得最近,顺手就帮他拍了背，李贵珠过来了，讪讪地放下手去。

赵炳国喘了会儿，说，"我要是说，一点都不给你们，你们肯定不服气。这样吧，妈给卉卉的东西，你们谁都别惦记，该过户过户，该办手续办手续，是她的，都归在她名下。我个人补偿你们两家一家十五万。"

我明白赵炳国的意思，虽然他护着我，但姑姑们也是他的亲人，若不如此处理，只怕姑姑们不会服气，这事儿不会轻易就过去。

"十五万哪儿够啊！"大姑姑来精神了，站起来说。

"同意，立个字据，我让财务立刻给你们转账。不同意，你们就闹吧，大不了法庭见。"赵炳国这一番话，说得太有气势了，"你们要还想商量，就好好商量，我下午约律师，先帮卉卉办过户手续。"赵炳国说完站起来，准备走。李贵珠和赵如盈连忙跟了去。

我就是有点奇怪，以前没事的时候，赵如盈蹦跶得比谁都厉害，这争家产了，她居然一句话都不说。大概，赵炳国跟她们母女俩说好了把公司给她们，这才堵住了她们的嘴吧！

"等一下。"小姑姑叫住了赵炳国，她说，"我同意，就按你说的办。"

我没想到小姑姑会答应得这么爽快。我注意到小姑姑说这话的时候看了几眼李贵珠。李贵珠似乎有些心虚，都没敢回视她。

"我也同意。"大姑姑看了几眼小姑姑，附和了小姑姑的意见。

赵炳国指示李贵珠："给出纳打电话，让她转三十万出来。"

李贵珠迟疑着不动，脸色晦暗不明。

赵炳国看了她一眼，从秘书手里拿起电话打了起来，接通后没说两句话，他就惊讶地吼了起来："账上连三十万都没有？怎么搞的？怎么就没有钱了？……你说谁？谁转的？"

赵炳国转头看向李贵珠，李贵珠低着头不敢看他。

赵炳国跟出纳又说了两句，挂了电话。把电话交给秘书之后，他恶狠狠地盯着李贵珠，问："你把钱都转哪儿了？"

"我……"李贵珠心虚地看了一眼缩在一旁的赵如盈，小声絮絮说，"我，我都投资了。"

"投到哪儿了？"

"房地产，股票什么的。"

"我怎么不知道？"

"我，我想等赚钱了再告诉你。"

连我都听出来她在撒谎了。

赵炳国深呼吸了几口，转头跟两个姑姑说："我答应你们的钱，会付给你们，你们先等我处理完家务事再说。"

姑姑们不敢这时候触赵炳国逆鳞，虽然不高兴，但还是点了点头。

姑姑们正准备离开，突然，大门被重重地敲响了。——那声音，与其说是敲，不如说是砸。大家面面相觑。

大姑姑走到门口问："谁呀？"

"赵如盈的朋友。"外面的人答道。

大家都扭过头看着赵如盈，赵如盈的脸上露出恐惧的表情，身体瑟瑟发抖，朝李贵珠的怀里缩。赵如盈看见赵炳国在看她，对着赵炳国直摇头，她的意思应该是让赵炳国不要开门。

赵炳国脸上露出了疑惑的表情，示意大姑姑开门。

一行闯进来十多个人高马大、凶巴巴的男人，客厅里更挤了。

为首的男人一眼看到赵如盈，直接冲过来，说："打你电话不接，还关机了，要不是问了你朋友，还不知道你跑这儿来了！"

赵炳国站了起来，问："你们是谁？找如盈有什么事吗？"

"你又是谁？"那人上下打量赵炳国。

"我是她爸爸。"赵炳国说。

"我是她债主。"那人拿出几份欠款合同，在赵炳国面前晃了晃，说，"赵如盈欠我们三千万，你替她还？"

"胡说，我只找你们借了八百万。"赵如盈嚷嚷。

"你没算利息！"那人对赵如盈说话的语气非常不客气。

赵炳国冲赵如盈吼道："你还得起吗？你就敢借那么多！"

"一开始我也没想借这么多的呀！"赵如盈涕泪横流。

我趁没人注意，悄悄溜到了后面，站在了牛淑芳女士身旁。我怕赵炳国打人的时候殃及我。我的手机响了，辛柏发来的微信，他说："我刚看到一群人到处打听你们家，好像已经进去了，没事吧？要我帮忙报警吗？"

赵如盈的事情，我本来是不想插手的，但她毕竟是我同父异母的妹妹，没事时可以吵吵闹闹，真有事，我不能坐视不管。我第一个念头是想让辛柏报警，把这群气势汹汹的闯入者抓起来。但现在，赵如盈承认了她借钱不还。万一，警察来了，连赵如盈一起抓了怎么办？不管怎么说，赵如盈都是我妹妹。我想了想，回复辛柏："我还没搞清楚状况，等等吧！"

"好，有事随时联系。"辛柏说。

我没再回复，而是默默地开了手机录音。

赵炳国最终并没有打赵如盈，他放开了赵如盈，确认了欠款合同后，一踉跄，扶着椅子才勉强站稳。他问赵如盈："你为什么会借别人这么多钱?"

"我,我就是被人坑了呀!我一个朋友跟我说炒原油不错,能赚大钱,我就跟投了点。一开始确实赚了呀!但后来,越亏越多,我不甘心,就越投越多……"赵如盈越说声音越小,她说不下去了。

"后来你就找别人借了钱?"赵炳国大吼道。

"一开始没有的。亏多了我就有些害怕,想把钱取出来,哪怕只能取一点也好呀!但我发现,根本就取不出来。我就去找我朋友,她跟我说,她的已经取出来了。她是投入超过一千万的大VIP,排队排在最前面,想要取钱,公司很快就批了。"

"你就信了?"赵炳国瞪着眼睛问。

"我一开始也不信的呀,她给我看了她的取款单子,我才信的。"赵如盈痛哭流涕地说道。

"然后呢?"赵炳国气急败坏地追问着。

"妈妈给我买的几套房子,我都拿去抵押了。都投进去了,钱也没取出来,我朋友也消失了,我才发现我上当了。"

"你给她买房子了?我怎么不知道?"

她把你公司账户上的钱都转光了,连三十万都拿不出来了,你不也不知道吗?我心里想着,依然没有说出来。这时候说这种话,就是火上浇油了。虽然我很想火上浇油,但,赵炳国已经这样了,还是算了吧!

啊,一个内心戏丰富,却无比善良的我!

"她年龄不小了,我总要给她置办点财产呀!你有两个女儿,谁知道你究竟是什么想法。"李贵珠抱怨说,"你都快60了,最近这一两年身体也不是很好,万一你要是去了,我们母女俩怎么办呀!"

防我还真是防得挺早的。我基本上听明白了,赵炳国想把公司留给赵如盈的想法,在这之前并没有跟李贵珠说过。不然,她大概不会这样做。李贵珠并不知道,她们母女俩败的是她们自己的产业。

赵炳国处理家庭问题,没有我插嘴的分儿,更没别人插嘴的分儿。就只有牛淑芳女士"哈"了一声,表达了她的情绪。当然,也没有人搭理她这一声"哈"。但大家显然都听到了,不少人回头看了牛淑芳女士一眼。我站得离牛淑芳女士更近一些了,我握住了牛淑芳女士的一只手,算是给她支持。

李贵珠如此坦诚,赵炳国也是没想到。他瞪了李贵珠一眼,问:"你给她买了几套房子?"

"四套。"

"什么时候开始买的?"

"五六年前。"

我算了算,五六年前,这个城市房价也并不便宜,李贵珠还真是挺大手笔的。她掌管着公司的财务,瞒了这么久也是难得。就这四套房,只怕已经差不多把公司的现金流给掏空了。

赵炳国再次深呼吸几口,给了李贵珠一个"待会儿找你算账"的眼神,又转头问赵如盈:"抵押到哪儿了?银行吗?"——其实他已经看了欠款合同,合同上的公司是什么属性,赵炳国很清楚,他只是不愿意承认罢了。

"银行放款太慢,我朋友介绍了一个贷款公司给我。"赵如盈怯生生地说。

"小贷公司?"见赵如盈点头,赵炳国脑子一下就充血了,一屁股坐在了地上,李贵珠想要去扶他,被他推开了。赵炳国不顾形象地坐在地上大口喘气。

接下来的事情不用问了,都是套路。赵炳国就算没和小贷公司打过交道,也大致能猜出发生了什么:赵如盈兜不住了,就告诉了李贵珠。李贵珠一听宝贝女儿闯了大祸,不敢跟赵炳国说,怕赵炳国打死她们母女俩,就用公司的钱拼命帮她填坑。无奈小贷公司并没有那么好相与,故意制造逾期,让她越欠越多,接着再介绍其他贷款公司帮她填坑,窟窿越来越大,终于,到了该收割的时候了,让她写下了八百万的欠条,利滚利到今天,一共欠了三千多万。而赵炳国公司的账面上,穷到连三十万都拿不出来。

催债的人也是有耐心,默默地等了这么长时间,这时候见没人说话了,才跟赵炳国说:"女债父还,你打算什么时候替你女儿还钱?"

赵炳国像打了败仗的老兵,默默地看着前方一句话没说。

我给辛柏发了条微信:"报警吧!不用回复这条信息。"

发完之后我问赵如盈:"你买原油的公司叫什么名字?"

赵如盈没搭理我。

赵炳国突然吼道:"回答你姐姐的话!"

赵如盈吓得一踉跄,小声说:"不是公司,是一个网站,叫富民网。"

确认了"富民"是哪两个字之后,我打开手机浏览器搜索了起来。我并没有找到这个网站。我换了关键词,搜索"原油、网站",找到了跟"炒原油"相关的各种帖子。几分钟之后,我基本梳理清楚了赵如盈说的网站究竟是怎么回事。

网上太多爆料了，大部分爆料者都小有资产，还有的跟赵如盈一样是富二代。他们有的是朋友介绍，有的是和陌生网友聊天聊了一阵子被介绍，还有的，是相亲网站上认识的人，在成为男女朋友之后介绍的。他们和赵如盈一样，无一例外通过专属通道进入专属网站，一笔笔朝里投钱，却总是取不出来，等发现上当了，来不及了。

"富民网"的这些人，早已形成了完善的产业链。赵如盈她们，被称之为"羊"，一个团队里，有专门负责找"羊"的，有负责喂"羊"的，有负责看"羊"的，有负责宰"羊"的。"羊"宰杀一次还不够，他们宰完了，再交给小贷公司宰一次。只要你入了他们的局，不薅光最后一根羊毛绝不停手。

今天来的这群人很明显是小贷公司的人。

我问赵如盈："你那个朋友是男的还是女的？"

"女的。"

"你们怎么认识的？"

"蹦迪认识的。"

"你有男朋友吗？"我问。

"关你什么事？"到这时候了，赵如盈还不忘跟我横。

"你男朋友和她认识吗？"我继续发问。

"我没有男朋友。"赵如盈怼我说，"我不像你，一把年纪找个小鲜肉做男朋友。"

我假装没听到，继续好脾气地问："你和那女的什么时候认识的？"

"有两年了。"

"她什么时候推荐你炒原油的？"

"前年年底。"赵如盈说。

我算算时间,那时候我和张贵龙还不认识。我放心了,她并不是因为我才陷入这一系列骗局的。

我很感慨,我和赵如盈分别在不同的时间段陷入不同的骗局,而我们两个都上当受骗了。我很幸运,关键时刻牛淑芳女士揭穿了骗局,而辛柏帮我找到了骗子,他们算得上是我的守护神。赵如盈遇见的骗局比较大,一开始瞒着父母,最终一步步走到了现在这个局面,这个几乎败光赵炳国大部分资产的局面。

我很同情赵如盈,我的声音不由得低了,我问:"你的朋友现在已经消失了对吗?"

"是的,我联系不上她了。"赵如盈的脸色很差。

小贷公司的人不耐烦地说:"这个问了那个问,还有完没完了?说吧,钱什么时候还?"

合同都拿来了,合同做得非常精细,该规避的地方规避,该强调的地方强调。

赵炳国没理会小贷公司的人,问赵如盈:"家里给你的钱不够花吗?为什么要炒原油,要做这些事情?"

"这个世界上,谁的钱又真的够花呢?家里给的终究是家里给的,有一天你不给我了呢?别人不知道您的身体状况,我是知道的。您这些年身体越来越差,您平时说起她各种夸奖。而我呢,永远都只有批评。万一您把公司留给她了,我怎么办?"赵如盈指着站在后排的我,跟赵炳国说,"没养在身边的孩子才是让父母最惦记的。我在你面前做什么错什么,她又乖巧又懂事,从来不给您添麻烦。您让我怎么办?我想得到您的认可,只能想办法多挣点钱,这样您才不会天天惦记着这个野种——"

她话没说完，赵炳国一巴掌甩了过去，大吼道："什么野种？那是你姐姐！我的亲女儿！！"

赵如盈捂着脸，像看仇人一样瞪着我。我目瞪口呆地看着赵如盈，我以为她是得到父爱最多的，我羡慕她，也嫉妒她，却没想到，她因为我也有这么多的危机感。我觉得很可笑，没想到自己会成为她的威胁。我也觉得难受，她现在遭遇的这些事情，是我不愿意看到的。

"你在这儿算计来算计去，而你姐姐，从来都没有想过跟你争！"赵炳国最终还是没有说出曾经想过要把公司留给赵如盈的话。赵如盈还想说什么，赵炳国没理她，而是问李贵珠："公司账户上，还能拿出多少钱？"

"两、两三万。"李贵珠结结巴巴地说。

赵炳国愣了半天没说话，过了会儿问赵如盈："你跟我说实话，除了这一家，还欠别人的钱吗？"

赵如盈战战兢兢摇了摇头。

"你说！"赵炳国冲李贵珠吼道，"还欠别人钱吗？"

"几家供应商的钱还没付，代理商的钱也没结。"

"欠多少？"

"加起来，有一千多万吧！"

"那就不是几家了。还有呢？"

"我们住的别墅，也，也抵押了。"李贵珠的头越来越低，声音越来越小。

"连住的地方也没有了？"赵炳国不可思议地看着李贵珠。他一直坐在地上，身影并没有明显的变化。但此刻，我明显感觉到，他又朝地上跌落了一次。这打击来得太突然，太沉重，他承受不住了。

我很唏嘘。我想起了《红楼梦》里的一句话：眼见他起高楼，眼见他宴宾客，眼见他楼塌了。赵炳国用了几十年建立起来的商业王国，赵如盈和李贵珠只用了两年多的时间就败得差不多了。

我正在感叹，牛淑芳女士突然轻轻地拉了拉我的胳膊，小声说："走。"

她率先轻手轻脚朝门口走去，虽然我不知道她为什么突然要走。但她决定了，我还是会跟着她走。我们刚动身，姑姑们反应过来，也开始朝门口走去。

小贷公司的人经验丰富，始终有几个人挡着门，我们其实根本就出不去。

小贷公司的人说："你们都是赵如盈的亲戚吧？你们可以替她还钱。"

小姑姑说："他们还欠我们一家十五万没给呢！我们真跟这事儿没关系。"小贷公司的人拦着门不让她们出去。小姑姑一把把我扯过来，说："她是赵如盈的姐姐，她有钱。"

她跟这事儿没关系，我又有什么关系了？我总算知道牛淑芳女士让我走的意思了。小姑姑补刀说："我妈的遗产都给她了，两套房子，其中还有一套是别墅呢！"

小贷公司的人转过来看着我，我傻了，说不出来话了。牛淑芳女士说："她3岁的时候，她妈就跟她爸离婚了，这事儿跟她也没关系。"

"她妈是谁？"小贷公司的人问。

"我。"牛淑芳女士一本正经地说。

不知道为什么，我觉得这对话还是有点搞笑的。我点点头说：

"我妈说的是实话,我跟这事儿还真没什么关系。"

小贷公司的人一脸无语,又转头头恶狠狠地对赵如盈说:"看样子你爸帮不了你了,你亲戚帮不了你了,就连你姐姐也帮不了你了。"那人挑起了赵如盈的下巴,色眯眯地看着她。赵如盈显然不是第一次受到他们的威胁,也不是不明白他们究竟在说什么,吓得发抖。李贵珠冲过去,把赵如盈揽进怀里,像老母鸡护小鸡仔一样,恶狠狠地瞪着那个男人。

那人很嚣张,又去摸李贵珠的脸,冲着其他几个男人说:"一起带走!"

——这些话,其实都是说给赵炳国和在场的我们听的。

几个男人冲上来就要拉扯赵如盈和李贵珠。李贵珠不知道哪儿来了力气,挣扎着推开了他们。突然,就冲我奔了过来,牛淑芳女士小声说:"完了,赖上你了。"

李贵珠冲势太猛,我来不及躲,牛淑芳女士拽了我一把,把我朝旁边拽了拽,李贵珠才总算没直接冲到我身上。然而此时此刻,她的动作实在是太迅猛了,她一个转身就抓住了我的胳膊,紧紧地抓住了。她急切说:"卉卉,卉卉,现在就只有你能救如盈了。就只有你能救她了,你是她姐姐,你不会见死不救的吧?啊?你不会见死不救的吧?"

李贵珠头发散乱,眼珠凸起来,口水喷到了我的脸上。而我,胳膊被她紧紧地抓住,居然连挣脱束缚、擦把脸的自由都没有。我挣扎着大叫道:"你弄痛我啦!"

李贵珠连忙放开我的胳膊,还讨好地拍一拍,似乎想要把这痛感替我拍打掉,我厌恶地躲开了。

我揉了揉感觉到痛的地方。我总算明白了,为什么今天开会的时候，李贵珠和赵如盈的神色那么不正常，并且没有对赵炳国给我房子的事提出任何异议了。我还以为，赵炳国提前跟她们说了把公司给她们了。却没想到，她们是无暇自顾。

小贷公司的人催李贵珠："快点儿，我们还等着拿钱呢！"

李贵珠突然就跪了下来，连连朝我磕头，我吓得尖叫着躲开了。李贵珠却拽着我的裙子不让我走。她说："卉卉，卉卉，现在只有你能帮你妹妹了。你有房子，你奶奶都给你了。你爸爸私下也替你买房子了，你把房子卖了，就能救你妹妹了。"

牛淑芳女士多虎啊，遇到这种事根本就不带怕的，她一把推开李贵珠，说："这么多年你们怎么对她的，自己心里没点儿数吗？"

李贵珠膝行到牛淑芳女士面前，想要伸手抱住牛淑芳女士的大腿，牛淑芳女士一个闪身躲开了。李贵珠并不死心，她继续磕头，她叫："姐姐，我的好姐姐，现在就卉卉有钱了，你们不看在我的面子上，看在卉卉和如盈是一个爹的分上，也该帮帮她呀！"

"谁是你姐姐，叫错人了。"牛淑芳女士躲开她的魔掌。

李贵珠又来求我，说："他们那些人，没有人性的。你妹妹被他们带走了，这一辈子就完了，再也翻不了身了。卉卉你救救她吧，现在就你有钱了。"

我的大脑脑袋一片空白，根本不知道该说什么。这时候，我突然听到大表姐尖叫了一声，她叫道："舅舅，舅舅，你怎么了？"只见赵炳国同志正缓缓地倒地，晕过去了。倒在地上后，他的半边脸一直在抽搐，半边身体和手也在抽搐，而另外半边一动不动。

表姐夫想要把他扶起来，跟在我身后的牛淑芳女士大叫："别动！他好像中风了。"

表姐夫连忙缩回手去。

我曾经在一篇科普文里看过,脑溢血发作时,无论患者在什么地方,都不可以移动他或者摇动唤醒他,因为这个时候脑部的微血管会慢慢破裂,如果这个时候移动或摇动了患者,会加速微血管的破裂,加重脑溢血病情。但接下来怎么做,我就不知道了。

　　牛淑芳女士这时候尤其冷静,她低声吩咐我:"打120,叫救护车来。"

　　"好。"我立刻拨打电话。

　　牛淑芳女士轻轻地把赵炳国的身体放平,把他的头偏向一边,这才站起身来。我电话打完了,回到牛淑芳女士身边,她跟我解释说:"你外公就是中风走的,保持这个姿势可以让你爸爸呼吸顺畅。"

　　"嗯。"我点点头。

　　小贷公司的人见赵炳国中风了,一时表情有些不落忍。但,他们毕竟是"专业人士",很快调整了情绪,催促赵如盈母女:"能筹到钱吗?不能就跟我们走吧!"

　　大姑姑在人群中尖叫了一声:"我哥都倒地不起了,你们有没有良心?"

　　小贷公司的人凶巴巴地问:"谁在说话?再说一遍!"

　　大姑姑不敢吭声了。

　　小贷公司的人说:"欠债不还,还敢跟我们谈良心?"

　　李贵珠搀扶着赵如盈来到我们面前,还想说话。牛淑芳女士根本就不搭理李贵珠,只跟赵如盈说:"多看几眼你爸爸吧,中风很危险,还不知道能不能抢救过来。"

　　赵如盈蹲下,想摸赵炳国的脸,牛淑芳女士说:"别碰他,他现在不能动。"

赵如盈讪讪地收回了手。

小贷公司的人催赵如盈："看完了？走吧！"

李贵珠还没来得及说话，突然，门从外面被推开了，进来一个人，是小贷公司的，他跟为首那人说道："警察来了。"

为首那人说："警察来了怕什么？去警察局也是我们有理。"

他手下有个人指指躺在赵炳国说："人躺在这儿，不好解释啊！"

"他自己中风，能怪谁？要怪也怪他女儿不争气，万贯家财败光了，还欠一屁股债。"话是这样说，但他还是使了个眼色，带着一群人走了。

走之前，他跟赵如盈母女说："给你们三天时间，把钱给我凑齐，不然，你们知道会发生什么。"

赵如盈母女脸色灰败，一句话都没说。

那群人走后，李贵珠凑过来，低声叫我："卉卉——"

"我爸还躺在地上，生死未卜，你不要跟我说话。"我电话响了，是辛柏，我接听，辛柏说："那些人要走了，我要拦住他们吗？"

"你哪里拦得住？算了吧！我爸中风了，你先进来吧！"

辛柏进来了，人群中他第一个看到我。他走到我面前，问我："怎么回事？"

"一言难尽，以后再跟你说吧！"我疲倦地说。

我刚说完，警察就来了，我把录音的音频拷给了警察，120的人也来了。我和辛柏、牛淑芳女士跟着救护车去了医院，亲戚们都散了，赵如盈母女被带到警察局问话了。这场闹剧基本就算告一段落了。

第三十三章　一切都会好起来的

晚上五六点钟的时候，所有的检查报告都出来了，没有什么大事。医生说，后期经过科学用药、积极康复，治愈的可能性非常大。但毕竟这个年龄了，就算治好了，可能也会有些后遗症，比如说语言障碍、肢体功能障碍、口角㖞斜等。醒来后，要注意让他保持情绪的稳定，良好的营养，以免再次复发。

我们点头应下。

因为事发突然，从医院找的护工第二天才能到岗。医生走后，牛淑芳女士让我和辛柏一起出去吃饭，吃完给她带一些，她留在医院陪护赵炳国。

我问牛淑芳女士吃什么，牛淑芳女士说："随便，"又说，"你爸随时会醒来，给他带份粥，带两个蔬菜包子吧，他醒了给他热热吃，免得夜里突然醒了外面买不到合适的饭。"

我和辛柏一起出门后，辛柏问我："接下来你打算怎么办？"

"什么怎么办？我爸爸吗？就治疗咯，还能怎么办！"

"治好之后呢？医生交代了，他不能劳累，不能情绪不稳定。你们家现在这情况，一大堆烂摊子要收拾，都等着他吗？"

"不等着他怎么办？总不能等着我来收拾吧？我对他公司的状况一点都不了解。"

赵炳国的年龄不算大，还没到六十呢！他一直都是所有人的顶梁柱、大靠山。没想到，他的身体，并没有我们想象的那么好。他突然倒地不起，我很茫然。赵如盈母女俩这时候指望不上。我，理应像小说里的那些开了金手指的大女主，临危受命、力挽狂澜，不仅靠一人之力解除公司危机，还解救我同父异母的妹妹赵如盈于水火之中。但现实不是小说，我只是普普通通的女孩子，没什么过人的本领。就连我现在做的这个行业，服装行业，虽然学的是设计专业，却因为没什么天分，也不得不老老实实做陈列师，而不是设计师。

赵炳国公司里的那些事情，什么供应商代理商，财务、销售之类的，我从来没接触过，我也没系统地学过商业管理、用人之道。我对怎么当一个上位者一无所知。让我去处理赵炳国公司的事情，不会比赵如盈这个败家女好多少。公司已经病入膏肓了，我去的话，大概率起不到好的作用，还有可能会让公司死得更快。

知道自己能力有限，就不要动歪心思，老老实实等赵炳国醒过来。他醒来后，若需要我去跑个腿儿，办点事儿，传达一下指示，我就乖乖去做。他若不需要，我什么都不必做。

听了我的回答，辛柏点点头，说："现在也只能如此了。你妹妹，你打算怎么办，要帮她还债吗？"

李贵珠母女俩刚从派出所出来，就找到医院来了。不是来看望赵炳国的，而是来找我的。现在就我手里的两套房子值点钱，她们哀求我卖掉房子救赵如盈。我把她们打发走了，我说："就算卖房子，也有个交易周期，想三天内卖掉拿到钱根本不可能。而且现在因为限购力度大，房地产市场很不好。就算降价出售，也未必能那么快找到合适的买主。所以，求我没用。这事儿明显是上当受骗，不如找个好律师，请人帮忙分析一下，怎么才能绝地逢生。"

李贵珠还欲再说，我没给她机会，我只说，我很累，我现在没办法思考任何问题，等爸爸醒来我要跟他商量一下接下来的事情。如果她们真希望我帮忙，不如祈祷爸爸早点醒过来。

李贵珠提出要进病房看望赵炳国，我告诉她们，赵炳国一直在做检查，医生交代他不能再受刺激，等他醒来再说。李贵珠见我态度坚决，便和赵如盈一步三回头地离开了。

辛柏这时候问我打算怎么办，要不要帮赵如盈还债。说实话，我还真是想得很清楚了：当着小贷公司的面，我说赵如盈的债务不关我的事，那是潜意识里脱口而出的话，做不得数的。我和赵如盈毕竟是姐妹，不管以前关系怎么样，现在妹妹有难，姐姐不能坐视不理。但她的事情，我兜不住的。只能等赵炳国醒了处理。

而对于赵炳国来说，现在有两大危机，一个是赵如盈，被人骗到倾家荡产，还欠好几千万的外债；另一个是他公司。120来了之后，姑姑们寒暄了几句就打算走，牛淑芳女士交代姑姑们，到公司不许说出这些事情，若是公司倒闭了，大家都没好日子过。几乎全家都依赖公司过活的姑姑们，自然是点头答应。

公司的财务危机，现在大概只有少部分人知道。过不了多久，大家都会知道了。赵炳国醒来之后若应对得当，说不定还能把危机对付过去。若应对不当，几十年创下的基业，也就没了。

对于赵炳国来说，现在能变现的，除了公司资产，就只有我手里的三套房子了。老宅子这时候卖，根本就卖不起来价。村里的房子，除了等拆迁，没更好的出路，还不如留在手里。赵炳国花钱买的一套住宅，一套别墅，想要卖的话，也就徐汇的住宅能出手得相对快一些。至于那套别墅，在南汇附近，又是豪宅，市场不好的时候，很难出手。

公司加赵如盈个人欠下的债务，并不是卖了房子就能填上窟窿的。赵如盈借的是高利贷，利率多少我不清楚，按她的欠款金额来说，一天的利息只怕就得好几十万。这，都不是我能帮她解决的。我把房子贸然交给李贵珠，只会一点点地被吞噬干净，而解决不了任何问题。不如等赵炳国醒来，把我所有的房子都交给他，让他来安排。

身为长女，父亲现在都这样了，还要把事情都丢给他处理，我可真是不孝。但，他处理比我处理要好得多，起码还有机会处理好，而我，并没有那个能力。

我现在其实挺后悔的，赵炳国说过很多次让我去他公司上班的事情，我都因为个人的情绪问题没有答应，若答应了就好了，这时候也不至于两眼一抹黑了。

我的这些想法，想必牛淑芳女士早就料到了。也知道我能力有限，整个下午，她一直在陪护赵炳国，并没有问我打算如何处理这些事情，要不要救赵如盈。她只是沉默地、安静地陪护在赵炳国的身边，等待他醒来。

我把我的想法跟辛柏说了，辛柏说："我其实也是这样想的，我怕你一个人应付不来，做出错误的决定。"

我轻轻地打了他一下，责怪道："那你直接跟我说不就行了，试探什么！"

"不是试探，是想跟你讨论。如果你不是这个想法，我会把我的想法说给你听，劝你跟阿姨好好商量商量。"辛柏说。

我白了他一眼，没再纠缠这件事。辛柏握住了我的手。

我叹了口气,说:"平白无故得了几套房子,在我手里还没捂热呢,就又没了。除了老宅,其他两套什么样我还没见过呢!"

"房子都是钢筋水泥,捂不热的。"辛柏说。

辛柏的幽默感和他的笑话一样,又冷又不好笑。要不是喜欢他,我真是没办法忍受。

辛柏见我又对他翻白眼,便说:"你要真好奇那两套房子什么样,等叔叔醒了,抽空去看一眼。"

"不去,万一很喜欢,我会舍不得的,我会心痛的。"

"若真喜欢,我们就以那房子为目标,努力奋斗。"

我遗憾地说:"我爸给我房子的时候,我挺高兴的。我就想着,我俩都没房子,等我们结婚了,那套房子可以做婚房。房子大,以后有孩子了也住得开。哪里知道,这套房子我也没办法保住。"

"没事,我努力,迟早会买房子的,比那还大,好吗?"

虽然,"迟早"这两个字说了跟没说一样。创业能否成功,现在也是未知数。但,房价高企的当下,至少他敢许我一个未来。至少,他并没有因为我打算把房子给出去而表现出任何一丁点儿的惋惜。他不惦记我的东西,他只想努力创造出一份产业给我,这已经让我高看好几眼了。

我们又说了会儿话,为牛淑芳女士和赵炳国打包了新鲜的食物,才起身返回病房。而那个时候,赵炳国已经醒了,他和牛淑芳女士正在聊天。

我在门外,听见赵炳国跟牛淑芳女士说:"这些年,也没在身边照顾过你。没想到,现在是你在照顾我。"

"现在不说这些,赶紧把身体养好才是最重要的。"

赵炳国哽咽着说:"对不起。"

"跟我说什么对不起呀,你有老婆孩子的,我就照顾这几天。"赵炳国似乎在煽情,而牛淑芳女士却显得云淡风轻。我不知道为什么会这样,只觉得有些怪异,停顿了片刻,见他们没有继续聊,便推门进来了。

我装作没听见他们谈话的样子,惊喜地叫了声"爸",还问他:"你什么时候醒的?你醒了实在是太好了,我松了一大口气。"

"有一会儿了。"赵炳国说,"可算是又有了指望,是吗?"

赵炳国中气不足,看起来依然很虚弱,却能开玩笑,说明他状态还是很不错的。

我拍了拍胸口,故作夸张地说:"吓死我了,以为一切都垮了,完蛋了。一看见您好好的,就觉得,或许还有转机呢!您那么强,总能想到办法的。"

"我平时真是太惯着你们了。"赵炳国叹了口气。

我知道他说的是我和赵如盈。我们都是他的女儿,他其实对我们很不错,但,我们还是贪心不足。总以为他给得太少,给另一个太多。我们并没有站在他的角度上,为他考虑过。

我的鼻子有些酸,我摸他的胳膊和腿,问:"身体现在都能动了吗?"

"还是不行,动不了,很麻。"赵炳国叹口气说,"能醒过来就已经很不错了。"

一句话说得我眼泪都快下来了,我强忍着哭意,笑着说:"老天爷知道你是我们大家的主心骨,可不敢让你多睡,多半个小时都不行。"

我和辛柏一个扶一个喂,伺候赵炳国吃了半碗粥,他就说吃不下了。等牛淑芳女士吃完饭，我们又说了会儿闲话，便进入了正题。——赵炳国只是中风了，并没有失忆。老宅客厅里发生的一系列变故，他醒来的那一秒，只怕就立刻、全部进入了他的脑海里。他倒下太突然，醒来之前，并没有时间在心里默默地消化这些事情，想清楚应对措施。他醒来之后，之所以我们所有人都不主动提起那些事，除了怕给他压力以外，也是要给他时间让他自己先在心里默默地过一遍。我了解牛淑芳女士，她虽然马大哈，却是一个心里装得住事儿的人，不用问，我就知道，她没主动跟赵炳国提过那些事。

说了会儿闲话，赵炳国主动提起老宅里发生的事情，他提的方式很委婉，先连夸了几声辛柏"不错，小伙子真不错！"——老练如他早已看出我和辛柏之间的关系。赵炳国边夸奖辛柏，边观察我们三人的表情。见牛淑芳女士听了这话并没有表现得特别高兴，反而面有为难、纠结之色，便对牛淑芳女士说："小伙子不错，很像我当年。"还对我开玩笑说，"比我当年可是帅多了。"

我不知道这是不是代表他认可了我和辛柏之间的关系。他能这样说，我很高兴。我说："你当年很帅的，现在也很帅，不然怎么生了我这么漂亮的女儿啊！"

"这丫头！"赵炳国笑，牛淑芳女士笑，我和辛柏也跟着笑。

赵炳国的手脚依然不能动，我注意到，他在笑的时候，半边脸表情跟不上来，仔细看，还有些抽搐，我很心酸，但我什么都没说。

赵炳国突然问我："你有什么打算？"

我以为他是问我和辛柏之间有什么计划，我看了一眼牛淑芳女士，说："现在家里事情这么多，我们俩还没有具体想法……"

"我不是问这个,这些有你妈帮着操心,你妈觉得行,我都没意见。我是问,家里的事情,你有什么打算?"

我看着他,他那么严肃,说的就是公司和赵如盈的事情了。我把在茶馆时他给我的那串钥匙拿出来,放在他枕头边,说:"家里现在急着用钱,也就这套房子能快速变现了,钥匙先还给您。南汇那套别墅,钥匙还在律师那儿,是卖是抵押,也都由您做主。"

赵炳国看看我,又偏着头看看那串钥匙,说:"你总不至于让我这个躺在床上动不了的老头子去卖房子吧?"

赵炳国的幽默感和辛柏的一样冷,我却被逗笑了。我把钥匙收回来,说:"我明天就去中介挂牌。"

"不着急。"赵炳国说,"房产证我放在银行的保险箱里,等下我跟你说密码,你拿了再去。"

"嗯。"我点头应了下来。

"别的事情你打算怎么办?"赵炳国问。

我把我真实的想法跟他说了,我说:"我之前都没有在你公司工作过,这些事情我都做不来的。你安排,我跑腿吧!不过我也有工作的,我之前生了场病,已经把今年的年假都用完了。奶奶走这次请的是事假,不能请太久的,过两天我就得回去上班了。辛柏也是,他们公司也在催了。"

赵炳国跟牛淑芳女士说:"这孩子真老实。"

又说我老实了!

牛淑芳女士笑了笑,没说话。

赵炳国继续叮嘱我:"辛柏该上班就上班,你们还没结婚,他已经帮了很大的忙了,不能什么事儿都拖着人家。至于你,家里现在都这样了,你哪还有时间回去上班?你那工作,直接辞了吧!"

"不行的。你公司的事情我没做过,我做不来的。服装陈列师这个职位在国内不多,一个萝卜一个坑,辞了不好再找了。"我没说出口的话是,以前赵炳国有钱,给我的零花钱比我工资还多,倒也不是太依赖这份工作。但现在家里都这样了,我这份工作,这点工资,得用来养家糊口,就显得尤为重要了,不能轻易辞职。

"这些天把公司给我看好,省下来的钱比你上几年班都要多。"

我有些犹豫,低着头没说话。

赵炳国跟牛淑芳女士说:"这事儿主要怪我,太好强,总觉得自己身体还行,就没好好培养两个孩子。卉卉不想到公司上班,我就由着她。如盈瞎胡闹,我看着没闹出什么动静,也都由着她。现在两个孩子一个出事儿了,一个抓瞎了,什么都指望着我。"

牛淑芳女士还是笑笑,没说话。我也没说话。

赵炳国对我说:"你是缺乏历练,性子也软了点儿。但你是个实诚孩子,做事情我是放心的。你没有接触过公司的业务,不代表不可以学。我公司各部门也都有经理,我脑子也没糊涂,我躺病床上的时候你从旁边给我看着,学着点儿就行,不用你一个人全担下来。"

是实在没人用了,随便拉个刘阿斗就扶上位了吗?我觉得有些蒙,我问:"医生有没有说,您什么时候能站起来?"

"我都快六十了,站起来又能怎么样?还能做几年?万一突然又倒下了呢?公司的事情,你总得逐步接手呀!"

我听他的意思,还真是准备把公司交给我了。我能行吗?他不是说要给赵如盈吗?赵如盈出事儿了,这才想起我来?我沉默着，很想拒绝。但我不担，又有谁能担着呢？现在不是使性子的时候，这种情况也只能如此了。我胡乱点点头，算是应了下来。

应了之后，突然想到一个问题，我问："您手里还有其他底牌吗？现在资金缺口那么大，总不至于真靠这两套房子变现解决问题吧？钱不够，时间上也来不及呀！"

赵炳国笑笑，跟牛淑芳女士说："刚还在说她老实，这脑子，其实还可以呀！"

牛淑芳女士说："这孩子只是禀性淳厚，脑子不笨的。"

好嘛，总算舍得夸我一句了。

赵炳国跟我说："我跟你妈离婚的时候，事业还没做起来。家里就那点家底儿，你妈硬气，什么都不要。公司做起来之后，我心里面总觉得亏欠了她，就找到你外婆，给了你外婆百分之十的股份，每年分红那种。还让你外婆立了个转让协议，股份全部转给你妈。我当时没多想，就想着万一将来发达了，也算是悄悄地帮你妈存一笔钱，是一份保障。在你小学三年级时，我和你妈恢复来往，我跟她说了这事儿，她就给了我三个字'我不要'，你说这人轴不轴？"

"这……不是我妈一贯的作风啊！"

牛淑芳女士那么爱钱的人，放在眼面前的钱会往外推？我看了一眼牛淑芳女士，她低着头没说话，不知道在想什么。我瞬间就明白了，那时候，她虽然表面原谅了赵炳国，但心里可能还恨着他，不愿意因为拿了他的钱就被他看低了，这才直接说了不要。

赵炳国说："这笔钱这么多年一直准时地打在你外婆的账户上。你外婆的那张卡，也在银行的保险箱里放着，有理财经理帮忙打理，到现在，也有三千多万了吧！你们回来之前，我跟你妈商量了一下,她愿意拿这笔钱去救如盈。我主要是想跟你商量一下,你觉得怎么样?毕竟,你妈只有你这一个孩子,你妈的钱,将来都是你的。你如果不愿意,我再想其他办法。"

我没想到牛淑芳女士这么有钱,怪不得知道我和辛柏之前,要求我找的男朋友要有房。知道我和辛柏在一起之后,我提到辛柏没有资产、没有房子,她只含糊着带了一句,还说什么"这倒不是什么大事儿",原来是隐藏的有钱人啊!牛淑芳女士上辈子欠赵如盈母女俩的吗?她离婚了,李贵珠上位了。赵炳国发达了,赵如盈成千金小姐了。赵如盈出事儿了,欠三千多万,牛淑芳女士刚好有三千多万……怎么就这么巧呢?巧得都像是假的了。

我正胡思乱想着,牛淑芳女士跟赵炳国说:"本来就是你的钱,你想拿去救人,我能有什么意见?"

我更无语了,我说:"我妈都表态了,我还能怎么样?虽然我不喜欢赵如盈,但她毕竟是我妹妹,就算没有这笔钱,我也是想要救她的。"

说完这话,我扭头小声跟辛柏说:"又失去了一次暴富的机会。"

辛柏笑着揉了揉我的头发。

赵炳国休息了下,继续说道:"如盈的那些债务,我会让律师去处理,骗她的人,我并不打算放过。放高利贷,还有理了?处理结果到时候看,打官司我们也不怕。就算是输,估计也会给你剩点儿。"这样就最好了。我笑笑,没再纠结这件事。

"至于我给你的那套房子,最好还是先不卖。急着卖,卖不起来价。你等下打电话给我秘书,让他明天一早过来,开完会带你去找银行经理,拿出房产证,顺便做抵押。徐汇的房子、南汇的

387

别墅,都抵押出去,贷点款出来,应付公司的财务危机。你不要担心房子赎不回来。我们做生意的,都会欠银行钱,按期还上就是了。"

"有您在,我不担心。"我调皮地说道。

"你把我手机通讯录打开,我把公司重要的客户、关系户跟你说一下,明天开完会让秘书带着你走一趟,亲自去拜访一下。"

"开什么会?"我好奇地问。

"管理层会议,你打电话给秘书让他挨个通知。公司的高管各自什么性格、具体负责什么我也跟你简单说一下。你记住了,以后就是你跟他们打交道了。"

——看来,真是要把公司交给我了。"行吧!您这就把公司交给我了?您放心?"

"不放心能怎么样?我现在躺在这里,除了嘴,哪里都动不了。"赵炳国叹了口气,"你先试试看吧,不行再说,我不是还在后面撑着你吗?"

赵炳国又跟牛淑芳女士说:"我现在这种情况,需要人照顾。如盈母女俩现在自顾不暇,你那工作也不要做了,帮帮我,也帮帮卉卉。你毕竟是股东,有些事你还是能说上话的。卉卉年轻,你偶尔提点提点她也好。"

"女儿你一天没养,到这时候了随意安排我就没什么说了,你凭什么安排我呀?有福都让别人享了,出事儿了到我们母女俩头上了。你想得怎么这么美呢?"

赵炳国交代事情的时候,牛淑芳女士一直安静地听着,没说话。我以为她对赵炳国的安排都没意见,哪里知道,她还是很有个性的。口是心非,说的就是牛淑芳女士这种人了。她嘴上说

"你想得怎么这么美呢"，实际上，还是悄悄辞职了（后来我才知道，她辞职不光只有这一个原因）。

牛淑芳女士每日在医院里泡着，照顾赵炳国倒是很用心。只是她对着赵炳国始终没有好脸色。某一天晚上，赵炳国睡了，我俩私下聊天的时候，我力劝她想开点，对赵炳国态度好一点，不要好事做尽了，还把人都得罪了。

牛淑芳女士说："我这是在替你照顾他你知道吗？我和他早就离婚了，我没有照顾他的义务。你是女儿，你有。"

我忙不迭回答道："是是是，我现在不忙着呢嘛！"

牛淑芳女士抱怨说："我跟他在一起的时候，掏心掏肺对他，什么苦都能吃，他却跟他妈一条心，一门心思逼我生儿子。分开了，身强力壮能挣钱的时候，都是别人的。老了病了，轮到我照顾了。我这究竟是什么命！"

我若继续安慰，她就没完没了了。我说："他并没有很老啊！虽然病了，但又不是站不起来了。医生说好好照顾能恢复的。"

牛淑芳女士不理我，我说："您要是真不开心，我去找李贵珠。不管赵如盈现在什么状况，都让她来照顾。毕竟他们才是合法夫妻。"

牛淑芳想一想，说："算了。"

李贵珠现在哪儿有时间照顾人啊，牛淑芳女士心里也清楚的。

牛淑芳女士问我："你真要挑下你爸公司的担子？"

"我就帮一段时间啊，以后怎么样谁知道呢！我对他公司的事情还是没什么兴趣。还是想跟辛柏一起创业，到时候再看吧，走一步算一步了。"

"挑下来也好。"牛淑芳女士说，"总比你现在的工作强。"

我没再说话。

我和牛淑芳女士说到辛柏,自然也聊到了辛柏。

这一段时间,家里出了这么多事儿,辛柏跑前跑后帮忙,有多辛苦,牛淑芳女士都看在眼里。作为长辈,要说一点都不感动,那是不可能的。再硬的心,在真诚面前,也一日日软化了下来。

牛淑芳女士说:"辛柏真是个好孩子。"

"我就说他好吧!"我很高兴牛淑芳女士夸他,我问,"您决定接受他了?"

"没有。"牛淑芳女士说,"接受一个人成为自己的家人,需要综合考量。光人好,是远远不够的。"

"您还要考量什么呢?他年龄小,这一点我和他都不介意。他没有资产,我们家不是有吗?以前我一直觉得我们挺穷的。现在,虽然爸爸公司的危机还没度过,但,我们比以前要好很多了。我现在在爸爸公司负责一些事情,只要爸爸公司不倒闭,我们只会比原来好。而且,辛柏还在创业,谁知道他以后会不会成为商场新贵呢!"

"还新贵呢!一辈子贵不起来你怎么办?"牛淑芳女士问。

"我不介意呀!他现在这样也挺好的。"

"你觉得好,他未必这样想。男人都是有自尊心的,一直比女人差,吃软饭,他心态上会受不了的。"

"什么是吃软饭啊?说这么难听!辛柏曾经说过一句话,生死面前,一切都是小事。他在很小的时候,就经历了姐姐的死亡。对于他来说,感情是最重要的。对那些别人都在意的事情,比如说尊严啊,面子啊,他看得没那么重。"

"他还有个姐姐?死了?"牛淑芳女士惊奇地问。

我跟牛淑芳女士讲了辛牧的事情。

牛淑芳女士很感慨，说："辛柏可真是不容易。"

"是啊，可以说很不容易了。爱上比他大的女人，可能也跟他的这些经历有关吧！"

"他会不会把你当成他的姐姐？"牛淑芳女士问。

"这点还好吧，别看他年龄小，可他很成熟啊。"

"他是因为这些经历，才爱上比他大的女人。那么你呢？你为什么每次找的男朋友条件都不如你？"牛淑芳女士的这个问题，我还真不知道该怎么回答。我说："还好吧，辛柏只是暂时穷了点，他智商很高的。"

牛淑芳女士看了我好几眼，没理会我这句话，而是说："我一直以为，没有爸爸没关系，我给你最好的爱，就能让你健康成长。这些年我才明白，不是这样的。你还是会有各种问题，还是会走很多弯路。缺乏父爱的女孩，一生都在找爹。"

"也不是这样啊，辛柏就比我小。"

牛淑芳女士说："但他给了你安全感。"

"是的，是这样的。你不知道他有多聪明，有多敏锐，我的每一个情绪问题他都能发现。跟他在一起，我觉得我变得更好了。这是以前从来没有过的体验。"

"你很崇拜他，也很信赖他。"

"是，我从来没有遇到过像他这样的人。"我斩钉截铁地说。

牛淑芳女士突然问："你知道你以前的那些男朋友，我为什么会反对吗？"

"有一个我能猜到原因，还有两个不知道。"

"你能猜到的是哪个？"牛淑芳女士问。

"那个银行经理。你认为他各方面都太普通,配不上我。"

"是的。那是一个特别普通的男人,几乎没有任何优点。我跟你说过对你好不是他的优点,而是你的优点。你大学的那个学长,非常花心。我打听到他脚踏两只船,跟你提过你不信,我才找到他,不让他跟你来往。"

"是吗?我忘记了。"我真忘记牛淑芳女士跟我提过了,可能当时正在热恋中,我忽略了她给我提供的信息了吧!那是第一次恋爱,我又正处于叛逆期,各种看不上牛淑芳女士,她说了我忽略不计也是有可能的。

"第三次是你的一个同事。你那个同事表面上看起来还行,但他有个恶习,喜欢赌博,不输光不罢休。我找到他,跟他说,不跟你分手的话,就会把他的事情告诉你们公司,让他丢了工作,他这才答应离开你。"

"这些事情,你为什么不早告诉我呢?他是个文艺青年,给我写信说分手,还说很同情我,有这样一个妈。"

"早告诉你,你会信吗?那段时间我说什么你都不信,都觉得我是在骗你。"牛淑芳女士说。

我仔细想想,还真是这样。我说:"有我这样一个女儿,您很头疼吧?"

"还行。正常家庭的母女都可能会有各种矛盾,何况我们这种单亲家庭呢!可能是我从小到大管你管得太严了些,你的叛逆期格外长。"

"对不起,妈妈。很长一段时间我又自卑又自负,性格确实偏激了些,像个傻子一样。"

"该说对不起的人是我,我只想对你好,却没想过该怎么对你好。对不起，女儿。"就像牛淑芳女士听到我说"谢谢"时一样，我听到那声"对不起"的时候，我的嗓子也哽咽了。我说："我从来没有真的怪过您。"

"我知道。要不是仗着这个，我也不敢为所欲为。"

这句话真是打脸，我想哭的，可不知道为啥，我居然笑了。牛淑芳女士接着说："我最近一直在反思自己，不应该总管着你，你都这么大了，总要让自己去经历，去吃苦，去碰壁，如果你觉得开心，其实也挺好。"

"是啊，妈妈！"我趁机说，"您就让我自己去处理和辛柏的事情吧，好吗？"

牛淑芳女士看看我，再看看我，勉为其难地"嗯"了一声。

见她答应，我真是松了一口气。

那天晚上，我们聊到很晚才睡觉。在我的记忆里，8岁以后我们就不曾这样聊过了。我和牛淑芳女士这些年的日常相处模式是，彼此照顾，彼此依赖，也彼此憎恨。我从来没有想过，有一天，我会和她像朋友一样聊到深夜。这种感觉真好啊，被自己的妈妈所理解、也理解自己妈妈的感觉真好啊！

第三十四章　我要我们在一起

赵如盈的事情，赵炳国也交给我处理了。我能做的有限，不过是先帮着牛淑芳女士把外婆名下的股份和账户都过户到她的名下。再跟着律师一起，约谈了所有债权方，把债务理清罢了。

在律师的建议下，母女俩买了机票直接去了国外。等事情处理得差不多了再回来。

我挺羡慕她们的，赵炳国现在都这样了，公司面临着巨大的危机，她们不仅没帮上忙，还拿着牛淑芳女士的钱出国潇洒去了。

李贵珠做出了这样的事情，公司的事情自然是不能让她插手了。也幸亏她们母女俩不在，我接手相对才容易些。

公司表面看起来是我接手，做主的还是赵炳国，我名义上是代理总经理，实际上只是一个跑腿儿的——公司业务我还在熟练中。

尽管如此，我还是累得够呛。肠息肉住院之前拼命节食，都很难瘦下去一点点。这一个多月，知道有很多从未接触过的工作要做，怕身体吃不消，我不仅不敢节食，还尽量多吃一点，结果，我反而瘦了十来斤。

因为太忙，公司、医院两头跑，还要时不时去银行、法院、供应商、代理商处，我和辛柏见面的时间被压缩了很多。我们甚至经常没办法在他的出租屋里见面,而是在外面匆匆说几句话。有时候,能一起吃顿饭就已经很不错了。

我以前特别不理解那些专注于事业的女性没有时间恋爱,没有时间结婚,没有时间照顾家庭,现在,"被动变忙"了一个多月,我完全理解了她们。也由衷地佩服她们,觉得她们真是不简单。而我,之前每次嘴上叫唤"忙",实际上,还真是太闲了。

幸好辛柏不离不弃,无论我多忙,他都愿意等我。无论我在哪里,他都愿意为了见我一面,从城市的这头奔波到城市的那头。只是他动不动就喜欢打趣我,说我现在一副"霸道女总裁"的派头,把我气得够呛。

其实根本就不是这样的,我依然喜欢穿漂亮的裙子。只是为了开会方便,我装装样子,穿着黑色、灰色的职业装、化个烟熏妆、头发绾起来了而已。

某一天,辛柏来找我。我没有时间到外面吃饭,他便来到了我的办公室(是的,作为代理总经理,我是有独立办公室的),和我一起等外卖。

等待期间,他在会客沙发上坐下,打开了自己的笔记本电脑,说:"来,放松一下。"

我便走了过去,辛柏递给我了一个VR头盔,我坐在他的电脑旁,按他的指示戴上了那个头盔。电脑屏幕上,我,是的,就是我,牛卉卉,穿着漂亮的连衣裙出现在室外的一条小路上。我像动画片上的人物一样在奔跑,几秒钟后在一片绿莹莹的草坪上停了下来。VR视频里的我转身,正对着看视频的我。

一个柔和的女声伴随着舒缓的音乐响起,女声说:"牛卉卉小姐您好,欢迎来到3D服装俱乐部,请问您需要点儿什么呢?"

我目瞪口呆，还没说话，VR页面就变了，"我"的旁边，出现了网站的首页，首页非常简单，就几个品类的分区，女装、男装、鞋包、配饰、内衣等。女声响起，问："女装？男装？鞋包？配饰？内衣……"

我傻眼了，十个大品类过了，我还没搞清楚我究竟需要什么。女声说："您还没想好？那我再念一遍。您不用直接回答我，'吱'一声就行了。"

第一个词就是女装，我："吱——"

女声："收到！夏季到来了，您想看连衣裙、衬衫、T恤、针织衫、半身裙，还是裤装？或者，想看点厚的？"

伴随着女声的是二级页面。

我说："连衣裙。"

女声问："您对颜色、款式、品牌是否有偏好？还是我们根据您平时的着装习惯帮您推荐？"

我说："你推荐。"

女声："根据您平时的着装习惯，我给您推荐了这些款式，遇到想试穿的，您再'吱'一声。"

三级页面出现了很多款连衣裙。页面上是模特穿着的效果，价格和主要特点。当我眼睛往下看的时候，页面向下翻页，当我眼睛向上看的时候，页面向上翻页。

有些款式我确实喜欢，我连"吱"了好几声。

每"吱"一次，"我"都会穿着那些衣服走到我面前搔首弄姿，方便我看到衣服的各种细节。伴随着细节，女声响起，是那些衣服的简要介绍。我感觉就像在一个空旷的试衣间内，我不仅可以看到自己穿的效果，还有服务员在讲解。唯一不同的是，"服务员"声音更好听，也更诚恳些。"她"明白我身材的优缺点，也了解我的品味，可以说，她的每一句话都说在我的心里。

但，我试了很多件衣服之后，还是坚定地说"这些都不要"。

"为什么？"女声问。

"都不够惊喜。"我说。

女声说："我没理解您的意思。"

"我想要设计感强的，特别一点的。"我说。

"好的，我再帮您挑挑看。"

瞬间，又出现了很多个款式。我又试了几款，选中了一款。女声说："此款S号已帮您下单。支付方式发送至您手机，请及时支付，谢谢您的购买。如还有其他需要，请返回至首页面。"

我拿起手机，并没有任何支付方式。

辛柏解释道："还在调试阶段，并没有绑定支付方式。你觉得现在这个模式怎么样？"

"虽然有些小瑕疵，但比我想象的更棒！可以说，很超前了。只是，还要配合VR眼镜使用，会不会太麻烦。"

"你再试试这个。"辛柏示意我把VR眼镜取下来，让我直接拿着鼠标，在网页上操作。流程和戴着VR眼镜一样，唯一的区别在于没有声音，一切都要用眼睛看。但，我觉得已经很好了。

关了网页，辛柏把放了一会儿的外卖拿过来摆好。我问辛柏："你什么时候录下我的视频的？"

"趁你忙的时候，顺手就录了啊！"

"看见视频里的自己，感觉还真是很奇特呢！"

"没觉得自己特别丑吧？"辛柏问。

"还可以啊！我长这么漂亮，怎么会觉得自己丑呢？"

辛柏笑，说："我就喜欢你自恋到无耻的样子。"

我也笑，问："怎么处理的？感觉皮肤、身材都变好了似的。"

"用了滤镜。我一个同事，特别胖，脸上还有斑，我给她也录了一个，她看了网站里的自己觉得也还好。"

我问了另外一个问题："我的穿衣风格，网站是怎么知道的？"

"我拍了一些你的衣服啊！后台可以通过你现在穿的款式直接读取。"

"遇到想改变风格的客户怎么办？"我说，"很多女生会想，买的跟我自己常穿的类似，有什么意思呢？"

"你没注意吗？我们推荐的衣服，十套里面有三套我们认为更适合你，却跟你平时的风格不太像的。而且，用户一开始就可以自己选是否要跟平时不一样。"

"好吧！"我说，"可以打70分了。"

"才70分吗？"辛柏问。

"初稿70分，已经很厉害了。"

"那么，我的美术总监，你有没有空想一想，这个网站要怎么调整一下才能到100分呢？"辛柏泄气地说，"鉴于你最近特别忙，实在没空就算了。"

"也没忙到那种程度啦！你这都已经有雏形了，挑意见就太容易了。100分做不到，80分总是可以的。"我想了想说，"我爸也快出院了，之后我应该就没那么忙了。"

其实，十多天前赵炳国就可以出院了。按照他以前的性格，只怕醒来，能下床了，就会要求出院，后续医生跟踪治疗。但这一次，不知是为了培养我，还是真顾及自己的身体，"遵医嘱"才在医院里多住了些时日。

他出院之后,并不是每天都会到公司。但,好歹出院了,我轻松很多了。

我轻松,除了跟赵炳国这个主心骨有关之外,也跟大部分事情都得到了完善的解决有关。

赵如盈母女一直躲在国外,公司强大的律师团在跟小贷公司周旋,传来的最新消息,我们胜诉的可能性很大。因为李贵珠的关系,公司欠了供应商和代理商不少钱,但那些合作伙伴,都是合作了很多年的。我们应对及时,倒也相对还好,大部分合作方都没有逼着我们立刻还钱。公司人心稳定了下来。我以为的"天塌了",其实不过是一次相对较为严重的暴风骤雨。按赵炳国的说法:"我这一辈子,什么大风大浪没见过,这点小阵仗就能把我打趴下了?"

暴风雨并没有把我们打趴下,而是让我们成长了。特别是我,这一两个月,我成熟了很多,为人处世也更练达了些。我不知道,公司接班人的人选,赵炳国是否有了新的打算。但,不重要了。就算最后,他还是打算把公司交给赵如盈,我依然无话可说。我一直以为,他不了解我,也并没有那么爱我。但其实,我也并没有试着去走近他、了解他、爱他。我对他,一直在索取。而这一段时间的相处,我知道了他是一个多么睿智的人,我为有这么睿智的父亲而感到骄傲。

我妈牛淑芳女士还是老样子,得理不饶人。她用心地照顾着赵炳国,却没有给他好脸色看。无所谓了,反正他们也不是合法夫妻,对方有事了,愿意去照顾,就已经很好了。只是我有些看不懂他们之间的关系,感觉,现在他们更像朋友了。互怼的那种朋友。

赵炳国住院期间，我和辛柏经常在医院见面。赵炳国说了，我的事情，牛淑芳女士没意见，他就没意见。牛淑芳女士虽然还没有对我和辛柏的事情发表过明确的"意见"，但那天晚上我们聊过了，她答应不再干涉我的事情，我相信她会说到做到的。

我以为，我和辛柏之间，会朝着我希望的方向水到渠成发展。却不料，她并没有信守承诺。赵炳国出院的第二天，就出事儿了……

牛淑芳的生活圈子很狭窄，没什么朋友，也很少出去跳广场舞。我在家的时候，她基本都在家。可是那天晚上，我回到家之后，却发现她并不在家里。我里里外外找了一圈儿，没找到人，最后，我在冰箱门上看见她留给我的便利贴，便利贴上写着：我出去旅游了，一个多星期就回来了，自己做饭吃，晚上记得锁好门，不用跟我联系，电话可能打不通。

相互留便利贴，是微信发明之前我和牛淑芳女士常干的事儿。有了微信之后，留言太方便了，信息不容易被错过，我们就不再用便利贴传递信息了。我没想到，这一次，她居然又用上了便利贴。

我二话不说就拨打了她的电话，果然，"您拨打的电话无法接通"。我自言自语说，去哪儿旅游电话都打不通啊？邮轮？一个星期能去哪儿啊？去日本？不至于啊！

想到赵炳国这一天都没到公司上班，我立刻又打了个电话给赵炳国，问他是不是和牛淑芳女士一起旅游去了。

"没有啊，你妈出门旅游了吗？她没跟我说啊！我给她打个电话试试。"过了会儿赵炳国拨过来，说，"打通了，你妈说是去旅游了，我问去哪儿了不肯告诉我。她让我转告你，不用担心，她很快就回来。"

我打不通,赵炳国打通了,这说明什么?说明牛淑芳女士屏蔽了我的电话,而没屏蔽赵炳国的。为什么呢?我百思而不得其解。挂了赵炳国的电话,我打给辛柏,跟他说了这件事。辛柏正在加班,他说:"你不要着急,我打打看。"

过了会儿,辛柏回电话过来说:"我打了几遍,要么接了挂断,要么干脆不接。"

这……我更郁闷了。

辛柏说:"不管怎么说,她这一周都不在,对吗?"

"是啊!"我说,"我心里有不祥的预感。"

辛柏笑着说:"我关电脑了。"

"事情都做完了?早点回家。"我说。

"没做完,但我现在就要回家了。"辛柏的语气依然很开心。

我还没反应过来,辛柏说:"你赶紧收拾,带几套换洗衣服过来。"

没人看见,我的脸有点红,我没答应也没拒绝。挂了电话,我拿了短期旅行包出来。

至于牛淑芳女士,不管了,她向来主意多。去哪儿旅游了,回来她自然会告诉我的。

之后的一周,如果我下班早,我会先去菜场买菜,做点好吃的等辛柏回家。如果辛柏下班早,他也会做同样的事情。鉴于他的烧菜水平实在是一言难尽,他会按我的指示买好菜,洗好切好,等我回来烧。

如果……我俩下班都不早,我们会想办法找借口下班稍微早一点的。我不喜欢洗碗,那就他洗。他不喜欢拖地,那就我拖。

我本来想着，若两个人下班都早，可以先去看看话剧或电影，再回家。毕竟，吃饭并不是多重要的事情。但那一周，我们一次话剧都没看过。看电影也是在家里电视上看很久之前的老电影。吃饭确实不是多重要的事情，但，和对方一起吃饭，却是重要到不得了的事情。吃完饭，我们要么玩会儿体感游戏，要么看个老电影，或者一起出门散散步消消食。

辛柏的 APP 已初见雏形，我帮他提了一些修改意见，他和他的合作伙伴一一修改了。做出来的效果比我想象的更好，我们聊到融资的事情，我想把成果先拿去给赵炳国看，我希望赵炳国能成为第一个投资人。辛柏说："做网站的前期启动资金是从你那里拿的，你才是第一个投资人。"

"我不是合伙人吗？"我坏笑道。

"是合伙人，也是最大的股东。"辛柏看着我，认真地说道。

"所以，这个 APP 也是我的。我来找找融资责无旁贷。"

辛柏有些迟疑："这样会不会不好？启动资金从你那里拿，第一笔融资又找你爸爸投，别人会不会认为我在吃软饭？"

"你自己会这样认为吗？"我问。

"我还好啊，反正这个 APP 你是大老板。"

"那不就行了。你的创意，你做出来的东西，股权给我的比你自己留的还要多，是我在占你的便宜好吗？"

"我不是怕你嫌弃我，不要我了吗？"辛柏小声地说。

"我永远不会不要你的。找赵炳国投资，我也是有私心的。正如你所说，这么好的 APP，至少价值 10 个亿。现在还酒在深巷无人知，我先拉着赵炳国占一部分股权，等 APP 真的值钱了，我们就身价倍涨了。"

辛柏笑着说:"哈哈,听你这么一分析,还真是你们家在占我的便宜呢!"

是啊,能遇到你,就是我这辈子最大的幸运了。

APP和企划书拿到赵炳国的面前,他果然很感兴趣,带着公司高管开了好几个会,研究投资规模和后续推广,这都是后话了。

因为APP的事情,赵炳国特别欣赏辛柏,私下还跟我说,我的眼光不错,这个女婿他很认可。一切都如我所愿,步入正轨,我挺高兴的。我和辛柏甚至商量着,等牛淑芳女士回来,我们就商量一下什么时候结婚。毕竟我马上就30岁了,早点把事情定下来,要个宝宝才是正事儿!

想到我会给辛柏生一个漂亮的小宝宝,真是很期待呢!

因为牛淑芳女士并没有明确告诉我究竟哪天回来,每天下班之前,我都会给她打一个电话,若依然是"您拨打的电话无法接通",我就不回家,愉快地奔赴辛柏的出租房。当然,为了表现出我还是很有些良心的,我每天上午都会给牛淑芳女士发一条微信,类似于"妈妈你走了我好不习惯",或"你究竟什么时候回来呀",再或者煽情一些的"妈妈我想你了,但愉快地玩耍更重要,回来别忘记提前告诉我哟!"

牛淑芳女士一直没回复我。第七天的晚上,我跟辛柏说:"不行明天晚上我得回去一趟,不回去看一眼我心里不踏实。"

"明天我跟你一起回去。"辛柏说。

还没等到第二天晚上呢,快下班的时候,我例行打电话给牛淑芳女士,电话一下子就接了,倒是吓我一大跳。我定定神,问:"你回来了?"

"刚到。"牛淑芳女士一反常态的惜字如金,"下了班把辛柏叫来!"

我没敢多问,"嗯"了一声算是答应了。

回家的路上,我问辛柏,知不知道牛淑芳女士叫我们一起回去有什么事。

辛柏说:"你都不知道我怎么会知道?"

我有些发愁,不好的预感更强烈了。

辛柏安慰我说:"没事,兵来将挡水来土掩吧!"也只能如此了。我点点头,没再多说什么。辛柏腾出一只手,搂住了我的肩膀。

到家之后,我和辛柏刚坐下,牛淑芳女士就说:"我到你家了。"

她说的显然是辛柏家。

辛柏点点头"嗯"了一声。

我有点生气了:"您没事到他家干什么呀?也不跟我说一声。"其实,我早该猜到的,出其不意,毫无界限,这正是牛淑芳女士经常干的事儿啊!我以为,她好转了。我以为她答应不干涉是真的不干涉,但,她再一次挑战了我的底线,让我觉得难堪,以及耻辱。

"你一天到晚糊里糊涂的,我不帮你看着点儿,我不放心。"牛淑芳女士轻描淡却又理直气壮地说。

嫌我糊涂是假,她不放心才是真的吧!控制欲这么强,也是没谁了!

"我见到了你的父母,跟他们聊起了你。我没说我是谁,他们也没提,但很显然,他们猜出我是谁了。"

"我猜出您可能会去我家,提前跟他们交代了好好招待您。"辛柏说。

我看看牛淑芳女士,又看看辛柏。敢情,这两个人心里都有数,就瞒着我一个人是吧?我很无语,但我什么话都没说,我静静地等待,等着听牛淑芳女士究竟想要说什么;静静地等待,等着看牛淑芳女士究竟会整出什么幺蛾子。

牛淑芳女士说:"你真的很聪明。"

辛柏笑笑,没说话。牛淑芳女士接着说:"我跟你父母聊了聊,虽然他们刻意掩饰了,但我仍然能看出来,你是他们的骄傲,你婚后他们是要来跟你住的。"

辛柏低着头,没说话。

"我若是你的父母,也会感到骄傲,能培养出这么优秀的儿子。"牛淑芳女士说,"没有看不起他们的意思,我只是为我的女儿担心。"

辛柏提过他的家庭背景,城乡接合部,农民家庭出身。辛柏这个人,这么优秀的男孩子,可以说是不折不扣的"凤凰男"了。这年头,提起"凤凰男"三个字,城市里的女孩子大都觉得不齿。但,我的辛柏,他和别人都不同啊!他是我最爱的人,用"凤凰男"三个字形容他,我觉得难受。

我不知道他的父母是什么样的人,但是,人生不就是各种麻烦堆积起来的吗?不是这样的麻烦,就是那样的麻烦。牛淑芳女士不打招呼,突然跑到辛柏家,见了辛柏的父母,回来就流露出看不起的意思,这也是我的麻烦啊!

这世上唯一不能选的就是父母和子女,牛淑芳女士生了我这样的女儿,注定了操不完的心。但,只要以诚相待,总会解决的。

没必要看成洪水猛兽,更何况我还没见过他们呢!

我说:"我不介意的。"

牛淑芳女士说:"你现在不介意,不代表将来不介意。婚姻的复杂事太多了,我和你爸爸当年也是真心相爱的,最后还不是离婚了。"

我说:"就算将来会走到那一步,我现在也是不介意的。"

"即使明知道会离婚,也愿意跟他在一起?"牛淑芳女士问。

我看了看辛柏,仔细想了想,坚定地点了点头。牛淑芳女士又看着辛柏,辛柏有些蒙,他说:"我父母虽然穷,但还是很好相处的。"

牛淑芳女士说:"男人遇到婆媳问题时都喜欢说这句话。"

辛柏看看我,又看看牛淑芳女士,很无语,他什么话都没说。

而我,自然是胳膊肘往外拐的,我说:"妈妈,现在不要讲这个好吧?"

"那什么时候讲呢?"牛淑芳女士问。

我努力地组织语言,我说:"就算将来,真的会遇到你说的这些问题,那也是将来。至少现在,我不想因为这个放弃。"

辛柏没说话,他再一次地握住了我的手。

"在这个世界上,能找到一个真心爱我,我也真心爱他的人不容易。我不想轻易放弃,就算将来遇到一些困难,我也不想轻易放弃。您因为我放弃了婚姻,我很感激您。但如果我是您,当初不会轻易放弃的。我会尽量和他沟通和他协商,除非无法挽留,否则我不会轻易放弃的。"

牛淑芳的嘴角露出一丝嘲讽的笑,她问:"你会因为他想要男孩儿,而勉强自己再生一个?"

我仔细想了想说："不会。但是，我会把我的想法告诉他，跟他说清楚，逼我生男孩，那就离婚。我会把选择权给他。"

"那结果还不是一样，只不过做坏人的不是你而已。"牛淑芳女士说。

"不一样。我是珍惜感情的。但如果，他认为我的子宫比我更重要，传宗接代比我们的幸福更重要，那我就没必要在意这份感情了。只有他不在意我，不在意这份感情，才会真正地打倒我。其他的任何事情，婆媳关系，想法不一致，都无法打倒我。"

牛淑芳女士仔细思考我的话，她说："你确实想得很明白了。"

我冲辛柏苦笑了一下。能不想明白吗？家里出了这么多事，我也算看明白了，什么都是假的，钱没了可以再挣，爱没了，心就空了一块儿，想要填起来，可难了。也因此，爱才是最需要认真对待、及时回应的。

我以为，我已经取得了阶段性胜利。却没料到，牛淑芳女士从包里掏出了一张照片，放在了我的面前。

我拿起了那张照片，那是一个十五六岁的明媚少女，扎着马尾辫，穿着白衬衣黑裤子，站在布景前笑得很灿烂。那不就是我吗？一模一样的脸型，眉眼儿也几乎一样。

"你拿我的照片干什么？"

"哼，你仔细看看是不是你。"牛淑芳女士冷哼一声。

眉眼很像，鼻子却有些扁，嘴巴也比我的嘴巴大一些，白衬衣黑裤子以及灰扑扑的塑料凉鞋，看着不像是我的。我从小就爱美，爱穿碎花裙。印象中小时候的照片，全是穿着裙子拍的。而凉鞋，虽然小时候家里条件不是很好，但我的凉鞋都比这个要精致。

不知道什么时候，辛柏放开了我的手。此刻，他正低着头没有说话，我能感觉到他的异样。我看看辛柏，再看看那张照片。我的嘴唇也开始颤抖了，我问："你从他家里拿到的这张照片？"

牛淑芳女士点点头。

"辛牧？"我继续问。

牛淑芳女士没说话，只看着辛柏。在我们两个人的目光注视下，辛柏点了点头。

看到辛柏点头，我的心情，怎么说呢！就像有什么东西突然在我眼前爆炸，又消失了一样。辛柏只是告诉我，他有个姐姐，很早就离开了。他提过，我们某些方面有点像。我以为是性格，却从来没想过可能是长相。

辛柏说，他对我是一见钟情。他一见钟情的，只是那张酷似他姐姐的脸啊！就像《情深深雨蒙蒙》里，陆振华找了九个老婆，不过都只是想找到一张酷似初恋的脸一样。

辛柏爱我吗？他为我做的事情、他对我的用心，一切都表明他爱我。但，他也有可能只是因为爱着他的姐姐，才爱我，才对我好。我不知道，他是否曾在我身上找过回忆。我不知道，他看到我这张脸的时候，是否会想到他的姐姐。如果他是因为他姐姐才爱我，那我们之间的关系算什么？细思极恐，我不敢再想下去。

可能是我的反应太大，也可能是我的表情太吓人，辛柏来拉我："卉卉，你不要这样，你听我解释……"

人做错事情的时候，总喜欢说这句话。而我，看了那张照片，我甚至没办法保持理智，更没办法听他讲什么。在他拉住我手的那一刻，我放下了照片，起身打开门就跑了出去。

刚跑了两步就发现不对，我没有换鞋。我穿着软底的，只适合在木地板的房间里穿的那种拖鞋。穿着那种鞋子，我根本就没办法跑远。

于是，我没有往外跑，而是一转身上了楼，在楼梯拐角处坐了下来。

老房子，楼梯冰凉且肮脏。坐下来之后，我才清醒了些。

我很激动。我恨辛柏。恨的情绪蔓延了一会儿之后，我觉得这事儿不对。

这么老的照片，很显然不会随意放在家里什么地方，谁都可以看见。那么，一定是辛柏的父母拿出来给牛淑芳女士看的。

辛柏早就猜出牛淑芳女士会去他家，他心里当然也明白我和辛牧长得非常像。若他对我的感情不够纯粹的话，他大可以交代他的父母提前把照片藏好，不要让我看见。可是现在，牛淑芳女士不仅看见了，还带了一张回来。这说明辛柏是非常坦然的，他并不认为这张照片、或仅仅只是长得像，就足以破坏我们之间的感情。我前面还在跟牛淑芳女士说，我很信任辛柏。遇到事情，意见不一致时，我愿意和他协商解决。既然如此，我为什么会这么轻易被一张照片打乱阵脚呢？退一万步说，就算辛柏对我的感情不够纯粹，我对他的感情是足够纯粹的啊！我为什么不给他一个解释的机会呢？

牛淑芳担心我，才会在答应我不再干涉的情况下，独自一人跑到辛柏的家乡，再一次地试图帮我把关。她自己大概也没想到，会看到一张和我那么像的照片吧！看了照片，她的阵脚只怕也被打乱了：女儿和女儿男朋友的姐姐长得像，这事听起来太诡异。她一时也不知道怎么处理才好，才会把照片拿回来，放在我们的面前，想听听辛柏怎么说。辛柏还没解释呢，我就率先跑了出来。

幸亏，我自己想通了，不然，真是要被她坑死了。或者说，被我自己的牛角尖坑死了。

我想下楼，回到客厅，坐下来，听听辛柏会说什么。正当我要起身的时候，我看见辛柏追了出来，他四处看看，一脸慌张和焦急。——他的脚上，也穿着拖鞋。

辛柏往前跑，转眼就在我眼前消失了。我想叫他，没来得及。

我站起身想去追他，想到我俩都穿着拖鞋，根本就跑不远，我又坐下了。没一会儿，我的电话响了，声音太突兀，是辛柏，我一激灵按了挂断。

我等着他再打来，然而并没有。不一会儿，他转回来了，我再次站了起来，他并没有发现我。

辛柏先敲门进了屋，换了鞋，手里还提了一双我的鞋。他出门的时候，牛淑芳女士跟了出来，牛淑芳女士说："我跟你一起去找吧！"

"不用。她穿着拖鞋走不远，我刚也问了邻居，没看见她出来，我估计她应该还在这附近。"

我又坐下了，好整以暇地坐下了。

"不管怎样，先把她带回来再说。"

"嗯。"辛柏点头答应。

辛柏要下楼，又转回来，问牛淑芳女士："阿姨，您从山东回来，高铁都要好几个小时呢，路上您应该仔细想过我和卉卉的事情，您真觉得一张照片能说明什么吗？"

"我想听你的解释。"

"我猜出您到我家了，就跟我爸妈交代，好好招待，什么都可以说，不用瞒着。我没有任何需要瞒着您和卉卉的地方。我承认一开始，我是因为卉卉和姐姐长得像，才注意到她。但是后来，我发现她们两个人的性格千差万别，除了这张脸，她们没有其他任何相像的地方。脸不重要，我爱的是卉卉这个人，您明白吗？两个人在一起久了，其实是会忽略对方长相的。我几乎都忘了卉卉和姐姐长得像这件事，若不是这张照片，我还真想不起来。"

牛淑芳女士看着辛柏，辛柏坦然地接受牛淑芳女士目光的质疑。牛淑芳女士率先收回了目光。

辛柏下楼了，也就只朝前走了几步，他突然停住了，像心灵感应一样，他扭头朝上看。而我……也站了起来，朝前走了几步，正低着头看着他。

番外一
牛淑芳女士：前世的情人，还是前世的情敌

幸运的人，一生都在被童年治愈；不幸的人，一生都在治愈童年。

首次怀孕就想要女儿的女人，要么是对自己身为女人的人生特别满意，想再生一个出来，复制自己的人生。要么是对自己身为女人的人生特别不满意，想生个女儿出来，过和自己完全不同的人生。

牛淑芳女士都不是。她一开始根本就没想过要生一个女儿。

牛淑芳女士作为一个女人，拥有一个很糟糕的童年、青少年，以及成年时期。她不喜欢自己的人生，不喜欢这个作为女孩的人生。才开始备孕的时候，她就暗暗期待，能够生出来一个可爱的小男孩。怀孕及生产的时候，她的这种期待就更加强烈了。因为，怀孕生子真是太辛苦了。不仅辛苦，脸上还长斑，身材还变形，而男人却不用经历这些。

牛淑芳女士很爱自己的孩子，她不希望自己的孩子将来也承受这种苦、这种痛。

还是男孩好，这是牛淑芳女士当时最真实的想法。

生出来却是个闺女。

牛淑芳女士有那么一点点的失望。

这失望并没有持续多久。

当婴儿柔软的小身体紧紧贴合她的身体时；当婴儿柔嫩的小嘴吮吸她的乳房时；当婴儿吃饱后，沉沉睡去时；当婴儿醒来对她露出甜甜笑容时……牛淑芳女士的心软了：她多可爱啊，她是我生的呢！牛淑芳女士的心中升腾起了一丝不足为外人道的小满足、小骄傲。

"叫她卉卉吧！"牛淑芳女士跟丈夫赵炳国说。

"这名字是不是有点普通了？"翻遍词典想寻找一个合适名字的赵柄国问。

"不会啊！"牛淑芳女士说，"像花儿一样可爱的女孩子，叫这个名字多合适啊！"

"还有更好的选择吗？"赵炳国依然觉得太普通，配不上这个爱情的结晶。

"蕊蕊。"牛淑芳女士说。

"总要跟花发生关系，对吧？"赵炳国说。

"对！"牛淑芳女士说，"花儿一样的孩子，就得花儿一样的名字才配得上。"

"行吧，你高兴就好。"赵炳国说。

"你觉得卉卉好还是蕊蕊好？"牛淑芳女士征求丈夫的意见。

"卉卉吧，卉卉好点。"赵炳国说。

"行，那就叫卉卉了。"牛淑芳女士说。

赵炳国很忙，说完这句话他就离开了。离开时嘴里嘟囔了句，"幸好不跟你姓，要不然岂不是鲜花插在牛粪上了吗？"

这句话牛淑芳女士并没有听到。不然她那么爱这孩子，就算再喜欢"卉卉"这两个字，也会给孩子改名的。

413

是亲妈无疑了

造化弄人,谁都没想到,不过也就过了三年,这个孩子还是跟了母姓。

牛淑芳女士才结婚时,跟婆婆一起住。婆婆是个大家闺秀,读过书,见识过好东西,也烧得一手好菜。虽早年守寡,但靠着给人浆洗缝补,也把几个孩子给拉扯大了。就是因为过过几年苦日子,就越发怕自己的孩子过苦日子。尤其是儿子。

老母亲看儿子强加的滤镜,大概是这个世界上功能最强大的爱的滤镜了。

自带滤镜的老母亲,对儿媳妇自然是百般看不上的。这是导致婆媳问题的最本质的根源。

牛淑芳女士没文化,性格也有些大大咧咧。和婆婆住一起总是各种矛盾不断。幸好后来赵炳国创业了,到市里开了回收旧家电的铺子,牛淑芳女士和丈夫一起搬到市里住了,日子才稍微松快一点。

赵炳国创业,一开始是回收旧家电兼修电器的铺子。后来带了几个徒弟,牛卉卉两岁的时候,又做了某知名电器品牌的代理人。

才怀孕时,赵炳国就建议牛淑芳女士回乡下跟自己的老母亲住一起,方便照顾。牛淑芳女士不愿意,坚持住市里。怀孕第八个月时,牛淑芳女士在大雨滂沱中给赵炳国送饭,不小心脚下打滑,摔了一跤,肚子里的孩子差点没了。赵炳国再提出送她回去,就不敢置喙了。

牛淑芳女士婚后在婆婆面前唯一待遇好的时候,是怀孕8个月之后被送回老家的那两个月。婆婆一心盼着牛淑芳女士生个儿子,好给老赵家传宗接代。只可惜牛淑芳女士的肚子不争气,生了个女儿。

月子是婆婆伺候的。具体怎么样，一言难尽。

月子结束，又强撑着和婆婆一起住了几个月。实在没办法住了，便提出要回到市里，和丈夫单独住。

赵炳国的生意做得越大，牛淑芳女士作为妻子需要担负的责任就越大：招聘新员工，开除做得不好的员工，整理货物单子，收个银管个钱。事情听起来不复杂，要做的事儿却不少。那段时间，牛淑芳女士仅凭一己之力就担起了赵炳国初创公司的人事、行政、财务、打杂等各项工作。

一手抱娃，一手做事，很多事情都是做不了的。不得已，牛淑芳女士只好把不到一岁的女儿送回老宅，让婆婆帮忙带着。

婆婆虽然不喜欢牛淑芳女士，也不喜她生了个女儿，但牛卉卉毕竟是她的亲孙女，血脉相连，她还是尽心尽力地带着照顾着。牛淑芳女士观察了几次，见自己的婆婆还算识大体，对女儿很好，便放下心来，独自跟着丈夫又回到了市里。

没学过财务的人去做账，自然是一塌糊涂。赵炳国让牛淑芳女士去学个会计，正儿八经把他公司的财务给担起来。

牛淑芳女士只读过初中。会计培训书上的那些公式、算法以及最基础的公司法，对于牛淑芳女士来说，都特别难。她学了整整两年，才好不容易拿到了会计证。

只可惜才拿到会计证，她就和赵炳国离婚了。原因嘛，当然是婆婆逼着生二胎，还一定要生儿子啦！

赵炳国开修理铺子时在市里买的那套房子，做品牌电器代理的时候卖掉了，两口子在附近租了个两居室。婆婆见远程逼迫效果不佳，带着年幼的卉卉来到了赵炳国他们夫妇租住的房子里。

自杀、哭闹、绝食连番上演，还抱着卉卉到店里去哭诉（大家闺秀和泼妇之间，只是一个转身的距离）。

赵炳国本来就想要儿子，却没那么着急。在亲妈的逼迫下熬不住了，跟着一起逼迫牛淑芳女士。

牛淑芳女士这时候一点都不想要儿子了。卉卉就是她的命，是她生存及奋斗的意义。她不想为了一个"可能"出生的儿子，委屈自己的女儿。

抗争是极其惨烈的，周围所有知道这些事情的人，都觉得牛淑芳女士不可理喻。——在那个年代，所有人的观念都是要儿子留后。但凡和他们想法不同的人，都是格格不入的。

四面楚歌中，牛淑芳女士发现自己怀孕了，她并没有觉得很惊喜。毕竟，矛盾没有真正地解决。

可能是感受到了外界的气氛和妈妈的心情，那个孩子，他自己离开了。

大出血的时候，牛淑芳女士正好在外面，发现不对，就独自打车去了医院。赵炳国赶到时，孩子已经没了。医生和护士说了，孩子是自己没的。赵炳国作为一个理智的成年人，当然是相信的。旧时代出生的婆婆却不信，胡搅蛮缠说牛淑芳女士和医生联合起来骗他们母子俩。几句话说得赵炳国也将信将疑起来。——毕竟，孩子是怎么没的，赵炳国并没有亲眼看见。

孩子没了，婆婆带着卉卉回乡下了。赵炳国忙，回家就寒着个脸。没有人伺候牛淑芳女士的小月子，除了牛淑芳女士的姐姐。姐姐家里有孩子，虽然同情牛淑芳女士的遭遇，想来照顾她，却不好一直待在她家里，只能偶尔过来一趟，带点菜，做顿饭，洗洗衣服什么的。这已足够让牛淑芳女士感念。

姐姐不在，喝杯热水都没有人帮忙烧。牛淑芳女士的心逐渐就冷了。身体好一点之后拼尽全力离了婚。

她什么都不要，只要自己的女儿。

这在那个年代是特立独行的，就像她为了女儿和婆婆抗争一样，都是特立独行的。

离婚过程同样惨烈，牛淑芳女士咬牙坚持了下来。

虽然有会计证，但没有工作经验，是很难找到会计工作的。为了养女儿，牛淑芳女士去做了柜姐，一做就是几十年。

单亲妈妈的辛苦，大都是泪和着血吞。孩子受了委屈，妈妈当然也是。陌生的男人见她单身带娃，以为她好欺负，苍蝇般地跟了过来。牛淑芳女士像个泼妇一样，把他们一个个都赶了出去。就这样，偶尔还是不可避免地，会被占便宜。

这些，牛卉卉并不知道。在外面受了多少委屈，牛淑芳女士都不会跟自己的女儿讲。女儿是自己好不容易争来的，她要保护她。龌龊和腌臜的事情，是不可以给女儿看到的，免得她小小年纪就对这个世界感到失望。

亦不能让她感觉到亲情的缺失。爸爸不在身边没关系，她可以既做妈妈也做爸爸。

只可惜，这保护过度了些，好好的孩子变得越来越木讷，越来越胆小，越来越懦弱。牛淑芳女士用尽各种办法，都调整不过来，也只好算了。

如果是个勇敢而有主见的孩子，她大概会给她很多自由。可这样一个软弱而美丽的女孩子，太善良，太容易信任人。就像精美的瓷器，很容易受伤。牛淑芳女士不得不将"过度保护"持续地进行下去，一直到女儿快30岁。

牛卉卉上小学的时候，牛淑芳女士和赵炳国又恢复了联系。第一次婚姻，赵炳国不懂事，对牛淑芳女士做了很多混账事。新娶的妻子，温柔却霸道。两相对比，才知道牛淑芳女士是多么难得。

牛卉卉出生的时候，赵炳国没在身边。赵如盈出生的时候，赵炳国在。以前他认为生孩子是顺其自然的事儿。后来才知道，对于女人来说，那是鬼门关。

新妻子不是不好，她很好，只是更懂策略。她知道怎么揽住丈夫的心，也知道怎么让挑剔的婆婆闭嘴。她像经营工作一样，经营这份婚姻。而不像牛淑芳女士，付出的只有满腔的爱。

也正是和新妻子相处的过程中，赵炳国才逐渐体会到了牛淑芳女士当年的不容易。心里当然是有亏欠的，便想要补偿。一开始牛淑芳女士不肯接受，她还恨他。后来吃了很多生活的亏，见识了坏人花样百出的坏，对赵炳国就没那么恨了。见他对自己和女儿出手还算大方，也肯对他和颜悦色了。

牛淑芳女士会做很好吃的卤菜，赵炳国就好这一口。每年过年，牛淑芳女士都会卤一些给赵炳国吃。牛卉卉总以为牛淑芳女士对赵炳国还有感情。其实不是的，那只是对孩子爸爸最起码的尊重。

牛卉卉的误会，牛淑芳女士并不曾解释过一句半句。她怕女儿觉得自己的妈妈太可怕。她宁可自己的女儿永远天真、善良。

再后来又允许女儿去乡下看望奶奶了。前婆婆虽然不好，但对自己的女儿是真心的。她一个人爱女儿不够，她希望有更多的人爱她。

女儿逐渐长大了，越发美丽。身边围绕的男人，也逐渐多了起来。只可惜女儿看男人的眼光实在太差，挑的都是些什么人啊！阿猫阿狗随便使点手段，都能俘获女儿的心。真是让她头疼。

没办法，只好再扮演爱情卫士的角色。抡起棍子，把那些围绕在女儿身边的渣男，一个个都打将出去。

女儿恨她，她当然知道。她并没有太在意这件事。她只把这当成女儿的叛逆期比较长。直到女儿什么事情都瞒着她，连谈恋爱都瞒着她，才让她觉得事态有些严重了。她尝试着跟女儿沟通，不再把她当成小孩子，把自己真实的想法以及这样做的目的告诉她。长时间不沟通的母女，想要再次建立沟通关系，其实是很难的。她不知道女儿能不能理解，女儿总是不说话，下一次依然瞒着她。

好在最后这一次，女儿挑了个看起来还不错的男人。虽然这个男人的年龄比较小。

她看得出来，女儿很爱这个人。这份爱和之前无数次所谓的爱都是不同的。这一次女儿完全交付了自己。

她答应女儿，不再掺和她的事情。答应的那一刻，她是认真的。可是后来她后悔了。

在父母的眼里，孩子无论多大，都只是个孩子，都是需要保护的。

牛淑芳女士去了辛柏的家乡。她的目的很简单，就是想看看辛柏的原生家庭是什么样的，他从小生活的环境是什么样的。想进一步地了解他这个人，想提前预知自己的女儿在将来的生活中可能会遇到什么样的问题。

辛柏的父母很为儿子感到骄傲，他们将来要和儿子住，这些牛淑芳女士都预料到了。她没有预料到的是，会看到辛牧的照片。

没有预料到辛牧和女儿长那么像,准确来说,女儿和辛柏的姐姐长得一模一样。

看到照片的那一刻,牛淑芳女士很蒙。经历过很多事儿的人,也是第一次遇到这种状况,简直不知道该怎么办了。牛淑芳女士匆匆告别辛柏的父母,回到了都市。一路上,她都在思考该怎么跟女儿说这件事情,才能让女儿不至于受到很大的刺激,很大的伤害。

她没想明白。

见到女儿的那一刻,她想抱抱女儿,然而她没有。她不习惯用那么激烈的方式表达感情。她拉拉杂杂说了很多话,谈到了辛柏的父母,谈到了辛柏的家乡。这时候她才发现,其实这些都不算多大的问题。辛柏不爱卉卉,或者他的爱只是对别人爱的投射。这对女儿的打击才是最重的。

她本来想用最委婉的方式跟女儿说这件事。可不知道是女儿谈论了她的婚姻,让她受到了刺激,还是别的什么,她还是直接把照片放在了女儿的面前。

女儿跑了出去,她想去追,可并没有。她心里也挺乱的,一方面觉得可惜,辛柏是个值得信赖的好孩子,她看得出来。她内心深处几乎都已经接受他成为自己的女婿了。另一方面,她不知道该怎么安慰女儿。这件事情太匪夷所思了,换到谁的身上都接受不了。任何安慰的语言都很苍白,说了不如不说。

辛柏追了出去,她没说什么。她的内心深处其实还是很希望辛柏解释给卉卉听,告诉卉卉,这一切都不是真的。

她不知道辛柏会跟卉卉说什么。她希望他能解决这件事情,不管怎样,至少要把伤害降到最低。

辛柏追出去了，不一会儿又回来了。他拿了女儿的鞋子，再次出门了。他说："我如果心中有愧的话，会提前交代我的父母，不把姐姐的照片拿给你看。可我并没有，我在这件事情上是坦然的。"

看一个人，不仅要看他说了什么，还要看他平时都做了哪些事。牛淑芳女士的心里还是很愿意相信他的。

她担心女儿，胡乱点了点头，没说什么。

她没有想到，女儿并没有走远，而是躲在楼梯拐角处。

她更没想到，辛柏还没张口解释，女儿就红着眼圈拉着他的手跟他说："我相信你。"

她以为照片拿出来之后，会发生一场火山喷发般的大风波，然而并没有。

有的只是一场杯中涟漪。

真是个很容易相信别人的傻孩子。

她很无语，可，纵然是傻，在相信的那一刻，也是幸福和快乐的吧！

她并没有真的很放心，但她决定放手了。

她没有跟女儿说对不起，她并不后悔这样做。

番外二：
周雯雯：硬币的AB面

牛卉卉经常跟周雯雯说，很羡慕她，有一对很开明的父母。

许是虚荣心作怪，周雯雯每次都只微笑不说话。周雯雯和牛卉卉，就像硬币的AB面，一个理性，一个感性。她们的母亲也如此。一个开明，一个保守。

在周雯雯看来开明的潜台词是：不管。无论你说什么，他们都说"好"。学了半年舞蹈嫌累，不想学了，他们说"好"；交了个新朋友，原生家庭不是很好，性格也不是很好，他们看到了，也只说"你已经这么大了，有择友权"；不喜欢数学，只喜欢语文，每次考试都中不溜，他们也不逼她学，只说"条条大路通罗马，喜欢语文也行啊"；快考试了还不复习，埋头看小说。他们一般不会发现，就算发现了，也只是没收了小说说一句"怎么又在看小说啊？快去学习"，是不是真的在学，他们可就不知道了。

明明两个人都是老师，对学生比对自己的孩子还好。晚上在家里补课的全是学生，轮到自己的时候，早就已经是深夜了。困了就自己睡，没有弄懂的知识点，讲了几句见自己困得直朝桌子上趴，那就明日再说呗！明日复明日，明日何其多。久了就真的跟不上了。

妈妈又经常带毕业班，一忙起来连饭都顾不得做，大家就一起吃食堂，或泡面。

其实，小孩子又懂什么？在学习的路上，你们不逼他一把，长大以后，他是会怪你们的。

牛卉卉跟周雯雯说，她妈妈让她跟周雯雯做朋友的目的，是因为周雯雯的爸爸妈妈都是老师，家教好，还能顺便帮她补补课。——这都是胡扯。她俩在一起就只剩下玩儿了，补课基本是没有的。

大人心眼儿可真多！

有一段时间，牛卉卉不知道什么原因，跟周雯雯疏远了。周雯雯心里挺难受的，她装作不动声色的样子，继续对牛卉卉好。她的目的很简单，跟着牛卉卉，就能经常吃到牛淑芳女士做的各种好吃的了。为了那口吃的，就算牛卉卉对她不好，她也忍了。

两个小女生在一起，经常会闹矛盾。彼时二人三观尚未建立，脾气又大，经常好几天，谁都不理谁。大部分时候都是周雯雯主动跟牛卉卉和好，牛卉卉还借此跟周雯雯发脾气。牛卉卉就误以为周雯雯脾气好，是个面团儿。根本就不是这样的。周雯雯只是舍不得牛淑芳女士做的好吃的，以及经常送给她的，各种漂亮的小手工。

忙而不管，很多小女生的心思，周雯雯没办法跟父母说。第一次来月经吓蒙了，还是牛卉卉的妈妈告诉她不要紧张。一步步教她该怎么处理。

因为胸大而遭受了无理的嘲笑，悄悄跟牛卉卉的妈妈说了，牛卉卉的妈妈找到学校警告了那几个嘲笑周雯雯的人。还告诉周雯雯，胸大其实不是一件丢脸的事。

第一次在地铁上被咸猪手了，也是跟牛卉卉妈妈说。

如果说一开始只冲着牛淑芳女士做的那些好吃的，才喜欢朝牛卉卉家里跑。后来，则是真心地喜欢牛淑芳女士这个人，愿意跟她待在一起。

牛卉卉经常跟周雯雯说，感觉你才是我妈的亲女儿，我是抱来的。这大概就是所谓的身在福中不知福了。其实，周雯雯宁可自己的妈妈是牛淑芳女士。

周雯雯数学成绩不好，虽然高三那年挺努力，但最终只上了个本地师范学院，牛卉卉上了服装设计学院。大一点之后，小女孩的心思淡了，友谊才真正地纯粹起来。

周雯雯和牛卉卉不一样，周雯雯从小就更有主见，心思也更深一些。幸亏心思深，不然那个坎儿，她可能就过不去了。

周雯雯大学毕业之后，在某中学教了两年书，觉得这种一眼望得到头的人生太没意思，就辞了职，另找了一份工作。——某大公司驻都市郊区办事处的小策划。

周雯雯本来不愿意去郊区的，想着积累工作经验，便也去了。

那公司因为在都市只有一个小小的办事处，所以员工不多。除了总部派来的几个老员工之外，就只有本地招的几个女孩子了。这几个女孩子合住在公司分配的员工宿舍里。

周雯雯的总经理是一个40多岁的、看起来油腻指数很高的中年男人。上班第二个月的某天晚上八点多钟的时候，总经理突然打电话给周雯雯，问她在不在宿舍。宿舍里就几个女生，为什么会问在不在宿舍呢？周雯雯有些警惕，边问"为什么问这个问题"拖延时间，边走到客厅的窗户边儿。

周雯雯看见总经理的车就停在楼下，总经理的司机，那个人高马大，黑黑壮壮的司机推开车门，走了下来，准备上楼。

总经理在电话里说:"我在无锡签合同,忘记带公章了,请你帮我送一下。"

既然要签合同,为什么不带公章呢?若真是公章忘记带,司机送不就可以了吗?为什么要让她带着公章去无锡呢?无锡离都市开车至少三个小时,周雯雯赶到时,差不多也快凌晨了。送公章是假,送人是真吧?

几个女孩子里就属周雯雯的颜值相对比较高。这大概就是总经理挑中她的最主要的原因。

周雯雯害怕极了,第一反应就是逃走。

周雯雯哆嗦着说:"我出门买东西了,太晚了,就不在宿舍睡了。"

说完不等总经理回应,立刻就挂了电话。

司机马上就要上来了,他是来捉人的。此刻周雯雯的身上穿着家居服,脚上穿着拖鞋,能往哪里逃呢?周雯雯开了门,犹豫了片刻,便朝楼梯上跑去。十一层高的电梯房宿舍在六楼,连爬六层楼并不容易。周雯雯的拖鞋跑掉了,捡起来光着脚丫继续跑。她气喘吁吁跑到了天台,找到一个角落,躲了起来。

夜晚的寒风吹在身上很冷,只穿着家居服的周雯雯心里更冷。蹲在角落,她才想起来,匆忙跑出来,忘记交代室友,司机找她时,告诉他,自己不在。

这个时间点,室友们都没睡。各自躲在房间里看电视或玩手机。周雯雯因为害怕,急匆匆跑出门时,关门的声音很大。只怕室友们都听见了,她们一定会出卖她的,不自觉就出卖她了。

若司机在宿舍找不到人,一定会上楼来找的。她极有可能暴露,到时候想跑就跑不了了。

周雯雯后悔极了。应该往楼下跑的。司机乘电梯上楼,她步梯往楼下跑,才可能会有一线生机。

周雯雯为什么没有朝楼下跑呢?天太黑,看不清车里是否还坐了别人。若自己朝下跑,必然会经过那辆车,车里坐的人就发现她了。穿着拖鞋,没带身份证和钱包,就算跑到楼下,只怕也跑不远。

可并不能确定车里就一定有人啊,万一没有人,不就得救了吗?

现在想这些,已经来不及了。宿舍里搜不到人,司机要么往上走,要么往下走,大概率应该会往上,大概率会来到天台。那个时候就危险了……

周雯雯从躲避处站起来,目光到处搜寻,看能不能找到一根棍子或板砖什么的。可惜并没有。

周雯雯下定了一个决心,若司机真找到天台上来,逼她就范,她就跳下去,她宁可死也不愿意当谁的"礼物"。

正想着,周雯雯的电话响了,是总经理打来的。她立刻就挂断了电话,并关了机。

天台的栏杆很高,比周雯雯的身高还高,没有任何可以攀爬的地方。真有事,想跳楼都不可能。

时间一点点过去,周雯雯的耳边,几乎能听到司机上楼的声音……她做了一个决定,一个非常非常大胆的决定。

周雯雯记得,十楼住了一对母子。那对母子经常在小区花园玩,而周雯雯喜欢在花园看书,攀谈了几句,于是就认识了。

这栋楼是一梯四户,周雯雯并不知道那对母子究竟住在哪一户。她只能随机去敲门了,但愿她们这时候在家,愿意让她进屋。

周雯雯光着脚从天台跑到了十楼。她尽量轻手轻脚的，以免动静太大，被司机发现。——虽然现在并不知道司机在哪里，但也足够让她时时刻刻胆战心惊。

敲了第一户的门，三五遍无人应答。第二户，依然三五遍无人应答。心急火燎去敲第三户，刚敲了几下，第二户的人，把门打开了。一个头发花白的老头儿开了门，用本地话问："你找谁呀？"

周雯雯赶紧奔过来，用同样的本地话说："有个坏人到处找我，让我在你家躲一躲好不啦？"——这时候讲本地话，有助于拉近距离，提升好感度。

老头将信将疑地看着周雯雯。周雯雯怕他们不帮忙，连忙把自己的姓名和家庭住址都报了出来，焦急地说："您要不信，我把我妈的电话号码告诉您，您打给她。但是现在能让我先进去吗？真的很危险。"

老太太也来了，跟在老头的身后。老头用眼神咨询了下老太太的意见，老太太轻轻地点了点头，周雯雯这才得以进门。

进屋之后，坐在客厅的沙发上，周雯雯抚着胸口喘了半天，这才平静下来。

老太太给周雯雯倒了杯茶，问她："发生了什么事情？你能跟我们讲一下吗？"

周雯雯讲了事情的经过，用时大约十分钟。老太太很震惊，过了会儿才说："你给你父母打电话，让他们来接你吧！"

"嗯。"周雯雯点点头，走到窗口。她看见另外一个女同事，在司机的陪同下上了总经理的车。她觉得自己应该提醒一下那个女同事，可能会有的危险。但是现在，她还躲在别人家里，司机没有走远。她自己的危险都没有解除,不敢做更多的事情。

周雯雯开了机,打给自己的妈妈,说了事情的经过,让妈妈来接她。妈妈在学校里待久了,根本不相信世间会有如此险恶的事情。

妈妈说:"你胡说八道什么呀?老总怎么可能对你做这样的事情,你都瞎猜的吧!"又说,"既然没事了,你就回宿舍待着。明天早上给老总打个电话道个歉,让他原谅你。"

妈妈的反应让周雯雯的心彻底地凉了下来。周雯雯没有说什么,只是默默地挂断了电话。然后,泪流满面。

周雯雯打给了牛卉卉,牛卉卉那时候还没有车。她冒着危险,深夜打了辆车,到这边来接周雯雯。同来的,还有牛卉卉的妈妈,牛淑芳女士。

她们跟周雯雯一起回到宿舍,收拾了行李,坐车回到了牛淑芳女士的家里。

本来想离开了这栋楼,就发短信给那位同事,提醒她的。可后来,见到牛卉卉和牛淑芳女士情绪一下子放松了,紧接着又收拾东西、离开、到家休息……周雯雯就忘了这件事情。

睡了一觉起来,已是日上三竿。猛地想起来,发了消息过去,那边迟迟没有回复。一直到三天以后,才听说那天那个同事果然是受了欺负了。

后怕,庆幸,懊悔……各种情绪蜂拥而至。用最快的速度辞职了,公司当然没有挽留。辞职之后又悄悄报了警,说了那位同事的事情。证据确凿,总经理被抓了,办事处也关了,这都是后话了。

周雯雯一时没地方住,还是只能住在家里。这时候和父母的关系已经很冷漠了。周妈妈问她打算怎么办，周雯雯只说，不会啃老，就住一段时间。周妈妈便没再说什么了。

周雯雯不想上班了，她把这个想法说给牛卉卉听，牛卉卉问："那你想做什么呢？"

"写稿子，我想当个作家。"周雯雯说。

"不是说作家都很穷吗？"牛卉卉问。

"的确大部分作家养活自己都难。"周雯雯说。

"那你还要当作家？你靠什么养活自己呢？"牛卉卉问。

"贱卖文字，养活理想。"周雯雯说。

她这样说，当然也是这样做的。在注册公众号之前，周雯雯写了很多乱七八糟的文案、软文、海报之类的东西。赚没赚到钱不知道，跟奇葩甲方打交道的经验，倒是赚得足足的。

不管写什么，写多了文字感总会比那些从来不写的更强一些。微信公众号才开始兴起的时候，周雯雯就敏感地察觉到了风向，她注册了公众号。一开始胡乱写些乱七八糟的东西，后来她发现，转载最多的，粉丝积累最快的是情感类的博主。她就转而做情感博主了。

没有经验怎么办？从小到大看过的言情小说多呀，案例编一编就有了。因为没有感情经历，反而对情感类的东西格外有兴趣。博客时代她就关注了多位情感博主，对她们的风格非常了解，慢慢地也总结了一些相对比较稳固的理论经验。

会编案例，有了理论基础，再加上文笔好，就可以做情感博主了。一开始没粉丝，周雯雯就在各大论坛以连载的形式发帖，推出自己的公众号。后来又和其他公众号博主互推，逐渐粉丝就多了起来。慢慢也能接广告了，广告费越报越高。周雯雯不仅靠写文章赚到了钱，还成了同年龄段里收入相对较高的那群人。后来还开了自己的工作室。

和父母的关系不冷不热了很多年，这几年才稍微好一些。她有了钱，除了给自己买了一套小房子之外，也回馈了父母，比如说给爸爸换辆新车。

牛卉卉对周雯雯的这些事情，大部分都知道。小时候觉得羡慕，长大了仔细想想，才觉得无语。

牛卉卉答应过周雯雯，差点被当成礼物送出去这件事情不告诉任何人，她连辛柏都没说过。牛卉卉只是一直对周雯雯感到担心，这种理论值十颗星，实战经验零颗星的人，其实是最难脱单的。更何况，周雯雯还有那么深那么深的心理阴影。

好在周雯雯遇见了陆一横。一个对男人不信任，另一个对美女毫不在意，对感情完全迟钝。两人就这样恋爱了。虽然闹了很多乌龙，但还是在一起了。

周雯雯没谈过恋爱，陆一横也没有。他们将来会经历什么，谁都不知道。会不会有一天，因为什么莫名其妙的原因，就突然分手了，这也没人知道。毕竟，初恋就是用来让人成长的。但是这一刻，他们在一起了。